精英团队

应荣贵 著

成都时代出版社
CHENGDU TIMES PRESS

图书在版编目（CIP）数据

精英团队 / 应荣贵著 . -- 成都 : 成都时代出版社 ,2021.7

ISBN 978-7-5464-2849-9

Ⅰ . ①精… Ⅱ . ①应… Ⅲ . ①长篇小说 – 中国 – 当代
Ⅳ . ① I247.5

中国版本图书馆 CIP 数据核字 (2021) 第 141167 号

精英团队

JINGYING TUANDUI

应荣贵　著

出　品　人　李若锋
责任编辑　李　林
责任校对　樊思歧
装帧设计　熊　霖
责任印制　张　露
出版发行　成都时代出版社
电　　话　（028）86742352（编辑部）
　　　　　（028）86615250（发行部）
印　　刷　武汉市卓源印务有限公司
规　　格　170mm × 240mm
印　　张　24
字　　数　340 千
版　　次　2021 年 8 月第 1 版
印　　次　2021 年 8 月第 1 次印刷
书　　号　ISBN 978-7-5464-2849-9
定　　价　68.00 元

/ 目录 /

二十世纪末，中国的经济发展和改革开放到了一个新的历史起点，时代给了精英们创造财富的契机。在此期间，许多的精英都把目光盯在企业上市上，因为企业一旦上市，企业拥有者的财富就会激增，因此，股市成为造就亿万富豪的机器。但是想把财富交给下一代却不是一件容易的事情，无能的富二代被强大的精英团队轻松击倒，财富转到他人的名下，传承落空，令人唏嘘。

第一章

1

太阳还没有西沉，星光灿烂夜总会的霓虹灯就亮了起来，七彩的霓虹灯不停地闪烁、跳动，吸引无数路人的目光。过了一会，夜幕降落。都说十五的月亮格外明，今天正是十五，可站在星光灿烂夜总会的门外看月亮，却总觉得今晚的月亮有点黯淡。其实，不是今晚的月亮不够明亮，而是奇光异彩的霓虹灯掩盖了皎洁的月光，使得今晚的明月黯然失色。几十个靓丽的小姐站在夜总会的门口，她们身穿旗袍，笑容可掬，迎接今晚的客人。夜总会门外的道路上，摆放着花篮和烟花爆竹。再过五分钟，将鞭炮齐鸣，庆祝星光灿烂夜总会隆重开业。洪海拉了拉衣襟，从富丽堂皇的大厅里昂首阔步地走出来，他是星光灿烂夜总会的老板，是今晚的主角。

洪海个子不高，貌不惊人，还秃顶，却屡屡引起滨海区年轻人的关注。1993 年，洪海放弃国营单位的铁饭碗，第一个在县城开了一家无三陪女的卡拉 OK。两年后，他第一个在码头旁边开了一家有三陪女的 KTV。过了两年，他觉得高档的 KTV 生意肯定会更好，于是他把低档的 KTV 转让了。过了不久，他开了一家豪华型的 KTV，果然，生意十分红火。去年，他又把豪华型的 KTV 转让了。现在，他又第一个开了一家非常豪华的夜总会。洪海的表现和业绩已经证明，他是滨海区娱乐界的翘楚。

洪海右手一挥，顿时鞭炮齐鸣，夜空中绽放出绚丽的花朵。夜总会灯光璀璨，富丽堂皇，客人一走进大厅就瞬间自感地位高贵。

洪海和夜总会的总经理李芳一起，站在夜总会的门口，迎接客人，他一边与客人握手，一边向李总介绍客人的身份。李总原是省城一家夜总会的副总，是洪海用高薪聘请过来的。李总三十刚出头，肤如凝脂，明眸皓齿，螓首蛾眉，一袭紫色旗袍既高贵优雅，又凸显修长美腿，看上去漂亮、性感。两人迎接了第一批客人之后，走进888包厢。今晚，888包厢坐着四个客人，两个亿万富翁，一个是税务局的科长，另一个是洪海的老同学。

“丁爱国！你好！”洪海与老同学握手，“听说，你打算回原单位工作？”

“企业已资不抵债，回来搞改制。”丁爱国给洪海递烟，“企业搞成这个样子，职工意见很大，要到市政府上访，不同意改制。可不改制又不行，不改制企业不可能有出路。”

丁爱国年近四十，身高1米80，方脸宽腮，眼睛不大，但炯炯有神，说话有点慢，但声音洪亮，即使与他初次见面，也会让人觉得，他是一个有城府的人。

“滨海区的码头每天都有万吨轮在卸进口废旧电器。”洪海接过香烟，“春江市做进口废旧电器的个体企业和个体作坊都赚得盆满钵满，而你们公司却亏成这个样子。”

“再生资源公司是朝阳行业，可我们公司的进口部、有色部、黑色部却连年亏损。”丁爱国手持香烟，“市供销社的领导已下决心，要把我们再生资源公司改成股份制企业。”

滨海区的码头，每天从万吨轮上卸下来的进口废旧物资都被国有企业、个体企业、个体小作坊，用货车拉走，进行拆解或者挑选分类，然后，卖给废旧物资利用企业或者大的中间商。春江市再生资源公司是一家国有公司，公司下设进口部、有色部、黑色部和拆解场。公司一年有7万吨的进口废旧物资的指标，按目前市场行情，仅卖指标就可获利200万元，这样的企业竟然资不抵债。很显然，企业的管理有严重问题。据丁爱国了解，公司领导、公司业务部门的负责人都有贪污的现象，但没有证据。公司业务部门负责人想贪污真的很容易，废旧物资的品质没有标准，每吨加十几元或者减十几元都很正常，也很合理，公司每年除了完成7万吨的进口指标，还要向个体户收购几十万吨的废旧金属，这些人每吨贪污10元，公司每年就要损失300万元。另外，公司的有色部和黑色部还经营铜材和钢材，虽然经营铜材和钢材的环节并不多，但是有人想以公肥私也很容易。一个企业，从上到下都腐败了，制度再严也起不到任何作用，这样的企业迟早会倒闭。现在，公司7万吨的进口指标已作为抵押物，抵给了一家私人公司，因为公司欠这家公司1000多万元。看来，想要改变现状，必须改变企业的性质，把国有企业改制为股份制企业。

“国营的中小企业都应该改成股份制企业，”洪海从水果盘里拿了一粒葡萄放进嘴里，“否则，国家的钱就会被一些有职有权的人拿走，进入个人的腰包。”

“嗯。”丁爱国点头，“市政府将用两年时间，把所有国营小企业改成股份制企业。”

“丁总！我给您叫个漂亮年轻的小姐。”李总提起酒杯，“我先干为尽。”

“李总！不用了。”丁爱国喝了一口酒，“下次吧！”

“不行！”洪海叼着香烟说，“徐总！曹总！你们同不同意？”

“我们边上都有小姐，他没有，当然不行。”徐总解开衣扣，“李总！给他配一个。”

徐总叫徐谦，三十八岁，白白胖胖的，胸前挂着玉坠，左手无名指上戴着一枚价值不菲的钻戒，他是搞进口废电机的老板。丁总在单位当业务科科长的时候帮过他的忙，现在，徐总发达了，他要关照一下老朋友。

洪海开KTV已有七年了，所以，他对徐总和曹总都很熟悉，他带李总过来是为了加深彼此之间的印象，并希望李总拉住徐总、曹总这类客人。据他了解，徐总和曹总每年吃喝玩乐都会花掉几百万元。

“洪海！”丁爱国笑问，“如果女人来夜总会与丈夫吵闹，怎么办？”

“我会对她说，夜总会是培养精英的地方，你想不想丈夫成为精英？”洪海说。

“对！”徐总右手一扬，“房产公司的金总、药厂的叶元、服装厂的姚图强都是洪海的KTV培养出来的。”

大家听后，哈哈大笑。

“丁总！晚上我请客，你要给我面子。”曹总揿灭烟蒂，“洪海！给丁总找一个。”

“好！我要婷婷过来。”洪海扭了扭脖子，“丁总！你公司三位副总在哪个包厢？”

“他们坐在777包厢。”丁爱国弹了弹烟头上的烟灰，“我的手下个个会喝酒。”

“洪海！”曹总从烟盒里取出一支香烟，“你过去看看，给他们每人找个小姐。”

“李总！你陪领导喝酒。”洪海站起来，“我去777包厢看看。”洪海说完，走了。

曹总叫曹明，三十九岁，高个子，大腹便便，眼大鼻粗，皮肤黑黑的，他的脖子上挂着粗大的白金项链，手上戴着高级手表，他是收购废铜的老板。曹总跟徐总交往密切，徐总的废铜大多卖给曹总。曹总跟丁总的关系更密切，他用的发票都是丁总公司开的。曹明没有自己的公司，却喜欢人家叫他曹总，他觉得总经理都是有修养的人。为什么曹总没有自己的公司呢？原因有两个，一是开公司成本高；二是开回收公司有前置条件。所以，还不如贴给丁总公司税费省心。可国税局认为，这种做法不行，是代开发票，应按虚开增值发票论处。但再生资源公司不会束手就擒，公司采取以下办法应付税务检查：一、聘用曹明为公司业务员；二、由公司统一开具收购单；三、由公司统一结算。不过，如果税务局细查的话，还是能查出来的，因为再生资源公司不但没有资金投入，而且聘用等等手续都是假的。税务局考虑到丁总公司是国营单位，因此，总是睁一只眼闭一只眼。接下来，春江市再生资源公司要改制为股份制企业，税务局肯定不会同意这种经营方式。曹明希望与丁总的公司继续合作，所以请丁总喝酒唱歌，希望他想出应对办法。

丁总一边给罗科长倒酒，一边说："我们公司年年亏损，不改制不行，改制后困难重重，希望罗科长多支持。"

徐总吐出一口烟。"罗科长！有的事情最好装糊涂，你不要盯着他们公司。"

罗科长拿起酒杯。"春江市进口洋垃圾的数量在全国排前三，加上国家税收上又有先征后返的优惠政策，于是，再生资源企业都在钻政策上的空子，现在，代开收购单和增值税发票相当普遍。回收公司只有50万资金，每月做一个亿的销售，很显然，是做代开发票的生意。为此，局领导要求我们严查。我估计接下来会出现你们同行互相揭短的情况，听说，这种违法的经营模式是你公司财务科长想出来的。这可不行，你要合法经营。"

罗科长叫罗辰，三十六岁，中等身材，三角眼，戴着一副近视眼镜，看上去很严肃。

丁总点头说："我理解你的难处。你放心，我会合法经营。"

虽然罗科长是徐总请来的，但丁总和罗科长的关系也相当不错，丁总的姐夫是滨海区国税局的科长，并且是罗科长的哥们。罗科长希望丁总重视起来，如果被人举报，关系再好也没有用。

2

洪海先给婷婷打电话，要她去888包厢坐台，然后，领着三个小姐，走进777包厢。他见丁总的三个手下在摇骰子喝酒，便过去向他们敬酒。三个副总，洪海都认识，三人都是他KTV的常客。接着，洪海与他们一边喝酒，一边聊天。洪海与丁总不但是小学同学，而且交往颇深，他来777包厢是想观察一下三位副总对丁总是不是忠诚。洪海觉得，丁总的综合能力在他之上，但察言观色的本事他不比丁总差，这方面他可以替丁总把关，免得被小人利用。丁总常在朋友面前感慨道，虽然他交往的朋友并不多，但是他的朋友待他都相当不错，关键时候总会主动帮助他。

洪海一边倒酒，一边说："方总！刘总！周总！你们要齐心合力，佐助丁总啊。"

方副经理喝了一口酒。"我感觉丁总要知难而退。"

方副经理叫方敏，三十多岁，长得很帅，风度翩翩，边上小姐的眼睛时不时瞅他一下。

周副经理放下酒杯。"丁总不干，公司就没有希望了。"

周副经理叫周华，年龄不到四十，又瘦又高，不但没笑脸，而且还老皱眉头。

洪海笑着说："看来丁总的威信挺高的。"

刘副经理点燃香烟。"丁总领头大家都有信心，不然，公司就是一盘散沙。"

刘副经理叫刘强，他虽然年近五十，但看上去很年轻，他五官端正，皮肤白皙。

周副经理解开衣扣。"十年前，公司下属塑料实验厂濒临倒闭，是丁总把它救活的。"

公司办塑料实验厂有历史背景的。八十年代初，废旧塑料堆积如山，严重影响环境卫生。为此，全国供销总社专门召开会议解决这一问题，不久，塑料实验厂应运而生。全国供销总社很支持，不仅给资金，还请了一位专家帮助研制产品。一年后，用废旧塑料生产的周转箱问世，但使用后强度不够，为了解决这一问题，白白花费了两年时间，后来，只好停止生产废塑料周转箱，开发其他产品，但是都失败了。然后，公司要丁总当塑料实验厂的厂长。别人被领导提拔都会说一些感谢的话，而他却说这是蛮干的结果，弄得一些领导很不开心，但公司总经理没有改变对他的好感，他一直认为，丁总解决困难办法多，而且具有实干精神。果然，仅仅过了半年，塑料实验厂就扭亏为盈了。丁总研制的渔网沉子，得到江苏省渔业公司的认可。然后，丁总在舟山、普陀和各岛大做广告。半年后，渔网沉子供不应求，没过多久，公司的塑料实验厂就扭亏为盈。所以，大家坚信，只要丁总掌舵，公司一定会克服困难，取得成功。可丁总有顾虑，担心精力不够影响工作，因为他有自己的生意，有时可能照顾不到公司的事情。并且，从长远考虑，公司必须另辟蹊径，不然，路走不远，他要花大力气，才能使公司走出困境，因此，他要三思而后行。

刘副经理手持香烟，烟蒂贴在嘴唇上，想了想说：“要允许丁总继续做他的生意。”

周副经理夹了一片牛肉放进嘴里。“全体股东开会，形成决议，消除丁总的顾虑。”

方副经理皱眉说：“丁总很重视民意测试，他说，没有百分之八十的人同意，他不干。”

周副经理摸了摸脸说：“丁总回公司是为职工做事，大家瞎议论，他肯定不干。”

刘副经理摇了摇头说：“国营单位职工的毛病真的很多。”

方副经理抽了一口烟：“现在，大家都很老实，等公司搞好了，又开始争权夺利了。”

周副经理和刘副经理听后，脸色有点尴尬。公司三位副经理，方敏最年轻，性格也最直爽。其实，他的话是讲给周副经理和刘副经理听的。从表面上看，周副经理和刘副经理关系很不错，实际上，两人为了个人的利益，一直在争权，并且，两人都有支持者。方副经理觉得，公司濒临倒闭，跟两人争权夺利有一定关系。公司职工对方副经理的评价还是比较好的，许多职工认为，方副经理比刘副经理和周副经理干净。如果让方副经理担任公司的总经理，他一定会免去刘副经理和周副经理的职务。洪海一边抽烟，一边观察三人的神情，他感觉方副经理对刘副经理和周副经理有看法。

洪海拉了拉金项链，然后说：“丁总是我小学的老班长，我对他很了解，是他的他要，不是他的他肯定不要。公司搞好了，如果职工损害他的利益，我也不答应。你们单位的职工这么坏，我劝说丁总不要回公司。”

刘副经理摇了摇手说：“坏职工并不多，只有几个，你劝丁总留下来才是。”

洪海皱眉说："我原来是煤炭公司职工，1993年煤炭价格放开后才进入娱乐业的，我知道国有企业的弊病和职工的毛病，我估计丁总到最后是吃力不讨好，灰溜溜出来。"

洪海对国营单位的职工没有一点好感，觉得这些人理应下岗，只有让他们吃些苦头后，才会正确认识自己，才会珍惜工作，不然，个别职工还真认为丁总想当官。其实，丁总也预感自己没有好结果，但是，他不担心这个，他想的是怎么救企业，怎么避免职工下岗。今天，五十多岁的老职工林金宝乞求他留下来，带领大家把企业救活。林金宝还对丁总说，到时候，他一定要求市委、市政府选他当劳动模范，让他成为大家学习的榜样。丁总听后很感动，他感觉职工真的很需要他。但是，想救活企业真的很难。接下来，国有企业的优势不存在了，可是国有企业的弊病却依然存在，许多职工还是老观念。不过，丁总还想试一试，他认为，只要大家齐心合力，改变旧观念，还是有希望走出困境的。

李总推门进来，"洪老板！不好啦，999包厢的叶勇摔酒杯了。"李总理了理头发，"这帮人很凶的，刚才，我们过去劝说，他们不但不听劝阻，而且还想动手打人。"

洪海扬了扬手说："李总！你别怕，我承诺过爱护你，肯定会说到做到。"

李总皱眉说："小姐说，叶勇是亿万富翁的儿子，他的父亲是上市公司的大股东。"

洪海撇了撇嘴说："还没有上市，他是药厂叶厂长的儿子。叶勇为什么摔酒杯？"

李总提了提衣领说："叶勇很狂妄，他一定要婷婷，现在，婷婷正坐丁总的台。"

方副经理揿灭烟蒂。"药厂还没有上市就如此狂妄。洪老板！我过去教训他。"

洪海摇摇手说："不用，我过去处理，再说，我的保安不是吃素的。"

夜总会的保安人员都是洪海的小兄弟，并且保安队长还练过散打，对付叶勇这帮人肯定没有问题，不过，他不会轻易动用保安人员，何况，今晚是夜总会开业大喜的日子，他不希望弄得大家都不高兴。于是，洪海走进888包厢找丁总，把事情告诉他。丁总毫不在意，马上同意把身边的婷婷让给叶勇。虽然事情很快解决了，但洪海的心里相当不舒服。叶勇早就知道婷婷是洪海的女人，可他竟然不顾洪海的感受，提出无理要求。婷婷被洪海包养以后基本上不出台了，今晚星光灿烂夜总会开业，为了照顾好客人，洪海才要她过来的。叶勇觉得今晚是个好机会，他要劝说婷婷做他的女人。洪海就是怕婷婷被有钱人骗走，因此，他有意安排她坐在丁总的身边。谁知，叶勇一定要婷婷去他的包厢坐台。洪海对叶勇的印象本来就很不好，因为叶勇总是抢他喜欢的小姐。叶勇与洪海的想法不一样，他认为，女孩子纯不纯洁不重要，只要年轻、漂亮、性感就行。对他来说，钱不是问题，只要能把喜欢的女孩子搞到手，即使比人家多花两倍的钱也没有关系。在他的头脑里，KTV和夜总会的小姐不是属于某个人的，小姐愿意跟谁就是谁的。叶勇不会去想他这样做，洪海会不会不高兴。洪海是夜总会的老板，他的优势是近水楼台先得月，但是，他的经济实力不如叶勇。洪海有点担心，可是又很无奈。

3

这两天，丁总没有来公司，他忙自己生意上的事情。刘副经理、周副经理、方副经理趁丁总不在公司，把职工叫过来开会，向大家提起丁总的顾虑，希望大家体谅丁总的难处。然后，投票形成决议，同意丁总一边主持公司的工作，一边继续做他的生意。丁总得知这一情况后，让他三个没想到：一、他的手下那么了解他；二、职工那么体谅他；三、竟然全票通过这一决议。丁总又一次被感动了，他打算逐步放弃外面的生意，集中精力救企业。不过，丁总还是有些担心，他感觉个别人还会以权谋私。

下午，丁总来到春江市人民法院，与法官商量处理公司债务事宜，并向法院提交了公司改制所需费用的清单，希望法院先从公司资产里剥离 160 万元用于改制，然后，再考虑偿还公司债务。为了让职工多拿一些补偿金，他巧立名目，多报了 50 万元的改制费用。回来后，他向市供销社领导作了汇报。市供销社领导听后笑笑说，即使春江市人民法院同意支付 160 万元改制费用，其中 50 万元也归市供销社所有。接着，丁总做市供销社领导工作，希望市供销社把这 50 万元投到新成立的股份公司里。市供销社领导表示，可以考虑。丁总有意拉市供销社入股，这样，公司遇到困难的时候，市供销社的领导就会出面帮助解决。

事情很顺利，春江市人民法院不仅同意了公司的要求，还决定月底拍卖公司办公楼，以加快改制进程。

丁总马上召开股东会，要求大家准备资金，参加拍卖，把公司办公楼买回来。然后，丁总来到市供销社找领导，希望市供销社参与进来。可市供销社领导却说资金紧张，不想参与。但丁总没有退缩，他认为，经济发展了，房价肯定会上涨。不过，价格不能过高，不然，升值空间会减少。为此，丁总专门把方副经理叫到办公室商量，一起想想办法，争取用最低价拍得办公楼。丁总是法律专业毕业的，违法的事情他不敢干，但是，打擦边球的事情他会做，不然，将失去赚钱的机会。丁总很善于发挥一个人的长处，他觉得让方副经理担任这个角色相当合适。

五月二十八日，拍卖会在市供销社会议室举行。拍卖会的地点是丁总定的，他要让竞拍者有压力。前天，参加竞拍的总共有三家，昨天，有一家觉得捞不到便宜，自动放弃了，现在，只剩下两家。

拍卖会开始前，方副经理故意坐到竞拍者的边上，与他攀谈，说公司有市供销社的支持，志在必得，然后，劝竞拍者不要参加竞拍。竞拍者说，给他 20 万元，就不拍。于是，方副经理跟他商谈。最后，方副经理答应给他 6 万元。竞拍者觉得方副经理没有说谎，便点头同意了。

结果，丁总公司以 388 万元拍得公司办公楼。第二天，那个竞拍者打方副经理的手机，可回音却是这个号码不存在。后来，竞拍者找丁总要钱，丁总声称不知道这件事情，是方副经理自作主张。竞拍者是社会上小混混，打算找方副经理麻烦，可是，他一打听就不敢了，因为方副经理的姐夫叫谢国华，是滨海区公安局城东派出所的所长。竞拍者只是一个小混混，哪敢得罪方副经理，因此，这件事就不了了之了。

一开始，公司改制阻力很大，职工都认为国家补偿太少，不仅不愿签字，还要去市政府上访；现在，感觉新公司有前途，阻力渐渐减少，同意签字的职工每天都在增加。其实，丁总心里也觉得职工的补偿金太少。按工龄补偿，工龄最长的老职工也只拿到 30000 元，年轻职工领到的补偿金更少，有的年轻职工连 10000 元都得不到。可是丁总不但不能说补偿金少，而且还要劝说职工去签字，并承诺把新公司搞好，让他们得到补偿。市供销社领导觉得丁总不仅做事认真负责，还有人格魅力，于是便答应投资参股，支持新公司。

但是，资金还远远不够经营需要，按目前的情况，公司起码要 1000 万流动资金，可现在，加上供销社的投资，只有 200 多万元。而曹明一个月销售就有 7000 多万元。200 万资金做 7000 万的生意，一查就知道是代开发票。于是，丁总约请曹明来夜总会喝酒，商量对策。

丁总一边递烟，一边说："曹明！为了应付税务人员检查，我想出了一个办法。"

曹明接过香烟："丁总！你详细说说。"

丁总解开衣扣。"我公司跟你老婆签订借款协议，借 1000 万元，作为流动资金。"

曹明竖起大拇指。"嗯，好办法。"曹明手持香烟，烟蒂贴在嘴唇上，想了想说，"为了让你的股东放心，这份协议我不存放，税务人员检查时，你给他们看好了。"

丁总跟曹明碰杯说："谢谢合作！"

曹明喝了一口酒。"为了应付检查，我要老婆每月去你公司签字领利息。"

丁总点点头。“好的。”

难题解决了，曹明很高兴，马上给夜总会李总打电话，要她安排两个小姐过来。过了一会，李总领着两个小姐走进包厢。李总很聪明，知道丁总、曹明喜欢的类型，所以，两人一看小姐的长相就满意了。然后，李总坐下来跟丁总和曹明攀谈。曹明的兴趣在小姐身上，没说上两句就牵着小姐的手到屏风后面去了，不一会儿，屏风后面传出小姐咯咯的笑声。丁总朝李总笑了笑，然后，向她了解这几天夜总会的生意情况。李总知道丁总是洪海的好朋友，便把真实的经营情况告诉了丁总，希望他常来夜总会消费。丁总觉得夜总会生意不理想与停车场有关系，于是，建议扩大停车场，并开一个后门，专门给特殊的人使用。虽然丁总貌不惊人，但是李总从他的谈吐中感觉到他的智慧超群。李总赞同丁总的建议，然后，向他介绍省城夜总会的经营办法。经过短暂交流之后，丁总觉得李总的阅历相当丰富。丁总出于好奇，开始打听李总的经历。

“你老家是哪里？”

“南方省份的农村。”

“你几岁出来打工？”

“十八岁。”

“后来呢？”

“制衣厂做了五年，”李总撩了一下秀发，“然后去卡拉 OK 做小姐。”

“你成长蛮快的，”丁总一边吃香蕉，一边说，“只用了八年时间就当上了 CEO。”

“丁总！”李总剥开荔枝壳，把荔枝放进嘴里，“不要取笑我好吗？”

“李总！”丁总拿餐巾纸擦了擦嘴巴，“再讲一讲你的人生经历。”

“以后告诉你。”李总站起来，笑了笑，“不要冷落身边的小姐。”

接着，李总转身，扭着屁股走了。李总不想一下子就满足丁总的好奇心，这样，他下一次还会找她。许多小姐喜欢编故事讲给客人听，但李总不会这样做，她觉得自己的故事已经很吸引人了，没必要再编。再说，她的故事要讲给有故事的人听，一般人想听，她也不会讲出来。

4

六月十八日，春江市再生资源有限公司正式营业。到了月底，公司的销售额达到 3000 多万元。第二个月，公司的销售额达到 8000 万元。到了第三个月，公司的销售额上升到 9700 万元。九月中旬，有人向滨海区国税局举报，春江市再生资源有限公司虚开增值税发票。于是，罗科长带队来到公司查账。两天后，罗科长向局长汇报，举报不实，春江市再生资源有限公司不存在虚开增值税发票的事情。丁总做得很仔细，不但有过磅单，而且还有收购合同、销售合同，另外不但有借款协议，账上还有付息凭证。为了立威，丁总要求罗科长抽查其他回收公司，结果六家公司被处罚，其中，举报丁总公司的企业处罚最重，罚款 86 万元，还停业两个月。这个结果，丁总也不愿意看到，但是，他不教训这些人，他们还以为他软弱可欺。果然，从此以后，同行都不敢招惹丁总了。

新公司正常运转以后，丁总马上谋划公司转型。他早就打算申报一个报废汽车拆解的项目，但是，这个项目获批的难度非常大。按规定，一个县只能批一家，现在，各县都有一家，只是春江市经济开发区还没有。另外，要有 5000 平方米以上符合拆解要求的场地。尽管难度相当大，但丁总还是决定努力争取。几天之后，通过朋友帮助，丁总请到了春江市经济贸易局的胡处长。晚上八点多，丁总和胡处长走出大酒店，接着，坐车来到星光灿烂夜总会。

胡处长叫胡淼，秃顶，又胖又矮，色眯眯的眼睛盯着李总的胸部久久没有挪开。为了让胡处长高兴，丁总要李总叫两个最漂亮最性感的小姐坐在胡处长的身边。胡处长对这两个小姐都很喜欢，左右手各抱一个，久久不放手。胡处长已经五十八岁了，他要趁机多搞些女人，不然，再过两年他就没有机会了。不一会，胡处长一手一个小姐，牵着两个小姐到屏风后面去了。丁总和李总装作没看见，只顾自己喝酒聊天。今晚，丁总没有为自己叫小姐，也没有安排公主。这样，他和李总说话会随便一些。在丁总多次要求下，李总终于说出一些刻骨铭心的经历。李总点燃一支香烟，吸了一口，然后，开始回忆。

李总吐出一口烟。“我的第一次给了同村的男孩，1986 年，他带我来到春江市南岭县鞋厂打工。”

丁总跷起二郎腿，笑问：“你的第二个男人是谁？”

李总苦笑道：“鞋厂老板。”

丁总一边吃葡萄，一边问：“为了钱吧？”

李总摇头说：“不是，为了不上夜班，弄个好岗位。”

虽然李芳的文化程度很低，连小学都没有毕业，但是她的要求却相当高，她要找一个工作舒服、待遇不错的好岗位。她觉得当仓库保管员不但不上夜班、工作轻松，而且工资和奖金都比较高，于是，她偷偷向老板请求，希望当仓库保管员。老板瞄了一下她的胸部，直截了当地告诉她，只要跟他睡一次，就调她当仓库保管员。一开始，她有些犹豫，两天以后，她答应了老板的条件。晚上，她毅然决然地走进老板的休息室，用身体交换工作岗位。后来，为了多拿奖金，她又被老板睡了好多次。

丁总弹了弹烟头上的烟灰。“现在，你是不是觉得不值？”

李总抽了一口烟。“鞋厂老板是个五十多岁的粗人，现在想想，太亏了。”

丁总夹上一片牛肉放进嘴里，然后问：“后来呢？”

李总撩了一下秀发。“我有两个姐姐一个弟弟，后来，父亲又得肠癌，无钱医治，为了全家人的生活，我开始做小姐。从此，我几乎每天要跟男人打交道。”

不过，李总觉得，她跟同村男孩的第一次还是值得的，因为他也是第一次。后来，她觉得同村的男孩很无能，不可能给她幸福的生活，于是，便离开他，去另外一家鞋厂打工。她讨厌上夜班，为了获得一个好岗位，她毅然决然地用身体与老板交换。其实，她去省城做小姐有两个原因：一、父亲得肠癌，需要很多医药费，她必须赚大钱；二、她和鞋厂老板的关系已经被老板娘发觉了，不逃的话会吃大亏。所以，她跑到省城找老乡。老乡是KTV的小姐，是老乡带她进了KTV，从此，她每天与男人们周旋。

“现在的女孩子太开放了。”丁总笑着说。

“现在都什么年代了。”李总一边为丁总倒酒，一边说，“不过，现在夜总会的公主还是比较纯的。我知道，你喜欢出淤泥而不染的女孩。有机会的，等我消息。”

有钱的男人找女孩子的要求都相当高，不但要求漂亮、性感，而且还要纯洁，可现在，这一类的女孩子很少。各种各样的男人，李总都见过，她一听就猜到丁总喜欢什么样的女孩子。其实，李总想错了，丁总不是好色之徒，他来夜总会，不是玩弄女性，而是为了工作，迎合客人的喜好。丁总想解释几句，可仔细想了想，又觉得作用不大，因为李总不会相信他的话，再说，虽然他没有玩弄女性的想法，但是他又的确喜欢漂亮、纯洁的女孩子。于是，丁总笑了笑，然后，转换话题。

“李总！”丁总瞄了李总一眼，“你孩子几岁了？”

“五岁了。”李总抬头看着丁总，“哎！你怎么知道我有孩子？”

“嗯——”丁总从水果盘里拿了一颗金橘，“从你的体形看出来的。”

“佩服！”李总竖起大拇指，“你真的相当厉害。”

“你能否告诉我，”丁总擦了擦金橘，放进嘴里，笑问，“孩子的父亲是谁？”

“这个不能说，连洪老板都不知道我的经历。”李总看了看手表，站起来，“派出所的谢所长要来检查，我得迎接一下。”

丁总看着李总妖娆的身姿，思考了一下，他觉得李总不是不想告诉他，而是看他会不会在外面乱说。李总今晚讲述的经历，洪海都不知道，她愿意说出来是对丁总的信任。丁总喝了不少酒，想躺在沙发上睡一会，可是他刚眯上眼睛，胡处长搂着小姐的腰，从屏风后面走出来，要继续喝酒。丁总看了看胡处长的神色，感觉他对两位小姐的服务相当满意。丁总走上前去，给胡处长递烟。胡处长拿毛巾擦了擦手，然后接过香烟。

胡处长扭了扭脖子说："春江市经济开发区有待发展，现在的人口和车子都不多，即使得到报废汽车拆解项目，也没效益，还不如想办法搞倒滨海区报废汽车拆解公司。"

丁总拿出打火机给胡处长点烟。"要得罪人的，不好吧？"

胡处长抽了一口烟，然后说："这样吧，你想好以后再找我。"

5

第二天，丁总把刘副经理叫到办公室，商量报批报废汽车拆解项目的事宜，并把胡处长的想法告诉了刘副经理。

刘副经理手持香烟，烟蒂贴在嘴唇上，思考了一下说："我赞同胡处长的意见。"

丁总喝了一口水。"太狠心了一点。"

刘副经理给丁总抛去一支香烟。"你看人家多狠，我们公司成立刚三个月就想告倒我们。再说，滨海区报废汽车拆解公司拆解场地面积不够，环保完全不达标。"

丁总点燃香烟。"他们不看长远，只顾眼前。"

刘副经理扭了扭脖子说："现在，正是投资这一项目的好机会。"

丁总很看好这一项目，它不但符合公司的发展方向，而且没有竞争。丁总认为，春江市供销社下属企业一直吃国家饭，要把他们的思想一下子扭过来的确很难，转型应尽可能考虑具体情况。可是，丁总又不愿得罪人。丁总仰头，一边抽烟，一边看着房顶。

这时，方副经理敲门走进丁总办公室。刘副经理见方副经理有事找丁总，便主动离开。方副经理关上门，然后，从口袋拿出辞职报告，递给丁总。丁总看后，似乎不是很意外，他对方副经理比较了解。丁总知道，方副经理请求辞职主要是经济上的原因，前几年，他做期货，亏了不少钱，现在，投在公司的钱都是借来的。

方副经理给丁总递上一支香烟："我想开一个回收公司，赚钱还账。”

丁总点头说：“你的情况我知道，你离开公司我理解，但是要小心，要稳一点。”

方副经理理了理头发：“我会按我们公司这一套办法去做的。”

其实，方副经理对公司经营办法不甚了解，丁总跟曹明签订的借款协议他就不知道。但丁总又不好把经营上的秘密告诉他，如果大家的做法跟公司一模一样，麻烦就会随之而来。不过，方副经理有姐夫帮忙，税务人员定会关照他。再说，他姐夫是派出所的所长，估计一般人不敢得罪他。因此，丁总没有多说。

方副经理弹了弹烟头上的烟灰：“你不要为难，按规定拿掉我的职务股份。”

丁总皱眉说：“我们公司的领导班子是长项互补的，你走后就缺一员猛将了。”

方副经理马上表态：“我还是公司的股东，有需要我的叫一声，我就过来。”

丁总喝了一口水。“听说你打算跟妻子离婚？”

方副经理点头。“嗯，过几天就办离婚手续。”

丁总一边给方副经理倒水，一边问：“无法改变了？”

方副经理解开衣扣。“她也想离，现在每天晚上都出去跳舞。”

丁总把茶杯放在茶几上。“舞厅这么乱，跳舞确实不好。”

方副经理拿起茶杯，喝了一口。“现在，母亲比我还着急，老催我离婚。”

这件事，丁总也知道一些。有一天，丁总和朋友一起去舞厅找人，看见方副经理的妻子正跟他的同学跳舞。丁总对这个同学很了解，他专门去舞厅找家庭感情破裂而又年轻貌美的女人，听说他屡屡得手。其实，方副经理也非常花心，身边女人不断，但现实社会偏向男人。男人找女人，大家都能理解；女人找男人，不可原谅。现在，不仅方副经理坚决要离婚，而且他的母亲还天天催他离婚。方副经理办公司也得到母亲的支持，她专门找女婿要他帮忙疏通关系。她认为，只要儿子有钱，再娶一个小姑娘都没有问题。方副经理仅仅三十多岁，长得又这么帅气，有了钱，娶个小姑娘肯定没有问题。

丁总抽了一口烟。“你要好好赚钱，女人少玩点。”

方副经理摇头说：“最近几乎没碰女人，我要一门心思赚钱。”

丁总弹了弹烟头上的烟灰。“你不玩女人，我不相信。”

方副经理笑着说：“小姐主动找我，才玩一玩。”

丁总喝了一口水。“听说你跟夜总会的小姐搞上了。”

方副经理点头说：“嗯，是她主动打我电话。”

丁总戏谑说：“你长得帅，不用花钱。”

方副经理欠了欠身，然后问：“你觉得夜总会李总怎么样？”

丁总笑问：“你想打她的主意？”

方副经理干咳了一声说：“我没有打她主意，是她打我的主意。”

李总眼光非常厉害，一看方副经理的身材就知道他是个猛男，于是，她向小姐打听方副经理的手机号码。昨天，李总打方副经理的电话，希望他去夜总会唱歌。方副经理平时喜欢在电话里撩女人，于是，便与李总开玩笑，说自己喜欢李总这一类的女人。谁知，李总马上当真了。这不是李总不矜持，而是她太需要男人了，她是顺水推舟。如果方副经理想得到她，她肯定会将计就计。丁总听后，基本上相信，他也感觉李总很开放。不过，李总找男人是有条件的，除了年轻、帅气之外，还必须有权或者有钱。丁总手持香烟，烟蒂贴在嘴唇上，皱眉思考，他对李总的经历越来越感兴趣了。

6

两天后，夜总会的李总给丁总打电话。

“丁总！夜总会有一位公主，二十岁，非常漂亮，但很傲慢，想不想驯服她？”

“有点好奇，可以认识一下，再说，今晚，我刚好有客人。”

接着，丁总给胡处长打电话，约好晚上八点到夜总会唱歌。

今晚，丁总有点着急，七点五十分就到了夜总会。谁知，公主早就站在包厢里等候他了。丁总偷偷瞄了公主一眼，觉得她真的长得很漂亮。她身高1米68，一头乌黑的披肩发，肤如凝脂，一双迷人的桃花眼，脸型、嘴型、牙齿都无可挑剔，并且还拥有极其少见的希腊鼻。丁总看了一眼就动心了，于是，他开始与公主交流。不到五分钟，他就感觉她对男人防备心很强，并且性格刚烈，一点不温柔。丁总很好奇，他不急，决定慢慢了解她。

胡处长很准时，八点整走进包厢。胡处长还没有落座，两位小姐就进来了，看来，胡处长已跟两位小姐很熟了。丁总给胡处长递烟，然后，借一步说话，告诉胡处长，他打算告倒滨海区报废汽车拆解公司，请胡处长指点。

胡处长很爽快，马上向丁总透露："该公司有违规行为，可要求取消经营资格。"

丁总一边给胡处长点烟，一边问："是哪方面违规？"

胡处长抽了一口烟，然后说："一、违规把公司承包给个人；二、承包人违规卖汽车发动机。购买者将旧发动机改装到拖拉机上，后来，造成一死一伤。"

丁总点头说："嗯，性质严重。"

胡处长指点说："你不要着急，先买10亩地，等条件基本具备后再申请该项目。"

丁总握胡处长的手，"谢谢！知道了。"

丁总听后很高兴，马上拿起酒杯与胡处长干杯。胡处长不喜欢喝酒，喜欢女人，他喝了两杯啤酒后，牵着小姐的手到屏风后面去了。现在，只剩下丁总和公主两个人了，于是，丁总趁机找公主聊天。公主来夜总会才四天，就已感觉到这里是不可久留的地方，来夜总会的人，不是好色之徒，就是搞阴谋诡计的人。在她眼里，胡处长是个好色之徒，丁总是个搞阴谋诡计的人。她觉得搞阴谋诡计的人更难对付，会不知不觉上他的当。不过，她又觉得搞阴谋诡计的人也有好的方面，他的手不会乱摸乱动，丁总就是这种人，心里想摸她却不出手。公主为丁总倒好酒，然后，站在边上等待他说话。

“公主！”丁总在沙发上坐下，“你姓什么？”

“姓秦，”公主瞄了丁总一眼，“秦国的秦。”

“秦国公主，”丁总风趣地说，“您坐下，一起喝酒怎么样？”

“是秦公主，”秦公主莞尔一笑，“不是秦国公主。”

“坐下吧，”丁总跷起二郎腿，“我们一边喝酒，一边聊天。”

“丁总！”秦公主在沙发上坐下，“我酒量很差，能不能不喝酒？”

秦公主确实酒量很差，不过，她不喝酒是怕醉酒后被坏男人算计。前天晚上，她亲眼看到一个坏男人，为了达到目的，和别人一起，千方百计把一个叫桃子的小姐灌醉，最后，桃子在醉酒状态下被他带走。昨晚，秦公主偷偷问桃子，那个男人有没有对你下手？桃子点点头。接着，秦公主又问桃子，为什么不报案？桃子摇摇头说，在夜总会做小姐的，遇到这种事情，一般都不报案，即使报案，也说不清楚。秦公主听后，很害怕，所以她尽量不喝酒。今天上午，秦公主已开始在街上找工作，她想当服装店的服务员，可是服装店的工资很少，于是，她决定在夜总会待几天后再说。

“没事。”丁总拿起茶杯，“我们喝水。”

“丁总！”秦公主喝了一口水，“听说我们老板是你同学？”

“是的。”丁总从果盘里拿了一个橘子递给秦公主，“我是不是比你们老板老？”

“我觉得，”秦公主接过橘子，“你和我们老板都有点老相。”

“你呀。”丁总一边剥花生，一边说，“不会讨好男人。”

“丁总！”公主一脸严肃，“你是不是觉得我们应该低人一等？”

“噢。”丁总摇摇手，“不是不是。”

丁总解释了，可秦公主仍然没有笑脸，但是，丁总不但没生气，反而更尊重秦公主，他觉得秦公主很注重自己的人格。不过，要是换成其他客人，她肯定会被客人赶走。但是她肯定不怕，换人就换人。她当公主的第一天晚上，她进包厢不久就被客人轰出来，好在她长得漂亮被其他客人看中，进了另一个包厢。前天晚上，又差点被客人轰走，幸好李总在场，帮她解释，她才留了下来。她知道自己的性格不适合在夜总会工作，可又不想改变。丁总瞄了秦公主一眼，感觉她无法在夜总会待下去。尽管秦公主很讨厌夜总会的工作，可是别的地方的工资又没有夜总会多，她只好做一段时间后再说。不过，她实在待不下去的话，还是会去别的地方上班的。秦公主看了看丁总的神情，感觉自己说话的语气有点问题，于是，朝他笑了笑。

丁总故意问："你在这里工作顺心吗？"

秦公主一边剥橘子，一边说："不顺心。"

丁总吐出一口烟。"想不想待下去？"

秦公主一边吃橘子，一边说："我想有什么用呀，客人不会喜欢我。"

丁总手持香烟，烟蒂贴在嘴唇上，思考了一下说："我帮助你。"

秦公主拿餐巾纸擦了擦嘴巴，然后提了提衣领，"你为什么要帮助我？"

丁总直言："我喜欢你的性格，另外，你想出淤泥而不染很难，我要帮你一下。"

秦公主有点感动了，但还是有所戒备："欠你人情怎么还呀？"

丁总揿灭烟蒂。"不用还。"

丁总说到做到，拿起手机马上给朋友打电话，接连打了十几个。所有朋友都答应帮他的忙，但有的朋友却笑他肯定被小姐迷住了，他否认，可他们不相信。他担心这件事情传到公司职工的耳朵里，造成不良影响，以为他去夜总会不是为了公司的发展，而是为了泡小姐，再说，现在公司还刚刚起步，团结齐心很重要。但是他又觉得，既然答应秦公主了，就不顾那么多了。接着，丁总给洪海和李总打电话，要两人关照一下秦公主。两人一口答应。两人认为，丁总喜欢秦公主对夜总会的生意有好处，如果他的朋友都来夜总会消费，获益就更多了。丁总打完电话，要秦公主把他和他朋友的电话都存起来，便于日后联系。然后，丁总躺着沙发上休息，直到胡处长从屏风后面走出来，他才坐起来和大家一起喝酒、摇骰子。秦公主很开心，一边替丁总喝酒，一边为他们服务。

7

第二天，丁总听到一个好消息，说市供销社赵副主任的手里有一张成立烟花经营公司的批文。如果公司拿到这一批文，职工的吃饭问题就可以解决了，因为烟花爆竹经营公司是专营公司，没有竞争，只要把安全搞好，是稳赚不赔的。于是，丁总马上来到市供销社找赵副主任。赵副主任是从粮食局调过来的，认识丁总还不到半年，但是，他对丁总的印象非常好，觉得丁总不但做事认真，而且还有人格魅力。其他单位改制没有一年都改不下来，丁总的公司不到三个月就完成了改制。这主要的原因是丁总的威望高，他在职工会议上明确表态：企业改制不要老翻历史的旧账，要看重现实，有条件的企业以发展来解决矛盾，拖得越久改制成本越高。丁总的话不但市供销社的领导爱听，而且公司职工没有一个敢当面反对。让赵副主任想不到的是，后来，职工还百分百赞同丁爱国担任公司总经理。为此，赵副主任在市供销社党委会议上感慨地说，企业领导任命制缺陷明显。丁总对赵副主任的印象也非常好，觉得他不但是一个优秀的领导干部，而且还是一个管理企业的行家。

赵副主任四十多岁，个子不高，戴着一副近视眼镜，皮肤白白的，看上去很儒雅。

赵副主任一边泡茶，一边了解丁总公司的经营情况："公司经营怎么样？"

丁总理了理被风吹乱的头发。"目前还可以。"

赵副主任把茶杯放在茶几上。"春江市进口废电机的数量越来越大了。"

丁总给赵副主任递烟。"我觉得国家要取消再生资源的优惠政策。"

赵副主任接过香烟。"我看一两年内还不会取消。"

丁总认为，目前的再生资源优惠政策除了税收流失之外，还会造成环境的严重污染，现在，滨海区码头上堆满了废旧塑料，风一吹，塑料薄膜满天飞。丁总对塑料再熟悉了，他办过塑料厂，卖过塑料原料，他知道全国一年乙烯、丙烯等塑料的产量。如今，国产的乙烯、丙烯都开始出口了，可再生资源企业却利用税收的优惠政策大量进口废旧塑料，获取微薄的利润。换言之，就是因为再生资源的税收优惠政策，才造成了环境的严重污染。所以，丁总觉得，国家将会取消再生资源的优惠政策，不然，真的得不偿失。

丁总一边给赵副主任点烟，一边说："未雨绸缪，提前转型。"

赵副主任抽了一口烟。"你打算朝哪个方面转。"

丁总皱眉说："国营改制的企业有两个特点：一、职工年龄大；二、职工没钱。"

赵副主任点头说："确实存在这两种情况。"

丁总欠了欠身，然后问："赵主任，听说您手里有一张经营烟花爆竹的批文？"

赵副主任笑笑说："原来你找我是为了要批文。"

丁总喝了一口水。"可以谈条件，再说，现在市供销社的日子也还好过。"

现在，春江市供销社的性质既不是企业，又不是行政事业单位，市政府每年只拨给市供销社 20 多万元的钱，不足部分由他们自己想办法解决。丁总估计，眼下市供销社最需要的是钱。赵副主任听后，觉得可以谈一谈。再说，市供销社不抓收入，下个月就发不出工资了。赵副主任对手里的批文评估过，觉得这个批文起码值 30 万元。而丁总的估价却远远不止，他认为，随着老百姓生活水平的提高，烟花爆竹的销量将逐年上升。丁总对国家的经济发展不但非常看好，而且坚信不疑，所以，他办事情都从长远考虑。其实，不是赵副主任不看好国家的发展前景，而是他手里的批文有瑕疵。原因有以下两方面：一、滨海区已有一家烟花爆竹专营公司，并且，它的经营区域包括春江市经济开发区；二、以后批下来的烟花爆竹经营公司，其经营区域仅限于春江市经济开发区的商业街，虽然这个商业街约有 4 平方公里，但是烟花爆竹的销量相当有限。

赵副主任拿来批文递给丁总。“你先看一看批文，然后，再谈条件。”

丁总仔细看了一遍，然后说：“批文有限制，销量不大，但我还是想要这个项目。”

赵副主任吐出一口烟。“出 50 万元，经营权给你们公司。”

丁总手持香烟，烟蒂贴在嘴唇上，思考了一下说：“这样吧，经营权给我们，每年给市社 10 万元。为了让你们放心，你们占股百分之三十。”

赵副主任觉得从长远看很合算，点头说：“我先跟市供销社蒋主任通个电话。”

接着，赵副主任跟蒋主任通电话，向他做了汇报。蒋主任同意合作方式，但是希望丁总公司先付 20 万元，以帮助市供销社解决资金困难。丁总点头答应，并给公司财务科科长打电话，要他马上开一张 20 万元的支票送到市供销社。半个小时后，市供销社拿到了 20 万元的支票。接着，赵副主任把批文交给丁总。事后，有职工说，丁总太急了，可能赚不了钱。可过了半个月，公司职工人人称赞丁总高明，因为他们已得到消息，滨海区烟花经营公司希望联营。上星期，丁总通过朋友转告滨海区烟花经营公司，如果不联营，市供销社烟花经营公司就在商业街低价销售烟花爆竹。滨海区烟花经营公司一听就怕了，马上回话，同意联营，但利润分成要坐下谈。

接着，丁总派周副经理跟他们先谈，可是谈了两天，效果很不理想，他们坚持二八分成，只给市烟花经营公司百分之二十的利润。第三天晚上，丁总把谈判地点放在星光灿烂夜总会，叫上周副经理和刘副经理，与滨海区烟花经营公司的林总、沈副经理、梁副经理谈判。谈判前，丁总跟林总开玩笑说，“谈成了，今后我带你们来这里快乐，谈不成，你们的日子不会好过。”滨海区烟花经营公司的林总听后觉得丁总不是在开玩笑，而是有意提醒和警告他。凭实力，滨海区烟花经营公司肯定斗不过春江市烟花经营公司。再说，丁总从来说到做到，把他惹火了，滨海区烟花经营公司肯定没有好日子过。林总叫林松，他人高马大，胆子却很小，不敢与丁总斗智斗勇。滨海区烟花经营公司的沈副经理和梁副经理也不敢得罪丁总，不过，两人不敢得罪丁总，是有其他原因的。两人已架空了林总，控制公司业务科，一直在订货时吃回扣，所以，两人怕得罪丁总对自己不利。于是，两人坐在边上，既不反对，也不表示同意。沈副经理、梁副经理吃回扣的事情，周副经理已向丁总汇报过。丁总打算利用林总与沈副经理、梁副经理之间的矛盾，先把联营协议签下来，然后，再逐步解决沈副经理和梁副经理吃回扣的问题。沈副经理叫沈良，四十多岁，中等身材，表面直爽，其实，他是一个有心计的人。梁副经理叫梁材，不到四十岁，身材偏瘦，不爱说话，他跟沈副经理一样，也是一个有心计的人。

林总喝了一口酒。“股份可以给你们多一点，但人员要用我们公司的职工。”

丁总弹了弹烟头上的烟灰。“这个好商量。”

林总解开衣扣。“嗯——这样吧，三七分成，你们占百分之三十的股份。”

丁总扭了扭脖子说：“听说你们烟花仓库不仅小，还不合格，要重新造仓库。”

林总点头说：“是的。”

丁总跷起二郎腿。“我们联营后，烟花仓库合造一个就行了，你们也可以省钱。”

林总拿起酒杯与丁总的酒杯碰了一下，笑着说：“所以，我们同意联营。”

丁总喝了一口酒，认真地说：“这样吧，股份按四六，人员按二八。联营后，买一辆面包车，组织人员打击非法渠道进来的烟花爆竹，以提高我们公司的销量。”

林总有点不情愿，但没有办法，只好勉强同意。接着，双方草签了一份四六分成的联营协议。协议确定，春江市烟花经营公司占联营公司百分之四十的股份，滨海区烟花经营公司占联营公司百分之六十的股份。这是双赢的协议，如果打价格战，双方不但没有利润，而且还会出现亏损。

丁总见大事办成，非常高兴，马上给夜总会的李总打电话，要她叫六个小姐进来，当然，还要加一个秦公主。

8

丁总和滨海区烟花经营公司的林总签订了联营协议之后，来到市供销社找赵副主任汇报近期工作，并谈了申请报废汽车拆解项目的计划。赵副主任对丁总的工作很满意，但因为市供销社手头上没有余钱，所以他暂不考虑投资新项目。可是，要申请报废汽车拆解项目，必须购买土地，没有自己的拆解场地，申请报废汽车拆解项目将更加困难。因此，丁总要说服赵副主任，支持他的工作。

丁总喝了一口水。“市经贸局的胡处长认为，该项目必须有国资参与。”

赵副主任弹了弹烟头上的烟灰。“再生资源公司到年底有多少分红？”

丁总皱眉说：“利润很薄，分红不多。”

赵副主任思考了一下说：“该项目我帮你们申请，批下来之后，你们每年给市供销社 10 万元。另外，国资参与的事情，你对外就说市供销社占百分之五十一。”

丁总点头，觉得赵副主任的想法很不错。报废汽车拆解项目批下来以后，市供销社不用投资，每年也有 10 万元的收入，而报废汽车拆解公司即使一年有几百万元的利润，也只拿出 10 万元就够了。这种办法对双方都有好处。两天后，丁总来到滨海区经济开发区，与开发区管委会主任商谈购买工业用地事宜，并签订了 10 亩购地协议。

丁总回到公司，马上召开中层干部会议，商量增加投资，购买工业用地事宜。谁知，除了刘副经理、周副经理和一些中层干部同意投资之外，其他人的积极性都不是很高。丁总感觉还有其他原因，于是，散会后，向刘副经理了解情况。

刘副经理欠了欠身说："据我了解，有以下三方面原因：一、职工确实没钱，有的职工为了买公司大楼，向亲戚朋友借了钱，现在，他们每个月还要付利息；二、部分职工认为，土地每亩14万元，价格有点高，所以市供销社不投资；三、个别职工认为，申请废旧汽车拆解项目难度很大，担心收不回投资。"

丁总皱眉说："接下来，还要与滨海区烟花经营公司合建烟花仓库，资金真的成问题。"

刘副经理喝了一口水。"报废汽车拆解项目很好，不去申请太可惜了。"

丁总手持香烟，烟蒂贴在嘴唇上，思考了一下说："职工不投，我投。"

刘副经理放下茶杯。"只有你占大头，这件事才能办成。"

丁总手指轻轻敲击桌面。"这样吧，集资150万元，股东先投，不足部分都由我来投。"

一个星期后，经统计，股东集资72万元，占百分之四十八，丁总没有犹豫，第二天就拿出78万元。然后，汇给滨海区经济开发区140万元。留下的10万元作为业务费用，之前已用了12000元，还剩余88000元。

丁总越来越忙了，他决定放弃自己的生意，集中精力把报废汽车拆解项目办下来。半个月后，他停掉了自己的生意，并用收回来的资金，在滨海经济开发区买了50亩土地。丁总的想法跟许多人不一样，他认为，工业用地还要涨，五年内将涨到每亩30万元左右。

丁总忙完了手头的事情后，又把胡处长请到夜总会，向他请教取消滨海区报废汽车拆解公司经营资格的步骤。经了解，想要取消滨海区报废汽车拆解公司的经营资格很不容易，必须经过省经贸局汽车更新办公室批准，下文件才行。于是，第二天一早，丁总就跑到市供销社向赵副主任汇报。经过商量决定，先做省供销社领导的工作，然后再由省供销社领导与省经贸局领导商谈。丁总的运气真好。省政府为了加快推进供销社系统的体制改革，特地派王副秘书长担任省供销社主任。王主任听了赵副主任的汇报后，马上给省经贸局领导打电话，要求取消滨海区报废汽车拆解公司的经营资格，并建议成立报废汽车拆解审定小组，重新确定定点单位，最后，王主任还要求，该审定小组要由省经贸局、省环保局、省供销社三个单位派员组成。

丁总回到公司后，召开中层干部会议，向大家讲了申请报废汽车拆解项目的进展。大家听后，欢欣鼓舞。个别中层干部心里开始后悔了，觉得自己投的钱太少了。

第二章

1

过了一个星期，赵副主任把丁总叫到办公室，说全国供销总社将组织考察团，到澳大利亚考察再生资源利用情况，要求丁总报名参加，并告诉他省供销社业务处的戴处长也将参加考察团。丁总心里清楚，跟戴处长搞好关系对申请报废汽车拆解项目大有好处，于是，他马上答应参加。接着，丁总跟赵副主任握别，来到春江市经济开发区参加拆建会议。两小时后，丁总兴冲冲地回到公司。根据春江市经济开发区拆建政策，丁总公司办公楼被拆建后将获利500万元以上。丁总坐在办公室里仔细研究拆建政策，觉得选择拆建还房将获利更多，于是，他马上给春江市经济开发区拆建办公室的吴主任打电话，向他请教。吴主任叫吴垠，是丁总的同学，他马上向丁总透露后续政策。

“春江市开发区缺钱，将鼓励拆建户拿房，后续还会出台优惠政策。”

“这样的话，我们决定拿房。”

“但是，造房子要三年。”

“没关系，我们等。”

“以后，我及时把政策告诉你。”

“吴同学，晚上一起吃饭怎么样？”

“不好意思，已经安排了。”

“等你吃了饭后，到星光灿烂夜总会唱歌总可以吧？”

“嗯——好吧！”

“晚上七点半左右，我打你电话。”

“行。”

丁总的老婆傻乎乎的，以为卡拉OK、KTV、夜总会跟练歌房差不多,有时候,她见丈夫老待在家里看书,便劝他去卡拉OK唱歌，练练歌喉。她哪里知道，她丈夫去的夜总会、卡拉OK、KTV都有三陪小姐服务的。好在丁总有良好的自控力和自制力，没有工作需要，他一般不去，除非朋友或者同学强拽他。不过，丁总预料，他老婆迟早会知道夜总会里面的真相。可是，为了工作，为了把事情办成，他不去夜总会不行。现在，想把事情办好，请人家吃饭喝酒，是最起码的事情。虽然吴主任是他同学，但是如果他不与吴主任搞好关系，也有可能得不到好处。丁总知道，拆建过程相当复杂和繁琐，什么东西可以赔偿，赔偿多少，都由开发区拆建办公室审定，关系好的话，违章建筑也可以赔偿。公司办公楼后面的小仓库就是违章建筑，如能赔偿，请他吃饭唱歌算什么呢?

晚上，丁总把周副经理、刘副经理也叫来了，因为下个星期他要出国考察去了，让两人跟吴主任熟悉熟悉，有事情可以找吴主任商量。大家聊了一会儿后，周副经理建议，摇骰子喝酒。

刘副经理干咳了一声说：“我和周副经理，加上两个小姐为一组，丁总、吴主任以及二位的小姐为另一组。秦公主！拿骰子倒酒。”

丁总摇头说：“我酒量不好，吴主任又喝过酒，我们这边肯定要输。”

刘副经理解开衣扣。“你们再加上秦公主，五比四可以了吧！”

吴主任扬了一下手说：“行！来吧！”

吴主任高高的个子，白白净净、温文尔雅、性格爽直。

丁总一边在吴主任边上坐下，一边说：“吴主任！你跟刘副经理摇骰子。”

接着，吴主任跟刘副经理摇骰子，结果，刘副经理连输六次。然后，周副经理替换刘副经理，结果，周副经理连输三次。周副经理身边的桃子小姐自告奋勇，要跟吴主任对战。吴主任马上同意，结果二比八，桃子赢了吴主任。吴主任不服输，继续摇，结果又三比七输给桃子。接着，丁总跟桃子对战，结果输得更惨。没办法，吴主任继续跟桃子摇骰子，结果，基本上还是输两次赢一次。更糟糕的是，丁总这边的小姐不但不会摇骰子，而且酒量又不好。丁总见秦公主蹙眉喝酒，不忍心，宁可自己多喝。秦公主见丁总的脸都喝青了，觉得他再喝下去肯定受不了，于是，抢过他手中的酒杯，分给两个小姐喝。丁总的小姐见秦公主的酒杯空空的，便把自己杯里的酒倒在秦公主的酒杯里。见状，丁总拿起秦公主的酒杯一饮而尽。

桃子见丁总喝不下了，便说："吴主任！我们先歇一歇怎么样？"

桃子长得白白胖胖的，性格又直爽，大家都很喜欢她。

吴主任不服输："再来六下。"

丁总眯着眼睛，扬了一下手说："喝！要让吴主任喝高兴！"

结果，吴主任又五比一输给了桃子。没有办法，丁总又接连喝了两杯。秦公主看着丁总的脸，有点心疼。丁总躺在沙发上，摇了摇手，实在喝不下了，然后，他要小姐带吴主任、周副经理、刘副经理去舞池跳舞。不一会儿，他们都跳舞去，只剩下秦公主坐在丁总身边。接着，秦公主拿来一条毛巾，细心地擦着丁总额头上的汗。丁总迷迷糊糊的，只是感觉有人擦他的脸颊。

2

丁总来澳大利亚考察已经有两个星期了，在此期间，他的感悟颇多，主要有以下六个方面：一、澳大利亚政府的环保理念与中国不同，前几年就已实行垃圾分类。他们认为，垃圾是放错了位置的资源，政府要优先考虑再生资源企业的土地供应，甚至无偿提供土地。二、对装修垃圾和建筑垃圾实行收费，以降低回收企业运营成本。三、尽可能把废旧物资运往国外，减少本国环境污染。四、澳大利亚的天空每天都是湛蓝色的，街道比中国干净。五、几乎每个家庭都有两辆车，并且开了七年左右就报废，因此，废旧汽车回收企业都忙不过来，只能把报废汽车运往国外拆解。六、澳大利亚的交通警察很少，路口都有摄像头。并且，对违规横穿马路的行人处罚严厉，如果因此车祸造成死亡，驾驶员不负责任。

丁总跟省供销社戴处长同屋，晚上，两人经常谈白天考察的感想。戴处长三十七岁，是个美男子。前几年，他与老婆离婚了，现在还一个人。

丁总给戴处长抛了一支烟，然后说："我打算回国后写一份调研报告给主管部门，尽快搞垃圾分类的试点，以减少垃圾填埋场的压力。"

戴处长点燃香烟，"嗯，我们上下联动，全省搞三五个试点。"

这时，手机响了，丁总一看是秦公主打过来的，便捂嘴问："秦公主！有事吗？"

手机里传出秦公主温柔的声音："丁总！你什么时候回来呀！"

丁总扭了扭脖子说："还要五天。你今晚不上班呀？"

秦公主说："李总女儿得肺炎住院，我在医院照顾她。"

丁总吐出一口烟。"噢。"

秦公主关心地说："你白天辛苦了，晚上早点休息。"

秦公主不但变温柔了，而且还开始关心丁总，这让丁总很开心，不过，丁总又觉得秦公主态度的改变得有点快，她从防范他到想念他才过了两个月，这反而让他觉得秦公主也是逐利的人，因为这段时间，他的好朋友都看在他的面子上点名要秦公主为他们服务。其实，丁总错怪秦公主了。事情是这样的。昨天晚上，徐总带着海关缉私队的朋友来夜总会消费。后来，洪海和李总过来敬客人的酒。喝酒的时候，徐总提起丁总，说他做生意精明，心却很软，为了救公家的企业，放弃一年几百万的收入，回原单位工作。秦公主听后，对丁总肃然起敬，她回忆两个月来丁总对她的帮助，觉得丁总是个可敬可爱的人。她明知丁总这几天还在澳大利亚考察，却忍不住拿起手机打他的电话，她觉得，虽然她无法跟丁总见面，但是，她可以在电话里听到他的声音。

戴处长笑笑说："丁总！这个秦公主肯定是你的情人。"

丁总摇了摇头说：“不是。”

戴处长弹了弹烟头上的烟灰。“她是李总的情人，对吗？”

丁总笑着说：“李总是女的，她是春江市星光灿烂夜总会的总经理。”

戴处长点了点头，“原来是这样。”

丁总喝了一口水。“李总很能干，二十七岁就在省城的夜总会当副总。”

戴处长抽了一口烟。“夜总会的女孩子大多因为生活所迫才出来做小姐的。”

丁总点头。“李总有两个姐姐一个弟弟，后来父亲得肠癌，她为了赚钱才做小姐。”

丁总对小姐、领班的经历很感兴趣，一有机会就打听她们的经历。后来，他发觉有的小姐，为了得到客人的同情，有意编造不幸的经历，从此，这一兴趣慢慢减弱。不过，他坐在包厢里，与小姐无话可说时，还是喜欢了解这些方面的事情。有时候，他像公安人员查户口一样，了解小姐的年龄、住址、文化程度以及家庭情况。对此，许多小姐不解，问他为什么喜欢打听这些内容。丁总笑答，通过这些方面的调查，可以推断哪些省份的农村比较贫困。小姐听后，都觉得他说得有道理，因为她们确实来自贫困的农村。

戴处长听后很好奇，追问：“李总是不是南方人？”

丁总放下茶杯。“是呀！”

戴处长惊诧。“你说说她的长相。”

丁总揿灭烟蒂。“长得很漂亮、很性感，身高1米68。”

戴处长急切地问：“李总是不是有一个五岁的女儿？”

丁总点头。“是的。”丁总看着戴处长，“你认识李总？”

戴处长皱眉说：“我有个同学叫许亮，他妻子不能生育。后来，他和夜总会小姐生了一个女儿。估计李总就是他的女朋友，其他都符合，就是姓不同，许亮女朋友姓夏。”

丁总挠了挠鼻子说：“李总不姓李也是有可能的。”

夜总会从小姐到上层管理人员改姓名的现象很普遍，她们的名字几乎全是假的。她们现在是吃青春饭为生，到了一定年龄还是要回老家的，再说，她们当中大部分人还没有嫁人。在这个行业里，没有一个人会对家里说实话的，都说自己在外地打工。丁总估计，秦公主的姓也是假的，他感觉过不了多久，秦公主也会被男人骗上床。不过，丁总还是希望秦公主跟其他小姐不一样，不然，秦公主就真的辜负了他的期望。

许亮的老婆不能生育，好不容易有了一个女儿却不知她的去向，为此，他十分烦恼。现在，他几乎每天都在省城各娱乐场所寻找。戴处长给丁总扔上一支烟，然后要他回国后想办法打听一下李总的真实姓名。如有必要，他要许亮到星光灿烂夜总会核实一下。

3

丁总回国后第一件事就是打听李总的真实姓名，但是很失望，他从秦公主那里得到回话，李总的确姓李，叫李芳。于是，丁总把打听到的情况马上告诉了戴处长，可是戴处长仍然觉得，李总就是许亮的女朋友，并怀疑李总用假姓名。第二天，许亮坐车来到春江市滨海区，并在星光灿烂夜总会对面等待李总出现。晚上七点，李总坐出租车来到夜总会，她一走出出租车就被许亮认出来了。半个小时以后，许亮约好丁总来茶楼见面。

“丁总！你好！请进！”许亮握住丁总的手，自我介绍，“我是许亮。”

“你好！”丁总给许亮递烟，“你有什么吩咐尽管说。”

“我想偷偷见女儿。”许亮接过香烟，“不能让女儿母亲知道，不然，她又带着女儿去一个不让我知道的城市。”

“噢。”丁总思考了一下，拿出手机，“我打个电话，看一看有没有机会。”

“好吧。”许亮一边点烟，一边说，“远距离看一眼也行。”

“小秦！”丁总示意许亮不要说话，“你在医院吗？我车里有条澳洲围巾想送给你。”

“我九点前在医院，九点后阿婆接我班。你来吧，滨海区人民医院 3 栋 9 楼 16 床。”

“好的。”丁总关掉手机，“许亮！你戴上墨镜、口罩，你女儿还会认出来吗？”

“不会，”许亮吐出一口烟，“我戴上墨镜、口罩，我女儿肯定认不出我了。”

路上，许亮简单地讲述了他与李总从认识到分手的过程。五年前，许亮在省城一家夜总会认识了李总，很快，两人坠入爱河，不到三个月就怀孕了。于是，许亮跟妻子协商离婚，为此事，双方纠缠了半年。最后，许亮的妻子还是不同意离婚，但答应养育丈夫和李总生的女儿。许亮妻子不能生育，代养丈夫的孩子，她可以接受。但李总不同意，她要抚养女儿长大。后来，李总担心女儿被许亮带走，于是，偷偷离开省城来到春江市。

二十分钟后，丁总和许亮来到滨海区人民医院。出了电梯，许亮故意跟丁总拉开距离，他担心女儿母亲也在病房里，后来，见病房里只有秦公主坐在那里就不担心了，于是，他紧跟丁总，走进病房。

丁总介绍说：“这是我朋友，得了感冒来医院看病。”

秦公主热情地说：“请坐请坐！”

丁总把礼物放在桌子上，“李总女儿病好了吗？”

秦公主拉了拉衣襟说：“差不多了，过两天可以出院了。”

许亮看着女儿没有说话。

秦公主走近小女孩，轻声说：“欣欣！叫叔叔！”

欣欣没有抬头，一边看着小人书，一边说：“叔叔好。”

丁总仔细看了看欣欣，觉得欣欣的长相像许亮的地方多一点，也是长方脸、高鼻子、大眼睛。丁总在病房里待了十分钟左右就出来了，他担心李总来病房看望欣欣。许亮心满意足了，他打算第二天返回省城。

4

过了一个星期，丁总接到戴处长打来的电话，告诉他，省报废汽车拆解定点评审领导小组成立了，戴处长为成员之一，并提醒丁总想办法跟省经贸局和省环保局相关人员接触，然后，向丁总透露了该领导小组成员名单以及下一步的工作安排。丁总放下电话，思考了一下，他估计胡处长认识省经贸局的领导，于是，约胡处长晚上在夜总会见面。

今晚，胡处长没有急着要小姐，丁总和他谈完事情后才提出换小姐。丁总点头，马上给李总打电话，要求给胡处长换两个漂亮、性感、温柔的小姐。不一会，进来两位小姐，胡处长看了看，非常满意，马上带到屏风后面去了。

秦公主一边给丁总倒酒，一边低声说:“胡处长换小姐太快了。”

丁总喝了一口酒，轻声说：“你要体谅胡处长，他 58 岁了，不抓紧玩就退休了。”

秦公主皱眉说：“你们男人换女人比换衣服还快。”

丁总一边跷起二郎腿，一边说：“所以，女人特别渴望爱情。”

秦公主撩了一下秀发说：“如果夫妻之间不讲感情的话，保鲜期只有半年。”

丁总解开衣扣。“尽管妇女地位有提高，但还是男人在支配女人。”

秦公主提了提衣领。“无论是体力和智慧，女人都不如男人，这个我是承认的。”

丁总背靠沙发，笑着说：“看来，你是心甘情愿被男人支配。”

秦公主捋了捋挂在胸前的发梢，“但男人要爱护妻子。不是好男人，不如不嫁。”

秦公主在夜总会待的时间不长，可对男人的本性已非常了解，她觉得在她所见的男人当中，除了丁总，其他都不是好男人。虽然丁总的朋友没有对她动手动脚，但他们对其他小姐很放肆，都是好色之徒。她心里希望到丁总公司工作，可又不好意思说出来。

丁总对秦公主的印象也不错，觉得她是夜总会里最干净的女人，该赚的钱她赚，不该赚的钱她坚决不赚，并且，她能抵挡得住诱惑。从澳大利亚考察回来之后，丁总就有办铜材厂的打算。他想劝秦公主辞掉夜总会的工作，做他的帮手，可又不好说出来，弄不好，秦公主以为他对她有企图。

丁总点燃香烟。“坐吧，不要把我当客人。”

秦公主慢慢坐下。“遇上你是我人生之大幸。”

丁总吐出一口烟。“你是高中毕业吧？”

秦公主点头。“嗯，如果我爸没有病逝，他肯定要我上大学。”

丁总挠了挠鼻沟，然后问：“你父母做什么工作？”

秦公主双腿合拢。“父亲是山村里的小学老师，母亲在烟花厂上班。”

丁总喝了一口酒。“家里兄弟姐妹你最大吧？”

秦公主点头。“还有两个双胞胎弟弟，妈妈身体又不好，所以我要出来赚钱。”

丁总放下酒杯。“我知道你不想在夜总会上班，可当公主工资高，你又不愿放弃。”

秦公主欠了欠身说：“你最了解我。客人说我假正经，说别的公主都可以摸。”

其实，按规定是不能摸的，不过，趁公主没有防备摸一下也是常有的事情，公主为了赚钱一般都忍了，不像秦公主不但要骂人家，而且还转身离开包厢。如果不是丁总和李总帮助，她肯定无法在夜总会待下去。但是，这种帮助是暂时的，肯定不会长久。秦公主也想到这一点，她一直关注招工广告。前几天，有个客人要她去他厂里上班，并且承诺工资比别的女孩高2000元，她一听就猜到客人对她有企图。她认为，对女孩子来说，人身安全是第一位的，没有安全感，工资再高也不能去。于是，她婉言谢绝了。秦公主觉得，在丁总身边工作最安全，她打算试一试丁总，看他愿不愿意帮助。

丁总夹上一片牛肉放进嘴，边嚼边说：“慢慢就习惯了。”

秦公主摇了摇头说："不可能习惯，我打算过两天出去找别的工作。昨天晚上，五个渔民每人手提一大袋钱，给小姐和公主发小费，每人500元，但前提条件是让他们摸。有个渔民还说，女人要致富，就脱裤。今天，有小姐给老家的闺蜜发短信，原话是'这里男人钱多人傻，速来'。如果我的家人和村里人知道我在夜总会当公主，我就无脸见人了。我希望能得到你的帮助。"

丁总弹了弹烟头上的烟灰。"你喜欢什么工作？"

秦公主提了提衣领说："不管什么工作，只要你安排的，都行。"

丁总手持香烟，烟蒂贴在嘴唇上，思考了一下说："等我消息，下星期告诉你。"

秦公主含情脉脉地看着丁总，微微点头说："我知道了。"

5

第二天上午，丁总提着8条中华香烟，来到徐总的办公室。

徐总一边泡茶，一边说："你提着香烟进来，肯定有事求我。"

丁总笑着说："回单位后，我处处求人。"

徐总把茶杯放在茶几上。"说吧，什么事？"

丁总给徐总递烟。"省环保局污染控制处的郑处长是报废汽车拆解定点领导小组成员，请你给省环保局朋友打电话，关照一下报废汽车拆解定点的事情。"

徐总点燃香烟。"没问题，下午，给你回话。"

下午，徐总打电话告诉丁总，省环保局污染控制处的郑处长他已做过工作了。可胡处长那里还没有消息，这种事情又不能催得太紧，没办法，丁总只好等胡处长回话。丁总喝了一口水，然后跟周副经理、刘副经理一起到滨海经济开发区了解土地落实情况。昨天，丁总听说土地涨了2万元一亩，他怕大家抢购土地造成供地时间延后，所以，特地来滨海经济开发区了解供地时间。果然，办事人员告诉他，供地时间要延后两个月。按常规，在确认报废汽车拆解定点单位之前，要先查看拆解场地，到时候，连地都看不到，那怎么办？原来开发区土地没人要，现在一下子变成了香饽饽，看来，又要托熟人找关系，然后请客送礼，尽早拿到土地。于是，丁总马上给朋友打电话，要朋友出面把滨海开发区领导请过来吃饭。丁总的朋友叫杨军，是滨海经济开发区幸福村的村长，他跟滨海经济开发区的领导都很熟，所以马上答应了。

丁总回到公司，给秦公主打电话，告诉她晚上有客人，要她七点半左右在夜总会等。可秦公主却说来例假，不能喝酒，不打算上班。

丁总把烟蒂放进烟灰缸里，摁了摁。“我在场，他们不会让你喝酒的。”

秦公主温柔地说：“好吧！”

秦公主不想再去夜总会上班了，她估计丁总会在这几天给她安排工作。秦公主的想法没有错，她在家休息一个星期，然后，去丁总安排的单位上班。本来，丁总打算过一个星期，要秦公主离开夜总会，帮他办理铜材厂的营业执照，可现在开发区供地时间还无法确定，因此，他还不能把自己这一想法告诉秦公主。之前，他跟徐谦、曹明打过招呼，拿到开发区50亩土地后，合伙办铜材厂。徐谦和曹明都非常赞同，已开始准备资金了。丁总这次去澳大利亚考察收获不少，悉尼大学一位教授告诉他，100年后，地球上铜矿的开采将枯竭。据此，丁总认为，铜的价格会逐步攀升，办铜材厂不但前景不错，而且其风险相对比较少。铜材厂一旦开始筹建就会相当忙，办执照、办税务登记，办各种许可证等。到那时候，秦公主就有事情做了。

6

七点半多了，可丁总还没有来夜总会。李总着急了，马上给丁总发信息，问他什么过来。丁总回话：仍在喝酒谈事，估计还需一两个小时。于是，李总把丁总的回话给秦公主看，要她去777包厢救急一下，不然，药厂叶老板的儿子又要摔杯子了。至此，秦公主才把自己的想法告诉李总。

秦公主嗫嚅一下说：“本来，我不想上班了，丁总要我先上今晚的班，我才过来的。”

李总皱眉问：“丁总给你安排工作了？”

秦公主点点头。“嗯。”

李总听后很不高兴，因为秦公主离开夜总会后，丁总的朋友肯定也要离开星光灿烂夜总会。丁总的朋友都相当有钱，是各个KTV老板争抢的大客户，一旦失去就很难拉回来。本来，李总打算利用秦公主拉住丁总和他朋友的生意，没想到，秦公主趁机利用丁总跳槽。李总看着秦公主，摇了摇头，感觉带小姐越来越难了。

李总思考了一下说：“叶勇已向我保证，他不摸你。”

秦公主摇头说：“我不相信。”

李总看着秦公主。“叶勇父亲的药厂快要上市了，明年，他就是亿万富翁的儿子。”

秦公主拉了拉衣襟说：“我讨厌花花公子。”

李总拉着长脸说：“我平时对你那么照顾，现在你一点面子都不给我。”

秦公主不高兴地说：“大姐，你要为我着想，我被他糟蹋了怎么办？”

李总笃定地说：“这个我保证，料他不敢。来！我当面向他说清楚。”

李总说完，拉着秦公主走进777包厢。

李总郑重其事地对叶勇说：“秦公主是黄花闺女，你不能动她。”

叶勇喝了一口酒，点头说：“知道知道，你放心吧！”

叶勇个子不高，白白的皮肤，圆脸，戴着一副近视眼镜，看上去斯斯文文的。叶勇有个绰号，叫“双十二”，意思是，晚上十二点之前不睡觉，上午不到十二点不起床。

李总见叶勇向她保证了，便离开了。叶勇看着李总的后背，心里窃喜，叶勇开始思考怎么对秦公主下手。叶勇点燃香烟，给同伴使眼色，暗示他们先把秦公主灌醉。坐在叶勇边上的小姐感觉叶勇要对秦公主下手，但是，她又不好当着大家的面提醒秦公主。秦公主见叶勇已向李总作出了保证，于是心里比原来稍稍踏实了一点，不过，她仍然没有放松警惕和戒备。秦公主早就听说，叶勇是个相当坏的年轻人，尽管他家里很有钱，但是了解他的女孩子都不愿意嫁给他，他不但好色，而且还喜欢赌博。不过，叶勇赌博倒是赢钱的，平时，他吃喝玩乐的花费大部分是赌博赢来的。母亲见叶勇赌博赢钱，不但不管他，而且还夸儿子聪明，说儿子将来肯定比父亲更有出息。

“来！我们继续喝酒。”一个胖男孩说。

胖男孩叫章斌，绰号“胖子”。

“本来，大家打算摇789，我不愿秦公主的胸部被人摸，所以，我们换个玩法。”叶勇把一粒骰子放进空杯里，“桌上放6个酒杯，酒杯里的酒有多有少。然后，掷骰子，骰子显示3点就喝第3杯。接着，重新掷骰子，如果骰子又显示3点，你就不用喝了，因为第3杯是空杯了。靠运气，运气好，一个晚上不喝酒。”

789掷骰子的玩法是这样的：先倒上三杯啤酒。然后拿一个盅，盅里放两个骰子，摇几下放到桌子上，打开盅的盖子，看两个骰子的点数，两个骰子点数相加等于7以下或高于9以上，都不用喝酒。如果两个骰子点数相加等于7，就喝一杯啤酒；如果两个骰子点数相加等于8，就喝两杯啤酒；如果两个骰子点数相加等于9，不但要喝3杯啤酒，而且还要摸小姐的胸部。其实，原来的游戏规则不是这样的，只规定两个骰子点数相加等于9时，要喝3杯啤酒。现在，规定两个骰子点数相加等于9，要摸小姐胸部是叶勇想出来的。叶勇觉得光让小姐喝酒还不够刺激，于是就加了这一条规定。现在，星光灿烂夜总会789掷骰子的玩法大多仿效叶勇的游戏规则。

章斌认为，这方面，叶勇有七步之才，他只要稍微思考一下，就会想出一个新的喝酒游戏。

“这个游戏比789文明。”章斌抹了一下嘴巴，“我们一共9个人，大家都参与。”

“我不参与。”秦公主表态说。

“为了开心，”章斌假装爽直，“秦公主！你喝不下，我帮你喝。”

“掷骰子比大小，”叶勇见秦公主没有说话，便拿来一粒骰子，“谁最小谁先来。”

秦公主本来不愿参加的，现在有章斌帮她喝酒，她不好意思再反对了，她决定看一看情况再说。谁知，秦公主掷出的骰子点数最小，按规定，她先来。第一次，秦公主掷两点。章斌喝了一杯。第二次，秦公主掷四点。章斌又喝了一杯。第三次，秦公主掷五点。章斌皱了皱眉，喝下第三杯。第四次，秦公主掷六点。章斌笑了笑，要秦公主喝一杯。秦公主不好意思拒绝，喝了一满杯。第五次，秦公主掷四点，是空杯，总算过关。然后，一个一个接着玩。就这样，连续玩了近两个小时，秦公主一共喝了四杯啤酒。会喝酒的人，喝四杯啤酒肯定一点没有感觉，可秦公主酒量很差，喝了四杯啤酒头就开始晕了，她立刻给丁总发信息，要他马上来777包厢。丁总一看到信息就急了，赶紧结束饭局。叶勇看了看秦公主的神情，觉得可以下手了，于是，他暗示章斌，要他带大家离开包厢去舞池。章斌点点头，然后，与大家一起去舞池跳舞。

7

章斌他们一离开包厢，叶勇就开始原形毕露。

叶勇走到秦公主面前。“秦公主！开个价吧！一次多少钱？”

秦公主往门口走。“你看错人了。”

叶勇立即上前抱住秦公主。“嫁给我也行。”

秦公主一边挣脱，一边说：“别做梦了，我不会跟你这种人交往的。”

叶勇被激怒了，一边揪住秦公主的头发往屋里拉，一边说：“看我怎么收拾你。”

秦公主害怕了，大声呼喊：“救命啊！救命啊！！”

叶勇马上把秦公主推倒在沙发上，接着，撕开秦公主的衣服——

门外小姐听到呼救声，立即拨打110电话。过了一会，李总走过来，一听秦公主被叶勇强行扣在包厢里，就马上要求保安撞门。过了5分钟，公安人员来到现场。等到丁总赶到夜总会，叶勇和秦公主已被公安人员带到城东派出所。丁总马上给方总打电话，要方总先跟姐夫打招呼，他马上就去城东派出所了解此事。丁总把客人安排好了之后，借机溜出夜总会，来到城东派出所。丁总走进谢所长的办公室，向他了解情况。过了半小时，丁总和秦公主一起走出城东派出所，接着，丁总送秦公主回家。

秦公主理了理头发，然后问："丁总！公安局将如何处理叶勇？"

丁总一边开车，一边说："要判刑，但适用什么条款还不清楚，感觉叶家已在活动。"

秦公主提了提衣领。"最多判几年？"

丁总想了想说："强奸未遂罪是3到10年，侮辱妇女罪3到5年或缓刑。"

秦公主噘嘴说："应聘时，我问工作人员，夜总会是什么场所。工作人员说，是娱乐场所，来这里的人就是唱唱歌、跳跳舞、喝喝酒、聊聊天。谁知，这是污秽之地。"秦公主甩了一下头发，"夜总会我一天都不想待了。"

丁总挠了挠鼻沟说："我打算开个旅游公司，我出钱，交给你经营。"

晚上吃饭时，开发区领导答应先安排公司10亩地，他自己的50亩地要到明年了。于是，丁总只好改变原来的计划，暂时不办铜材厂，搞旅游公司，先把秦公主安排好。丁总觉得旅游公司的工作很适合秦公主，客源不用担心，他的朋友里有许多人是公司的老总，要他们关照一下就行了。再说，做了一段时间后，肯定会有客人找上门。可秦公主却担心三点：一、她没有做过旅游，当工作人员都不够资格；二、没有客源，肯定要亏本；三、丁总老婆知道后会有麻烦。丁总别的都不担心，就怕被老婆知道。女人最担心丈夫在外面养小三，到时候，他解释不清楚。不过，丁总已想好，他借钱给秦公主，以她的名义去注册营业执照，这样，他老婆就查不出来了。

“我没有做过旅游，肯定要亏本的。”

“客源我有，你放心吧！再说，现在出去旅游的人很多，生意肯定会好起来的。”

“你老婆知道了，解释不清楚的。”

“我借钱给你，执照上是你的名字，我老婆查不出来的。”

秦公主看着车窗外，没说话，她觉得丁总是世界上最好的男人，他不但很相信她，而且还为她设计人生的道路。一个小时前，秦公主被警察带往派出所的路上，她看着满街的霓虹灯，眼前却浮现夜总会里一幕幕丑恶的情景；现在，秦公主看着沿街的霓虹灯，心里却想着人生美好的未来。

第三章

1

五天后，春江市经贸局的胡处长给丁总打电话，告诉丁总，他跟省经贸局有关人员已经沟通好了。为了感谢胡处长，晚上，丁总又把胡处长请到星光灿烂夜总会。胡处长每次来夜总会既不唱歌跳舞，又不喝酒，他就爱玩小姐。唱歌，他喉咙低哑，唱起来很难听；跳舞，他腿不好，不能跳；酒，他天天喝，今晚又在酒店喝了之后来到夜总会的。但是，他喜欢小姐，并且每次都是左右一个。今晚，胡处长像往常一样，一进包厢就牵着小姐的手到屏风后面去了。丁总一个人坐在沙发上，没有事情做，于是便给李总打电话，要她过来聊天。李总一坐下就说起叶勇的事情。

李总一边给丁总倒酒，一边说："今晚，叶勇朋友在555包厢唱歌，章斌说，过几天，叶勇就会放出来。"

丁总很震惊："不会吧！"

李总放下酒瓶。"这几个人都说，一开始秦公主与叶勇谈条件，她要一百万元。"

丁总十分生气地说："秦公主不是这种人，捏造。"

李总喝了一口酒。"我也感觉是捏造。"

丁总解开领扣。"我相信办案的人不会那么容易被糊弄。"

李总皱眉说："有钱能使鬼推磨，说不定叶勇真的会放出来。"

丁总想了想说："看来，要做最坏打算。"

李总跷起二郎腿。"对叶家来说，钱不是问题，听说，药厂马上要上市了。"

这两天，叶家日夜活动，上到公安局的局长，下至办事民警都已经送过礼了，只要秦公主改口，叶勇马上就可以从看守所出来。但是，想要秦公主改口，估计有些困难。办事民警已想好先要李总找秦公主谈，因为据叶勇的朋友说，李总跟秦公主关系非常好。而谢所长却认为，丁总是关键人物。他断定，丁总与秦公主关系很不一般，至于是不是情人关系，现在还不清楚，他感觉秦公主跟丁总有性交易。丁总手持香烟，烟蒂贴在嘴唇上，凝神思考，他有一种预感，过几天，公安人员很有可能会找上他，而且还有可能怀疑他跟秦公主有性交易，到那时，他的解释公安民警不一定相信。

丁总弹了弹烟头上的烟灰。“派出所想要放叶勇出来，估计要先做你的工作。”

李总皱眉问：“找我干嘛？”

丁总喝了一口水，“了解有利于叶勇的证据。”

李总拿起筷子，夹了一粒花生米放进嘴里。“接下来，夜总会可能麻烦不断。”

丁总摇头说：“没事的，洪老板与派出所的关系很好，不会有麻烦的。”

李总撩了一下秀发说：“怪不得洪老板不但不担心，而且还说，要严惩罪犯。”

其实，洪海这样做，是另有原因的。上个月，婷婷向洪海坦白，她已被叶勇包养了。洪海听后，没有怨恨婷婷，而是对叶勇产生了仇恨，他要报复。现在，叶勇犯罪，他当然希望叶勇受到严惩。叶勇关进看守所以后，婷婷才知道自己被叶勇骗了，但是她后悔已晚，洪海已把她看作不忠的女人，他不会同情她，也不会与她恢复原来的关系。不过，凭婷婷漂亮的面容和娇媚的身段，她一个月赚一两万元是不成问题的，如果她愿意与客人上床，一个月就不止一两万元的收入。婷婷打算下个星期，重新来星光灿烂夜总会上班。

丁总提醒说：“你们要替小姐说话，不然，小姐会离开你们夜总会。”

李总叹气说：“当时，媛媛不报 110 就没事了。”

丁总赞扬道：“可见媛媛有正义感。”丁总想了想，“李总！叫媛媛过来坐台。”

李总一边站起来，一边笑了笑说：“媛媛是音乐专业的大学生，你肯定喜欢。”

李总猜测，丁总已对秦公主下手了，现在，他想再找一个小姐。她认为，丁总跟其他男人一样，也是好色之徒，只不过他的城府深，一般人看不出来罢了。她巴不得丁总喜欢上媛媛，这样，丁总和他的朋友就会继续在星光灿烂夜总会消费。李总想错了，丁总找媛媛并不是要泡她，而是想了解一下，她在什么情况下打 110 的，是什么时候打的。他要搜集证据，维护秦公主的正当权益。秦公主以为，叶勇判刑是肯定的，只不过刑期长短无法确定而已。现在，她每天在房间里看书看电视，等待丁总的安排。如果丁总不为秦公主撑腰，那叶家肯定要倒打一耙。李总走后不久，媛媛走进包厢。

媛媛一进门就笑着说：“丁总！能坐您的台很荣幸！”

丁总笑呵呵地说：“肯定是李总说起过我。”

媛媛撩了一下秀发说：“你很优秀，所以秦公主把你当男朋友。”

丁总脸显尴尬，马上撇清关系：“我和秦公主之间很纯洁。”

媛媛笑嘻嘻地说：“我相信，但人家不一定相信。”

丁总皱眉说：“我不解释了。媛媛！你坐吧！我想了解一些事情。”

媛媛一边在沙发上坐下，一边问：“什么事情？”

丁总弹了弹烟头上的烟灰。“你翻一下手机，看一下那天你打 110 报警的准确时间。”

媛媛很快翻出来了，她坐到丁总身边。“你看，是九点四十四分。”

丁总跷起二郎腿。“你把当时情况描述一下。”

嫒嫒一边剥橘子，一边说："那天晚上，我坐叶勇的台，情况我最清楚。"

嫒嫒比较有头脑，她一直观察叶勇和章斌的神情，她感觉两人有意要把秦公主喝醉，可是她又不敢说出来。当她走出包厢时，她马上意识到要出大事，于是，她不去舞池跳舞，站在门外侧耳细听包厢里的对话。秦公主和叶勇的声音都相当高，几乎每句话她都听得很清楚。一听到秦公主喊救命，她就从口袋里取出手机，马上拨打110。嫒嫒不但五官精致、气质优雅，而且歌唱得很好，喜欢她的客人不少。叶勇也喜欢她，但是她不喜欢叶勇。叶勇叫她坐台可以，但是她不会与叶勇上床。平时，她常说自己卖唱不卖身。不过，如果她遇上丁总这样的男人，她的态度就会改变。

"嫒嫒！你对叶勇印象怎么样？"

"我对他印象很不好。"嫒嫒耸了耸肩，"可他是亿万富翁的儿子，有点怕他。"

"叶家想倒打一耙，你知道吗？"

"知道，"嫒嫒点头，"刚才，李总跟我说过。"

"如果公安人员向你了解情况，你要实事求是。"

"这个你放心。"嫒嫒马上表态，"尽管我有点怕他，但是我会帮秦茜说话的。"

丁总从夜总会出来已十一点多了，可是他还不想回家，他觉得应该尽早与秦公主见面，把听到的传闻告诉她，使她心里有个准备。另外，他想了解一下，如果叶家用金钱补偿，她是什么态度。丁总猜测，当其他路都走不通之后，叶家肯定会采取用金钱补偿的办法安抚秦公主，这既是平时大家常用的办法，又是解决问题最有效的手段。这对秦公主来说，也是不错的选择，她既教训了叶勇，又得到了金钱补偿。丁总不仅要为秦公主撑腰，还会尊重秦公主的想法，他估计秦公主会接受金钱补偿的办法，因为她和她的家人太需要钱了。

2

十分钟之后，丁总来到了秦公主的住处，把听到的传闻告诉她。

秦公主听后十分生气。“叶家太荒唐了。”

丁总扭了扭脖子说：“叶家可能先硬后软，最后采取用金钱补偿的办法安抚你。”

秦公主哼了一声说：“我是这种人吗？我再穷也不要他的臭钱。”

丁总点燃香烟。“现在，派出所的民警、夜总会的李总和小姐都以为我们有性交易。”

秦公主噘嘴说：“如果派出所民警用这种办法让我屈服，我就告他诬陷。”

丁总摇头说：“胳膊拧不过大腿。”

秦公主思考了一下说：“我去医院检查，证明我还是处女。”

丁总笑了笑说：“算了吧！”

秦公主固执己见：“要往坏处想，我不能让你蒙受耻辱。”

两人都想保护对方，避免受到叶家的伤害。为了不给丁总蒙羞，秦公主坚持要去春江市人民医院检查。第二天上午，丁总开车送秦公主去医院检查。为了避免风言风语，秦公主在医院门外下车，一个人走进医院。

叶家为了报复，开始派章斌跟踪秦公主，收集她卖淫的证据。章斌见秦公主走进医院，马上给叶勇的父亲叶元打电话，把看到的情况告诉他。叶元听后，交代章斌，要他跟进去看一看，秦公主得什么病。秦公主是个细心的女孩，她进妇科之前，特意回头看了看。章斌来不及躲避，被秦公主看见了。秦公主瞪了章斌一眼，然后走进妇科。接着，章斌又给叶元打电话，告诉他，秦公主进了妇科。叶元马上猜测秦公主可能得了性病或者怀孕了。叶元的猜测不是没有道理，因为现在夜总会的小姐去医院都是检查这些。叶元认为，如果不是这些事情，丁总就不会送她去医院检查。接着，叶元马上给城东派出所的谢所长打电话，希望他派民警去春江市人民医院妇科了解一下情况。

下午，民警来到医院，向医生了解情况。民警叫蔡平，三十多岁，中等身材，文质彬彬。

“上午，一个叫秦茜的小姑娘来妇科，她看什么病？”

“她没有病，要我检查后证明她是处女。”

“她是不是处女？”

“是处女。”

“秦茜要这个证明有什么用？”

“我问过她，她说找对象用。”女医生笑了笑，“现在，世风日下，人心不古，个别女学生读初中就不是处女了。”

蔡平回到派出所，向谢所长做了汇报。谢所长一根接一根地抽着烟，紧皱眉头，没有说话。谢所长身材魁梧，满脸疙瘩，还有点麻面，看上去一副凶相。谢所长心里已很清楚，丁总已做了充分准备，打算为秦公主撑腰。叶厂长想与丁总较量，几乎没有取胜的可能。丁总不但自己能力强，而且其家庭背景也相当厉害，他的父亲是革命老干部，春江市委、军分区都有他父亲的老战友。另外，他的姐姐是中学校长，姐夫是国税局的科长，他的妹妹在工商局工作，妹夫是滨海区区政府办公室主任。所以，叶厂长无法跟丁总较量。可是，谢所长已收了叶厂长的钱，不帮叶厂长又不行。蔡平偷偷瞄了谢所长一眼，马上猜到谢所长的心思。蔡平也很为难，因为他也收了叶厂长的钱。

谢所长手持香烟，烟蒂贴在嘴唇上。“丁总猜到叶家的心思，已做得严丝合缝。”

蔡平喝了一口水。“我本来打算找丁总谈话，给他压力，看来要取消这一计划。”

谢所长抽了一口烟。“叶勇不判不行了，能判缓刑最好。”

蔡平站起来。“我要叶元过来，跟他谈一谈。”

谢所长弹了弹烟头上的烟灰。“要叶元放弃幻想，停止跟踪秦茜，不要激怒她。”

蔡平点头。“嗯，我跟他说。”

3

可是，叶家仍不放弃幻想。第二天，叶家母女俩在李总陪伴下，来到秦公主的住处。秦公主本来不想见她们，在李总再三要求下，她才答应见面。

叶勇的母亲一坐下就气呼呼地说："夜总会里，男人动手动脚是常事，可是你却告叶勇想强奸你，你太冷酷了。"

秦公主正色道："我不是小姐，再说，叶勇打我耳光，掐我喉咙，撕开衣服，拉断胸罩，强行脱裤，伸手乱摸，这不是强奸是什么？"

叶勇的母亲用手指着秦公主："你说 100 万才可以摸，这是被你激怒后才做出的行为。"

秦公主怒目相对："你捏造，我要告你。"

叶勇的母亲瞪眼说："不要以为有丁总做靠山，你就可以无所顾忌了。"

秦公主横眉斥之："叶勇要强奸我，还不能告？"秦公主拉了拉衣襟，"全靠丁总帮我，不然，我会被你们叶家吃掉。"

叶勇的母亲冷笑道："丁总为什么这么为你卖力？"

秦公主哼了一声说："猜到你会诬告，告诉你，我们之间很纯洁。"

叶勇的姐姐坐在旁边，一直没有说话，她感觉用硬的办法对付秦公主根本起不了作用。她认为，如果叶家跟秦公主关系搞得很僵，对叶勇就更加不利，看来，只能用金钱来安抚秦公主。现在，对叶家来说，只要叶勇不坐牢，多花几十万元也值得。叶勇的父亲身体不好，早就想把药厂交给叶勇经营，如果叶勇坐牢，这一心愿就无法实现。平时，李总的话很多，今天，她一句话都不想说，因为说谁错、说谁对都不合适，还不如不说。李总最怕叶勇的母亲对秦公主动手，如果出现这种状况，就没有任何商量余地了。其实，叶勇姐姐也怕母亲动手，她母亲非常溺爱她的弟弟，叶勇干这种坏事，她母亲不但不指责叶勇，反而还认为秦公主冷酷无情，是有意陷害叶勇。

叶勇的姐姐拉了拉衣襟说："我是叶勇的姐姐，叫叶晗，我代表叶勇向你道歉！"

秦公主撩了一下秀发说："我希望叶勇痛改前非、洗心革面，重新做人。"

叶晗承诺："只要叶勇不坐牢，叶家愿意给你30万元，作为补偿。"

秦公主跷起二郎腿。"虽然我很穷，但这种钱我不要。"

叶晗皱眉说："你这个人怎么不知好歹。"

秦公主提了提衣领说："我这样做是为大家树立好榜样。"

叶勇的母亲冷笑说："你在妓女店里工作，还说为大家树立好榜样，真是笑话。"

秦公主板着脸说："你的话不仅污蔑了我们，还贬低了你儿子。"

叶勇的母亲高声说："我看你这个人欠揍。"

叶勇的母亲一看调解无望就开始发怒，并站起来准备动手，见状，李总马上起身阻拦。然后，李总劝母女俩先回去，她来做秦公主的思想工作。叶晗觉得还是这样好，于是，拉着母亲回去了。接着，李总要秦公主先住到她家里，重新租房，以避免受到叶勇家人的骚扰。秦公主很生气，马上把刚才的情况告诉丁总。丁总听后，立即给谢所长打电话，要求派出所保证秦公主的人身安全。接着，谢所长给叶元打电话，劝他做好家人的思想工作，避免事情复杂化。现在，叶元对丁总很憎恨，他认为，如果丁总不在中间干预，秦公主绝对不会如此傲慢。第二天，李总给叶元打电话，意思是，她已做过秦公主的思想工作，钱，秦公主不要，但是秦公主会尊重派出所对案件的定性。叶元听后，觉得这样也蛮好，只要派出所敢担责任，叶勇就有可能不坐牢了。

4

这几天，丁总很忙，跟春江市经济开发区签订了办公楼拆建协议之后，又忙着搬办公室。今天，丁总总算有时间与秦公主一起办理旅游公司营业执照了，他利用一天的时间，带秦公主走了所有部门。然后，他交代秦公主，按要求慢慢办理，遇到困难给他打电话。两天后，丁总与刘副经理一起来到省城。来省城之前，他已与省供销社戴处长说好，把报废汽车拆解定点领导小组的成员请来吃顿晚饭。为了感谢大家的支持和帮助，丁总特地从家里带来10箱高品质的海鲜。傍晚，全部客人如约而至。丁总与刘副经理一起，先把海鲜搬到客人的车厢里，然后，与大家一起回到包厢，接着，开始喝酒。

丁总一边举杯，一边说："衷心感谢各位领导的光临！来！为我们相聚干杯！"

接着，戴处长把省经贸局的曹处长和省环保局的郑处长介绍给丁总。丁总举杯向两人一一敬酒，并简单交谈。有戴处长在中间帮助，丁总跟大家很快就热络起来了。

曹处长笑着说："今晚，大学班花请吃饭我都婉拒了，我是冲着丁总人品来的。听戴处长说，丁总为了救活濒临倒闭的企业，毅然决然地放弃自己的事业，回原单位工作。为了弘扬你的无私精神，我同意把滨海区报废汽车拆解项目批给你。"

郑处长感慨地说："现在，像丁总这样的人真的不多，我们要向你学习。"

丁总真心表白："我一个人做生意，一年收入200万，只是我家好，我和公司职工一起干，一年赚800万，全公司职工都好，所以我愿意回公司为大家做事。"

刘副经理坐在那里，听他们说话，他觉得曹处长、郑处长、丁总说的都是真话，他认为，丁总办事顺利，除了他个人的魅力和能力之外，还跟他的运气有关，他总是遇上好人，他花钱不多，却能够把大事办成。戴处长、曹处长、郑处长都愿意帮丁总，确实不是因为吃了他的饭、收了他的礼物，而是因为敬佩他的人品、他的眼光。许多人都认为报废汽车拆解项目前景好，可是他们却不愿投资，而丁总却完全不同，他不但积极争取项目，而且还鼓励公司职工借钱投资。丁总认为，戴处长、曹处长、郑处长都乐意帮他，跟春江市社赵副主任大有关系，他的人品和能力是赵副主任吹出来的，他觉得自己确实没有大家说的那么好。

丁总送走客人之后，与刘副经理一起回到宾馆。

丁总躺在床上，对刘副经理说："公司几件大事都有眉目了，我该考虑交班了。"

刘副经理立即劝阻："你千万不要考虑交班，否则，你的投入可能都收不回来。"

丁总皱眉问："你为什么这么悲观？"

刘副经理直言："现在就有人想替换你，他说，只要跟赵副主任搞好关系就行了。"

丁总若有所思地说："果然不出我所料。"

刘副经理抽了一口烟。"当时，大家都不知道赵副主任手中烟花的批文有这么大的价值，是你通过运作，批文的价值才显现出来。现在公司能赚钱了，就有人想夺权。"

丁总皱眉说："滨海烟花公司同意跟我们公司联营，原因很多，其中一个原因就是林总和两个副总各有心思，两个副总架空林总，订货时吃回扣。林总希望联营后，借我们的力量夺回权力，而两个副总却希望联营后，扩大销售，订货时吃更多回扣。"

丁总就是利用滨海区烟花经营公司内部的权力之争，轻松搞定联营协议。本来，丁总应该和林总一起去湖南烟花厂订货，阻止吃回扣的事情，后来，经过细想，他觉得还是把情况摸清楚再说，于是，他派周副经理去湖南订货，先摸清情况。每件事情看似简单，其实，并不简单，都需要智慧。刘副经理认为，丁总离开公司不但对公司的发展不利，而且对丁总自己也不利。国营单位里许多职工本事没有，胆量没有，可是小心思却特别多。一开始，谁都不敢当公司的总经理，现在公司好起来了，又有人动歪脑筋，想挤掉丁总，牟取私利。刘副经理阅历丰富，看清人心，劝丁总不要离开公司。再说，丁总离开公司对刘副经理没有好处，说不定他的副总的位置也保不住。

刘副经理透露说："有人向市供销社反映，意思是，你在报废汽车公司的股份太多。”

丁总摇头说：“当时我说，地价会涨，该项目有前景，可是他们却不相信。”

刘副经理笑着说：“推荐你当劳动模范的林金宝态度变了，说自己在替大股东打工。”

丁总错愕：“真的？”

刘副经理点头说：“真的。”刘副经理解开衣扣，“你对林金宝不了解吧，‘文革’时期，他是红人，后来，领导不待见他了，才混成现在这个样子。”

丁总对林金宝的过去了解不多，只知道他原来在煤炭公司工作，是1988年调过来的，至于他调动工作的原因，他就不知道了。“文革”时期，林金宝是红卫兵的头头，后来担任过煤炭公司仓库主任。“文革”后，靠边站了。煤炭公司职工对林金宝的印象很差，背后常说，林金宝讲话最乱讲。丁总不知道，以为林金宝夸他是真心的。丁总对刘副经理也了解不多。其实，刘副经理跟林金宝的关系是不错的，他这个人总是背后说人家坏话。丁总身在其中，真的很难搞清楚谁是真正拥护他的，谁是假心假意为了捞好处的，不过，有一点他可以肯定的，目前，大部分职工都是拥护他的。

丁总撇嘴说：“老观念，不承担风险，还要拿大股东一样的回报。”

刘副经理喝了一口水。“你做塑料原料的生意赚了不少钱，我们公司为何不能做？”

丁总从床上坐起来。“价格有波动，管不住，个别人做生意不行，吃回扣倒很内行。”

刘副经理夸道：“你有许多高明之处，你不仅知道职工的缺陷，还能控制他们私心。”

丁总点燃香烟。“我们公司里想钻空子捞钱的人不少，好多可以做的生意，我们公司却不能做，比如废钢。废钢生意想做大很容易，但是我不敢做，管不住。”

如果不管住部分职工的私心，最好的项目也赚不了钱。老公司为什么亏2000多万元？就是没有管住部分职工的私心。比如，老公司钢材科的宋科长把应收款占为己有，做股票，亏掉了。后来，公司发不出工资，要他去催讨应收款，他出去旅游了一圈，回来谎称，现在人家也没钱，欠款单位答应春节后再考虑还货款。大家听后，都信以为真。去年，公司改制，派人调查，对方说，你们公司的宋科长早就把货款收走了。公司职工得知这个情况后，要求丁总把宋科长送进监狱。后来，宋科长和老婆一起来丁总的家含泪求情，保证痛改前非，并归还了部分货款。丁总见宋科长有悔改之意，便放他一马，要他离开公司，自谋职业。丁总希望大家吸取教训，现在看来，职工的老观念还没改变。丁总手持香烟，烟蒂贴在嘴唇上，眼睛看着房顶，皱眉思考。

刘副经理扭了扭脖子，然后问："丁总，你为什么不把宋科长送进监狱？"

丁总皱眉说："一、宋科长保证痛改前非；二、他说，公司里和他一样的人不少。"

刘副经理听后，有点尴尬，没有再说了。

5

丁总天天忙，每天待的地方，除了办公室，就是酒店、夜总会。这个星期的晚上，丁总已全部排满，他翻了翻桌面上的日历牌，从星期一至星期天，每张日历牌上都写着请客的对象和任务。星期一，请春江市开发区拆建办公室吴主任吃饭，商谈拆建补偿款的事情。星期二，请滨海经济开发区领导吃饭，商谈报废汽车拆解场地的填土事情。星期三，请农场领导吃饭，签订土地租赁协议，商量建造烟花仓库的事情。星期四，请滨海区公安局治安大队领导吃饭，商量销毁劣质烟花爆竹事情；星期五，请市供销社赵副主任吃饭，感谢他对公司工作的支持，并汇报下一步的工作计划。星期六，请国税局罗科长吃饭，感谢他对公司工作的支持，了解同行的经营状况。星期日，请春江市经贸局胡处长吃饭，感谢他的支持。丁总最怕有人背后说他没良心，别小看这一句话，这句话负面影响很大，如果大家都有这个同感，以后求人办事就难了。丁总公司求人的事情特别多，除了市政府、区政府之外，还有公安局、交警大队、国税局、地税局、工商局、开发区、环保局、土地局、银行等部门。许多企业老板说，赚10元钱，3元给国家，3元吃用花，能留下4元钱就算不错了。可是公司职工却希望，赚10元钱，最好能有8元进自己的口袋。不过，刘副经理和周副经理没有这么想，两人认为，请各部门领导吃饭是必需。今晚，与吴主任一起吃完饭，两人硬拽着吴主任到星光灿烂夜总会唱歌。

虽然吴主任的酒量不好，但是他唱歌相当不错。他接连唱了十几首歌，最后以《青藏高原》完美收尾。丁总与吴主任是高中同学，在学校，吴主任既不喜欢说话，也不喜欢唱歌，现在，他竟然把高难度的歌曲唱得如此完美，真的让丁总想不到。接着，丁总和媛媛一起唱《为了谁》。媛媛的唱功和歌喉真的很不错，感觉她的声音和原唱的声音几乎一模一样。吴主任见媛媛歌唱得那么好，便邀请她对唱《九九艳阳天》。两人甜蜜对唱，深情款款，非常完美，在场的人没有一个不叫好。一阵鼓掌之后，大家开始一边喝酒，一边摇骰子。

丁总跟吴主任碰杯。“老同学！土地和建筑物补偿款什么时候给我们？”

吴主任摇头说：“开发区缺钱，要财务科领导同意才行，我无法答应。”

刘副经理给吴主任递烟。“我们买办公楼的钱都是借来的，你帮我们想想办法。”

周副经理给吴主任点烟。“有的职工借的利息很高，一万元每月的利息要150元。”

吴主任吸了一口烟。“我把财务科领导约出来，你们在饭局上提要求。”吴主任想了想，“嗯——要么我先做做工作，他们能卖我面子最好。这样，可以为你们公司省点费用。我不喜欢喝酒，可丁总请我，我不过来又不好。”

丁总手持香烟，烟蒂贴在嘴唇上，皱眉思考。开发区欠拆迁户钱，拆迁户不但不能跟开发区讨说法，而且还要请开发区财务科领导吃饭。丁总心里不舒服，但是他又没有办法，不然，不知道什么时候能拿到钱。丁总心里很清楚，他每天请客吃饭，到夜总会唱歌，公司部分职工肯定有意见，他们会认为，他变了，也变得喜欢吃喝玩乐了。其实，丁总讨厌灯红酒绿的生活，他特别怕醉酒，现在，老婆见他颤巍巍地回家便唠叨，说他听了职工几句好话就不怕劳累了。

刘副经理给吴主任倒酒。“丁总请你喝酒、唱歌，你一定要来。”

吴主任摸了摸脸。“天天喝酒不好。不过，喝酒也有好的，喝醉了，烦恼没了。”

周副经理与吴主任碰杯。“吴主任！你有烦恼？”

吴主任皱了皱眉头说：“不说了，喝酒消愁。”

周副经理一口喝尽杯中酒。“唱歌也很好，可以驱散烦恼。”

吴主任喝了一口酒。“嗯，没错，等会我们再唱歌。”

丁总看了看吴主任的神情，觉得他真的有烦恼，可不知道他因何烦恼，既然他不愿说，丁总就没问了。丁总推断吴主任在单位里遇到了不愉快的事情，因为吴主任与妻子的关系一直很好，感情上不会出问题。丁总对吴主任的性格比较了解，他不喜欢讨好领导。在机关工作，这种性格是硬伤，多数领导都喜欢听好话，都喜欢溜须拍马的下属。可吴主任不是这种人，他是一个实干家，整天忙着处理各种事情。但是在机关工作，单靠实干没用，多数领导更赏识能说会道的人。吴主任担任拆建办公室主任已三年了，仍然没有提拔。所以，丁总认为，吴主任的烦恼肯定与工作有关。

媛媛对吴主任笑着说：“你们开发区土地局的王局长也经常来夜总会唱歌。”

吴主任点头。“嗯，王局长唱歌很好。”

周副经理笑问：“媛媛！你与王局长是不是有一腿？”

媛媛一边嗑瓜子，一边说：“我不行，王局长喜欢性感的。”

吴主任好奇地问：“性感的，谁呀？”

媛媛不想说，摇摇手。“你不知道的。”

6

春节过后，省报废汽车拆解定点领导小组在春江市经贸局胡处长陪同下来滨海区考察。郑处长、曹处长、戴处长对丁总公司的拆解场地非常满意。然后，丁总与考察组一起到酒店吃饭。晚上八点，丁总带他们来星光灿烂夜总会唱歌。胡处长一进包厢两个小姐就来到他的边上。丁总见胡处长有点尴尬，于是，便要一个小姐坐他的台，这样，不但两个小姐都满意了，而且胡处长也不尴尬了，否则，会让大家觉得胡处长玩小姐很恣意。李总带着十几个小姐走进包厢，一看到戴处长就愣了。今晚，戴处长有意与李总见面，因此，特别交代丁总安排在星光灿烂夜总会唱歌。而李总却以为是偶遇。

李总笑着走过来，与戴处长握手。“戴处长！您好！”

戴处长笑着说：“地球很大也很小。”

李总撩了一下秀发说：“等一会儿好好聊，先给你们安排小姐。”

戴处长一边解开衣扣，一边问：“你现在手中的小姐有没有从省城带过来的？”

李总点头。“有，一部分是省城夜来香夜总会带过来的。”

戴处长挠了挠鼻沟说：“有一个小姐素质不错，只坐过一次台，所以忘了她的名字。”

丁总吐出一口烟。“李总！你把小姐名字报一遍就行了。”

曹处长和郑处长异口同声地说：“对对。”

曹处长和郑处长在省城夜来香夜总会唱过歌，两人和戴处长一样，也忘了小姐的名字。李总觉得两人面熟，但不知道两人的称呼，不过，她已猜到两人认识她的小姐。李总对大城市的男人相当了解，他们在夜总会和KTV的说话都比较隐约委婉，不像小城市的男人言语粗野庸俗。戴处长与李总很熟悉，也要假装，不然，不熟悉的人会认为他经常去娱乐场所。戴处长跟李总的老情人许亮是好朋友，李总在省城夜来香夜总会当领班时，许亮常带戴处长去夜来香夜总会唱歌。在李总的记忆里，戴处长喜欢的小姐不止一两个，好像有五六个，她要把小姐的名字都报出来，让他选择才是。

“好好，我把小姐名字报出来。”李总撩了一下秀发，“婷婷、思思、丽丽、兰兰、新新、笑笑、惜缘、惊鸿、豆豆、小雅、如烟、漂泊、温存、飘摇、宁静、苹果、桃子、蓉蓉、绢子、燕子、小果、小雪、红柳、媛媛、菲菲、西西、依依、小露。”

“我记起来了，”戴处长干咳一声，“叫红柳。”

“我随便选一个。”郑处长吐出一口烟，“兰兰。”

“我也随便选一个。”曹处长解开衣扣，“惊鸿。”

“好的，”李总笑了笑，“请三位稍等。”

过了一会儿，李总带着红柳、兰兰、惊鸿走进包厢。三位小姐一进包厢就与客人热情地打招呼，很显然，他们之间原先就相当熟悉。丁总朝三位小姐笑了笑，他对三位小姐都熟悉，红柳、兰兰、惊鸿分别是罗科长、徐总、曹明喜欢的小姐。接着，大家开始唱歌喝酒。可李总却拉着戴处长到屏风后面谈事，她要嘱咐戴处长，不能把她的现状告诉许亮，否则，许亮肯定会到滨海寻找她和她的女儿。然而，戴处长却打算劝说李总，同意许亮来滨海看望他的女儿，因为许亮得了肝癌，留给他的时间已不多了。李总还没有开口，戴处长就把许亮的病情告诉了她，希望她为许亮着想，不要再阻拦许亮与其女儿欣欣见面。李总对许亮还是有感情的，听后潸然泪下，点头同意了。

7

六月二十八日，春江市再生资源有限公司股东大会在滨海大酒店举行。市供销社赵副主任参加会议，会议由刘副经理主持。刘副经理说了几句开场白之后，便开始宣读年度股东大会的内容和会议的具体安排。接着，公司董事长兼总经理丁爱国代表董事会发言。丁总的发言分为以下两个部分：一、改变旧观念，是企业发展的前提；二、成立投资公司，创造辉煌业绩。

“许多职工还是老观念，其主要表现在以下几方面：一、一些人希望缩小大股东和小股东之间的收入差距，要求多发奖金，少分红；二、个别小股东希望有与大股东一样的权力，然后，利用权力假公济私或损公肥私，得到巨大利益；三、有小部分小股东企图改变大股东的决定，提出有利于小股东的工资和分配制度，以高工资、高奖金、高福利蚕食大股东的利益。如果以上思想继续存在，企业就不可能发展。我把问题摆出来，目的是为了消除这些弊病，让企业更好地发展。”

“成立投资公司是为了打开发展空间：从澳大利亚考察回来之后，我以为国家会出台优惠政策，搞垃圾分类，再生资源企业因此受益。现在看来，我的想法是不成熟的，因为我国许多地方的生活水平还比较落后，特别是农村，生活垃圾中可燃有机物的含量很低，还不具备发电的质量。前几天，我得到消息，国家将取消再生资源优惠的税收政策。好在我们公司已成功转型，不然，我们的日子会非常难过。另外，因为地域的局限，想在烟花经营和报废汽车拆解项目上赚大钱是不可能的。我希望大家把投资办公楼的资金以及在办公楼上所赚的钱投到投资公司，为我们公司的发展打开发展空间。”

接着，丁总讲了投资公司的投资领域以及注册资金等问题。然后，市社赵副主任开始发言。他首先讲述了一年来供销社的改革成果和供销社的发展方向，并同意入股投资公司。但赵副主任有一个要求，要求丁总占大股。他认为，企业想发展，领头人必须占大股。赵副主任严厉批评小股东一些不良想法，要求小股东转变观念，与大股东保持步调一致，推动现代企业制度落实，齐心合力，为企业发展贡献力量。

最后，赵副主任明确表示对丁总和公司领导班子的信任和支持。“你们当中有人说，只要有市供销社和我赵副主任的支持，公司就能发展。错了。我认为，只要丁总对你们有信心，公司就能发展。”

晚上，全体股东集中在滨海大酒店聚餐，大家一边喝酒，一边畅谈自己的感想。

林金宝拿着酒杯，走到丁总面前，微微躬身说：“丁总！老同志们推荐我，要我过来代表他们感谢你！没有你，我们都下岗了。”说完，一口喝尽杯中酒。

林金宝中等身材，五官端正，他虽然已五十五岁了，可看上去一点不老。在老同志里，他的文化程度最高，高中毕业。林金宝能说会道，所以老同志推荐他，要他过来，说几句感谢的话。其实，即使人家不推荐，他也会过来敬酒。林金宝希望与领导搞好关系，他打算在临近退休的时候，向领导提出申请，要求由他的儿子接替他的工作。在他的头脑里，现在的股份公司跟原来的公司没有什么两样，他只要跟公司领导搞好关系，他退休了，儿子照样可以接替他的工作。公司里，林金宝的儿子最不听话，初中毕业后就不愿读书，跟社会上小混混在一起，整天打打闹闹。二十岁的时候，因为打伤他人还判过一年的有期徒刑。

丁总喝了一口酒。“好好感谢市供销社的赵副主任，没有他，公司就没有今天。”

林金宝一边倒酒，一边说：“丁总说的极是。”林金宝举起酒杯，“赵主任！您是一位英明的主任，慧眼识英才，重用丁总，我代表老同志，向您表示衷心感谢！”

赵副主任笑着说：“有文化的人，说话就是不一样。”

林金宝刚离开，烟花公司批发部的吕主任走过来。“赵主任！丁总！各位领导！我代表我们这一桌的年轻人，向领导表示感谢！你们辛苦了！”

周副经理笑着说：“吕主任！敬酒不能搞批发，要一个一个地敬。”

丁总为吕主任解围：“要么换上大酒杯表示一下诚意。”

吕主任叫吕红，三十多年，她身材高挑，五官精致，公司里她最漂亮。丁总对吕红的印象很好，觉得她不但工作能力强，而且从不计较个人得失，另外，吕主任对公司的决定都非常支持，凡是公司要求投资的，她都积极响应。吕红原来是再生资源公司业务科的副科长，烟花经营公司成立后，调到烟花经营公司担任批发部主任，她是丁总第一个提拔的中层女干部。周副经理知道吕主任的酒量不错，所以要她一个一个地敬过去。可周副经理有所不知，吕主任这几天一直咳嗽，因此，她不能多喝，但是丁总的话，她又不能不听。吕主任笑了笑，然后换上一个大酒杯，并倒满红酒。

吕主任举杯说："对不起！这几天一直咳嗽，不能多喝，最多喝一杯。"

赵副主任摇摇手。"吕主任！咳嗽就不要喝了。"

吕主任一口而尽，然后莞尔一笑说："谢谢赵主任关照！"

吕主任说完，笑着离开了。

第四章

1

七月初，秦茜的旅游公司开业了。秦茜没请任何客人，只在公司门前放了两只花篮。秦茜不想给丁总带来不必要的麻烦，她觉得还是这样最好，不然，肯定会有人问，她的注册资金是哪里来的，她的靠山是谁等。但是，秦茜的心里很希望有人和她一起共享今天的喜悦，她第一个想到的是丁总，没有丁总就没有她今天。于是，她邀请丁总到滨江大酒店共进晚餐。秦茜五点就到酒店了，并且早早把红酒倒好。她足足等了三十分钟，丁总才走进包厢。丁总走到秦茜身边，从包里拿出礼物，放在秦茜面前。

丁总笑着说："这是送给你的礼物。"

秦茜打开盒子，惊喜道："摩托罗拉折叠手机？好漂亮啊！"

丁总提起酒杯。"祝贺开业大吉！"

秦茜喝了一口酒。"谢谢谢谢！"

丁总一边落座，一边问："旅游公司开业的事告诉过李总吗？"

秦茜撩了一下秀发说："我办旅游公司的事她知道的，但今天开业她不知道。"

丁总一边解开衣扣，一边问："你是不是怕夜总会的小姐知道？"

秦茜一边给丁总夹菜，一边说："嗯，小姐好奇心很强的，她们会不停地打听。"

丁总点燃香烟。"没事的，不该说的不说就是了。"

秦茜点点头。"嗯。"

其实，夜总会的小姐都喜欢旅游，有的小姐把每月的例假当休息日，出去游玩，并且有的小姐是客人出钱为她们旅游买单。李总想帮秦茜，她已交代身边的小姐，以后要旅游都去秦茜的旅游公司签约。这半个月，秦茜不愁了，今天，她接了十几个大单。为了让秦茜的旅游公司经常运转，丁总不但给她配了一个熟悉业务的助理，而且还给她介绍了十几个大客户。今天，他打电话给姐姐、姐夫、妹妹、妹夫，说自己与朋友合伙办了一个旅游公司，要他们帮他拉生意。丁总的姐姐、姐夫、妹妹、妹夫都在机关工作，他们出面拉生意，肯定能成。一开始，秦茜有点担心，怕没有生意，现在，她信心十足，觉得过段时间，生意肯定会更好。

“有机会见见你夫人和你儿子，”秦茜笑了笑，“以免她们来公司签约互不认识。”

“这种可能性极小。”丁总放下酒杯，“丈母娘患老年痴呆症住在我家里，她要照顾，另外，她每天还要接送儿子上学。”

“你夫人在什么单位工作？”秦茜问。

“糖烟酒公司。”丁总扭了扭脖子，“糖烟酒放开后，公司就开始亏损，现停业了。”

“丁总！”秦茜跟丁总碰杯，“你老婆长得一定很漂亮。”

“还算可以吧！”丁总喝了一口酒，“我老婆跟我同龄，看上去却比我年轻。”

丁爱国的妻子叫杨芳，容貌像演员龚雪，长得比龚雪还高，是个大美人。八十年代初，丁爱国的父亲是春江市物资局的局长。物资匮乏的年代，坐在物资局局长的位置上自然很受欢迎，漂亮的女孩子都希望能成为局长的儿媳。丁爱国年轻时找女朋友很挑剔，快到三十岁才找到对象。杨芳找对象也很挑剔，不但家庭条件要符合她的标准，而且个人能力和品德也要优秀，丁爱国是她唯一看中的男人。杨芳对丁爱国很信任，他生意上的事情从不过问。一开始，秦茜处处提防丁爱国，怕受骗上当，现在，她不但不防备他了，而且还主动接近他，两天没看见他心里就空落落的，每当夜阑人静的时候，总是希望他突然来到她的身边。

秦茜含情脉脉地看着丁总，爱怜地问："你的脸色不好，是不是没睡好？"

丁总点点头。"每天都在考虑成立投资公司的事情，有点压力。"

秦茜莞尔一笑说："我要加倍努力，减少你对旅游公司的操心。"

丁总若有所思地说："我们公司职工都像你这样就好了。"

秦茜蹙眉问："你们公司职工是不是不听话？"

丁总撇嘴说："职工拉帮结派、争权夺利，个别人还在订购烟花爆竹时吃回扣。"

烟花公司和报废汽车拆解公司都是有人求的好公司。烟花公司每年都会增设零售点，许多零售点仅仅春节期间就能赚5万元，所以很多人想卖烟花爆竹，但同不同意设立零售点，烟花公司分管这项工作的人才有决定权。另外，零售点进货时，畅销货不一定能拿到，因此，批发部开票的人也很吃香。报废汽车拆解公司求的人更多，许多报废汽车的零件是新的，需要这些零件的人都会来仓库买，如果是熟人，价格就很便宜。另外，办理汽车报废手续时，如果是熟人，不仅办理手续时间快，同样车型，报废总价还可以高一点。所以，大家都想当官，或者要求坐到有权的位置上。要是能当上公司的副总经理，就有许多贪污的机会了，比如在订购烟花爆竹时可以吃回扣。

秦茜放下筷子。"我母亲说，天女烟花厂跟你们烟花公司有业务往来。"

丁总吐出一口烟，"你母亲在天女烟花厂上班？"

秦茜点头。"是的，我母亲在天女烟花厂包装车间上班。"

丁总若有所思地说："我要见一见你母亲。"

2

一天晚上，丁总把胡处长、罗科长、徐总、曹明约到夜总会，商量成立投资公司的事情。丁总以为职工会把办公大楼上赚到的钱投到投资公司里，结果令他大失所望。前几天，一家银行出 1480 万元买他们拆建后的还房，加上春江市经济开发区之前给他们的拆建补偿款，职工在办公大楼上赚了 1200 万元。可是，经粗略统计，职工投到投资公司的钱却不足 200 万元。职工不投资的理由又无懈可击，老职工要为儿子买房，年轻职工要还银行贷款。然而，市供销社赵副主任却对投资公司信心十足，答应投资 100 万元。丁总心里清楚，市供销社拿出 100 万元已很不容易了，虽然市供销社的日子开始好转，但 100 万元对他们来说是个大数目。现在的情况是，丁总必须拿出 700 万元投资公司才能成立起来，而他一时间却拿不出这么多钱。所以，丁总打算把胡处长、罗科长、徐总、曹明四人拉进来。

“今晚，请各位过来商量一件事情。”丁总一边递烟，一边说，“我想成立投资公司，按规定，注册资金要 1000 万元，可职工胆子小，不愿多投，差 400 万元，我想拉你们进来。”

“和丁总一起肯定赚钱，”胡处长接过香烟，“可我不喜欢跟国有企业的职工合伙。”

“我对你公司职工最了解，”曹明摇了摇头，“好用的人只有几个。”

“我去你们公司查过账，”罗科长接过香烟，“财务科 6 人，会记账的只有一半。”

“我们五人成立一个投资公司多好，”徐总叼着香烟，“为什么要把职工带进来？”

“现在赚钱比较容易，”丁总拿打火机点烟，“我想让他们多赚点钱。”

“国营单位职工翻脸比翻书还快，稍不满意就翻脸。”曹明提醒，“你要从长远考虑。”

丁总认为，国家的政策红利可以持续 20 年，现在，只要手中有钱，很多行业都可以投资，如果一时看不准，投房地产也能赚钱。可职工穷怕了，担心赚来的钱亏掉后又成为穷光蛋。不过，有些职工确实家里要用钱。个别职工的儿子三十多岁了，该娶儿媳了，有的职工欠银行和亲戚钱，不还真不行。另外，丁总对职工的印象越来越好，感觉他们的观念开始变了，一些职工说，以前看人家赚钱比自己多会眼红，现在不会这样了。所以丁总不愿抛弃公司职工。可是胡处长、罗科长、徐总、曹明对丁总公司职工的印象都不好，觉得跟他们合作肯定不愉快。丁总手持香烟，烟蒂贴在嘴唇上，凝神思考。

丁总一边剥荔枝，一边说："要么我们以春江市再生资源有限公司的名义投资。"

徐总直言："你们公司股份不能超过百分之四十九，你们公司占大股会有意外。"

曹明一边吃龙眼，一边建议："注册资金可以扩到 1288 万元。"

丁总点点头。"行，就按这个方案实施。"

胡处长抽了一口烟，"我最多投 50 万元，以我儿子的名义。"

罗科长弹了弹烟头上的烟灰，"我也最多投 50 万元，以我妻子的名义。"

丁总对胡处长和罗科长的印象很好。一、两人都不是贪官；二、两人不但乐于助人，而且从不索要东西；三、工作能力强；四、文化程度高；五、胡处长有管理企业的经验，罗科长有财务、税收方面的专长。因为两人都不是贪官，所以最多拿出 50 万元。丁总把两人拉进投资公司，还有一个想法，就是要报答两人对他的帮助。丁总觉得，现在政策这么好，只要多动脑筋，真诚合作，一定能够成功。胡处长和罗科长对丁总非常信任，所以两人很放心地把自己所有的积蓄投到投资公司里。

胡处长吐出一口烟。"余下股份，徐总和曹明均分好了。"

洪海走进包厢，笑着说："不要把我落下，听者有份。"

丁总拿着餐巾纸，擦了擦嘴巴说："行！徐谦、曹明、洪海各投 150 万元。"

李总站在门外，探头看了看，笑问："今晚，你们怎么不叫小姐？"

丁总挪开嘴上的香烟。"叫红柳、兰兰、惊鸿、如烟、漂泊进来。"

李总拉了拉衣襟说：“只有胡处长的小姐在，红柳、兰兰、惊鸿三人回家开店了。”

红柳、兰兰、惊鸿三人受秦茜影响，也离开夜总会了。不过，红柳、兰兰、惊鸿与秦茜有所不同，三人是赚了钱之后，再另谋职业。三人不但长得漂亮，而且有心计，对有钱人和官员都特别用心，所以，每天都有客人捧场。

3

丁总得到消息，今天上午，滨海区人民法院以侮辱妇女罪判处叶勇有期徒刑三年，缓刑三年执行。丁总觉得，该案适用的法律条款不但存在错误，而且还判轻了。他要听一听秦茜的意见，如果秦茜对滨海区法院的判决不服，他可以帮助秦茜控告。于是，丁总来到秦茜的办公室，把叶勇的审判结果告诉她。秦茜听后，甩了一下披肩发，神情有点不高兴，她皱眉思考一会儿，然后，向丁总请教。

秦茜一边泡茶，一边问：“判三缓三是什么意思呀？”

丁总点燃香烟。“是指判三年有期徒刑，但不需要送监狱执行，不需要关押，给三年考验期限，三年内没有再犯罪或没有严重行政违法行为，就不需要执行三年刑期。”

秦茜把茶杯放在丁总的面前。“为什么不以强奸未遂罪判处？”

丁总吐出一口烟。“强奸未遂罪判刑重许多，并且缓刑几乎不可能。”

秦茜在沙发上坐下。“叶家肯定花了不少钱。”

丁总手持香烟。“从去年开始，药厂生意很好，叶元赚了不少钱，药厂正准备上市，所以，对叶家来说，送几十万元，没感觉。不过，如果你对判决不服，是可以控告的。”

秦茜摇头。“已起到警示教育作用就可以了，希望叶勇吸取教训，不要再犯。”

丁总拿起茶杯。“估计叶家还生你的气，你控告他，叶家反而会过来求你。”

叶勇的母亲对秦茜何止生气，现在，她非常仇恨秦茜，觉得她是一个冷酷无情的人，并且对丁总也相当憎恨，认为丁总为了得到秦茜的肉体对叶勇下手。叶勇已经二十八岁了，叶勇的母亲本来计划一两年内让叶勇接替他父亲的位置，现在只能等到三年之后了。叶勇的父亲心脏病很严重，早就想退下来了，两年前，他就特意安排叶勇进董事会，可是叶勇像孩子一样，处事很不成熟，没有办法，他只好继续硬撑着，等叶勇成熟了再把位置让给他。谁知，叶勇竟然在夜总会干违法的事情。正如丁总所料，叶厂长的心里还有点担心的，他担心秦茜站出来继续控告他儿子。

秦茜转换话题："最近生意很好，忙不过来了，我想招一个签约的人。"

丁总喝了一口水。"可以的。"

秦茜从果盘里拿了一块薄荷糖。"晚上，我请李总吃饭，希望你也过来。"

丁总点头。"好吧！"接着，丁总问："李总说过欣欣爸爸的事情吗？"

秦茜一边剥糖纸，一边说："说过，李总说，前几天，许亮来过滨海。"

丁总叹气说："欣欣很不幸。"

秦茜把薄荷糖放进嘴里。"是不理智造成的。"

丁总挠了挠下巴，"省城医疗条件好，许亮的肝癌有可能治好。"

许亮是省农资公司的副总，经济条件也不错，再说，他的肝癌发现得比较早，容易控制，治好的可能性是有的。为了让许亮有好心情，李总不再阻止许亮看望女儿了。可是，许亮却没有信心，觉得自己最多只能活五年，他打算把自己的股份转给欣欣。他的股份和股份收益跟他老婆无关，因为他与老婆签过协议，他在公司的股份以及股份的亏损和收益跟他老婆没有关系。这几年，省农资公司的经济效益相当不错，他股份的价值已超过了1000万元。这个许亮老婆知道，而李总却一无所知，她只知道许亮是公司的大股东，不知道他的股份会值这么多钱。

“欣欣说她妈妈每晚回来很晚，影响她睡觉。”秦茜喝了一口水，“她要跟我一起睡。”

“蛮好。”丁总放下茶杯，“你可以教她学习。”

“嗯。”秦茜点头，“我和你想法一样。”

4

秦茜先到李总的家里，然后，跟李总、欣欣一起来到滨江大酒店。

李总身穿黑色蕾丝无袖连衣短裙，脚穿露趾细跟凉鞋，指甲还涂上红色甲油，雪白笔直的大长腿特别引人注目，棕色的披肩卷发随风飘逸，并且妆容秀丽，看上去妩媚迷人。秦茜非常漂亮，打扮却很一般，她身穿长袖蓝色碎花连衣裙，脚穿粗跟浅口方头棕色皮鞋，脸上只化淡妆，中长款直发有点干涩。欣欣却是一袭清新可爱的打扮，她扎着小辫子，上身穿着天蓝吊带纱裙，下身穿着粉红连裤袜，脚穿白色运动鞋。

三人进包厢不久，丁总推门进来，他带来两瓶澳洲西拉干红葡萄酒。接着，丁总用开瓶器拧开红酒瓶塞，然后，给李总、秦茜倒酒。

李总晃动酒杯，嗅了一下。“嗯，果香型的。”

秦茜闻了闻说：“柑橘味。”

丁总喝了一口，然后说：“慢慢喝，一边喝一边聊。”

李总正想说话，手机响了，她一看是方总打来的电话就马上拿着手机走出包厢。最近，李总与方总正打得火热，已离不开他了。为了赚快钱，两人打算开涉黄按摩店，这几天，方总在四处寻找场地。李总预料，方总给她打电话，就是这方面的事情。于是，她马上离开包厢，去包厢外面接听电话。丁总是洪海的好朋友，他知道后会告诉洪海的。这件事不能让洪海知道，否则，洪海会不高兴的。

李总捂嘴轻声说：“正与丁爱国一起喝酒，我走出包厢了，你说吧！”

方总开心地说："滨海区东城有人出让按摩店，我姐夫要我把它接过来。"

李总想了想说："你跟他们谈一下价格，如果价格不高，就把它接过来。"

有方总姐夫帮助和支持，李总就不担心了。李总认为，方总的姐夫是城东派出所的所长，他的想法绝对不会错。有派出所的庇护，这种生意是包赚的。可方总有点不明白，生意这么好的按摩店，为什么要转让？为此，方总问过姐夫，姐夫说老板身体不好，刚在上海医院做过手术。其实，这只是其中一个原因。这个按摩店的老板特别会思考，他有一种预感，他的按摩店迟早要遭查封，因为它不仅地处闹市区，而且还离滨海区的区委和区政府很近，特别引人注目。于是，他决定见好就收，把他的按摩店转让出去。现在，派出所谢所长的小舅子想要，那是最好的事情了，这样，短时间内，他的按摩店还不会出事，过了一两年之后，即使这个按摩店出了大事情，也跟他无关了。

李总回到包厢，提起酒杯。"丁总！祝你生意兴隆！"

丁总喝了一口酒。"最近，夜总会生意不错吧！"

李总心情愉悦，笑着说："生意很好！"

欣欣一边喝果汁，一边问："妈妈！你什么时候给我买钢琴呀？"

李总放下酒杯。"等你上小学之后。"

秦茜提了提衣领说："欣欣唱歌有天赋，她唱的《小城故事》，很好听。"

李总拉了拉衣襟说："像她父亲，许亮唱歌也很好听。"

一开始，李总喜欢听许亮唱歌，后来，她才喜欢上他这个人。女人漂亮，男人都喜欢。李总在 KTV 做小姐的时候，非常吃香，想要她坐台必须排队，她经常同时坐三个男人的台。甚至，她要挑选客人，即使客人同意串台，她也不一定去。许亮不但歌喉圆润清亮，而且声音的控制和音准都是大师级的，另外，他的普通话也相当标准，所以，李总很喜欢听许亮唱歌。后来，她发觉许亮不但非常诚实，而且还乐意为她花钱，她认为，这样的男人才值得她爱。有一天晚上，她竟然从他悲怆的歌声中感觉到他婚姻的不幸。从此，许亮认定她为知音。就这样，两人开始热恋。很快，她怀孕了。于是，许亮马上向妻子提出离婚。许亮的妻子是个有心计的女人，她口头上同意离婚，行动上却故意拖延时间。最后，她只是答应养育许亮的孩子，但坚决不同意离婚。

欣欣一边捋着辫子的发梢，一边问："妈妈！爸爸什么时候来滨海？"

李总瞪了女儿一眼。"前几天刚见过又想见爸爸了？"

丁总挪开嘴上的香烟。"看来，欣欣很喜欢爸爸。"

欣欣一边往后背甩辫子，一边说："爸爸比妈妈好，他从来不骂我。"

李总摇头说："我辛辛苦苦养她，还说我不好。"

丁总抽了一口烟，问李总："你为什么对许亮那么生气？"

李总放下酒杯。"我觉得许亮是借我肚子生孩子。"

丁总手持香烟，烟蒂贴在嘴唇上，思考了一下说："你可能误解他了。"

李总摇了摇头说："我要许亮上法庭，跟妻子离婚，他不同意。"

丁总扭了扭脖子说："他妻子可以告你们事实重婚，对此，许亮肯定有所忌惮的。"

接着，丁总向李总解释什么是事实重婚，李总听后低头不语。

两天后，方总成为城东魅力按摩店的老板。魅力按摩店经营场所很大，一楼有三间店面，二楼除了 20 个包厢外，还有一个大厅，大厅里排着 18 张双人床。晚上，电灯拉灭，一片漆黑。店里的小姐根本不懂按摩，她们的工作就是卖淫。一到晚上，嫖客一批接一批，生意真的非常不错。方总和李总相当轻松，每天中午过来结一次账就可以了，其他杂事有人帮他们做了。这样，两人原来的工作一点不耽误。李总在夜总会从不提起经营按摩店的事，所以，就连洪海也不知道她有另外收入。李总和方总既是情人关系，又是按摩店的合伙人，李总占股份百分之三十，方总占股份百分之七十。李总负责招收卖淫小姐，方总负责公安、卫生、消防等部门的关系。为了方便幽会，李总一直把欣欣放在秦茜家里，一个多月了，还没有带回来。

5

最近，丁总把精力放在烟花的经营上，先是烟花新仓库的验收，然后是今年烟花的订货。现在，他在湖南浏阳，正与五彩烟花厂老板商谈烟花价格。丁总与滨海区烟花经营公司林总合力，要求厂方在去年价格表上统一下调百分之十。经过多次协商，除百子炮外，其他烟花品种都下调百分之八，但新产品的价格另定。尽管下调了烟花价格，但沈副经理和梁副经理仍有不少回扣，再说，今年的订货数量每个厂都比去年多了百分之三十左右，因此，两人的所得基本上跟去年持平。丁总感觉沈副经理和梁副经理还在吃回扣，但是没有证据。丁总打算与烟花厂的工作人员接触，慢慢了解内情，于是，他给秦茜打电话，因为她母亲在烟花厂当包装工，应该知道烟花厂的一些情况。

“秦茜，睡了吗？”

“没有，有事吗？”

“我想问一下，你妈妈还在天女烟花厂包装车间上班吗？”

“是的，她还在那里上班。”

“我明天要去天女烟花厂看烟花新产品试放。秦茜，你有事要转告吗？”

“你把我的近况告诉她，以免她为我担心。嗯——我妈叫曾素芳。”

“噢，知道了。”

第二天，天女烟花厂的杜厂长开着面包车来宾馆，亲自接丁总等五人去他们厂观看烟花产品。杜厂长三十五岁，高个子，白白的皮肤，戴着眼镜，说话总带着笑脸，看上去像个有礼貌的知识分子。杜厂长一边开车，一边跟大家聊天。天女烟花厂建在深山里，开车要两小时才能到达。路上除了颠簸之外，还要被车里的蚊子叮咬。好在杜厂长很健谈，一路说笑，大家才不觉得心烦。上午十一点，到达天女烟花厂。接着，杜厂长把他们带到餐厅吃饭。丁总不喜欢湖南菜，吃了一碗米饭就出来了。丁总走了两个生产车间之后，就直接来到包装车间。丁总站在门口，扫视了一下，发现车间北窗旁边有一位中年妇女好像是秦茜的母亲，于是，他便走过去与她攀谈。

“阿姨，午饭吃了吗？”

“刚吃过。”中年妇女抬头看了看丁总，“你是南方人吧？”

“嗯，春江市滨海区的。”

“噢，”中年妇女一边用胶带封箱口，一边说，“我女儿在你们那边打工。”

“她做什么工作？”

“嗯——”中年妇女擦了擦额头上的汗，“在旅游公司上班。”

“你是不是秦茜的母亲？”

“哦！对对对！”中年妇女很惊讶，“你认识我女儿？”

“我叫丁爱国。”

“你好你好！谢谢你！”曾素芳放下手中活，“秦茜常提起你，她把你当恩人。”

接着，丁总把秦茜的近况告诉曾素芳，曾素芳听后很高兴。然后，丁总向她了解天女烟花厂的经营情况，并打听烟花厂产品的毛利率和净利润。丁总认为，只要了解到烟花产品的毛利率和净利润，就能估算出沈副经理和梁副经理回扣的金额。这是很敏感的话题，曾素芳一听就猜到丁总的目的，不过，她以为丁总是为了跟杜厂长谈烟花的价格。虽然她只是一个包装工，但是她知道天女烟花厂产品的毛利率和净利润，因为她丈夫的妹妹是天女烟花厂的会计，有时会说起厂里的经营情况。

曾素芳看了看四周，轻声说：“百子炮的毛利在百分之三十左右，烟花类的毛利在百分之五十以上，净利润百分之三十应该是有的。”

丁总若有所思地说：“利润蛮高的。”

曾素芳笑着说：“烟花里面全是黄泥，这里漫山遍野都是黄泥，黄泥不需要钱。”

丁总点头。“怪不得浏阳的烟花厂特别多。”

曾素芳拉了拉衣襟说：“天女烟花厂占地2000多亩，黄泥300年用不完。”

丁总看着窗外。“嗯，有道理。”

丁总听后，断定沈副经理和梁副经理还有不少回扣，但是想要查清楚却相当困难。丁总看着窗外的山峦，思考下一步的打算。

6

晚上八点，杜厂长领着丁总等五人走进观赏楼，观看烟花新产品试放。杜厂长发给每人一张表，表上写着烟花的名称、尺寸、价格以及相关说明。丁总坐在那里，一边喝矿泉水，一边看表格。今晚试放的烟花新产品既有喷花类、旋转类、升空类，又有吐珠类、礼花类和组合烟花。丁总对组合烟花很感兴趣，他认为，随着老百姓生活水平的不断提高，组合烟花的销量肯定会增加。但是，组合烟花的价格有点高，一般人会接受不了，如果出厂价格在2000元以下，其销售量就会增加。过了一会儿，试放开始。

杜厂长侧身问：“丁总，刚才试放的喷花类烟花怎么样？”

丁总扭了扭脖子说：“不错，就是价格太高。”

杜厂长笑了笑说：“这样吧，你先观赏，然后，我再听你的意见。”

丁总点头。“行。”

接着，丁总一边观赏烟花，一边在表格上写观感。总的感觉天女烟花厂的产品比五彩烟花厂的产品要好，不过，其价格比五彩烟花厂的产品要高。从外形尺寸看，五彩烟花厂比较高大，卖相好。而天女烟花厂的产品精致，空中绽放的色彩绚丽夺目，会给人美的享受。可是，根据目前老百姓的生活水平，价格高的烟花产品不宜进货太多，不然，会影响销量。但是，他又觉得必须引导老百姓使用高品质的产品。于是，丁总决定多订组合烟花，让老百姓感受高品质烟花的魅力。杜厂长不仅健谈，还善于揣摩别人的心思。经过交流，他感觉丁总对组合烟花特别感兴趣。

杜厂长一边扶正眼镜，一边说：“最近，订组合烟花的客户很多。”

丁总跷起二郎腿。“价格太高，订的人不会多，降价促销是最好的办法。”

杜厂长笑问：“多少价格会接受？”

丁总直言：“一组三箱，总价不能超过2000元，并且还要增加蓝色。”

杜厂长坦言：“增加蓝色很难，当夜空一片蓝色时，烟花的蓝色就无法突显出来。”

丁总喝了一口矿泉水，然后问：“听说，你厂里有研究所？”

杜厂长点头。“嗯。”

丁总建议：“在出现其他颜色的同时，跳出蓝色。”

杜厂长点头。“可以。”

接着，杜厂长建议，组合烟花暂时不订，重新设计好了之后，拿到滨海区试放，然后再定。丁总同意，并要求把出厂价格控制在2000元以下。杜厂长决定听从丁总的意见，采取薄利多销的办法，以获得好的经济收益。

7

中午，丁总接到妹妹的电话，妹妹告诉他一个很不幸的消息，他的妻子和丈母娘出车祸，现在正在医院抢救。今天上午十一点左右，丁总的妻子带着母亲，开车去学校接儿子，经过城西大转盘时被侧翻的工程车压在车下。目前，丁总的妻子和丈母娘已生命垂危。丁总接到电话后，马上坐车来到长沙黄花国际机场，接着，坐飞机返回滨海。可等他赶到春江市人民医院的时候，妻子和丈母娘已奄奄一息了，晚上十点左右，两人前后离开人世。第二天，丁总来到滨海区交警大队找胡队长，了解事故原因。此时，城西交警中队的林队长刚好在胡队长的办公室里。

“丁总！真对不起！”胡队长上前握住丁总的手，“有什么要求你尽管说。”

“保险公司已把一张200万元支票送到交警大队了。”林队长边说边给丁总递烟。

“你不要以为钱可以解决一切问题。”丁总没有接烟，“半年前，工程车压死一个骑自行车的学生，上个月，工程车撞死一个骑摩托车的年轻人，昨天，我妻子和丈母娘又被侧翻的工程车压死，为什么肇事车辆都是工程车？”

“城市搞建设，道路上工程车比较多。”林队长辩解道。

“城市搞建设就可以不顾及老百姓的生命？”丁总正色问。

“我们警力也不够。”林队长继续辩解。

“是监管、处罚不严，工程车超速、超载现象十分严重，据说个别交警跟社会上的人共同投资购买工程车运土石。”丁总愤然说。

“丁总！”胡队长一边在丁总旁边坐下，一边说，“你坐下，我们一起找原因。”

接着，林队长讲述事故经过和原因。经分析，肇事车辆不但超速、超载，而且车辆还存在严重倾斜，倾斜的原因是车厢里的岩石堆放不均。可见驾驶员根本不顾安全。然而，令丁总气愤的是，肇事司机还没有被公安局控制。丁总认为，这里面肯定有问题，当即要求胡队长逮捕肇事司机，严惩罪犯，以告慰死者。胡队长点头同意，并马上打电话，命令立即拘押肇事者。然后，胡队长要求林队长查清楚肇事车辆有几个车主，里面有没有存在交警参股的情况，并交代林队长要严管工程车，没有特殊情况，工程车只能在夜间规定的时间内可以进城。

三天后，胡队长给丁总打电话，告诉他审查结果。

“丁总！你好！肇事司机交代，城西中队副队长有股份，他占多少股份还在核实。”

“驾驶员以为城西交警中队领导有股份，就可以胆大妄为了。”

“有这方面的因素。”

“你们打算怎么处理这个副队长。”
“局里纪委介入调查了。”
“这种人不能重用。”
“丁总！你的建议很好。”

第五章

1

妻子死后，丁总比之前更忙了，他除了工作之外，还要接送儿子丁超，晚上，他也不能出去，要在家里陪儿子做作业。丁总觉得如此下去不是办法，决定在儿子学校旁边租房，然后，再雇一个保姆。这样，丁总可以不接送儿子了，他即使出差在外，丁超也有人照顾了。于是，丁总来到中介所找中介人商谈租房事宜。一个星期之后，丁总搬家，住进出租房，并雇了一个保姆。

秦茜跟丁总已有一个月没见面了，在此期间，她给丁总打过几次电话，了解他的状态和近况。秦茜不知道是什么原因，对丁总的挂念与日俱增。下午，秦茜特地去街上给丁总买了一双皮鞋，然后，她给丁总打电话，要他来她办公室穿一下，是不是合脚。过了半个小时，丁总来到了秦茜的办公室。

丁总很满意："大小刚好，款式也不错。"

秦茜莞尔一笑说："我看你的皮鞋都是黑色的，所以特地买一双棕色的。"

丁总吸了一口烟。"棕色显年轻。"

秦茜拉了拉衣襟说："你现在正年轻。"

丁总摇头说："四十多岁，不年轻了。"

秦茜撩了一下秀发。"男人这个年龄是精力最旺盛的时候。"

丁总扭了扭脖子说："我的长相显老，看上去有五十岁了。"

秦茜笑着说："你的长相过十年之后也是这个样子。"

秦茜说得没错，丁总三年之前就这样子，这几年感觉他没有什么变化。丁总从来不打扮，假如打扮一下，看上去就肯定会年轻一点。秦茜不嫌丁总的长相，只是想把他打扮年轻一点。秦茜已爱上丁总，可又羞于表白，再说，他妻子刚刚去世，人家知道后，有损丁总的形象。另外，在表白之前，她还要试探一下，他爱不爱她。丁总有钱有能力，现在又单身，追求他的女人肯定不少。可是，想试探丁总有点难，他是一个深沉的男人，他的内心世界不易被人了解，想试探他不仅要花时间，还要用点心思。

丁总笑了笑，然后转换话题："你什么时候去幼儿园接欣欣？"

秦茜一边给丁总递矿泉水，一边说："前天带回去了，李总雇了一个保姆。"

丁总喝了一口水。"李总很节省的，现在肯花钱了。"

秦茜一边把葡萄放在丁总面前，一边点头说："她的手机也换了。"

丁总吃了一粒葡萄，然后说："估计最近夜总会的生意不错。"

秦茜捋了捋发梢。"她有钱的，原来不肯花，现在知道消费了。"

丁总点燃香烟，抽了一口。"她干了这么多年，应该有积蓄。"

秦茜理了理头发。"李总说，红柳、兰兰、惊鸿都想回来。"

丁总手持香烟，烟蒂贴在嘴唇上，皱眉说："干过小姐的，大多难回头。"

红柳回家后，在县城租房雇人卖服装，两个多月就亏了四五万元。前几天，她与李总通过电话，希望回来当领班。李总已同意她的要求，但是要求她带着十个小姐一起回来。现在，红柳正在老家动员、劝说她的姐妹们，估计十几个没什么问题。兰兰回家后，在县城租房开了一间化妆品店，也亏了，不过，她亏得没有红柳多。兰兰觉得开店很烦很辛苦，打算转让后重新做小姐。惊鸿回家后，跟在丈夫后面种地，她过惯了城市生活，无法忍受，她决定跟丈夫离婚后，回来干老本行。惊鸿结婚三年了，一直坚持不生孩子，她心里清楚，干小姐不能生孩子，否则掉价。这次回家，婆婆已明确告诉她，再不生孩子就离婚。与其说她与丈夫的离婚是被婆婆逼的，不如说是她促使婆婆说出离婚的话。

“媛媛也是浏阳农村人，她大学毕业，可以当老师的，却误入歧途。”秦茜说。

“在农村，当小学老师钱太少，所以她觉得还不如做小姐。”丁总掸了掸桌子上的烟灰，“我觉得，这里有个工作很适合她，在学校附近租房，照顾中午不回家的孩子。”

“对对，除了给学生烧饭吃，还陪学生做作业。哎！你跟她说过吗？你帮帮她。”

“没有。”丁总摇头，“我不想说。”

“为什么？”

“媛媛想赚大钱。”丁总叼着香烟，“她的心灵不是很纯洁，当老师也不合格。”

“我的心灵纯洁吗？”

“我对你说过，”丁总手持香烟，“你是我见过的女孩子中最纯洁的。”

秦茜还清楚记得，她和丁总刚认识的时候他是说过这句话，但是，那个时候她一点不在意，并觉得他对她有企图，可现在，她很在意，并希望他多说几句夸奖她的话。然而，丁总却觉得夸奖的话说多了就有吹捧的味道。接着，丁总把话题转到秦茜的旅游公司上。丁总一问起旅游公司的经营情况，秦茜就马上兴奋起来，这两个月，她的旅游公司赚了十多万元，并且，她与丁总的妹妹成了好朋友。丁总的妹妹不仅给她介绍生意，还经常过来帮她照顾客人。

秦茜提了提衣领说：“你妹妹丁希很好，还教我要对男同志客气一点。”

丁总喝了一口矿泉水。“你对男人处处防备。”

秦茜莞尔一笑说：“嗯，但除了你。”

丁总笑着说：“一开始也一样。不过，像你这样的女人，做你丈夫会很放心。”

秦茜撩了一下秀发说：“为了使我心爱的男人踏实、放心，我就不改了。”

丁总听后,神情淡定,吐出一口烟,可是,他心里却荡起小波澜。秦茜是一个细心的女孩子，她特意瞄了丁总一眼，感觉到他有所触动。

2

今天，丁总的投资公司开业了。公司的全名为春江市中财投资公司，丁爱国担任公司董事长，徐谦担任公司总经理，洪海和曹明担任公司副总经理，胡处长的儿子胡威担任公司办公室主任，罗科长老婆张敏担任公司财务科的科长。投资公司的办公地点放在春江市经济开发区管委会的楼下。丁总决定在滨江公园以焰火晚会形式庆祝公司开业，这种形式既隆重又基本上不花钱。浏阳天女烟花厂不但运来了烟花，而且还带来了焰火燃放队。不过，浏阳天女烟花厂另有目的，杜厂长要求丁总把春江市各县烟花公司的老总都请来观赏焰火晚会，他要借此推销烟花产品。

当晚，丁总在滨江大酒店订了两桌，一桌是烟花公司的客人，一桌是市、区有关领导。丁总不但请来了滨海区的叶副区长，而且还请到了春江市政府的江副市长。丁总把他们请来不只是为了喝酒庆贺，还请各位领导观赏烟火。

丁总见各位领导已就座,便起身举杯。“各位领导！各位嘉宾！晚上好！清风送爽，金桂飘香，在这美好的时节，春江市中财投资公司开业了！我谨代表公司董事会向各位领导、各位嘉宾表示热烈的欢迎和衷心的感谢！我坚信，有你们的支持和帮助，春江市中财投资公司一定兴旺发达！请大家举杯！来！干杯！”

江副市长笑着说：“丁总，你父亲是我的老领导，我肯定支持你。”

丁总微微躬身。“谢谢江副市长！”

叶副区长放下酒杯，然后笑问：“丁总！投资公司将投资什么项目？”

丁总一边给叶副区长递烟，一边说：“化工染料，我们和洪厂长已签署意向书，投资生产固色剂。”丁总向大家介绍，“坐在徐总左边的是荣盛化工厂的厂长洪龙。”

洪厂长向大家行抱拳礼，然后说：“今年，荣盛化工厂投资3000万元扩大再生产，资金已非常紧张，现在，化工研究所要跟我们合作，生产固色剂。我已答应化工研究所，并给他们百分之九股份，可银行不贷款。丁总看好固色剂的前景，决定投资2000万。”

洪龙、洪海两兄弟长得很像，并且都秃头，不过，洪龙的个子要比洪海高一点。

洪龙开化工厂已有十几年，他知道什么化工产品有销路，能做大，他认为，质量好的固色剂，前景肯定不错。无论什么染料都会褪色，加入固色剂后，布料褪色会慢一点，因此，固色剂质量好坏决定布料褪色的时间。丁总和洪龙将把一种高级固色剂放入染料中，生产出高品质的染料，该染料可以使布料五年不褪色。丁总已跟洪厂长商量好了，投资5000万元，建一个染料化工厂，洪龙占股百分之五十一，中财投资公司占股百分之四十，其余百分之九给化工研究所。染料化工厂采取分批投资，一期投资1500万元购买土地，然后把土地抵押给银行，贷款1000万元造厂房，厂房造好后评估资产再贷款，按这种办法，染料厂起码能向银行贷到2000万元。另外，春江市中财投资公司也可以向银行贷款1000万元。丁总打算用银行的钱投资他看好的行业和项目。丁总很看好染料行业的前景，他准备用3至5年的时间把染料厂打造成行业龙头的上市公司。现在，许多企业家都把上市作为奋斗目标，企业一旦上市，大股东就会成为亿万富翁。丁总认为，企业上市后，才会越做越大，越做越强。

丁总笑着说：“企业名称也想好了，叫双龙染料化工厂。”

市供销社赵副主任吐出一口烟。“我也看好染料行业，中国十多亿人口，布料用量很大，而且还有大量服装出口。中国加入WTO后，服装出口会大幅增加。”

丁总举杯，向赵副主任敬酒。“一是感谢，二是祝贺你将担任市供销社主任。”

赵副主任喝了一口酒，然后与江副市长碰了一下酒杯。“借此机会，我要向江副市长表示衷心的感谢！”

江副市长笑着说：“你的能力和政绩是有目共睹的。”

赵副主任谦虚地说：“是江副市长领导有方，比如，在您的建议下，我们成立了春江市信合农药股份有限公司，现在，该公司年利润超过千万元。”

江副市长边夹菜边说：“现在的投资比较简单，比如，随着人民生活水平的不断提高，老百姓对房子的需求将越来越大，如果手头有钱，买房子也会有不错的收益。”

这句话如果从普通人嘴里说出来，大家都不会重视，但是江副市长这么说就完全不一样了。江副市长分管银行、土地、供销、农业等部门，他对银行资金和土地供应情况都很了解，因此，他能分析出将来房价的走势。丁总听后，马上萌生了劝说秦茜买房子的想法。凭秦茜现在的收入，她一年可以买两套一百平方米的套房。可是秦茜没有这么想，她觉得旅游公司赚来的钱都是丁总的，旅游公司的利润应该由丁总支配，如果买房子，也要把房产登记在丁总的名下。

3

当晚，周副经理、刘副经理已喝了不少酒，可各县烟花经营公司的老总仍然缠住两人不放。曹明见状，为周副经理、刘副经理解围。

曹明一边给大家递烟，一边说：“我和周副经理、刘副经理、胡处长、罗科长、洪海一组，你们各县烟花经营公司和杜厂长一组，两组摇骰子博弈。”

洪海摇了摇手说：“还是等焰火晚会结束后去我夜总会喝吧！”

曹明马上赞同：“好！我们圆桌上喝酒结束以后，方桌上再喝。”

杜厂长马上接上说：“焰火晚会结束以后，我请各位老总去洪老板夜总会唱歌。”

周副经理透露说：“饭前，滨海区叶副区长已答应增加烟花爆竹零售点 60 个，每个零售点春节期间销售 10 万元，全区就增加销售额 600 万元。”

滨海区烟花公司林总放下酒杯。“要丁总做江副市长、赵副主任工作，开一个全市烟花爆竹工作会议。把各县分管的领导请来。会议的目的是增加各县烟花爆竹零售点。”

在场的各县烟花经营公司老总都赞同林总的想法。杜厂长听后非常高兴，接连向大家敬酒，希望各县烟花经营公司老总多订天女烟花厂的产品。各县烟花经营公司老总见杜厂长为人爽直、诚恳，都答应至少订 100 万元的烟花。天女烟花厂出资举办今晚的焰火晚会回报很大，杜厂长只花了 20 万元，却得到了 1000 万元的订货合同。

焰火晚会马上就要开始，于是，大家放下筷子，坐在窗边，等待这一刻到来。此时，江滨公园的周围已人山人海，公园出入口的上空飘着气球，气球下的条幅上写着：祝贺春江市中财投资公司开业！

随着一声巨响，一颗礼花弹划破夜空，在高空爆裂，接着，空中开出一朵硕大无比的锦菊。然后，礼花弹接连呼啸升空，一阵爆裂后，夜空中出现了瀑布、椰树、花环等美景。正当观众抬头不停赞叹的时候，公园的堤坝上开始向空中喷出绚丽的火焰，有红、蓝、橙、黄、紫、白、金、银、绿、青等各种颜色，于是，大家把目光从高空拉到公园的堤坝上。接着，旋转烟花，升空烟花、吐珠烟花、组合烟花交替登场，空中一会儿炸出流星雨，一会儿又爆裂满天星，彗尾杨柳刚出现，降落伞又缓缓飘落。观众目不暇接、赞叹不断。最后，五颗大型礼花弹冲至千米高空同时爆裂，接着，空中开出五朵硕大无朋的红牡丹，璀璨了整个夜空，把焰火晚会推向高潮。

4

杜厂长和大家一起来到星光灿烂夜总会，订了两个大包厢。

红柳当领班后更忙了，在夜总会，她除了安排小姐坐台之外，还要去各个包厢陪客人喝酒，回到住处后，又要用肉体赚钱。但是，她一点不疲劳，只要有客人来，马上满脸笑容。红柳把大家安排妥当以后，然后把媛媛叫过来，要她坐罗科长的台。罗科长希望红柳坐在他身边，但又不好开口。不过，红柳告诉罗科长，等她忙完手头上的事情后，再过来陪他聊天。

兰兰、惊鸿也回来了，两人一听徐总、曹明在999包厢，就马上跑过来坐在他们身边。徐总、曹明不仅没有嫌弃，脸上还露出久别重逢的喜悦。

曹明抽了一口烟。“惊鸿！听说你跟老公离婚了？”

惊鸿粲然一笑说：“是的，现在，我完完全全是你的人了。”

曹明风趣地说：“我可不能独占花魁。”

惊鸿佯嗔道：“没良心。”

曹明弹了弹烟头上的烟灰。“你情我愿就可以了。”

惊鸿笑着说：“不说了，我们喝酒吧！”

接着，大家在惊鸿的鼓动下开始摇骰子。不一会，杜厂长过来敬酒，然后，把丁总请到888包厢去了。各县烟花经营公司的经理正在包厢里商讨增加零售点的事情。现在的问题是，各县烟花经营公司都要求增加零售点，可公安局不同意，理由是存在安全隐患。大家希望成立春江市烟花爆竹协会，然后，由协会牵头，召开全市烟花爆竹工作会议，把这个问题解决掉。按常规，应该先成立春江市烟花爆竹协会，由协会牵头召开烟花爆竹工作会议，邀请市供销社、市公安局等部门的领导参加，商讨增加烟花爆竹零售点的事情。经过仔细考虑，丁总想出了一个更有效的办法。他的想法是，先成立春江市烟花爆竹安全管理办公室，其职责是协助公安局审核烟花爆竹零售点的安全问题并协助公安局查处劣质烟花爆竹。然后，建议各县市区按照春江市烟花经营公司的做法，成立烟花爆竹安全管理办公室。

丁总听了大家的意见后说："目前，公安局的经费和人力有限，所以还无法满足我们的要求。如果我们出人出钱，事情就会好办一些。我的想法是先成立春江市烟花爆竹安全管理办公室，其职责是协助公安局审核烟花爆竹零售点的安全问题，并成立稽查队协助公安局查处劣质的烟花爆竹。"

林总赞同："对，谁受益谁就要出钱出人。"

杜厂长笑着说："销量上去了，大家受益。根据各县订货量，我每年赞助一部分管理费用。"

丁总很爽快："林总！现在，你就把合同签了，组合烟花多订一点。"

林总点头应答："好！"

然后，丁总建议各县烟花经营公司的经理与杜厂长订货。大家本来就有订货的意愿，再说，今后还需要丁总的支持，于是，便马上与杜厂长签订了供货合同。最后，杜厂长合计了一下，一共签了 1180 万元的供货合同。此次来滨海，竟然有这么大的收获，杜厂长真的没有想到，他觉得有丁总的帮助，天女烟花厂在春江市的订货量还会增加。整个春江市烟花爆竹年销量在 9000 万元以上，只要杜厂长跟丁总和各位县公司经理搞好关系，明年的销量就可以翻一番。

5

几天后，丁总接到洪海打来的电话，洪海告诉他，徐谦和曹明因走私铜材被查，现在已不知行踪。丁总听后愣了。好在春江市再生资源公司与曹明已经没有合作了，不然，生意上的事情会有影响。但是，刚刚成立的春江市中财投资公司与两人有牵连，并且两人都是大股东。丁总手持香烟，烟蒂贴在嘴唇上，皱眉思考，他决定把洪海、胡处长、罗科长叫到一起，了解详情，避免影响到春江市中财投资公司的经常运转。于是，丁总马上给胡处长、罗科长、洪海打电话，约好晚上八点钟在他的办公室见面。

晚上八点，三人来到丁总的办公室，一边喝茶，一边谈论徐谦和曹明的事情。

"我接到爱国电话后马上了解了徐谦和曹明的事情。"罗科长皱眉说，"听说，徐谦这几个月进口废电机连续亏本，所以他才动起走私铜材的歪脑筋。"

"我得到的消息是，他一直走私铜材。"胡处长喝了一口浓茶，"徐谦把铜板和铜锭放在废电机下面，因为他与海关个别缉查人员的关系很好，所以一直没有被发现。"

"听说，"洪海叼着香烟，"海关要求先交罚款，之前的事情查清再说。"

"希望是初犯，这样处理会轻一点。"丁总扭了扭脖子，"走私普通物品是1到5倍罚款，交不出罚款，两人可能会考虑退股。"

"罗科长！"洪海给罗科长递烟，"你跟海关关系不错，帮两人做做工作。"

罗科长接烟，"昨天，我在开会，有一个缅甸电话，我没接，估计是徐谦打的。"

罗科长的猜测是对的。徐谦逃离滨海之前，给几个海关的朋友都打过电话，但还是有些不放心，所以他在缅甸给罗科长打电话，希望罗科长关注案件的审查情况，如果能帮的话，帮他一下。徐谦知道，罗科长有个大学同学在春江市海关当领导，罗科长出面做工作，处罚可能会减轻。罗科长打算明天给徐谦的妻子打电话，先把情况了解清楚，然后再帮他想想办法。徐谦是罗科长的好朋友，罗科长肯定会帮的。其实，胡处长跟海关的关系也不错，他的妹夫就在海关缉私部门工作，但是，能不能帮上，他吃不准。根据胡处长刚才说话的内容，丁总感觉胡处长海关有熟人。

丁总一边给胡处长加水，一边问："有关徐谦走私的事情，你从哪里打听到的？"

胡处长干咳了一声说："我妹夫在春江市海关缉私部门工作。"

丁总喝了一口水，然后问："能不能帮上忙？"

胡处长解开衣扣。"我先问一下。"

洪海挠了挠鼻沟。“胡处长和罗科长合力，肯定有作用。”

罗科长吸了一口烟。“我们多沟通。”

胡处长点头。“好的。”

丁总揿灭烟蒂。“徐谦和曹明的事情暂时放一放。嗯——染料化工厂的选址都已弄好，过两天就可以跟滨海经济开发区签订购地协议了。90 亩，每亩地价为 17 万元。”

胡处长拿起茶杯。“抓紧签订购地协议，春江市经济开发区马上涨到每亩 20 万了。”

最近，胡处长对地价特别关心，经过打听，他推断工业用地还要涨价，于是，建议丁总多买一些。丁总与大家商量后增加了 30 亩，原来计划是 60 亩，现在为 90 亩。但是，资金会更加紧张。为此，丁总跟商业银行商量了多次，最后，银行答应增加 500 万元贷款额度，这样，中财投资公司最多可以贷款 2000 万元了。但是另外 500 万元的贷款必须要丁总担保。接着，大家开始商量投资公司的资金安排和下一步的工作。

6

下午，丁总来到秦茜办公室。

秦茜一边给丁总泡茶，一边问：“有徐谦和曹明的消息吗？”

丁总摇头说：“没有，估计在国外。”

秦茜猜测道：“或许两人的老婆知道。”

丁总点头说：“嗯，有可能。”

上午，徐谦老婆给罗科长打电话，没说徐谦在什么地方，只是希望他关心徐谦的案子，尽快结案。中午，曹明老婆给丁总打电话，其意愿与徐谦的老婆完全一样。丁总感觉两人的意愿就是徐谦和曹明的想法，但无法确定。现在，罗科长和胡处长正按照两个女人的意愿，为徐谦和曹明做工作。丁总认为，徐谦和曹明未归案，想结案几乎不可能，不过，先与海关领导接触一下，倒是很有必要的。

秦茜一边端着茶杯走过来，一边说：“旅游公司生意越来越好，签单排队。”

丁总上前接过茶杯。“我看到了。”

秦茜坐在沙发上，然后说：“我想把营业执照转到你的名下。”

丁总看着秦茜。“为什么？”

秦茜拉了拉衣襟说：“现在你老婆不在了，我不担心了。”

丁总喝了一口茶，然后说：“实际上我老婆绝对不会到这里来，我是借此说服你。”

秦茜捋了捋发梢说：“我有工资就可以了，你把利润提走，可以办大事业。”

丁总放下茶杯。“我不缺钱。你把钱提出来买一套房子，估计房子还要涨。”

秦茜非常感动：“你为什么总是为我着想？”

丁总点燃香烟，吞吞吐吐地说：“你将——将来会知道的。”

秦茜觉得，丁总愿意为她买房子是爱她的表现，因为一般男人爱上女人之后才会在他的女人身上花钱。其实，丁总说话的意思是，他现在所做的一切都是兑现他的诺言。他曾对秦茜说过，他帮助她，不需要任何回报。如果他帮助秦茜是为了得到她，那不但违背了自己的承诺，而且还证明他是一个卑鄙的小人。然而，秦茜却早就忘了他的承诺，她以为丁总沉稳，没有把心里话说出来。秦茜毕竟是一个二十岁的小姑娘，想问题比较简单，因此，无法猜出丁总真正的心思。再说，这种事情她又不好仔细问，不然，会显得她不矜持。

秦茜莞尔一笑说：“我期待这一天快点到来。”

丁总跷起二郎腿，若有所思地说：“还要一两年。”

秦茜拉了拉衣襟，含笑说：“我会耐心等待的。”

秦茜以为丁总过一两年之后再向她求爱，她觉得这很正常，一是他的妻子去世不久，二是还要互相了解。而丁总想的是另外的事情，他觉得秦茜还要为她两个弟弟买房，然后，把她妈妈、弟弟接到滨海，一起生活，到那时，他把秦茜完好地交到她母亲的手上。丁总明知秦茜误解了，却故意不做解释，因为他希望秦茜有这种想法。但是他有顾虑，觉得秦茜的母亲不会同意。

丁总转换话题："晚上，我请你吃饭。"

秦茜爽快答应："好的。"

7

过了十几天，丁总把胡处长、罗科长、洪海叫到办公室，商量劝说徐谦、曹明尽早投案自首的事情。

洪海皱眉说："我们劝说徐谦、曹明投案自首，前提是海关领导要说话算数。"

罗科长喝了一口茶。"海关领导只是说从轻或减轻处罚，具体判多少年没说。"

胡处长叼着香烟说："及时缴纳税款和罚金也能从轻。"

丁总吐出一口烟。"曹明老婆说，今年，曹明做生意亏了500多万元，赌博输了几百万元，剩下的钱不多了。"

罗科长弹了弹烟头上的烟灰。"徐谦老婆也说家里没多少钱了。"

从表面上看，徐谦的钱比曹明多，而实际上曹明的钱比徐谦多，徐谦的钱最多的时候也不足2000万元。徐谦做生意的钱全靠银行贷款，而曹明从不贷款。但曹明嗜赌如命，每年都要输掉一两百万元。今年，曹明输的钱比往年多很多，估计在500万元左右。这几年，曹明做废铜生意赚了2000多万元，赌博共输了1000多万元，今年，生意上亏了500多万元，这样一算，曹明家里剩下的钱确实不多了。

洪海摇头说："看来亿万富豪都是徒有虚名。"

丁总挪开嘴上的香烟，"你手上有100万，就有人说你有500万，你背债100万，就有人说你负债500万，到那时，想借钱很难。我估计徐谦、曹明要退股。"

胡处长直言："问题是两人退股有什么条件，地价是涨了，可以后还会不会涨呢？"

徐谦和曹明的股份肯定有人要，但是股价不好算，仅土地涨价获利就有 200 多万元，这笔账怎么算？丁总不希望两人退股，两人也不愿退股，但是不交足罚金和税款不能减刑。虽然徐谦和曹明还没有提出退股，但这是迟早的事情。这种事，丁总想想就头痛。徐谦和曹明有困难，不帮助不行，但是又不能让其他股东吃亏。遇到这种情况，丁总必须大气，不然，内部会出现不和。

罗科长皱眉说：“从徐谦老婆话中感觉到，她要求退股。”

丁总摸了摸脸说：“曹明老婆说，处罚金超过 100 万元就要退股。”

罗科长笃定地说：“徐谦处罚金肯定在 500 万元以上，曹明起码 300 万元。”

胡处长发表个人意见：“如果两人要退股，就按银行利息算好了。”

丁总手持香烟，烟蒂贴在嘴唇上，皱眉思考，他的想法是，如果徐谦和曹明提出的条件大家都能接受，就按比例增股，如果大家都不想要，那只能由他来收购。丁总有 50 亩工业用地，估计能向银行贷到 400 万元。

丁总喝了一口茶。“投案自首对徐谦和曹明比较有利，我们尽力做两人家属工作。”

胡处长扭了扭脖子说：“虽然我与徐谦、曹明交往的时间不长，但我会尽力帮忙的。”

丁总给胡处长递上一支香烟。“我代表两人和两人家属谢谢您！”

第六章

1

经过丁总和罗科长做思想工作，徐谦和曹明已投案自首。现在，海关要求两人缴纳处罚金，徐谦510万，曹明380万。上午，徐谦的妻子和曹明的妻子都给丁总打电话了，两人要求退股，并提出外加50万元的要求。晚上，丁总把胡处长、罗科长、洪海叫到办公室，商量解决办法。

胡处长揿灭烟蒂。“徐谦的妻子和曹明的妻子是怎么算出来的？”

丁总皱眉说：“估计是按高利贷、土地获利两项算出来的。”

洪海吐出一口烟。“怎么办？外加50万元确实很过分。”

罗科长一边给胡处长递烟，一边说：“她们还看好染料厂的未来。”

丁总喝了一口茶。“徐谦和曹明面临刑罚，可以理解，就当帮助他们吧！”

胡处长点燃香烟。“我觉得两人不会这么想，认为外加50万不算多。”

丁总解开衣扣。“自愿收购，明天，我们去看守所见徐谦和曹明，征求两人意见。”

胡处长和罗科长以没钱为由，委拒收购。洪海犹豫了好久，最后，他答应拿出100万元收购徐谦的一半股份。丁总咬了咬牙，只好买下剩余股份。第二天下午，四人到看守所与徐谦和曹明见面。徐谦和曹明流泪感谢丁总、胡处长、罗科长和洪海的帮助，并承诺出来后一定报答。胡处长和罗科长被两人的言语感动了，马上改变了想法，打算向银行贷款 50 万元，收购两人的股份。

回来后，丁总马上拿着购地协议和付款凭证去银行申请贷款，可银行工作人员说，没有土地证，要审查核实之后才能贷款，即使领导同意贷款，时间也需要半个月。但是，徐谦的妻子和曹明的妻子却要求五天之内拿到钱。没办法，丁总只好先动用妻子和丈母娘的赔偿款。丁总有一张 260 万元的存单，其中 70 万是妻子生前积蓄，其余是交通事故赔偿款。他本来打算用这笔钱给儿子丁超买一栋别墅，现在看来，买别墅要延后了。

丁总不但没有想过动用旅游公司的钱，而且还要给秦茜买房子，他联系房产公司的同学，订了一套 140 平方米的房子，然后，带着秦茜去房产公司付了款。

房产公司的财务科长是丁总妹妹的同学，她马上把丁总陪同秦茜买房子的事告诉了丁希，并说一眼就能看出小姑娘非常喜欢丁爱国。丁希听到这个消息很高兴，立即给母亲打电话，把丁爱国与旅游公司秦茜谈恋爱的事情告诉她，并说了秦茜的长相、年龄和人品。母亲听后，相当满意，要丁希抽空带她去旅游公司，看一看秦茜姑娘。

2

第二天上午，丁希带着母亲来到旅游公司见秦茜，说母亲想去香港和澳门旅游。母亲一看秦茜那么漂亮、那么年轻，就马上觉得儿子配不上她。秦茜端上茶，然后在沙发上坐下。秦茜看了看丁总的母亲，她觉得丁总的长相不像母亲，他母亲脸大，个子高，像个北方人。丁希也不像母亲，长得比她母亲漂亮，看上去娇柔可爱。秦茜听丁总说过，他的父亲是江苏人，抗日的时候，与他的母亲在山东认识的。

"小秦！你是哪里人呀？"老人问。

"湖南浏阳。"秦茜应答。

"父母做什么工作呀？"老人问。

“父亲是小学老师，前几年病逝了。”秦茜捋了捋发梢，“母亲在烟花厂工作。”

“父亲死得那么早，太可惜了。”老人喝了一口水，“你家里还有什么人呀？”

“还有两个双胞胎的弟弟。”秦茜拉了拉衣襟，“两个弟弟现在读高二了。”

“爱国的烟花公司在你母亲厂里有订货吗？”丁希插话。

“有，订了不少烟花。”秦茜说。

丁希估计丁爱国在浏阳烟花厂订烟花时与秦茜认识的，并认为，秦茜肯定看到丁爱国有钱才与他谈恋爱。丁希不觉得丁爱国配不上秦茜，丁爱国既有钱又有能力，现在的女孩子就喜欢这种成熟的男人。母亲问了秦茜家庭情况之后，开始担心了，觉得秦茜是冲着她儿子钱来的，她估计秦茜买房子的钱是她儿子的，因为凭秦茜的家庭条件不可能有钱买房子。老人打算回家后仔细问一问儿子，她不但要为儿子把关，而且还要为她的孙子丁超着想，不然，她对不起死去的儿媳和亲家。老人对儿媳印象非常好，觉得她不仅贤惠漂亮，还很孝顺。儿媳的死，老人很心痛，出殡那天，她潸然泪下。

“小秦！你和爱国怎么认识的？”老人问。

“夜总会认识的，我当过公主。”秦茜不想隐瞒，“后来，我发现夜总会是污秽之地，就不干了。”

“噢，”丁希笑了笑，“我还以为你和爱国是在浏阳烟花厂认识的。”

“没有丁总帮助我不会有今天，”秦茜真诚地说，“他对我的恩情，我今生不忘。”

“爱国像父亲，心地善良。”老人夸道。

但是，老人又怕女孩子利用她儿子的善良骗他的钱，不过，她感觉秦茜不像骗人的女孩子。可是，老人又觉得秦茜有污点，如果人家知道她儿媳在夜总会当过公主，就有失丁家的颜面。在老人眼里，在夜总会待过的女孩子，没有一个干净的，她对秦茜的解释持怀疑态度。现在，丁希对秦茜的印象也开始变差了，不过，她觉得秦茜跟夜总会的小姐相比有本质不同，估计是误入污秽之地，但是，她认为，秦茜想成为丁家的儿媳已不可能，因为她父亲最恨夜总会的小姐。

丁希转换话题："妈妈！你打算什么时候去香港。"

老人想了想说："仔细想想，现在有点冷，明年五月之后吧！"

秦茜热情地说："阿姨！明年我陪您一起去。"

老人笑着说："好！"

丁希喝了一口水，然后问："小秦！最近生意好不好？"

秦茜莞尔一笑说："很好，有时签单要排队。"

丁希提醒道："今后，对客人还要热情一点。"

秦茜拉了拉衣襟，笑着说："爱国喜欢我的性格，他不希望我变。"

丁希哈哈大笑说："没想到丁爱国那么自私。"

秦茜认真地说："这不是爱国自私，我觉得女孩子老对男人笑，会招惹是非。"

老人没有笑，她觉得儿子跟秦茜蛮相配的，他一直喜欢这种性格的女人，他的老婆也是这种性格，她生前从来不跟男人多说话。

3

下午，丁总接到母亲电话，要他抽空回一趟家。晚上，丁总来到父母家。父亲见儿子来了，从卧室走出来。老头走路挺胸，头发花白，手拿书本，戴着一副老花眼镜，像个文化人。老头初中毕业，在老干部里文化算比较高了。老头 1944 年参军，现在春江市军分区的司令是他的部下，他年轻的时候，有许多领导想培养他，可仔细了解他的历史后又不敢了，因为他的老婆是大地主的女儿，而且他的老丈人还跟日本人有染。至今，丁总还不清楚，他的父亲为何不顾领导的反对，坚持与他的母亲结婚。老头认为儿子的性格跟他一样，也不顾人家的议论，与夜总会的小姐谈恋爱。但是老头觉得，儿子跟自己的性质不一样，他看中的是小姐的年

轻和漂亮，所以，他必须阻止。

丁总还没有坐下，父亲劈头就问："听说你跟夜总会的小姐谈恋爱？"

丁总皱眉说："她不是小姐，是一个出淤泥而不染的公主，另外，我没有跟她谈恋爱，只是想帮助她。"

父亲在沙发上坐下，跷起二郎腿，"你仔细说一说她的品质。"

丁总想了想说："一、她不为钱，宁可不上班，也不允许男人动手动脚；二、一个老板的儿子想强奸她，她奋力反抗，并把他告到公安局；三、爱护好人，懂得报恩。"

父亲看着儿子的神情。"用事例说明，她怎么爱护好人，怎么报恩。"

老头喜欢用事实说话。中午，老婆跟他说起儿子和夜总会小姐谈恋爱的事情，他听后非常生气，觉得丁家的颜面让儿子丢尽了。可是，仔细想想，他儿子不是这种人，不然，单位职工也不会那么相信和支持他儿子，于是，他决定把儿子叫到家里好好问一问。当年，他与妻子结婚前，也用事实向领导说明他妻子跟她父亲不一样。最后，领导同意他和大地主女儿结婚。老头希望儿子给他一个充分的理由，不然，他不会同意儿子跟夜总会的公主继续好下去。在他的头脑里，不管是夜总会的公主，还是夜总会的小姐，都不是好女孩。

丁总手持香烟，烟蒂贴在嘴唇上，思考了一下说："我要求派出所惩罚罪犯，于是老板的家人便诬陷我和她有性交易。为了证明我的清白，她竟然去医院做处女鉴定。"

父亲咳了两声，往痰盂里吐了一口痰。"她有骨气，可为什么去夜总会上班呢？"

丁总抽了一口烟，"招聘时，工作人员骗她，说公主的工作就是替客人点菜倒酒。"

父亲皱眉说："政府应该管一管。"

丁总扭了扭脖子说："所以我要帮助她。"

父亲表明态度："帮助可以，但是不能谈恋爱。"

老头说完，转身回卧室了。老头认为，只要女孩子在夜总会待过，名声就不好听了。

4

春节之前，徐谦和曹明同时判了。法院判处徐谦四年徒刑，同时，判处曹明徒刑三年，缓期四年执行。曹明从看守所出来以后，打算借钱办铜材拉丝厂。尽管丁总手头资金紧缺，但还是拿出 10 万元借给曹明。曹明精力充沛，对赌博、女人、事业都很专心很认真。现在，他不能干违法的事情，赌博和嫖娼都不能碰了，不然，抓住之后将被收监，坐三年的牢，所以他只能把所有精力放在事业上。他的老婆看到了这一点，于是，建议他办铜材拉丝厂，并四处借钱。果然，曹明没有辜负大家的希望，开工第一个月，就赚了十几万元。

春节过后，洪海接到城东派出所谢所长的电话，告诉他，这段时间，春江市公安局会有检查，各方面都要规矩一点，并且要求，舞厅要亮灯，包厢要开门。这次对娱乐业的检查跟丁总的父亲有关。春节前，市委举行老干部团拜会，吃饭时，丁总的父亲拉住市委书记，向他反映 KTV 和夜总会存在的问题，并要求市委整顿娱乐业。市委书记非常重视，专门给春江市公安局局长打电话，要求检查、整顿娱乐业。

尽管洪海听后有点不高兴，但是他还是打算执行，不然，查出问题来肯定要停业整顿。于是，他亲自去舞厅，看一看那里的电灯会不会亮。洪海走进漆黑的舞厅，看不见一个人影，只听到男女的低语声，同时，还从舞厅的后排传出有节奏的钥匙的撞击声，他估计有人在长凳子上干那种事，于是，便循着声音走过去。果然，一个年轻人把小姐压在长凳上，在尽情享受着。年轻人看来人了，便马上提裤子。洪海没有说话，只是摇了摇手，暗示他不能这么干。接着，洪海揿亮舞厅的电灯，然后，交代夜总会的电工把不亮的灯泡全部换上新的，并要求灯光明亮。过了一会儿，洪海到包厢找李总。

李总听后不高兴地说：“这几天，夜总会生意正好，这样一弄，

客人不会来了。”

洪海吐出一口烟。“不执行又不行。”

李总猜测说：“估计上面是吓唬吓唬的。”

洪海摇头说：“我感觉这次不是吓唬人的。”

洪海手持香烟，烟蒂贴在嘴唇上，思考了一下说：“一边执行，一边看风头。”

李总皱眉说：“前几天，丁总每晚都带治安大队的人到这里唱歌，这两天没来了，他是不是得到什么消息了？”

洪海踩灭烟蒂。“这段时间，滨海区公安局治安大队帮助烟花公司查扣市场上的劣质烟花，所以，要请公安人员吃饭唱歌。丁总他们突然不来了，肯定有原因。”

洪海马上给丁总打电话，向他打听情况。接着，丁总向洪海透露：明天晚上开始，市公安局将突击检查 KTV、夜总会、按摩店和浴池等场所。于是，洪海要求李总做好准备，应对检查。李总离开包厢，一边叫领班开会，一边给方总打电话，核实情况。方总告诉她，他也刚知道这一消息，现在正准备去按摩店，他打算停业几天再说，因为他的按摩店不像夜总会，经不起检查，一看就会露出马脚，所以索性关掉。李总觉得突然停业会引起各种猜测，于是，要方总想出一个合理的停业理由。

方总一边开车门，一边说：“前几天，消防大队要我们搞一个消防通道。”

李总建议：“你在门前竖立牌子，出一个停业通知，内容是根据消防大队要求，改造消防通道。”

方总夸道：“嗯，好主意。”

李总吩咐：“明天开始拉水泥、黄沙，堆在门前。”

方总皱眉问：“真搞呀？”

李总理了理头发。“嗯，要真搞。估计整顿需要一段时间，我们趁机搞消防通道。”

这方面，李总比方总有经验。李总在省城夜总会的时候，遇到这种情况，夜总会的老板都以内部装修为由停止营业，这样可以避免检查组的检查。检查组进来检查，多多少少会查出一些问题，就像拿起扫帚扫地，总会扫出东西出来，没有垃圾，灰尘肯定会有，如果发现严重的问题，就麻烦了。到那时候，必须请客送礼托关系，以求平安无事。所以，聪明的老板都会借故停止营业。但是，方总觉得停止营业搞消防通道，经济损失太大，停止营业一天，起码要损失一两万元，如果停业十天，这个月就少了十几万元的收入。可是，不停止营业，风险真的很大。

方总一边开车，一边说："搞一个消防通道，起码需要十天。"

李总的态度很坚决："十天就十天，再说，消防有要求，必须整改到位。"

5

经过三夜突击检查，发现个别KTV、夜总会、浴池、按摩店存在卖淫嫖娼的现象。再过半个月，全市各县就要举行"两会"了，如果这种现象成为"两会"的议题，市公安局肯定会受到批评。于是，市公安局决定，对全市KTV、夜总会、浴池、按摩店等场所采取停业整顿，时间为一个月。洪海听到停业整顿一个月的消息后，马上给城东派出所谢所长打电话，要求区别对待，不能搞一刀切。

"虽然星光灿烂夜总会没查出问题，但是现在也不能营业。"谢所长仰头朝房顶吐烟，"不过，到时候可以优先考虑。"

"谢所长！你的意思是，过了一个月还要分批复业？"

"当然喽，每一家都要验收。"谢所长抽了一口烟，"没查到问题不等于没问题。"

"是的是的。"

洪海马上听懂了谢所长的意思，看来想要早点复业，还得送礼。谢所长希望这种检查多一点，这样，送礼的人会络绎不断。洪海是谢所长的老朋友，交往已近十年。一开始，洪海给谢所长送名烟名酒，后来，洪海的店越开越大，因此，他送的礼物也要越送越贵重。名烟名酒已不行了，金条现金才能解决问题。这么多年，只要谢所长能够关照的，都会关照他，但是礼物是不能少的。这是潜规则，不能改变的。再说，你不主动送礼，人家会赶在你前面，送晚了，星光灿烂夜总会想早复业就难了。傻瓜都知道，早复业早得利，谁不想早点复业。洪海打算今晚就去谢所长的办公室，送上两万元。

“谢所长！你晚上在办公室吗？”

“嗯，在的，晚上我值班。”

“我晚上拜访你。”

“好的，欢迎。”

然后，洪海给丁爱国打电话，问他什么时候有时间，一起吃顿饭。洪海发现，丁爱国自从担任烟花公司总经理之后，与市、区二级公安局的关系越来越好，并且有关公安局行动的消息比他还灵通，市公安局有什么行动，他几乎全知道。最近，丁总几乎每天都有饭局，但是洪海请他吃饭，他不好意思婉拒，于是，爽快答应。

“爱国！把吃饭时间定在正月十六晚上怎么样？”

“可以。”

“我打算把曹明也叫过来。”

“好的。”停顿了一下，丁总问：“还有谁？”

“胡处长、罗科长、李芳、红柳、兰兰、惊鸿、媛媛，你把秦茜也叫来。”

“嗯——”丁总犹豫了一会儿，“好吧！”

现在，丁总处处为秦茜考虑，他不希望秦茜和夜总会小姐坐在一起，不然，会有越来越多的人以为秦茜也是夜总会的小姐。但是，丁总又不好意思把自己的想法说出来，他打算劝说秦茜找个理由推掉。从发现父母看不起秦茜那时开始，丁总的头脑里就萌生包装秦茜的想法，他打算把秦茜包装成女企业家。丁总觉得，自己的荣誉一点不重要，而秦茜的荣誉比什么都重要，他认为，秦茜成为滨海区有名的女企业家后，父亲才会改变对她的态度。但是，他不能把自己这一想法告诉秦茜，担心秦茜会问他，为什么要把她包装成女企业家？

6

正月十五下午，丁总来到秦茜办公室。尽管丁总很忙，但是他总是抽时间找秦茜聊天，了解经营情况。最近，秦茜也很忙，除了旅游公司的事情，还要去新房子看装修的进度和质量。她打算正月十八搬新房，这几天，她还要整理旧东西。

“洪海请你吃饭。”

“什么时候？”

“明天晚上。”

“你去吗？”

“胡处长、罗科长、曹明都去，我不去不好。”

秦茜对胡处长、罗科长、曹明的印象都不是很好，觉得三人都不是好男人，不过，她又觉得三人比叶勇要好许多，三人还知道赚钱养家，并且，她在夜总会时，三人都帮过她。但是，她不愿与三人一起吃饭。另外，她对洪海的印象也不好，觉得洪海开夜总会不光彩。不过，她不反对丁总跟他们在一起。他们既是丁总的好朋友，又是丁总投资公司的大股东，坐在一起喝酒，可以商量公司的事情，再说，丁总是一个有头脑的人，他不可能被他们带坏。虽然丁总还不是她的丈夫，可是她心里已经认定丁总就是她的终身伴侣。

“马上搬新房，我很忙，不去可以吗？”

“我就说你装修很累，需要休息。”

“嗯，你解释一下。”

秦茜受父亲影响，平时喜欢看书。这一年，她看了许多书，除了中外名著、唐宋诗词之外，还学习英语和法律。她觉得做旅游工作，必须学习英语和法律。她办公室的书架上既有旅游方面的书，又有她爱看的英语、法律、唐诗等书籍。秦茜不喜欢博览群书，但是，她认为好的书会认真仔细地阅读，不懂的地方当场查阅资料或者词典，有的书籍，她会反复地看，直到记住为止。她阅读唐宋诗词，不但要理解其含义，而且有的诗词要做到会背诵。

过去的一年，秦茜收获很多，不仅赚了60多万，还学到了许多知识。腹有诗书气自华，这一点，秦茜有深刻体会，她觉得自己现在跟客人说话很从容。业务上的事情她也没有什么困难了，客人想要了解的事情，她都能回答出来。

“接下来，”丁总吐烟，“你要对旅游公司做个规划，把它打造成春江市旅游龙头企业。”

“生意是越来越好，”秦茜摇了摇头，“但要成为龙头企业很难。”

“设分店。”丁总跷起二郎腿，“以后，这里为城西分店。”

“爱国，”秦茜欠了欠身，“你打算设多少分店？”

“四个。”丁总喝了一口水，“城东、城西、春江市商业街、公司总部楼下再设一个。”

“爱国，”秦茜拉了拉衣襟，“公司总部放在什么地方？”

“公司总部放在春江市经济开发区办公大楼的楼下。”丁总手持香烟，“春江市的机关单位和大银行都在周围，他们想旅游，签单很方便。”

“爱国，”秦茜有点兴奋，“这样，我的办公室和你的办公室就很近了。”

秦茜改口了，不叫丁总叫爱国了，她觉得这样称呼既亲切又随便。丁总也喜欢这样叫他，感觉心里舒服。之前，秦茜只是想过扩大经营场地，没想过开分店和设立公司总部的计划，换言之，她不可能有这么大的野心。秦茜听了以后，心里非常佩服丁总的格局，觉得自己根本无法跟丁总相比。她决定，下个月就开始实施丁总的计划，把旅游公司做大做强。为了稳步发展，她打算把城东分店先开起来，然后再考虑设立公司总部的事宜。丁总觉得秦茜进步很快，尽管有的事情她没有想到，但是只要点拨一下，她就会马上明白。

7

为了不被外人看见，洪海把聚餐放在夜总会的食堂餐厅里。今晚，食堂的菜不比酒店差，厨师为今晚的一桌菜就准备了两天，不仅有野生鳗、野生鳖，还有野生黄鱼。洪海花钱跟一般人不同，虽然在座的客人不是大官，但是他们为他赚钱，因此，对这些客人他要舍得花钱。目前，在座的五位女士对他贡献最大，她们都是夜总会的台柱子，所以他要像对待好朋友一样对待她们。五位女士见洪海那么客气，非常感激，屡屡向洪海敬酒。晚上，已经喝了一个多小时了，可李总、红柳、兰兰、惊鸿、媛媛都像没喝过酒似的，兴高采烈，频频举杯。洪海也想继续喝下去，但是要求先休息一下。

“丁总！”曹明放下酒杯，“染料化工厂什么时候开始生产？”

“本来计划六月份开始生产，没想到，现在用钢架造厂房会有这么快。”丁总掸了掸桌上的烟灰，“我估计五月中旬可以生产了。”

“噢，”曹明点点头，“速度真的很快。”

“你的拉丝厂还行吗？”丁总问。

“还行，”曹明一边解开衣扣，一边说，“一个月赚五六万没问题。”

“曹总！”惊鸿撩了一下披肩发，“我坚信，你一定会成为亿万富豪。”

惊鸿希望曹明成为亿万富豪，是想从他身上得到更多的钱。李总也不会闲着，回家后打一个电话，方总就会马上过来。只有丁总一人没有伴侣，现在，他的头脑里正在思考，如何尽快把秦茜包装成滨海区的企业家。

“胡处长！”李总拉了拉衣襟，“KTV、夜总会都停业了，你难不难受？”

“难受。”胡处长醉了，摸了摸脸，“昨晚做梦，我和罗科长一起，夜逛怡春院。”

“说一说梦境。”李总捂嘴大笑，“肯定在梦里干坏事了。”

“没有没有。”胡处长想了想，“我用诗句描述梦境。”

“好！”兰兰鼓掌，“我早就看出胡处长是个文人。”

“《雨夜访怡春院》，作者，胡言乱语。”胡处长摇头晃脑，“窗外飘春雨，夜半箫笙起。轻舞撩薄纱，琴声传呢语。君喜小蛮腰，吾爱琵琶女。惊醒听风声，失笑忆艳遇。”

“兰兰会琵琶，红柳的小蛮腰很迷人，”媛媛竖起大拇指，“你的诗句应景，好诗！”

“胡哥哥！妹妹送你一首打油诗。”兰兰捋了捋发梢，“夕阳虽美是余晖，赶紧潇洒走一回。尽享美酒与艳女，纵去黄泉也无悔。”

胡处长听李总说过，兰兰的老家在吉林辽源，她的父亲会琵琶，兰兰受父亲的影响，小时候学过两年琵琶。但兰兰会作诗，胡处长今晚才知道。虽然兰兰的打油诗谈不上好，但是她用短短四句话，清楚地表达了他的想法。胡处长断定，在星光灿烂夜总会里，找不出像兰兰这样有修养的女孩子。胡处长一直认为，妻子没有文化修养，跟他很不相配。现在，胡处长觉得兰兰才是他理想中的女人，他要好好珍惜，不要再像以前那样，玩了一段时间之后就甩掉。兰兰勾引男人的办法有很多，她心里明白，想迷住胡处长，除了美色之外，还要逢迎他的诗文爱好。

“兰兰的忠告我已记在心里。”胡处长拿着酒瓶走过去给兰兰倒酒，“相见恨晚呀！”

“胡处长和兰兰有共同爱好，很相配。”罗科长提高嗓音，“来！大家一起庆祝！”

“律诗也要革新，不然，会消亡。”丁总放下酒杯，“一、保留字数，五言八句四十字，七言八句五十六字；二、保留押韵；三、对仗可有可无；四、其他不作为条件。”

“年轻人都喜欢现代诗，律诗不革新不行。”兰兰赞同，“现代打油诗吸收了绝句的优点，朗朗上口。但是，打油诗的押韵要保留。现在，好听的歌曲，歌词大多押韵。”

“二位有见地。”胡处长回到自己的座位上，“兰兰！你平时也学习诗词？”

“我的房东是语文老师，他搬新房时有的书没带走。”兰兰笑了笑，“我喜欢看唐诗。”

“各位！”丁总手拿手机晃了晃，“儿子丁超打电话过来了，我先走一步了。”

丁总说完，起身向大家挥了挥手，然后走了。接着，洪海倒满酒杯，鼓动大家，继续喝酒。过了一会，惊鸿说自己头晕要去包厢里休息一下。惊鸿说谎，她打算与曹明行云雨之事，她一到包厢就发短信，要求曹明到她包厢去。惊鸿觉得，今晚在夜总会行云雨之事比在家里更安全。其实，在座的人都觉得现在夜总会是最安全的，但是，大家都不敢带头。还是惊鸿的胆子最大，她不怕大家背后议论。她觉得，想赚钱就不能有这么多顾虑，不然，会失去许多赚钱的机会。再说，在座的都是同类人，他们都不会嘲笑她和曹明的，因为嘲笑他们等于嘲笑自己。更何况，曹明是个聪明人，他肯定会找一个理由来到她身边的。

曹明看了看手机，起身说：“惊鸿吐了，我过去看一下。”

红柳向罗科长眨了眨眼睛。“我也想去包厢里躺一会。”

罗科长放下酒杯。“楼道很黑，我送你过去。”

胡处长揿灭烟蒂。“我想回家，兰兰！请你扶我到大门口。”

洪海提醒道：“兰兰！为了安全，扶胡处长从后门走。”

李总看着胡处长的背影，莞尔一笑说：“胡处长不会走的，肯定去包厢了。”李总站起来，“我要回家了。”

洪海提起酒杯。“媛媛！我们继续喝酒。”

李总走后不久，媛媛扶着洪海离开食堂餐厅。

8

正月十九，杜厂长来春江市各烟花经营公司结账，他发现春江市北面几个县的烟花销售都不理想，于是，他与经理一起分析原因。最后，得出的结论是，北面几个县的公安局对烟花经营公司的工作都不是很支持。北面几个县公司的经理都要求杜厂长做市烟花经营公司丁总的工作，尽快成立春江市烟花爆竹安全管理办公室。杜厂长带着大家的嘱托来到滨海区，与丁总商量成立烟花爆竹安全管理办公室的事宜。

“我与市公安局李副支队长谈过此事，他说，要跟领导沟通一下。”丁总揿灭烟蒂，“今天晚上，我把市公安局的李副支队长和滨海区公安局的陈副大队长请来吃饭，你也来，我们尽快把这件事办了。”

“谢谢！”杜厂长给丁总递烟，“办这种事情既难办又麻烦。”

“是的。”丁总接过香烟，“还要春江市政府牵头。”

想要成立春江市烟花爆竹安全管理办公室，真的既难办又麻烦。首先要春江市公安局分管治安的领导同意，然后，春江市供销社出面，与市政府办公室联系，由市政府办公室牵头，召集公安局、工商局、供销社等部门领导开会，商量具体事宜。另外，会前，还要提供资料，起草有关文件。尽管这件事既难办又麻烦，但是丁总还是决定把它办好。丁总打算抽时间找市供销社赵主任汇报，请他出面联系，尽快把这件事情办好。他还打算给江副市长打电话，希望得到他的支持。

吃晚饭的时候，杜厂长频频向李副支队长和陈副大队长敬酒，感谢两人对烟花经营公司的支持。

丁总一边给李副支队长倒酒，一边问：“李支队！成立春江市烟花爆竹安全管理办公室的事情，市公安局的领导同意了吗？”

李副支队长吐出一口烟，“同意了。你要市供销社赵主任先与市政府办公室联系。”

丁总点头。“好的。”

陈副队长手拿酒杯。“李支队！我有个建议。”

陈副队长四十多岁，长方脸，他身材高大，说话声音也很响亮。

李副支队长笑问：“陈大！什么建议？”

李副支队长五十多了，由于长期抽烟，脸色蜡黄，看上去有点老相。

陈副队长喝了一口酒，笑笑说：“工作上的事情，到夜总会方桌上说。”

李副支队长摇头。“不好吧，现在 KTV、夜总会都停业了。”

陈副队长笃定地说：“去星光灿烂夜总会，出问题我负责。”

滨海区是陈副队长的地盘，他心里肯定有底。李副支队长思考了一下，点头同意了。接着，陈副队长要丁总给洪海打电话，吩咐洪海去夜总会，做好准备。虽然陈副大队长工作上很配合，但是，他喜欢喝酒、唱歌。为了工作，丁总只好满足他的要求。一个小时后，丁总带着大家，从夜总会的后门进入包厢。公主早早在 999 包厢里等候了，客人一到就为各人开了一瓶啤酒。然后，一个个小姐偷偷走进包厢。接着，大家开始摇骰子。大家正玩得欢快的时候，陈副大队长接到谢所长的电话，他连忙示意大家别出声。

“谢所长！你好！”

“KTV 和夜总会的老板意见很大，希望早点复业。”

“市公安局规定停业整顿一个月，我不敢改变。”

“个别 KTV 老板想请你喝酒。”

“谢所长！现在，KTV 老板的酒，我们不能喝。”

“嗯，好吧！”

今晚，陈副大队长喝了不少酒，但是，他酒后一点不糊涂，知道什么人的酒可以喝，什么人的酒不可以喝。谢所长就没有那么清醒了，不管什么人送礼物，他都要。他觉得自己年龄大了，马上就要退下来了，再过一年，他想受贿也没机会了。KTV 老板想请他吃饭很容易，一叫就到。不过，他收了人家钱财后，都会想方设法为他们办事。洪海认为，陈副大队长也不是好人，在夜总会停业整顿期间，他自己却照样在夜总会里喝酒。洪海预料娱乐业将走下坡路，他打算逐步退出娱乐业，然后，把钱投到其他地方。

9

上午，丁总来到春江市供销社，向赵主任汇报近期工作，然后，提出成立烟花爆竹安全管理办公室的想法。赵主任很赞同，并指派市供销社业务处的林处长与市公安局的李副支队长和市政府办公室的徐秘书联系。下午，林处长、李副支队长、丁总来到市政府办公室找徐秘书，与他商量成立烟花爆竹安全管理办公室的事宜。

徐秘书一边为三人端水，一边说："我跟江副市长汇报过了，他同意成立烟花爆竹安全管理办公室，要求明确职责。"

林处长喝了一口水。"徐秘书！我把职责写出来，过两天交给你。"

徐秘书点头。"可以。"

李副支队长笑着说："徐秘书！我和林处长都希望你担任烟花办主任。"

徐秘书表态："应该由林处长担任烟花办主任。"

丁总给徐秘书递烟。"感谢徐秘书对我们工作的支持！"

徐秘书接过香烟。"江副市长说，你是一个能够办大事的人。"

丁总谦虚地说："我只是做了一些小事。"

事情很顺利，不到十天，春江市烟花爆竹安全管理办公室就成立了，林处长为主任，李副支队长为副主任。春江市烟花爆竹安全管理办公室设在春江市烟花经营公司的二楼。杜厂长得知春江市烟花爆竹安全管理办公室成立的消息后，非常高兴，马上汇来5万元，并承诺以后每年提供资金，为春江市烟花爆竹安全管理办公室承担部分费用。

第七章

1

一个月之后，秦茜的城东分店开出来了。虽然城东分店的生意没有城西分店那么好，但估计一年挣二三十万元是没有问题的。于是，秦茜又马上准备在春江市商业街开分店。五月八日，商业街的分店也开业了。让秦茜没有想到的是，商业街分店的生意非常好，甚至有可能超过城西分店。秦茜十分高兴，给丁总打电话，要他马上与春江市经济开发区签订租房协议，并要丁总晚上到她家吃饭。秦茜刚跟丁总通完电话，母亲打电话过来了，说后天下午来滨海。母亲得知女儿搬进新房，非常高兴，准备过来看一看，并打算让两个儿子来滨海打工。

秦茜从小就帮助父母做家务，因此，烧饭烧菜很内行，丁总还没到，菜就做好了。秦茜擦了一把脸，然后，坐在饭桌前等候。过了一会儿，丁总到了。

“这瓶茅台酒是你送来的，今天把它喝掉。”秦茜打开瓶盖，“我们边喝边聊。”

“你动作挺快的，一下子就烧了六个菜。”丁总拧开水龙头洗手，“秦茜！你累不累？”

“比起干农活，一点不累。”秦茜莞尔一笑，“以后，你想吃什么我就给你烧什么。”

“等你弟弟读大学了，要你妈过来住。”丁总在秦茜对面坐下，“你妈妈肾不好，不要再劳累了。”

“我正想跟你说我妈的事。”秦茜给丁总夹了一只鸡腿，“我妈后天来滨海看我。”

“后天，我们一起去车站接她。”丁总喝了一口酒，“你弟弟什么时候毕业？”

“今年七月。”秦茜边夹菜边说，“我妈说，没钱读大学，要他们来滨海打工。”

“你要出钱供弟弟读大学。”丁总看着秦茜，“你要主动说，不然，她以为你没钱。”

“钱都是你赚的，我不能说。”秦茜放下酒杯，“我跟我妈说，房子是你出钱买的。”

丁总看着秦茜的神情，疑惑不解，他在想，为什么秦茜还不愿意接受他的帮助呢？其实，这是有原因的。昨天上午，丁希来商业街分店帮忙，一直忙到十一点。秦茜对丁希说，真不好意思，又让你忙了一个上午。丁希笑了笑说，爱国是大股东，我来帮忙是应该的。秦茜推断，丁总为了要丁希帮他拉生意才这样说的。秦茜一直认为，这个旅游公司确确实实是丁总的，她只不过挂个法人代表而已，不能把丁总赚的钱据为己有。秦茜还有一个感觉，丁希肯定知道，她的房子是用旅游公司的钱买的。秦茜已想好了，她再等丁总两年，如果丁总不想娶她，她就把所有财产还给他。别人恩赐的东西她不能要，她要用自己的双手养活自己。

“我只是借给你50万元流动资金，钱都是你赚的，怎么花完全由你决定，我只是建议。”丁总解开衣扣，“我还想建议，你把今年赚的钱买两套房子，将来你弟弟买不起房子，你给他们住。”

“我即使成为你的妻子，也不能这么做，何况，我还不是你的妻子。”秦茜喝尽杯中酒，犹豫了一下，“我再等你两年，你不娶我，我回老家，终身不嫁。”

“我四十一岁，你二十一岁，我比你大一倍。”丁总也喝尽杯中酒，“你妈妈肯定不同意。”

“我妈会同意的。”秦茜给丁总倒酒，“我担心你父母不同意。”

“你不仅年轻漂亮、事业有成，还那么贤惠，”丁总拿起酒杯，“怎么会不同意呢！”

秦茜边倒酒边说：“肯定有什么顾虑。”

秦茜不是傻瓜，她肯定会想，为什么丁总对她这么好，而又一直与她保持距离。丁总这样做，不仅耽误了自己，还害了秦茜，如果丁总不娶她，她真的会离开滨海回老家，终身不嫁，她认为，丁总是世界上最好的男人。秦茜曾对母亲说，除了丁总之外，世界上任何男人都不会对她这么好。她母亲已感觉女儿跟丁总在一起了，她这次来滨海，也有这方面的原因，她怕女儿被丁总欺骗了。丁总不但四十多岁了，而且还有一个儿子，作为秦茜的母亲肯定要阻止。哪知，女儿想嫁给丁总，丁总有顾虑。现在，丁总也担心了，如果丁希告诉秦茜，他父亲不同意他和她谈恋爱，那秦茜完全有可能突然离开滨海回老家。丁总仅四十多岁，单身时间长了，必定会想女人，秦茜年轻漂亮，对他又这么好，相处久了，肯定会对她产生感情。其实，丁总已离不开秦茜了，他希望秦茜能成为他的终身伴侣。可是丁总有顾虑，他不想说出来。

“我还有一个儿子，”丁总喝了一口酒，“你母亲肯定接受不了的。”

“你的顾虑是多余的。”秦茜拉了拉衣襟，“我要母亲当面向你表态。”

“现在，你是世界上对我最好的女人。”丁总终于说出心里话了，“我不能没有你。”

“真的吗？”秦茜看着丁总，眼眶里含着热泪，“我很幸福。”

“为我们的幸福干杯！”丁总一口而尽，“今晚，我很高兴。”

“爱国，我也很高兴。”秦茜一边擦眼泪，一边含笑，“好！我们干杯！”

2

丁总把秦茜母亲接到家里后就开车走了，因为今天是染料厂试生产。秦茜母亲扫视了一下客厅，见茶几上的烟灰缸里有烟头，并且还放着一包已拆开的中华牌香烟，便皱起了眉头。这是秦茜故意留着给母亲看的，她要让母亲知道，她已经是丁总的人了。秦茜母亲上厕所时又特意看了看毛巾架上的毛巾，她发现两条毛巾都是湿的，此时，她已断定，女儿已跟丁总在一起了。其实，丁总只是前天晚上住在这里，昨晚，他坐到十点就回家了，这是秦茜去车站前故意弄湿的。秦茜认为，当母亲知道她和丁总的关系后，母亲就不会阻止她和丁总在一起了。果然，母亲的想法就不一样了，她打算劝说秦茜和丁总尽早结婚，等到丁总玩腻了，后果就严重了。

母亲走出卫生间，皱眉问："丁总对你的好是不是真心的？"

秦茜一边给母亲削苹果，一边说："当然是真心的。"

母亲提醒："你年轻，不要被他欺骗了。"

秦茜挪了挪屁股。"他不仅买房子给我，还要我把两个弟弟上大学的费用包下来。"

母亲在沙发上坐下。"有钱人花点钱无所谓，你要看清楚，他是不是喜新厌旧。"

秦茜把苹果递给母亲。"我了解他，他是一个专一的男人。"

母亲有点放心了。"他四十多岁了，你打算什么时候结婚？"

秦茜拉了拉衣襟说："他妻子死了不到一年，马上结婚，会有议论。"

母亲一边嚼苹果，一边说："晚上，我探问一下，他有没有今年结婚的打算。"

秦茜起身说："昨晚，你在车上没睡好，躺下睡一会，我去烧菜做饭。"

母亲躺在沙发上，心里想着两个儿子读大学的事情，现在，她不担心儿子的读书费用了，可是却开始担心儿子考不上大学。丈夫在世的时候对儿子的功课盯得很紧，病逝后，儿子各门功课的成绩开始下滑。不过，从去年开始，两人的成绩又有所好转。平时，母亲的心思全在两个儿子身上，对女儿关心不多，没想到女儿这么有出息。然后，她又在想，要是丁总不牢靠怎么办？秦茜母亲与丁总第一次见面是在天女烟花厂的车间里，经过接触，她感觉丁总是一个有心机的人，如果他要欺骗秦茜，那秦茜肯定会上当。母亲觉得，尽管女儿对男人有戒心，但是，她不谙世事，还是可能会被丁总欺骗的。她打算晚上吃饭的时候，仔细观察一下，看一看他到底是不是好人。她想了半个小时后，总算眯上眼睛，慢慢地睡着了。

秦茜一边烧菜，一边给丁总发短信，把好消息告诉他。

“我母亲同意了。”

“我回来马上改口叫妈妈。”

“下午怎么不叫妈妈？”

“一是突兀，二是你会尴尬，三是怕打乱你的节奏。”

“有道理。”

“你是怎么说服你母亲的？”

“以后告诉你。”

3

秦茜的母亲睡得很沉，是门铃的呼叫声把她惊醒的。

丁总走进客厅。“妈！可以吃饭了。”

秦茜母亲理了理头发，“噢，我来了。”

丁总一边给秦茜母亲倒酒，一边夸道：“秦茜是一个上得厅堂，下得厨房的女能人。”

秦茜端着菜，莞尔一笑说：“烧饭烧菜是母亲培养出来的，工作能力是你培养的。”

丁总笑着说：“你为人谦虚，将会有更大的进步。”

秦茜母亲喝了一口酒，舔了舔嘴唇问：“这么醇香，是什么酒呀？”

秦茜夹了一只鸡腿放在母亲的碗里。“茅台酒，它是中国最好最贵的名酒。”

秦茜母亲听后很开心。女儿住得这么好，吃得这么好，丁爱国又这么有钱，做母亲怎么不高兴呢！现在，她唯一担心的是丁爱国是不是真心对秦茜好，她觉得为了女儿不被丁爱国抛弃，必须催促丁爱国早结婚早生孩子。秦茜知道母亲想什么，担心什么，但是她又不能多解释，解释多了反而让母亲觉得她是有意夸张丁爱国。她决定让母亲自己去探问，相信丁爱国的回答一定会让母亲满意。她希望母亲高高兴兴，毫无牵挂地回老家。丁爱国是四十多岁的人了，并且又是一个有儿子的父亲，秦茜母亲希望什么，要求什么，他一猜便知。他决定好好表现，不给秦茜丢脸，让秦茜母亲觉得他是一个值得信任、可以放心的好男人。

秦茜母亲开始探问："爱国，你父母对秦茜满意吗？"

丁总放下酒杯。"我母亲见过秦茜，很满意。可滨海这个地方，有父不入子房的老思想，没有结婚前，公公一般不见儿媳，即使结婚了，公公也很少去儿子的家。"

秦茜母亲笑问："你父母家里谁当家？"

丁总不假思索地应答："我母亲。"

秦茜母亲喝了一口鸡汤。"你打算什么时候结婚？"

丁总擦了擦嘴巴，然后说："我想买大房子，这里给你和秦茜两个弟弟住。房子买来后还要装修，结婚要到明年了。"

秦茜插话："爱国说，秦明、秦亮考上大学后，你来滨海住。"

秦茜母亲皱眉说："秦明、秦亮不一定能考上大学。"

丁总喝了一口酒。"考不上再说。"

丁爱国想得那么周到，秦茜母亲听后很高兴，她觉得女儿眼光很不错，丁爱国的确是一个好男人。但是，她认为明年结婚有点晚，可丁爱国说得又很有道理，她不好反对，她也觉得应该买大房子。丁总现在有个儿子，要一个卧室。结婚后，秦茜有了孩子，又要一个卧室。现在，有钱人家都雇保姆，又要一个卧室。如果想住得舒服一点，那起码要200平方米，并且，没有四五个卧室还真不行。其实，要丁爱国马上结婚有两个困难：一、丁总手头没有现金，要贷款买房子；二、父亲对秦茜过去的经历不满意，他要想办法让父亲转变态度。而秦茜却以为丁爱国不愿今年结婚，是因为他妻子过世还不到一年，马上结婚会有人议论。

秦茜母亲边夹菜边说："如果秦明、秦亮考不上大学，就让两人来滨海打工。"

丁总点头。"可以的，秦茜的旅游公司也需要人。"

秦茜放下筷子。"哎！染料厂试生产顺利吗？"

丁总解开衣扣。"很顺利。我希望秦明、秦亮考上大学后，读电子专业。"

秦茜喝了一口鸡汤。"你想办电子厂呀？"

丁总喝了一口酒。"我买的50亩土地马上好了，搞电器、电子项目都不错。”

秦茜拉了拉衣襟说：“妈妈！你回去要秦明、秦亮用功读书，考上大学才有好前途。”

秦茜母亲点头说：“嗯嗯。”

丁总笑着说：“秦明、秦亮考上大学，每人奖励一套房子。”

秦茜母亲以为丁爱国在开玩笑，其实，他是认真的。他从来没有考虑过用秦茜赚来的钱，他打算把秦茜旅游公司的一部分收入用在她的两个弟弟身上，直到两人能够自立为止。现在，房子便宜，买两套房子，为两人打点经济基础，以后的路要他们自己走。他认为，秦茜有条件，应该替母亲承担责任，让两个弟弟和城市里的男孩子一样，一结婚就有自己的房子。秦茜母亲用怀疑的目光看着女儿。女儿认真地告诉母亲，这是真的。至此，秦茜母亲才真正感受到丁爱国确确实实是个可以让她放心的好女婿。

4

自从夜总会复业以后，生意一直很好。按洪海的分析，是报复性反弹。男人憋了一个多月，肯定要出来放松一下。

兰兰和惊鸿得知，红柳在夜总会当领班后收入很多，于是，两人找上洪海，也想当领班。洪海觉得，现在是转让夜总会股份的好时机，于是，他马上把李总、红柳叫到办公室，探一探她们有无购买股份的想法。

“双龙染料化工厂开始生产了，丁总要我卖掉夜总会的股份，去染料化工厂管生产，我有点不舍。后来，经过再三考虑，我打算转让一部分夜总会的股份。”洪海点燃香烟，“我首先想到你们，让你们多赚钱。另外，你们有股份之后，工作积极性会更高。我拿出百分之四十八股份给你们，李总、红柳多一点，兰兰、惊鸿少一点。”

“我看夜总会一年起码能赚800万元。”李总拉了拉衣襟，“800万有吗？”

“差不多吧！”洪海吐出一口烟，“染料化工厂赚钱更好，估计一年好几亿。”

星光灿烂夜总会一年最多能赚600万元，李总高估了。对此，洪海不明说，故意含糊其词。他觉得李总高估夜总会的利润是件好事，说明她有购买股份的意向。现在，李总是有这个打算。李总觉得，开按摩店钱是好赚，但抓住要判重刑，她计划在谢所长退二线之前转让按摩店的股份。李总认为，开夜总会同样能赚钱，而且不会犯法，即使有违规现象，也最多停业几天。但是，股份价格要合理，不能太高。红柳、兰兰、惊鸿一听夜总会一年能赚800万元就开始动心了。她们银行卡里都有几百万元，只要价格不贵，肯定会买。洪海手持香烟，烟蒂贴在嘴唇上，看着她们的神情，考虑股价。

“虽然我没有赚大钱的能力，但是经营夜总会我心里有底。”红柳撩了一下披肩发，“股份价格不高的话，我可以多买一点。”

“洪老板！你不会喊高价吧？”兰兰莞尔一笑说。

“我装修用了1600多万元，按1400万元计价不高吧！”洪海笑着说。

“1400万元多难听呀！”惊鸿看大家都不还价，便大胆地说，“1200万元好啦。”

其实，装修费用没有那么多，大概有1300万元。不过，按现在夜总会的收入，1400万元是值的。惊鸿的还价让洪海尴尬，本来他的心理价位是1300万元，现在低了100万元。但仔细想想又觉得把股份转给她们会放心一点，并且，他以后要靠她们赚钱，太计较价格不好。李总觉得1200万元的估值不高，如果他愿意1200万元转让，她就多买一点。兰兰观察洪海的神色，感觉到他有点不愿意。惊鸿觉得自己还价偏低，有点不好意思，她一边捋着发梢，一边朝洪海笑。

“洪老板，要么加一点。”惊鸿笑笑说。

“出出头。”李总拉了拉衣襟，“按1218万元计价。”

“好吧！”洪海弹了弹烟头上的烟灰，“按每股12.18万元计价。李总18股，红柳12股，兰兰和惊鸿各9股。”

李总、红柳、兰兰、惊鸿都欣然同意。洪海很认真，马上给律师打电话，要他起草股份转让协议。谁知，第二天，夜总会另外两个领班也想买股份。于是，洪海又拿出百分之二十的股份转让给两人。这样，洪海只留下百分之三十二的股份了。从此，洪海把主要精力放在了双龙染料化工厂，夜总会的事情基本上由李总负责处理。夜总会的六位女将非常用心，招了很多新小姐。男人喜欢新鲜，见来了这么多女孩子，都纷纷来消费，因此，夜总会的生意天天兴旺，不到两个月就赚了近200万元。境况这么好，洪海完全没有想到。同时，还让洪海体会到股份制的优越性和团队的强大力量。

5

上午，丁总来到报废汽车拆解公司的拆解场，向刘副经理了解近期经营状况。

“最近，报废汽车多不多？”丁总问。

“不多。”刘副经理皱眉说，“听说，有人高价收购报废汽车。”

收购报废汽车每吨600元，这是全省统一的收购价格。现在，钢厂对小型废钢的定价为每吨2300元，差价有1700元，所以，有的车主不愿把报废汽车送到报废汽车拆解公司。于是，个体收购站乘机出高价收购报废汽车。尽管报废汽车的收购价很低，但是，对报废汽车拆解公司来说，回报率却没有大家想象的那么高。搞报废汽车拆解，不仅需要场地、设备投入，还要配备专业人员。如果每天收购的车辆不多，减去人员工资和其他费用后，其利润就所剩无几了。

“你抽空到各个废旧物资收购站转一转，先掌握线索。”丁总踩灭烟蒂，“然后，我要公安局治安大队派人核实，以非法经营对其处罚。”

“码头运送进口废电机的大货车都是该报废的汽车，我们要以安全为由，强迫他们报废。”刘副经理低声说，“运输公司跟交警关系都不错，最好先在报纸或电视上曝光。”

“你说的运输公司是不是叫兴盛运输公司？”丁总问。

“是的。”刘副经理理了理被风吹乱的头发，“兴盛运输公司每年交通事故频发。”

丁总想了想，然后拿出手机跟省供销社戴处长通电话，向他汇报报废汽车经营上的难点，并希望他联系省报记者来滨海区暗访。戴处长听后很重视，答应向报社反映情况，要丁总等待他的消息。

五天后，戴处长给丁总打电话，告诉他，省经济日报的杨记者已经做了暗访，现在住在滨海区委招待所，并要丁总去找她。丁总马上和刘副经理一起来到杨记者的住处。杨记者叫杨敏，三十多岁，容貌秀丽、端庄，身材高挑、性感，但神情有点严肃，让丁总觉得她是一个冷艳的女人。丁总一边打量杨记者，一边上前握手问好。接着，双方互递名片。杨记者寒暄了几句后就把话题转到正事上。

“丁总！专门运送废电机的兴盛运输公司有多少辆大货车？”杨记者问。

“有四十辆以上。”丁总应答。

“交警为什么不扣车。”杨记者问。

“情况复杂。”丁总应答。

“交警不敢惹事，听说兴盛运输公司被黑帮控制。”刘副经理插话。

“杨记者！晚上一起吃饭。”丁总说。

“不了。”杨记者合上笔记本，“我们马上去交警大队采访，然后就要回去。”

“请你查一查兴盛运输公司交通事故频发的原因。”丁总说。

“嗯。”杨记者点头。

过了一个星期，丁总手拿一份《经济日报》来滨海区委找叶副区长，向他反映报废汽车上路运输进口废电机的事情，然后，递上报纸。报纸的第二版有一篇报道，叙述滨海码头报废货车上路运输废电机的乱象。调查报告列举大量事实，分析兴盛运输公司交通事故频发的原因，说明严管报废汽车上路的重要性。报废汽车上路在全省比较普遍，杨记者希望以兴盛运输公司为事例提醒有关部门，重视这方面的监管，减少交通事故的发生。

叶副区长看了看报纸，笑着说：“我下星期就要转岗，去政协工作，接下来，你妹夫接替我现在的工作。报纸放在这里，等一会，我打电话给交警大队，要他们处理。”

丁总给叶副区长递烟。“希望你继续支持我们的工作。”

叶副区长接过香烟，然后说：“你放心，我会继续支持你们工作的，因为烟花爆竹销售和报废汽车拆解都跟安全有关，是政协委员们关注的重点。”

“谢谢！有你支持，工作就好做多了。”丁总揿灭烟蒂，“我先走了。”

6

六月十八日，秦茜旅游公司总部开业。秦茜跟以前一样，不搞庆祝活动，只是在门口放花篮、挂灯笼。丁总以提高企业知名度为由，向秦茜建议做电视广告。秦茜同意了。然后，丁总说自己电视台有熟人，让他去办理。他怕秦茜思想有反复，当天便把这件事情办了。果然，到了晚上，她的想法就变了。

秦茜一边看电视，一边说：“爱国，做广告要花钱，我又不想出名，算了吧！”

丁总在秦茜边上坐下。“下午已经办好了，钱也付了。”

秦茜喝了一口水。“能不能退呀？”

丁总摇头说：“不能退。”

秦茜捋了捋头发。“我觉得出名会惹麻烦。”

丁总一边在秦茜杯里加水，一边说：“不是为了出名，而是为了提高企业知名度。”

秦茜皱眉说：“下午，有个姓苏的年轻老板，说自己很有钱，要带职工去西欧，希望我一起去，做他们导游。我没有理他，回办公室了。”

丁总放下热水瓶。“林子大了什么鸟都有，以后呀，可能还会有死缠烂打的。”

秦茜担心这种事情多了，传到丁总耳朵里会引起他不快。其实，可能会发生的事情丁总都想到了。秦茜那么漂亮、那么年轻、那么纯洁，把她放在旅游公司，他肯定会担心，但是他相信秦茜有办法对付追求她的男人。秦茜为了防备坏男人，还专门安排女秘书坐在她办公室的门外。秦茜想过，如果她弟弟考不上大学，就安排他在旅游公司总部工作，以便保护自己。秦茜一想到叶勇就害怕，觉得坏男人很多，防不胜防。平时，她不敢一个人留在办公室里，生怕坏男人闯进来，并且，上班时间都比员工要晚一点。丁总心里清楚，秦茜的胆怯与叶勇的行为有密切关系，所以，他一直认为，叶勇应该重判。

秦茜拉了拉衣襟说："死缠烂打的男人我能应对，像叶勇这种坏男人就无法对付。"

丁总点头说："我知道你有阴影，不要怕，现在有我在你身边。"

秦茜甩了一下秀发，莞尔一笑说："跟你在一起之后，我长胖了。"

丁总抚摸秦茜大腿。"胖点好，性感。"

秦茜靠在丁总肩上。"你不怕我被坏男人撩呀？"

丁总搂住秦茜的腰。"怕，但是我相信你。"

秦茜躺在丁总大腿上。"我想早一点生孩子，有了孩子，男子就不会骚扰我了。"

丁总捋着秦茜的发梢。"照样有人骚扰，现在许多男人喜欢少妇。"

秦茜看着房顶。"但这种男人不多。"

秦茜认为，追求她的人和骚扰她的人，都有可能破坏她的婚姻和家庭幸福，她要尽可能地躲避这些人。秦茜已把这些人视为洪水猛兽，希望这些人一个都不要出现在她的面前。秦茜觉得自己是世界上最幸福的人，丁总不但爱她，而且还爱她的家人，她认为，这是其他女孩子根本找不到的好男人。她不需要很多钱，一家人有吃有住就可以了。秦茜还认为，女人有好丈夫就行了，女人想出名迟早会惹祸。

7

今天，是中国共产党建党八十周年，丁希特地抽时间过来看父亲，因为她父亲不知道自己出生年月，就把七月一日作为自己的生日。她见母亲到菜市场买菜去了，便坐在客厅沙发上，一边看电视，一边和父亲聊天。此时，春江市电视台正在播放电视广告。

“春江市奇彩服装厂厂长姚图强携全体员工祝贺中国共产党成立八十周年！”

“春江市中财投资公司董事长丁爱国携全体员工祝贺中国共产党成立八十周年！”

“春江市双龙染料化工厂厂长洪龙携全体员工祝贺中国共产党成立八十周年！”

“爸爸！爱国在双龙染料化工厂也有投资。”丁希说。

“噢，”老人看着电视机，“现在政策好，搞实业是对的。”

“春江市九洲旅游公司董事长秦茜携全体员工祝贺中国共产党成立八十周年！”

“爸爸！爱国是九州旅游公司的大股东。”丁希靠近父亲，“秦茜这个人很好。”

“嗯，”老人吐出一口烟，“祝贺共产党生日的企业家应该都不错。”

丁总已把自己和秦茜的关系告诉了丁希，要丁希在父母面前为秦茜说好话。他认为丁希做父亲思想工作最合适，因为父亲爱听她的话。丁希觉得哥哥与秦茜很相配，并发现两人非常相爱，于是，她答应了哥哥的嘱托。今天，她来父母家就是想完成这一任务。老人一直把党的生日当作自己的生日，所以，他对祝贺中国共产党生日的企业家特别赞赏。其实，老人对秦茜的印象还是不错的，就是对她做过夜总会的公主不满意，认为她的历史有污点。现在，老人有点想开了，觉得秦茜是白璧微瑕，可以接受。丁希一听就感觉到父亲对秦茜的态度开始改变，于是，便继续夸奖秦茜。

“秦茜不但年轻漂亮，而且还非常纯洁。”

“这些方面爱国都说过。”

“虽然秦茜在夜总会当过公主，但是她出淤泥而不染。现在，城市女孩大多没有她纯洁，有的女孩读初中就和男同学住在一起了。另外，爱国四十多了，我们要为他着想。”丁希感觉父亲已不反对了，便问；“你打算什么时候让爱国带秦茜过来吃饭呀？”

“嗯，就今天晚上吧。”老人想了想，“我还要观察一下，她对丁超怎么样。”

“好的。”丁希从包里拿出手机，“我给爱国打电话。”

丁希马上给哥哥打电话，要他带秦茜来父母家吃饭。接着，丁总给秦茜打电话，说今天是父亲生日，下午下班后一起去父母家看望父亲。秦茜很高兴，她要丁总早点下班，一起去街上买礼物。傍晚，丁总带着礼物，和秦茜、丁超一起来到父母家。丁超不仅对秦茜没有隔阂和抵触，一路上还与她说说笑笑，这让丁总很开心。丁超像妈妈，大眼睛，皮肤白白的，个子高高的，看上去比父亲帅很多。三人一走进小区，丁总的邻居就猜出丁总身边的女孩子是他的女朋友，因为现在六十多岁的富翁都能娶到小姑娘，何况只是四十多岁的丁总。丁总的邻居认为，丁总这么有钱，父亲是革命老干部，并且，他的妹夫又是滨海区的副区长，找一个小姑娘做老婆，根本不成问题。这个，秦茜的心里也很清楚，凭丁总的条件娶个小姑娘是一件非常容易的事情，她身边的周秘书也愿意嫁给他。周秘书曾对她开玩笑说，“丁总是个精英，我也愿意嫁给他。”

秦茜走进客厅，红着脸说：“爸！妈！让你们等久了。”

丁总把礼物放在沙发上。“我们去街上买点礼物，转了一下，就晚了。”

爷爷摸着孙子的头，对秦茜笑笑说：“不晚不晚，来！坐下吃饭！”

奶奶拉着孙子的手。“来！丁超！坐在奶奶边上。”

丁超扭头说：“不！我和阿姨坐在一起。”

奶奶见丁超与秦茜没有隔阂很高兴。秦茜把丁超搂在身边，像自己的孩子一样。吃饭时，秦茜不停地给丁超夹菜。爷爷在旁仔细观察，感觉秦茜不像假装的。奶奶也在观察，她的感觉和老伴一样，觉得秦茜是个好姑娘，儿子娶了她，丁超不会受苦受气。丁总瞄了父亲一眼，感觉父亲对秦茜的表现很满意，于是，便不再担心了。

第八章

1

星期六，秦茜把丁超接到自己的家里，她要多烧几个菜给他吃。丁超很懂事，对秦茜十分亲切。秦茜对丁超的表现非常满意，整理铺床，要他晚上住在这里。

“丁超！”秦茜一边给丁超夹菜，一边问，“你想妈妈吗？”

“阿姨！我想。”丁超含着眼泪，“我想去公墓看妈妈。”

“好！阿姨明天带你去。”秦茜给丁超擦眼泪，“以后，每年清明节阿姨都带你去。”

“明天，我送你们去。”丁总说。

“按风俗你不能去的。”秦茜喝了一口汤，“明天，我和周秘书一起去。”

秦茜自从决定做丁爱国妻子那时开始，就已经做好了做一个称职后妈的思想准备。她知道，丁超的母亲很爱丁爱国。她要去坟墓前向丁超的母亲保证，她不仅要做丁爱国忠诚的妻子，而且还要做一个称职的后妈，爱护丁超，悉心地培养他成长。秦茜不会食言，她肯定说到做到。秦茜和丁超相处这么融洽，丁爱国很开心，他夹了一个鸡腿放在秦茜的碗里，然后，给丁超夹了一只蟹。丁超喜欢吃蟹黄，可又不知道如何扒开蟹壳。秦茜见状，便主动为丁超扒开蟹壳，并用筷子挑出蟹壳里的蟹黄，放在丁超的碗里。

第二天，秦茜、周秘书、丁超三人来到三山公墓。

丁超抚摸妈妈的照片，哭泣说：“妈妈！奶奶说，你最放不下的是我。妈妈！你放心，我很好。爷爷、奶奶、爸爸、秦茜阿姨对我都很好。妈妈！我想你，爸爸也想你，爸爸常常看着你的照片发呆。”

秦茜流泪说：“姐姐！你放心，我一定爱护丁超，尽全力培养他。姐姐！我还向你保证，我爱丁爱国一辈子，做一个忠诚的妻子。”

周秘书一边递纸巾给秦茜，一边说：“有你在丁总身边，丁超母亲可以放心了。”

周秘书叫周雪，二十岁，身高 1 米 68，古典脸，披肩发，笑起来嘴角还露出一对小酒窝，有人说周雪有点像林心如。今天，她上身穿着米色无袖汗衫，下身为靛蓝色牛仔面料半身裙，脚穿平底白色运动鞋，看上去既漂亮又时尚。

三人在墓前大约待了半个小时，然后下山。路上，秦茜接到母亲的电话，说秦明、秦亮没有考上大学，想来滨海区打工。回到家里，秦茜与爱国商量决定，让出新房子给母亲和弟弟住，她搬出来和爱国住在一起。这样，不仅她母亲和弟弟有了住处，她还可以每天照料丁超的生活，辅导丁超做作业。

2

在丁总多次要求下，滨海区交警大队做出决定：从今天起，兴盛运输公司 44 辆报废货车一律不准上路，立即报废，并规定凭滨海区报废汽车拆解公司的收购单办理新车牌照。第二天上午，丁总接到刘副经理打来的电话，说码头兴盛运输公司驾驶员闯进报废汽车拆解场地闹事，他已经报警了，可是公安人员却迟迟没有过来。丁总告诉刘副经理要兴盛运输公司的经理过来跟他谈。过了一小时，兴盛运输公司的经理来到丁总的办公室。经理叫黄荣，三十岁左右，中等身材，戴着眼镜，看上去挺斯文的。

黄总微微躬身，递名片给丁总。“我叫黄荣。”

丁总从办公桌塑料盒里取出名片。“我姓丁，叫丁爱国。黄总！坐吧！”

黄总一边在丁总对面坐下，一边说：“其他回收公司废钢每吨收购价 1800 元以上，你公司只有 600 元一吨，太低了。”

丁总给黄总递烟。“废钢分为重废、中废、小废和轻薄料，价格不一样，轻薄料价格最低，钢厂收购价也只有每吨 800 元。汽车上有各种废钢，统货每吨 600 元。”

黄总接过香烟。“大货车的轻薄料不到 500 斤。”

丁总喝了一口水。“全省都这样，并且收购价格是省有关部门发文件定下来的。”

黄总看了看丁总的名片，然后，又仔细看了看丁总的着装和办公室的摆设，觉得他虽然头衔很多，但只是一个小人物，没什么了不起。黄总经营的项目也很多。合法的有运输公司、冷库、岩仓；不合法的有赌场、非法采砂等。目前，他的资本还不是很多，正在逐步积累；他的团伙不大不小，八十个人左右，正处在发展期。不过，黄总很有信心，他的目标是，在三年之内资本达到一个亿，人员超过 200 人。根据目前的经营状况和发展速度，黄总的这一目标完全可以实现。

黄总皱眉说：“这价格无法接受。”黄总皮笑肉不笑，“你们公司赚钱挺容易的。”

丁总摇头。“投资多，人员多，并且不是每天都有车，一年下来利润不多。”

黄总抽了一口烟。“你的意思是没有商量余地？”

丁总掸了掸桌上的烟灰，“真的没有办法。”

黄总把烟蒂扔进烟灰缸里，有点不高兴地说：“看来，我是白走一趟了。”

丁总笑了笑说：“办好了，我请你吃饭。”

黄总撇了撇嘴，站起来说：“吃饭免了。”

黄总说完，转身离开，下楼之后，他看了看四周，然后拿出手机，给手下打电话。

十分钟后，八九辆大货车开进报废汽车拆解场地，办理报废手续。见状，刘副经理很高兴，马上给丁总打电话，说兴盛运输公司的报废车已开始进仓库了。丁总以为事情解决了，于是便开车去双龙染料化工厂，了解这几天的生产情况。丁总在厂区转了一圈，然后走进洪海的办公室。谁知，丁总与洪海没说上几句话，刘副经理就打电话过来了，说仓库马主任被兴盛运输公司的驾驶员打了。

事情的经过是这样的：正当大家为驾驶员办理报废手续的时候，又进来八九辆报废汽车，其中三辆车停在门口开始拆卸轮胎。接着，又来了八九辆车，停在大门外，也开始拆卸轮胎，有的还在拆卸车上的电瓶。不一会儿，有一辆轿车过来报废，见车子进不来，便向仓库马主任提意见，并要求挪开门口的车子。马主任见一个年轻人在门口拆卸汽车轮胎，便发火了，质问年轻人为什么要在门口拆卸轮胎。年轻人说，他的轮胎还是好的，卸下来还可以用。马主任说，你这轮胎明明不能用了，是故意捣乱。年轻人一听挥拳就打，连打了三拳。马主任叫马彪，已经五十多岁了，并且个子瘦小，他哪是年轻人的对手，所以一下子就被年轻人打倒在地上。现在，马主任已送医院医治。

丁总起身说："汽车拆解场地的马主任被码头兴盛运输公司的驾驶员打了。"

洪海放下茶杯。"兴盛运输公司黄总常在夜总会唱歌，我给你搞定。"

丁总摁灭烟蒂。"好！我先去医院。"

洪海送走丁总后马上给黄总打电话，"黄总！你手下把丁总公司的仓库主任打了？"

黄总躺在沙发上，朝空中吐烟，"怎么啦？"

洪海提高嗓音。"你闯祸了。"

黄总神闲气定。"丁总背景很厉害呀！"

洪海喝了一口水。"春江市军分区司令是他父亲老部下，他妹夫是滨海区区长，中财投资公司开业的时候，春江市市长都来了，并且，他跟市公安局领导的关系非常好。"

黄总坐起来，皱眉问："你说怎么办？"

洪海提醒说："你赶快派人带上礼物去医院慰问。"

丁总一边走下楼梯，一边给治安大队陈副队长打电话，讲述公司仓库马主任被打的经过，然后，要求把打人的驾驶员抓起来。陈副队长放下电话，马上照办。接着，丁总开车去医院，看望病人。黄总得知驾驶员被抓，立即给谢所长打电话，请求他放人。谢所长明确告诉黄总，此次不同以往，并暗示他要尽快与丁总沟通。黄总感觉有麻烦，于是带上支票，亲自去医院慰问病人。丁总走进病房不久，黄总带着助手走进病房，向丁总和仓库马主任道歉，并把银行支票递给丁总，承诺由兴盛运输公司承担所有费用。当然，黄总不会承认整个过程是他策划的。丁总看破不说破，给黄总留面子。再说，经查，马主任只是轻微脑震荡。到了晚上十一点，陈副队长来电话，问丁总可不可以放人。丁总给马主任打电话，经过他同意后，答应陈副队长可以放人。

3

过了一个星期，秦茜母亲带着两个儿子来到滨海，当晚，丁总请他们到滨江大酒店吃饭。丁超已把秦茜当妈妈，吃饭时主动坐在秦茜的边上。

“秦明！秦亮！我和你姐商量好了，让你们进滨海复读学校读书。”丁总弹了弹烟头上的烟灰，“你们觉得怎么样？”

“九月初开始复读。”秦茜放下筷子，“这段时间到旅游公司上班，锻炼锻炼。”

“谢谢姐夫、姐姐！”秦明喝了一口汤，“我们明天就去姐姐公司上班。”

秦明比秦亮大，说话有礼貌，像个哥哥。秦明、秦亮都很帅，十九岁就长得与姐夫一样高了。秦茜母亲很高兴，觉得女儿有眼光，找到这么好的男人，不然，两个儿子的前途真的让她担心。秦明、秦亮也想复读，明年再考，现在，姐姐、姐夫要他们进复读学校读书，当然高兴。秦茜认为，秦明和秦亮的高考成绩不算很差，两人今年高考成绩离录取分数线只差十几分，复读一年，没有意外的话，肯定能考上。秦明、秦亮也很有信心，觉得复读一年，不但能考上，而且还有望考上二本。秦明、秦亮平时喜欢玩电器，两人都想报考电子专业的学校。

“你们考上大学以后想学什么专业？”丁总问。

“电器或者电子都可以。”秦明回答。

“秦亮！你呢？”母亲问。

“和哥哥一样。”秦亮边夹菜边应答。

“丁超！你喜欢什么专业？”秦茜问。

“我喜欢手机专业。”丁超大声回答。

大家听后都哈哈大笑。丁超觉得手机挺奇怪的，没有电线却能听到对方说话，他想搞清楚手机通话的原理，所以他要读手机专业。丁总也希望儿子报考电子专业，虽然他掌握的电子知识不多，但是他觉得报考电子专业非常有前途，并且电子和通信之间有很大的内在联系。现在，丁总购买的50亩工业用地正闲置在那里，他打算办一个电子厂。将来秦明、秦亮、丁超都到他的电子厂上班，这样，他就有了接班人。

“丁超！你了解了电子知识就知道了手机通话原理。”丁总喝了一口酒，“以后，你也报考电子专业。我办一个电子厂，将来，你们三人都到电子厂工作。”

“丁超！你爸爸正计划办电子厂，”秦茜夹了一块肉放在丁超的碗里，“你大学毕业后接你爸爸的班，好不好？”

“好好！”丁超鼓掌，“我和秦明、秦亮哥哥一样都报考电子大学。”

4

两天后，秦茜突然呕吐，第二天，她和母亲一起去医院检查。一个小时后，医生告诉她，怀孕了。全家人得知这一消息，都非常高兴。秦茜母亲更高兴，三两天做一次煲汤，送到秦茜的办公室，给她补身体。丁总马上向银行借钱，买了一套228平方米的房子，现在，已开始装修，他打算今年的年底就结婚。秦茜知道丈夫正缺钱，于是，从旅游公司账户里拿出50万元给丈夫。

晚上，秦茜把支票交给丈夫。“这50万元你拿着，买房子、装修都需要钱。”

丁总摇了摇手说：“你留着，给秦明、秦亮买房子。”

秦茜把支票放进丈夫的包里。“秦明、秦亮买房子还早，我们不能借钱买房子。”

丁总抽了一口烟说：“按常理，你的想法是对的，但现在不能按常理出牌。目前，房子每平方米2000元，很便宜，贷款都合算。明天，我用这50万元买两套房子，给秦明、秦亮。接下来，我不缺钱了。我的50亩工业用地按市价每亩22万元卖给电子厂，共计1100万元，洪龙和洪海各占股百分之十五，胡处长和罗科长各占股百分之九，他们要给我500多万元。”

1999年，丁总在澳大利亚考察期间，最有感触的有两件事：一是垃圾分类；二是交通路口的高清摄像头。回国之后，丁总希望国家出台政策把垃圾分类搞起来，但由于各种原因，不能如愿。自从丁超的母亲和外婆死于交通事故后，丁总就开始萌生研制远程监控系统的想法。他认为，有了远程监控系统，就能有效监管机动车驾驶员，如果中国的交通像澳大利亚这么管理，丁超的母亲和外婆就不会死。另外，丁总对这一产品十分看好，一旦研制成功，销量将非常大。

“爱国，”秦茜拉了一下衣襟，“电子厂投资多不多？”

“不多，先代加工，生产电子元器件，然后，用赚来的钱研制高端产品。”

“噢。”秦茜喝了一口水，“丁超母亲和外婆的钱不能用，抽回来，给丁超买别墅。”

“嗯。”丁总一边剥荔枝，一边说，“染料化工厂利润很好，投进去的钱已翻番了。”

“业绩这么好呀！”秦茜一边揉丈夫的肩膀，一边说，“看来上市蛮有希望的。”

“两年后可上市。”丁总把荔枝塞进秦茜的嘴里，“上市是我们团队的奋斗目标。”

“爱国！”秦茜边吃荔枝边问，“是不是化工产品的利润比电子产品的利润高。”

“是的。”丁总扭了扭脖子，“不过，高端电子产品的利润也很高。”

丁总打算和高校等科研单位联合，研制远程监控系统，减少交通事故，震慑不法分子，减少管理成本。但是，研制远程监控系统很难，因为它涉及视频处理、自动控制、网络传输、人工智能等技术。所以，必须依靠科研单位的技术力量才能搞出来。为此，丁总和洪海商量决定，先做技术含量不高的电子产品，比如电阻、电容、电感等电子元器件，然后，逐步生产高端的电子产品。

“爱国，你不要为了我宅在家里。”秦茜理了理丈夫的头发，“为了事业陪客人去夜总会我也能理解，再说，你是一个自控能力很强的人，我对你很放心。”

“你孕期反应比较严重，我要陪你。”

“没事的，家里有保姆。”

“陪你聊聊天，你心情会好一点。”

“爱国，”秦茜靠在丈夫的肩上，“你是世界上最好的男人。”

“秦茜！我们十月一日结婚怎么样？”

“行！”

5

周秘书手拿名片，走进秦茜办公室，“秦总，一位姓苏的厂长要见你。”

秦茜皱眉。“苏厂长？哪个苏厂长？”

周秘书递上名片。“强力变压器厂的，叫苏岩。”

秦茜想了想问：“他有什么事？”

周秘书摇头说：“我问过他，他不肯说。”

秦茜态度坚决：“不见。”

周秘书建议：“我把门敞开，他就不敢放肆了。”

秦茜犹豫了一下说：“发现他关门，你就撞门。”

周秘书点头。“好的。”

周秘书认为，生意人，和气生财。秦茜觉得，苏岩对她有企图，因为不久前有个姓苏的男人撩过她，是不是就是这个人，她还不能确定。她决定见一见苏岩，如果他骚扰她，她就让他灰溜溜离开，这样，他下一次就不会再来了。苏岩就是秦茜想到的那个男人，他帅气年轻，又有钱。苏岩不但喜欢秦茜的端庄漂亮，而且还喜欢她的性格。这段时间，苏岩了解了秦茜在滨海的所有经历，他觉得自己虽然没有丁总钱多，但是，他比丁总年轻、帅气，并且没有小孩的拖累。苏岩认为，他可以追到秦茜。过了一会儿，周秘书把苏岩领进办公室。

秦茜抬头一看马上生气了：“又是你！”秦茜做手势，“周秘书！我找你有事。”

苏岩见周秘书站在边上，想了想问：“秦总！不知道你为什么不喜欢我？”

秦茜喝了一口水，然后反问：“你喜欢我什么？”

苏岩不假思索地说：“我喜欢你的端庄漂亮，还有对自己男人的忠贞。”

秦茜笑着说：“女人的漂亮是短暂的，端庄是可以保持的，忠贞是必须坚守的。”

苏岩点头。“我老婆就不懂这个道理，现在，追她的男人一个不如一个。”

秦茜拉了拉衣襟说：“我怀孕了，马上要做妈妈了，我要为子女做好榜样。”

周秘书莞尔一笑说：“秦总！有幸在您身边工作，让我懂得如何做女人。”

苏岩站起来，抱拳说：“谢谢！领教领教！”

秦茜以为苏岩被她说服了，不会再来纠缠她了。其实，苏岩听后心里更喜欢秦茜，觉得秦茜是个完美的女人。他没有纠缠她，是因为她怀孕了，他决定等她生了孩子之后再来找她。苏岩已被秦茜完全迷住了，人家笑他也好，骂他也罢，他都不顾，反正他要得到秦茜。他认为，只要不停地追，一定能够追到秦茜。周秘书瞄了苏岩一眼，觉得他的性格很特别，行为很可笑，但是她对他的境况又有点同情，觉得他老婆不该在外面找男人。周秘书把苏岩送到楼下，然后，递给他一张名片，微笑握别。

6

昨晚，方总和李总被春江市公安局抓走了。一开始，洪海以为夜总会出事情了，后来，经过了解，才知道两人合伙开的按摩店被查了。洪海觉得李总出不来，于是便指定红柳做他的助手，负责夜总会日常的工作。李总被抓以后，夜总会的生意不但没有受到影响，而且比之前还好，因为滨海区的按摩店全关门了，一些想玩小姐的男人只好去 KTV、夜总会找女人了。洪海在夜总会待了三个晚上，见生意不错，运行正常，又回双龙染料化工厂了。现在，他兼任双龙染料化工厂的副厂长，不能离开工作岗位。再说，双龙染料化工厂一年利润好几亿，孰重孰轻，他心里很明白。

谢所长为了把小舅子捞出来，找了好多人，现在，他已感觉无能为力了，因为省公安厅副厅长亲自主管这个案件。经了解，是按摩店的邻居举报的，至于哪个邻居，有什么背景，他就不知道了。谢所长不敢查下去，弄不好会牵连进去。接下来，谢所长关心的是他的小舅子怎么判，会判多少年？

经查，李芳是假名，她真名叫夏水华。夏水华刚进看守所的时候有过幻想，以为过几天会出来，后来，她死心了，并已做好了坐牢的准备。现在，夏水华最担心的是女儿欣欣，她想把欣欣放在秦茜的家里养育，可秦茜怀孕了，她不好意思开口。然而，其他人她又不放心，怎么办？最后，她决定当面探一探秦茜，或许秦茜会答应她的要求。

下午，狱警打秦茜电话："秦茜！我是看守所的警察，有个叫夏水华的要见你。"

秦茜疑惑不解："夏水华？夏水华是谁呀？"

狱警马上解释说："噢，她以前叫李芳，这是假名。"

秦茜喝了一口水。“过一个小时可以吗？”

狱警应答：“可以。”

下午三点，秦茜在周秘书和秦明陪同下来到春江市看守所。过了一会，铁门开了，夏水华从铁门里面走出来，然后，在秦茜对面，隔着铁窗坐下。秦茜看着夏水华的脸色，觉得她有点憔悴，她向夏水华挥了挥手，然后，等待她开口。

夏水华不好意思地说：“我知道你很忙，可我只相信你和丁总。”

秦茜笑了笑说：“没事，说吧，我会尽力的。”

夏水华叹气说：“欣欣命苦，我的刑期起码五年，接下来，她的日子难过。”

秦茜皱眉说：“我要爱国给许亮打电话，要他想办法。”

夏水华摇手说：“不行。许亮的老婆为了财产，会害死欣欣。”

夏水华的话有她的道理。上个月，许亮告诉夏水华，他已立遗嘱，把单位的股份留给了欣欣。但是，许亮没有说明股份值多少钱，夏水华估计值200万元左右。所以她不能让欣欣去省城。其实，许亮在单位里的股份价值远远不止200万元，如果夏水华知道实情，就更担心了。这时候，秦茜才知道夏水华找她的目的。秦茜不是不想养育欣欣，而是她力不从心，她怀孕不到三个月，平时还要教丁超做作业，再说，房子也住不下了。

秦茜拉了一下衣襟，然后问：“你有什么打算？”

夏水华嗫嚅地说：“我想把欣欣放在你家里。”

周秘书马上接上说：“秦总肯定不行，接下来，她除了抚养肚子里的孩子，还要养育丁总的儿子。如果你相信我，我可以帮你看管孩子。”

秦茜介绍说：“她姓周，是我的秘书。左边的男孩是我弟弟。”接着，秦茜解释道，“我现在的房子不大，又有保姆，让欣欣和丁超一起住不好。”

夏水华仔细端详周秘书。“周秘书！谢谢你！费用欣欣父亲肯定会给你的。”

周秘书理了理头发，“不过，遇到困难无法解决，我还是要找秦总。”

秦茜点头。“我会尽力的。”

接着，夏水华与秦茜、周秘书商量养育欣欣的具体事情。

7

两天后，许亮和朋友一起来到春江市看守所探视夏水华。夏水华把自己的情况简单地讲了一下，然后，提起抚养欣欣的事情。许亮想把欣欣带走，如果他死了，就把欣欣交给他的妹妹抚养，但是他没有说出来，他知道夏水华不会同意。

夏水华交代说：“我已经与丁总的老婆商量好了，把欣欣交给丁总公司的周秘书看管，昨天，周秘书已住进我的房间。白天，保姆接送。晚上，周秘书教欣欣做作业。所有费用你与周秘书谈。”

许亮心里清楚，他无法改变夏水华的决定，于是便点头说：“嗯，知道了。”

夏水华神情忧愁，看着许亮，“你现在身体还好吗？”

许亮哽咽说：“争取活到你出来。”

最近，夏水华的身体也不好，她除了妇科病之外，还有皮疹和反复咳嗽。昨晚，她又感冒了，上午吃了感冒药，现在感觉全身肌肉关节酸痛。自从买了夜总会百分之十八的股份之后，为了夜总会的生意，她拼命地工作。

夏水华叹气说：“我为了给欣欣攒更多的钱，不仅把自己的身体累坏了，还要坐牢。”

许亮皱眉说：“不值得。”

夏水华埋怨说：“如果你坚决与老婆离婚，我就不会有现在的结果了。”

许亮的朋友插话：“那时，许亮老婆要告他重婚，许亮才放弃离婚的。”

夏水华问：“许亮！是这样吗？”

许亮点头。“是的。”

夏水华责问："为什么不告诉我？"

许亮咳了两声，然后说："你手机关机，离开了省城。"

夏水华长叹了一口气，起身离开。接着，许亮和朋友一起找丁总，商量养育欣欣的事情。丁总的意思是，费用他先垫付。许亮不同意，他的意思是，先给周秘书 5 万元，用完了再转入 5 万元给她。他觉得，只要周秘书把他女儿培养好，不管花多少钱都值。然后，许亮和朋友去旅游公司与秦茜、周秘书见面。为了和女儿多待一会，许亮和朋友在滨海宾馆住了一个星期。以前，许亮想见欣欣都要先经过夏水华许可，现在，许亮想见欣欣就方便多了，只要他身体没事，不管什么时候，都可以过来见欣欣。

第九章

1

叶勇恶习不改，缓刑期间仍然做违法的事情，他除了经常去夜总会找小姐之外，还会到黄总的赌场赌博。不过，他赌博几乎都赢的。叶勇的专长是搓麻将，其次，他擅长温州牌九。多数人已经不与叶勇搓麻将了，因为他每场必赢。现在，大家喜欢与叶勇玩温州牌九，因为这种赌法主要靠运气。温州牌九宋代就有，历史悠久，是一种用扑克牌作为道具的赌博游戏。一副牌九由 32 张扑克牌构成，11 张牌面是成对的，共 22 张，再加上其余 10 张单张的牌面，正好 32 张。因此，温州牌九在滨海区也叫三十二张。今晚，叶勇带着胖子，又来到黄总的赌场玩温州牌九。

一开始，叶勇的手气不好，半小时不到就输了 10 万元。后来，手气开始好转，赢回 5 万元。接着，叶勇做庄家，结果不到十分钟，又输了 5 万元。大家见叶勇手气又开始转差，纷纷下注，估计到门和出门相加有 20 万元。叶勇一点不怕，照旧掷骰子。然后，从庄家开始发牌。接着，顺门、出门、到门前后翻牌。顺门是 6 点，出门和到门均为 8 点。叶勇先红 5 上手，他开始紧张起来。叶勇记忆很好，他知道还有一张红 4 和红 6 未发牌，只有配上红 4 才能赢。叶勇站立，右脚踩在凳子上，开始叫牌。

“先红起来！”叶勇左手拇指压住扑克左上角，稍稍往下拉，“好！是红的。”

“红 6。”一个赌徒伸颈看着叶勇手里的扑克，猜测道，“我看是红 6。”

“两脚扒开！扒开！”4中间没点，所以要叫扒开，叶勇慢慢拉开扑克，“扒开了！”

果然，是红5配红4，相加为9点，通吃。叶勇非常兴奋，差点高兴得跳起来，一下子从输10万元到赢10万元。叶勇认为，玩温州牌九除了赌运气，还需要赌术和胆量，今晚，如果没有赌术和胆量，就不会有这个结果。有一点，大家不得不佩服叶勇，每次输钱后，他会利用各种机会赢回来。叶勇的兴趣在赌博上，他觉得赌博最刺激。父亲要他待在厂里，他哪里待得住。他最讨厌与股东沟通，个别小股东，竟然跟他作对，让他很不舒服，他认为，跟这些小股东在一起，还不如在赌场上痛快。最近，他反复看《赌王》电影，他要提高赌术，使自己立于不败之地。

“只可歇不可逼。”一个赌徒怕了，“晚上不赌了。”

“算了，晚上，我也不想赌了。”另一赌徒也走开了。

“章斌！”叶勇见好就收，“我们回家。”

叶勇走到门口，拿出5000元钱给黄总。黄总提供赌博场所，收取赢家百分之五。

“双十二！”黄总竖起大拇指，“你今生有赌运，每次输后都会赢回。”

叶勇开怀大笑，然后，提着一大包钱，和章斌一起，开车离开黄总的赌场。

2

星期天，丁总与周副经理、刘副经理一起来春江市看守所看望方敏。

方敏欠了欠身子说：“谢谢你们过来看我！”

丁总吐出一口烟。“你搞按摩店，我一点都不知道。”

方敏叹气说：“回收公司被税务局查了，经营不下去了，才去搞按摩店。”

丁总疑惑不解：“你的回收公司被查了？什么时候？”

方敏撇嘴说：“账簿拿去一年多了，听说要罚税84万元。”

丁总皱眉问："怎么到现在才处理？"

方敏摇头。"一言难尽。"

丁总弹了弹烟蒂上的烟灰。"听说你姐夫因你的事情被免职了？"

方敏点头。"我的事跟我姐夫没有关系，他没有参股。"

其实，方敏开的按摩店跟他姐夫大有关系，如果他姐夫不是城东派出所的所长，他就不敢在城东开按摩店。按摩店被邻居举报，也与他姐夫有关。一个邻居曾找过城东派出所的副所长，反映按摩店的违法情况，可派出所没有任何反应。后来，按摩店为了搞安全通道，拆了一堵墙，邻居不同意。方敏不顾邻居反对，拆掉承重墙，引起公愤，才导致这种后果。现在，税务罚款也与他的姐夫有关。方敏提出送礼把事情解决掉，可他的姐夫却说，他已跟税务局长商量好了，冷处理，不会有事。谁知，谢所长刚免职税务人员就找上门来了。

刘副经理挠了挠鼻沟，然后问："接下来，你打算怎么办？"

方敏请求说："请求你们帮忙，我打算把报废汽车拆解公司和烟花经营公司的股份都卖掉。"

丁总提醒说："你把股份都卖掉，以后的日子就不好过了。"

方敏忧愁地说："我怕数罪并罚。"

方敏已犯组织、强迫卖淫罪，如果再加上虚开增值税专用发票罪，那他的刑期起码要 20 年以上，所以这笔钱一定要准备好。根据法律规定，方敏组织、强迫卖淫所获的钱不仅要没收，还要另加罚款。他粗略计算过，要卖掉公司股份才能应付。至于以后日子怎么过，他无法考虑了。方敏原来有 60 多万元的欠款，春节前刚还完，接下来，又将成为穷人。丁总手持香烟，烟蒂贴在嘴唇上，看着方敏，皱眉思考。

丁总抽了一口烟。"别急，想想其他办法，我抽空找一下稽查局阮局长。"

方敏皱眉说："就是他盯住我。"

丁总好奇地问："他为什么要盯住你？"

方敏苦笑说："他呀，锱铢必较，睚眦必报。今年春节，你给我 10 张烟花券，我留下 5 张准备给他，可到了稽查局他不在。后来，在他办公室门口碰到王副局长，于是，我就把 5 张烟花券给了王副局长。听说就是这个原因。"

丁总摇头。"我觉得另有原因。阮局长父亲和我父亲是战友，我了解他。"

方敏想了想说："也有可能王副局长和阮局长关系不好。"

一张烟花券价值 150 元左右，持券人凭券可拿到一袋供小孩玩的小烟花。这是滨海区烟花经营公司林总想出来的应付熟人的办法。每年春节前，很多熟悉的人都会给丁总、林总打电话，向两人要烟花爆竹，如果要他们去仓库拿，每年送人情的烟花爆竹起码要花掉40万元，现在采取这种办法，可以少花20多万元。但是，想满足所有人的要求也不可能。其实，丁总已给了阮局长 10 张烟花券。阮局长和王副局长本身就有矛盾，方敏讨好王副局长，阮局长心里不舒服，认为方敏这种做法是看不起他。阮局长的父亲也是老干部，丁阮两家的关系一直很好，丁总出面帮忙，多少有点作用。

丁总批评道："方敏！你以后不能这样办事。"

方敏点头。"嗯，知道了！"

丁总弹了弹烟头上的烟花。"我明天找阮局长，你等我消息。"

方敏非常感激："你确实是个好领导。"

3

第二天上午，丁总来到阮局长的办公室。

阮局长把茶杯放在丁总的面前。"爱国！你老爸身体怎么样？"

阮局长与丁总同龄，头顶全秃，肩宽腰圆，又胖又矮，但看上去很精神。

丁总拿起茶杯。"不错。你老爸身体还好吧？"

阮局长在沙发上坐下。"嗯，也不错。"

丁总喝了一口水。"我想了解一下处罚方敏的事情，希望你帮他一下。”

丁总直截了当，说明来意，并希望阮局长帮助方敏。丁总认为，全省乃至全国的回收公司都差不多，几乎全是这种经营模式，把方敏的公司作为典型也不妥。然而，阮局长却觉得不处理影响不好，再说，他已表态要严肃处理方敏的回收公司。阮局长紧皱眉头，十分为难。丁总手持香烟，烟蒂贴在嘴唇上，看着阮局长的神情，等待他表态。丁总不知道方敏公司的经营情况，如果方敏公司违法经营性质非常严重，那阮局长也不会给他面子。丁总坐在那里，感觉今天很有可能无功而返。

阮局长揿灭烟蒂。“先说方敏和谢所长，方敏以为谢所长是他姐夫，了不起了，不把我们放在眼里。谢所长以为跟滨海区国税局局长关系不错，也不把我们放在眼里。然后，我说一说方敏的回收公司，他收购、销售废旧物资还可以解释，令人震惊的是，正品灯泡、正品电线、正品钢材等，他的回收公司也敢收购、销售。”

丁总给阮局长递烟。“国家税务总局取消废旧物资先征后返的政策是对的，不然，回收公司真的成了税务所了，什么发票都可以开。不过，回收公司代开发票有以下理由：一、个人开的废旧物资回收站可以挂靠回收公司；二、工商局同意回收公司可以代购代销；三、工商局对设立回收公司有前置条件，个体户想开回收公司相当难；四、1995年，国家税务总局出台了废旧物资先征后返的优惠政策。以上原因，回收公司代开专用发票的经营模式应运而生。全国几乎都一样，法不责众。怎么处理妥当，你一定有办法。”

丁总认为，超出经营范围的行为该罚，废旧物资的收购和销售最好不了了之，但是，他不好明说。阮局长觉得丁总说的话有点道理，但是，钻政策空子偷税的行为也要处罚，不过，他会从轻处理。阮局长接过丁总递过来的香烟，叼在嘴上，然后，拿起打火机，一边点燃香烟，一边思考处理办法。丁总叼着香烟，观察阮局长的神情，感觉阮局长还在犹豫，他想了想，决定再做一做阮局长的思想工作。丁总从小和阮局长在一起，即使他话说重一点，阮局长也不会计较，这一点，丁总心里是有把握的。

丁总吐出一口烟。“方敏本身没钱，现在又因组织、强迫卖淫，将面临巨额罚款。”

阮局长皱眉说：“我很为难。”

丁总弹了弹烟头上的烟灰。“你的难处我知道，但方敏是我兄弟，你要给我面子。”

阮局长喝了一口水。“我肯定给你面子，但是，我要仔细想一想，然后再告诉你。”

丁总站起来，与阮局长握手。“谢谢！”

4

秦茜的母亲提着保温饭盒来到旅游公司，周秘书告诉她，说秦茜和丁总一起到妇幼保健医院检查胎儿去了，要她先在秦茜的办公室里坐一会儿。秦茜母亲走进办公室，见秦明、秦亮正在办公室里玩电脑，有点不高兴。

“秦明！秦亮！为什么不去工作？”母亲问。

“姐姐没回来，不知道今天做什么工作，我们在这里等她。”秦明说。

周秘书领着媛媛走进来。周秘书认识媛媛，因为她有时会过来找秦茜聊天。

“媛媛！这是秦茜的母亲和弟弟，你们好好聊。”周秘书说完就离开了。

“阿姨！”媛媛在沙发上坐下，用浏阳话与秦茜的母亲聊天，“秦茜的长相像你。”

“对对！”秦茜的母亲端上一杯水，“你也是浏阳人？”

“是的，”媛媛接过茶杯，“我叫媛媛，是官桥人。”

“我是永安。”秦茜的母亲坐在沙发上，“哎！你跟秦茜怎么认识的？”

“是这样，”媛媛喝了一口水，“秦茜在夜总会做公主时，我也在夜总会工作。”

嫒嫒以为秦茜跟她母亲说过在夜总会当公主的事情。秦茜母亲只知道女儿在别的地方工作不愉快，后来，在丁爱国的帮助下搞旅游公司。尽管秦茜在夜总会没有做过不光彩的事情，但是她还是不想告诉家人。秦茜母亲对夜总会不是很了解，也不知道公主做什么具体工作，只知道夜总会是唱歌、喝酒、跳舞的地方。秦茜母亲觉得嫒嫒蛮直爽的，于是，便开始向嫒嫒了解夜总会的工作情况。

“夜总会的工作辛苦吗？”

“很辛苦。”

“怪不得秦茜做了一段时间就不做了。”

“秦茜不做还有另外原因。”

“还有什么原因？”

“她差点被药厂叶老板的儿子强奸了，是我及时报警救了她。”

“后来，公安局怎么处理？”

“罪犯判刑了。”

“嫒嫒！谢谢你！”秦茜母亲理了理头发，“在外面，老乡就是亲人。”

嫒嫒跟秦茜的母亲聊了半个多小时，见秦茜还没有回来就走了。自从嫒嫒做了洪海的情人以后，她就开始享福了。现在，她很自由，有熟悉的客人来夜总会，她陪他们唱唱歌，不三不四的客人，她一律不出台。她需要钱，洪海会给她。嫒嫒不像红柳、兰兰、惊鸿，把钱看得很重，她只要一个月有一万元结余就可以了。洪海不但有钱，而且对女人很大度，每月给她两万元。嫒嫒是夜总会小姐里唯一的大学生，她不但人长得漂亮，而且唱歌水平一流，许多男人都想包养她，但是他们出价都没有洪海高。在星光灿烂夜总会，嫒嫒的名声也不错，大家都觉得她是一个卖艺不卖身的小姐。

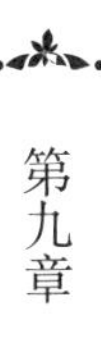

5

今天，方敏听到一个好消息，同时，又听到一个坏消息。好消息是，经过丁总做工作，国税局只罚他12.8万元的税。坏消息是，夏水华感染了艾滋病，已送到省城传染病医院治疗。方敏与夏水华有半年左右的地下情，因此，他也很有可能是艾滋病患者。方敏打算向狱警请求，去医院检查一下，可又羞于启齿。他与夏水华的地下情还无人知晓，说出来肯定会影响自己的名声，但是，如果不及时检查，就会错失治疗时机，并且有可能丢掉性命。晚饭后，方敏主动找狱警，说自己有新的罪行要交代。狱警信以为真，于是，马上提审方敏。

“方敏！说吧，你还有什么罪行没有交代？”

“我——我——”方敏犹豫了。

“说吧，坦白从宽。”

“嗯——”方敏嗫嚅了好一会，“我与夏水华有地下情。”

“从什么时候开始的？”

“开按摩店前就开始了。”

“一直到什么时候？”

“已有半年没有在一起了。”

“要马上去医院检查。”

接着，方敏坐警车到春江市人民医院。经过医生询问、检查、抽血，然后，狱警把方敏送回看守所。这一夜，方敏一直没睡。尽管医生说他被传染的概率很小，但是在没有拿到血检报告以前，他会整天忐忑不安。

第二天，春江市公安局派人去省城传染病医院找夏水华谈话，要求她把有过性接触的人全部写出来。过了一天，公安人员拿到了名单以及他们的电话号码，但是，名单上没有方敏的名字。于是，公安人员又找夏水华谈话，说服她必须把有过性接触的人都写出来。接着，夏水华又交代了十几个。其实，夏水华还没有交代完。她觉得许亮、洪海、胡处长、叶勇等人不能交代，因为许亮是她女儿的父亲，洪海是她的老板，胡处长是公务员，叶勇是判三缓三的罪犯。再说，洪海、胡处长、叶勇等人跟她性交时都戴避孕套的，应该不会传染。公安人员觉得她交代得差不多了，于是，便返回春江市。然后，公安人员找名单上的人谈话，要求他们及时去检查。虽然这些人口头上都不承认与夏水华有过性交易，但是多数人还是去了医院，并把血检报告单送到了春江市公安局。半个月以后，只有章斌的血检报告没有送过来，于是，公安人员给章斌打电话，问他为什么不把血检报告送到公安局。谁知，章斌一口咬定，从来没有与夏水华有过性交易。接着，公安人员给夏水华打电话，进行核实。夏水华改口说，记错了。这样，就有疑问了，到底谁传染给夏水华的？因为到目前为止，送到公安局的血检报告都证明他们没有感染艾滋病。春江市公安局觉得这件事由医生查问更适合，于是就没有查下去了。省传染病控制中心得知这一情况后，马上向省公安厅反映，要求公安部门追查到底。

6

星光灿烂夜总会接到滨海区公安局城东派出所的口头通知，意思是，省公安厅的领导来春江市考察，夜总会、KTV 等娱乐场所要停止营业五天。以前，红柳、兰兰、惊鸿都是利用休息时间招嫖赚钱，现在，她们不敢了。一是公安局查得很严，无论是宾馆，还是住宅，有人举报都要查房；二是三人怕染上艾滋病，不敢随便跟客人上床了。再说，三人现在不缺钱了，犯不着再做这种事情了。晚上，三人一起出去吃火锅，商量这几天的安排。

红柳一边往火锅里放青菜，一边说：“到省城旅游去，我在省城两年，为了赚钱，就连西湖都没有去过。”

兰兰夹了一片鱼肉放进嘴里。“我只是坐公交车路过西湖。”

惊鸿扒开田蟹的蟹壳。“我也一样，只是在公交车上看过西湖的风景。”

红柳提起酒杯。“要不要约我们的男人一起去？”

兰兰喝了一口啤酒，“我的男人不贪污，工作很认真，上班时间不会出来。”

红柳点头。“我的男人也一样，就是有点好色。”

惊鸿莞尔一笑说：“如果男人真正喜欢他的女人，即使请假也会出来。”

兰兰放下酒杯。“我们三人发短信，看一看谁的男人会一起去。”

然后，三人一起发短信。胡处长回复最快，他说自己在哈尔滨出差，星期五傍晚赶到杭州。过了五分钟，红柳收到罗科长回复，他的回复只有三个字：要上班。曹明最慢，过了十几分钟才回复，他的回复四个字：最近很忙。接着，惊鸿戏谑兰兰床上功夫好，迷住了胡处长。兰兰听后，开怀大笑。兰兰笑起来很漂亮，嘴角的小酒窝像绽开的白兰花，特别迷人。然后，红柳给秦茜打电话，商量去省城旅游的事宜。最后，三人决定，星期四早上出发，星期六下午回来。按照滨海区城东派出所的要求，星期二至星期六停业。也就是说，到这个星期天，夜总会和 KTV 才可以复业。

惊鸿喝了一口酒。“我感觉曹明可能另有女人。”

红柳甩了一下头发。“好男人多得是，换一个。”

惊鸿调皮地说：“跟他在一起舒服。”

兰兰哑然失笑。“你这个色鬼。”

红柳扑哧一笑。“你有没有倒贴？”

惊鸿笑着说：“如果他明天陪我去省城，我就愿意倒贴。”

红柳、兰兰听后，又一阵大笑。

7

星期四下午一时，红柳、兰兰、惊鸿三人坐旅游车来到杭州西湖。此时，空中飘着蒙蒙细雨，西湖的景色更加迷人。眼前，红荷点点，柳枝青翠；远处，山色空蒙，峰峦葱郁。真的美不胜收。三人撑着花凉伞，慢步苏堤。兰兰见手机响了，便拿出来看了看。她一看是胡处长的电话，就马上接通。

兰兰笑着说：“胡处长！早点过来呀！”

胡处长问：“杭州有雨，对你们游玩有影响吗？”

兰兰看着天空。“没事，空中飘着细雨。”

胡处长问：“现在，你们在西湖什么地方？”

兰兰笑着说：“我们撑着雨伞，正漫步苏堤。”

胡处长夸道：“你们三个人撑着花雨伞，漫步苏堤，绝对是一道靓丽的风景线。”

兰兰乐呵呵地说：“你说对了，我发现一些年轻人在偷拍我们的照片。”

胡处长说：“我等一会儿就去买机票，明天来西湖给你们拍照。”

五分钟后，兰兰收到胡处长八条短信：第一条是西湖空蒙；第二条是靓妹雨中；第三条是手持花伞；第四条是貌赛芙蓉；第五条是无奈千里；第六条是不能相拥；第七条是明晚晴空；第八条是相约杨公。兰兰一看就知道是一首诗，于是，便看着手机，高声吟咏：西湖空蒙，靓妹雨中；手持花伞，貌赛芙蓉。无奈千里，不能相拥；明晚晴空，相约杨公。兰兰正兴奋时，胡处长又发来一条短信：兰兰！真对不起！刚接到丁总电话，要我去哈尔滨工业大学研究所办事，明天来不了了。兰兰看着短信，撇嘴皱眉。

“兰兰！怎么了？”惊鸿问。

“丁总要胡处长去哈尔滨工业大学研究所办事。”兰兰噘嘴说。

“胡处长怎么这么听丁总的话？”惊鸿问。

“听说胡处长在丁总的投资公司有股份。”红柳说。

“听说罗科长在丁总的投资公司也有股份。”兰兰说。

“秦茜真的有本事，找了一个精英老公。”惊鸿说。

“丁总常来夜总会，但是他不沉湎酒色，始终保持清醒。”兰兰说。

“滨海的精英，大多来过星光灿烂夜总会。”红柳拉了拉衣襟。

“女人更要自律、自控。”惊鸿皱眉，“我们有钱没用，好男人不会看上我们。”

“秦茜出淤泥而不染，我们没做到。”兰兰感慨道，“所以秦茜的人生比我们好。”

十分钟后，三人走到慕才亭。兰兰站在苏小小的墓前，驻足凝思，她从心底里钦佩苏小小。然后，三人坐在慕才亭的石凳上休息。兰兰见座位前面的地上，有一首用红粉笔写的无题打油诗，于是便轻轻诵读：名伎情爱传千年，可与西湖争奇艳。余生若遇痴心女，舍弃浮华共缠绵。兰兰读后有点感动，她想见一见这位诗人，问他为何有此感慨，可是她不知道作者是谁。世界上有情有义的男人真的不少，可就是遇不上，兰兰希望自己能遇上一个真心爱她的男人。红柳和惊鸿看后也有点心动。

惊鸿拿出手帕，一边擦脖子上的汗，一边说：“可能跟我们同车的游客写的。”

红柳理了理头发说：“今天，滨海有两车游客过来，也有可能是另一辆车的游客写的。”

兰兰喝了一口矿泉水，“也有可能不是我们滨海的游客。”

8

下午，春江市公安局李副支队长把陈副队长叫到他的办公室。

李副支队长把茶杯放在陈副队长面前。“省公安厅王副厅长专门来市公安局听汇报，要求追查艾滋病的病源。昨天，我又询问了夏水华，她终于交代了，她和章斌发生过多次性关系，并且每次都不戴避孕套。看来，章斌是艾滋病病毒携带者的可能性很大。”

章斌是社会上的小混混，夏水华有点怕他。因此，当她感觉章斌不愿承认与她有性交易时，她便马上改口，说自己记错了。她估计叶勇劝他不要承认，因为叶勇与她的性交易章斌也知道，叶勇怕被章斌连累。其实，夏水华交代出来是为了章斌好，她自己也感觉章斌把艾滋病病毒传给她的可能性很大，至于章斌是不是故意的，她还不知道。章斌每次与她性交易时都不愿带套，说自己带套不舒服，宁可多花1000元钱，夏水华因为贪钱才同意与他性交易的。要不是公安人员再三逼她交代，她就不会说出来。

陈副队长解开衣扣。“方敏被排除了？”

李副支队长在沙发上坐下。“经过血检，方敏没患艾滋病。”

陈副队长喝了一口水。“夏水华交往的男人很多，可能还没有交代完。”

李副支队长点头。“完全有可能。现在，我们强迫夏水华先把不戴套的人交代出来。”

陈副队长给李副支队长递烟。“要把夏水华近半年的通话记录和短信查一遍。”

李副支队长接烟，然后，他手拿香烟，烟蒂一边轻轻撞击桌面，一边说：“我们翻看夏水华手机后发现，春江市经济贸易局的胡处长可能与她有地下情。”

三个月前的一天夜里，夏水华和胡处长有一段来往短信。夏水华发：蒸腾馒头已出锅，鲜嫩饺子等落水。胡处长回：馒头饺子我喜欢，已有十天没入嘴。夏水华发：速来。胡处长回：马上到。经过分析，公安人员认为，是夏水华约胡处长到她房间里洗鸳鸯浴。李副支队长认识胡处长，并知道胡处长是丁总的好朋友，为了给胡处长留面子，他决定抽空给胡处长打电话，了解情况。如果胡处长真的与夏水华有过地下情，就必须血检，这样做，不但对他人的健康和生命负责，而且也对胡处长本人的健康和生命负责。

陈副队长弹了弹烟头上的烟灰。“我认识胡处长，他人很好的。”

李副支队长点燃香烟，吸了一口。“我找他谈话，对他本人也有好处。”

陈副队长皱眉说：“抓章斌的时候还要避免他反抗，并做一些自我防护。”

李副支队长手持香烟，烟蒂贴在嘴唇上，思考了一下说：“不要给章斌打电话，以免惊动他，摸清他所在的地方，当场抓获。至于什么方式、什么理由都可以。”

陈副队长起身说：“好，我马上回去，想办法找到章斌。”

第十章

1

今天，振华药业已在上海证券交易所上市。为了今天的上市，叶元用了十年的时间。三十年以前，振华药业是一个生产酸类的小型化工厂，叶元当上厂长以后，经过改制、转型、发展，才有今天的辉煌。然而，他的儿子叶勇却认为，以生产原料药为主的振华药业好景不长。这一点，叶元也看到了，但是，由于健康的原因他没有精力再搞企业转型了，叶元希望儿子叶勇尽快接他的班，搞新产品的研发和生产，避免振华药业大起大落。可是，叶勇没有搞企业转型的心思。研发原创药，短则5年，长则15年，就是研发仿制药也起码要5年的时间，他还不如把心思放在赌博上。不过，叶勇还是希望早日接替父亲的位置，这样，他的赌资将非常充裕，可以赢更多的钱。下午，叶元给叶勇打电话，鼓励叶勇好好干，并承诺从上海回来后就让他担任公司副总经理。叶勇听后很高兴，马上叫了十几个朋友，来滨江大酒店，聚餐庆贺。

叶勇举杯。“今天，振华药业已在A股上市，我很高兴，特邀大家一起同乐。”

章斌拿起酒杯。“祝贺振华药业成功上市！兄弟们！一起干杯！！”

陈副队长得知叶勇和章斌一起在滨江大酒店聚餐，便带着四个民警往这边赶来。

经过血检，欣欣没有感染艾滋病病毒，这让大家都十分高兴。

为此，丁总和秦茜专门在滨江大酒店订了一桌菜，给欣欣压惊。

“周雪！”秦茜喝了一口汤，“等我生了孩子，欣欣来我家，我来照顾。”

“妈妈！我教欣欣做作业。”丁超说。

“行！”秦茜表扬说，“爱国，丁超进步很快，现在，他的学习成绩在班里是第一。”

“秦总！不急。”周秘书一边给欣欣夹肉，一边说，“等你孩子上幼儿园再说。”

“等秦明、秦亮上大学后，我也有时间了。”秦茜母亲说。

“姐姐！”欣欣用乞求的目光看着周秘书，“我喜欢和丁超哥哥在一起。”

“等到我和秦亮上大学了，我妈妈和姐姐一起住就可以了。”秦明说。

前几天，夏水华专门给周秘书打电话，交代她看住欣欣，不要让许亮带走。许亮得知夏水华得艾滋病后特地去医院看望她，并提出由他妹妹抚养欣欣。夏水华认为，她的病一定能治好，所以，没有答应许亮的要求。周秘书估计夏水华要坐五年的牢，她打算先带五年再说。可欣欣却喜欢跟丁超在一起。欣欣喜欢和差不多年龄的孩子一起玩耍，现在，她每天和60多岁的保姆在一起，很不舒服。丁超比她大两岁，刚刚好。秦茜觉得周秘书已经到了找男朋友的年龄，不能耽误她找对象，因此，她打算生了孩子之后，把欣欣带在身边。

“欣欣！你想与丁超在一起可以，但不能为了玩。”秦茜起身，“我想上厕所。”

“秦总！”周秘书马上走过去，站在秦茜身边，“厕所很滑的，我和你一起去。”

2

秦茜和周秘书走到厕所门口，迎面遇见章斌。

章斌看着秦茜的肚子，笑嘻嘻说：“秦公主！这么快就怀孕了，你怎么这么不要脸？”

周秘书打量章斌，正色问：“你是谁？说话这么无理。”

章斌色眯眯地看着周秘书。“好漂亮。”章斌伸手抚摸周秘书的脸，“又白又滑。”

周秘书退后两步，骂道：“流氓！”

这时，苏岩从厕所走出来，见章斌调戏周秘书，马上跑过来推了章斌一下。“你再对她动手动脚，我就揍你。”

秦茜劝阻：“算了算了。”秦茜拉了拉周秘书，“我们上厕所去。”

陈副队长走进包厢。“叶勇！章斌呢？”

叶勇想了想说：“上厕所了。”

陈副队长带上两个民警，朝厕所走过来。

章斌瞄了一眼苏岩。“你想跟我打架？”

章斌觉得，虽然苏岩长得比他高大，但不结实，打架不会输给他。其实，苏岩的力量蛮大的，再说，他是武术学校毕业的，一般人不是他的对手，所以，他没把章斌看在眼力。另外，苏岩喝了不少酒，自控力已明显减弱。因此，听后马上出拳，猛击章斌的鼻梁。章斌正想还击，苏岩的第二拳已落在章斌的嘴巴上。顿时，章斌口鼻流血，神情有点凄惨。但是，章斌仍然相当镇定，挥拳砸向苏岩。苏岩迅速提腿猛蹬，章斌反应极快，马上收拳抵挡，并后退两步。苏岩遭到抵挡，身体往右微倾了一下。于是，章斌乘机攻击，猛击苏岩左颊。苏岩挨了一拳后，开始以守为攻，主动与章斌拉开距离，准备寻找机会再出手。此时，陈副队长带着民警朝他们走来，两人见状，开始收拳。

陈副队长走到章斌面前。“章斌！跟我走一趟。”

陈副队长说完，拿出手铐，准备把章斌铐起来。

章斌后退一步。“是他先打我的。”

苏岩整了整衣服说：“你调戏妇女，耍流氓。”

周秘书拉了拉衣襟说："对，他对我动手动脚。"

两个民警立即上前，把章斌压在地上。等陈副队长把章斌铐上，起身找苏岩，苏岩已溜走了。陈副队长要马上找到苏岩，不然，苏岩有可能感染上艾滋病的病毒，因为苏岩的脸上、手上和衣服上都有章斌的血，并且，苏岩也有可能受伤了。另外，他要找滨江大酒店的老板，要求饭店立即冲洗地上的血迹，除此之外，还要对一些地方进行消毒。同时，他还要找叶勇谈话，了解一下，章斌这几天有无嫖娼。陈副队长要民警先把章斌押走，然后，他走过来向秦茜和周秘书了解苏岩的个人情况，以便尽快找到他。

"你认识打章斌的人吗？"陈副队长问。

"他叫苏岩，是变压器厂副厂长。"周秘书答道。

"你有他电话吗？"陈副队长问。

"嗯——"周秘书不愿说。

"周雪！你放心，公安人员不会为难好人的。"秦茜说。

"是这样，"陈副队长低声说，"章斌可能有艾滋病，我怕他被感染。"

"噢，有。"周秘书从挎包里拿出手机，"等一下，我把他号码翻出来。"

3

根据周秘书提供的号码，陈副队长拨打了苏岩的手机。

"苏岩吗？"

"是的。"

"我是滨海区公安局治安大队的陈副队长，你打的人可能有艾滋病，你必须马上去医院打针，阻断病毒。然后，再做仔细检查。"

"哈哈，你想来医院抓我吧！"

苏岩说完，挂掉手机。陈副队长重新再给苏岩打电话时，苏岩已关机了。见状，周秘书急了，马上给苏岩发短信，告诉他，这是真的，要他马上去医院，并要他立即开机，保持与陈副队长联系。可等了五分钟，苏岩仍然没有回复周秘书的短信。接着，周秘书给苏岩打电话，可是他还是关机。陈副队长去卫生间洗了洗手，然后，交代周秘书，要求她继续与苏岩联系。接着，陈副队长离开，他一边走，一边给李副支队长打电话。李副支队长听了陈副队长的汇报后当即指示，要他马上派人找到苏岩，并尽快给他打针，阻断艾滋病的病毒。

秦茜回到包厢，把刚才发生的事情告诉丁总。

丁总皱眉说："如果章斌有艾滋病，被他感染的人肯定会很多。"

周秘书心里还替苏岩担心："真的很奇怪，苏岩竟然不相信陈副队长。"

秦茜一边给丁超夹菜，一边说："他的判断能力很差，也有可能醉酒的原因。"

周秘书有点不安，嗫嚅了一下说："苏岩为了保护我才惹上麻烦的。"

丁总叼着香烟说："周雪！你不用担心，公安人员会找到他的。"

周秘书愁容满面。"苏岩的左颊也出血了，如果他被感染了，就惨了。"

秦茜手拿小毛巾擦了擦嘴。"所以，公安人员要马上找到他。"

现在，公安局一边审问章斌，一边派人寻找苏岩。章斌是个死硬分子，拒不承认嫖娼的事情。没有办法，公安局只好通知医院派人来看守所抽血。如果血检报告证实章斌是艾滋病患者，他即使想抵赖，也没用了。为了尽快找到苏岩，陈副队长亲自带人到处查找。到他家里敲门，没人。到他厂里了解，门卫说，没见他进来。到他父母家询问，他母亲说，他已一个月没来了。现在，苏岩的母亲已经急死了，她交代丈夫马上打女儿的电话，要她赶快去寻找。经过分析，陈副队长认为，苏岩有可能喝多了，在家里睡觉。于是，他马上打电话，通知开锁的师傅立即去苏岩的家开锁。过了半个小时，开锁的师傅打开了苏岩的房门。陈副队长推门走进房间，果然，苏岩躺在床上睡大觉。陈副队长连忙叫醒苏岩，然后，把他送到春江市人民医院。

4

李副支队长给胡处长打电话，要胡处长来他的办公室。胡处长已经猜到是什么事情，不过，他估计李副支队长不会为难他，所以，没有多考虑就来了。

李副支队长一边泡茶，一边问："胡处长！最近忙吗？"

胡处长扭了扭脖子说："最近有点忙。"

李副支队长把茶杯放在茶几上。"星光灿烂夜总会的经理得了艾滋病，你听说了吧？"

胡处长给李副支队长递烟。"听说了。"

李副支队长笑了笑问："你和她的关系很不错吧？"

胡处长拿出打火机，给李副支队长点烟。"是很不错。"

李副支队长吸了一口烟。"我希望你做一次血检。"

胡处长把打火机放在烟盒上。"我在外面出差的时候做过血检了，没事。"胡处长笑着说："幸好，我每次都有保护措施。"

李副支队长看着胡处长的神情，感觉他不像说假话。胡处长是个知识分子，并且当过厂长，他做事肯定有分寸的，不会不知道感染艾滋病的风险和后果。不过，他也有不戴避孕套的时候，他和夏水华洗鸳鸯浴就没有戴套。他认为，即使她有艾滋病，经过水的稀释之后，也不会感染病毒了。尽管这种想法有一定道理，但是，他还是十分担心，于是，他趁出差的机会，在省外大城市做了血检。现在，胡处长对小姐的兴趣减弱了，觉得她们太烂了。夏水华有那么多的男人他真的想不到，并且，不戴套的男人她也搞。为了钱，她真的不计后果。胡处长经过反思，决定改邪归正，把精力用在工作和事业上。

李副支队长叼着香烟说："传染给夏水华的患者已查出来了。"

胡处长解开衣扣。"谁？"

李副支队长弹了弹烟头上的烟灰："振华药业的保安副队长，叫章斌，知道吗？"

胡处长喝了一口水。“知道，他整天跟叶勇在一起。”

李副支队长皱眉说：“事情比预料的更糟，章斌跟夜总会的红柳、兰兰、惊鸿等人都有性交易，而以上三人又是夜总会当红领班。现在正打算作进一步调查。”

胡处长揿灭烟蒂。“看来危害很大的。”

李副支队长吐出一口烟。“估计夜总会和KTV又要停业整顿。”

胡处长坐不住了，他必须尽快告诉兰兰，不要把他交代出来，不然，传出去很难听，老婆知道了还要闹离婚，于是，他马上说自己工作忙，借故离开。胡处长一到楼下就连忙给兰兰打电话，把得到的消息告诉她，并叮嘱不要把他交代出来。兰兰很幸运，她与章斌性交易时都戴避孕套的。兰兰很聪明，这件事情没有告诉胡处长，如果查出来她感染了艾滋病，她就说是章斌传染给她的。然后，胡处长给罗科长和曹明打电话，要他们赶快通知红柳和惊鸿。红柳、兰兰、惊鸿得到消息后，马上考虑应对办法。最后，三人商量决定，除了承认与章斌有性交易之外，其他人一律不交代。三人觉得，这样做起码有三个好处：一、保护自己；二、保护嫖客；三、减少夜总会的损失。三人的想法是对的，如果嫖客都被公安局处理了，夜总会的生意就没有了。三人与夏水华不一样，没有犯罪，即使闭口不说，公安局也拿她们没有办法。

5

令人意外的是，经过血检，红柳、兰兰、惊鸿都没有感染艾滋病的病毒。不过，医生要求三人，下个月还要血检一次。本来，市公安局打算对夜总会和KTV进行停业整顿，现在，见情况比预想的要好许多，便没有要求停业整顿。但要求从业人员必须三证齐全才能上岗。所谓三证，是指身份证、健康证、暂住证。这两天，夜总会的小姐奇缺，没办好三证的一律不准上班，如果发现违规，夜总会就停业整顿。

丁总听说吴主任跟他的老婆离婚了，于是，便请吴主任出来唱歌，消除其苦闷。晚上，丁总和吴主任、刘副经理、周副经理一起，来到星光灿烂夜总会，然后，要兰兰安排包厢，叫四个坐台小姐。谁知，兰兰说，暂时没有小姐陪伴，等小姐下台后再过来陪他们。兰兰拉着丁总走进包厢，希望丁总不要走，在包厢里先等一会。

吴主任对兰兰说：“没有小姐，领班陪。”

兰兰很爽快：“行！我陪你们喝酒唱歌。”

不一会，小吃、啤酒都摆好了。

兰兰举杯：“来！新老朋友，一起干杯！”

刘副经理做了一个暂停的手势。“等等，请问兰兰，这里谁是新朋友？”

兰兰笑问：“这位帅哥没来过吧？”

吴主任笑笑说：“我来过三次了，兰兰小姐眼高，看不见我。”

兰兰摇手说：“不是不是，之前，我们无缘相见。”

吴主任放下酒杯。“我们是有缘的，一个星期前，我在西湖看到过你。”

兰兰好奇地问：“你也在西湖旅游？”

吴主任苦笑说：“我不是去旅游，是散心。在家烦恼，不如出去走走。”

吴主任的前妻叫陈玲玲，他和陈玲玲是自由恋爱结婚的。吴主任年轻时工作积极，勤奋好学。他的前妻也很不错，既漂亮又淳朴，并且很喜欢读书。结婚前，两人都在滨海区规划局工作，两年后，吴主任调离滨海区规划局，来到春江市经济开发区任拆建办公室副主任。吴主任调离不久，他妻子调到规划局办公室任副主任，从此，她的加班和开会就特别多。一开始，吴主任没重视，以为办公室事多，工作繁杂。后来，吴主任发现妻子常跟局长一起出去吃饭，于是，他劝阻妻子要顾家，少应酬，可妻子把他的话当耳边风。陈玲玲的思想已变了，她年轻时喜欢勤奋好学、积极工作的青年人；现在，她喜欢有权力、有能力、会逗女人开心的男人。再说，她父亲办厂，税务、环保等部门老找他麻烦，因此，她手里必须有权力才能搞定他们。通过五年的奋斗，她的目标实现了，当上了滨海区规划局的副局长。然而，她刚当上副局长不久，前任局长出事了，交代出与她的地下情。于是，吴主任提出离婚。陈玲玲同意离婚，但要求抚养儿子，其理由有两个：一、亲妈对儿子的好是真心的，儿子跟父亲会受气受苦；二、她父亲希望外孙接他的班。现在，吴主任一想起前妻心里就很烦恼，觉得他的尊严和脸面被她丢尽了。

“兰兰！”刘副经理笑问，“十个女人九个花，是不是呀？”

“是的。”兰兰一边吃西瓜，一边笑吟吟地说，“但是，我是其中不花那一个。”

“男人总希望找一个痴心爱自己的女人，但这种女人几乎找不到。”吴主任说。

“你们男人对女人要求太多了，不仅要漂亮、年轻、纯洁，还要痴心。”兰兰说。

“人老之后不再漂亮，痴心不改才是最爱。”吴主任说。

“上星期，我在西湖慕才亭看了游客写的诗，他的心境和你一样。”兰兰说。

“哦！”丁总有点好奇，“兰兰！你能背出来吗？”

“能背出来。”兰兰拿餐巾纸擦了擦嘴巴，“名伎情爱传千年，可与西湖争奇艳。余生若遇痴心女，舍弃浮华共缠绵。”

“嗯，写得真不错。”丁总夸道。

吴主任手持香烟，烟蒂贴在嘴唇上，静静思考。兰兰瞄了吴副主任一眼，感觉这首诗就是吴主任写的，她打算找机会私下问一问，并了解一下他为何烦恼。接着，兰兰与大家一起喝酒。过了一会，媛媛来到包厢。丁总知道吴主任歌喉很不错，于是，便要媛媛和吴主任对唱情歌。媛媛欣然答应。然后，两人对唱《敖包相会》。兰兰一边听，一边鼓掌。兰兰的脸上露出惊异的神情，想不到吴主任的歌喉竟然这么好。兰兰倒了两杯啤酒，一杯给吴主任，一杯拿在手上，然后，跟他碰杯。

“你的歌唱水平与蒋大为不相上下。”兰兰竖起大拇指，“厉害。”

“吴主任！”媛媛放下麦克风，“你们土地局王局长在 777

包厢，要不要过去见一下？”

“不想去。”吴主任一口而尽，“我们就在自己包厢里喝酒、唱歌、聊天。”

“行！”兰兰拉了拉衣襟说，“我们唱歌、喝酒、聊天。”

6

春江市人民医院一位医生向陈副队长反映，说四个月以前，章斌来过医院就诊，根据症状，她要求章斌马上做艾滋病的抗体检测。医生猜测，章斌很有可能故意传播艾滋病的病毒。陈副队长听后，马上着手进一步调查。第二天，陈副队长把叶勇叫到办公室，向他了解相关情况。

“据调查，四个月以前，章斌就知道自己得了艾滋病。”陈副队长神情严肃，“你要如实反映相关情况。”

“这个章斌肯定不会对我说。”叶勇说。

“半年当中，章斌有没有离开过春江市？”陈副队长问。

“嗯——”叶勇回忆了一下，“有过一次，他说母亲生病，要去省城医院检查。”

“请假了多少天？”陈副队长问。

“记得是十天左右。”叶勇回忆说。

第二天，经调查，章斌母亲的身体一直很健康，半年来，连感冒都没有得过。因此，陈副队长猜测，章斌以母亲治病为由去省城检查艾滋病。至于章斌为什么要故意传播艾滋病的病毒，是报复社会？现在还不得而知。如果贸然审问章斌，章斌就会抵赖，必须先到省城各大医院了解一下。于是，陈副队长派人去省城各大医院进行调查，可过了十天，无功而返。此时，陈副队长推测，章斌有可能去其他省市医院做了检查。于是，陈副队长又找叶勇谈话，了解章斌生活、工作上的一些细节，包括他的家庭和恋爱情况。另外，根据章斌的行事风格，陈副队长已感觉到他是一个狡猾之人，所以，他在找叶勇了解情况的同时，派人去滨海区电信公司，详细了解章斌手机的通话记录，看一看他有无给省内外

相关医院打过电话。

“叶勇！章斌的家庭条件怎么样？”

“他的家庭条件不错，他是独子，父母都有工作。”

“章斌的工作表现怎么样？”

“他的工作表现也不错，并且，他的工资比一般职工要高。”

“他为何报复社会？”陈副队长见叶勇低头不语，便说，“你提供有用线索可减刑。”

“嗯——”叶勇思考了一下，“章斌的艾滋病是怎么传染的？”

“他说，是魅力按摩店的小姐传给他的。但是，他又说不出小姐的名字。”

“魅力按摩店就是妓女店，给钱就可以，谁去记小姐的名字呀！”叶勇说。

“魅力按摩店的行为跟章斌报复社会有关系吗？”

叶勇点头，表示有关系。接着，他讲述了四个月以前发生的一件事情。今年五月一日晚上，滨海区公安局展开治安大巡查，凡本地男人和小姐一起坐黄包车的都要查问，发现有嫖娼嫌疑的，一律送派出所做进一步审问。那天晚上，章斌送小姐回家，在路上被公安人员查问后押到城东派出所做笔录。到派出所不久，小姐就承认，她带章斌回家是为了性交易。而章斌却狡辩说，先顺路把她送回家，然后再回家睡觉。派出所民警不听他的狡辩，要他承认嫖娼的事实，并要求罚款 6000 元。章斌反驳道，即使他一开始有嫖娼的意图，也不能定为嫖娼，因为他很累了，想回家睡觉。公安人员跟他磨了两个多小时，可是他仍然不接受处罚。后来，谢所长走进来，他听了民警的汇报后说，“章斌！你不承认的话，就别想出去。”章斌不但一点不怕，还揭露说，“魅力按摩店老板组织卖淫嫖娼，你不抓，却抓我们进来，并且乱罚款。”谢所长听后气得全身发抖。这时，章斌的手机响了。民警问他，打电话的人是谁？章斌说，是女朋友。接着，民警接通电话，说章斌因嫖娼罚款 6000 元，要她马上把钱送到城东派出所。章斌的女朋友一听就马上挂断了电话。见状，章斌立即大骂民警。民警不仅不认错，还对章斌拳打脚踢，打得他鼻青脸肿。

“后来，谁来交罚款？”

“第二天，他朋友过来交了罚款。”

“章斌跟女朋友怎么样了？”

“女朋友得知他在外面嫖娼就跟他分手了，他可能因此萌生了报复社会的想法。”

“我觉得还有其他原因？”

“应该没有其他原因了。”

“如果他积极治疗的话，可以像正常人一样生活的。”

“他懂的，有一天，我们谈论艾滋病，他说得艾滋病比得癌症好，可活十几年。”

其实，章斌一直在吃药，他每月利用补休时间去深圳开一次药。他宁可不报药费也要隐瞒病情。如果大家知道他得了艾滋病，就会远离他。他认为，关爱艾滋病人是嘴上说说的，实际做不到的。再说，他经济条件很好，付医药费没问题。章斌每月除了工资，还有赌博收入。章斌和叶勇是合伙赌博，他占百分之十，换言之，就是叶勇赢十万元，他得一万元。叶勇每月至少能赢十几万，所以章斌不缺钱。

7

下午，民警从章斌手机通话的记录中发现了一个线索，章斌连续四个月，每个月底都要给航空公司订票营业部打电话，于是，民警马上到航空公司订票营业部了解情况。经查，章斌每月月底都要坐飞机去深圳。接着，民警立即坐飞机去深圳艾滋病医院调查。第三天，民警终于在深圳市第六人民医院传染科了解到章斌艾滋病的医治情况。章斌治病舍近求远，不去杭州、上海，而是去千里之外的深圳，这让陈副队长完全想不到。陈副队长接到民警从深圳打来的电话后，马上开始审问章斌。

陈副队长不绕弯，直截了当地问：“章斌！你为什么舍近求远，去深圳治疗艾滋病？”

章斌一听脸就青了，迟疑了一下说："怕被人知道。"

陈副队长正色问："你知道艾滋病的传播途径吗？"

章斌思考了一下说："现在知道，原来不知道。"

陈副队长高声说："你说一下艾滋病的传播途径！"

章斌嗫嚅了一会说："血液和母婴传播。"

陈副队长怒瞪道："你这么喜欢搞小姐，竟然记不住性传播三个字？深圳医生说，他不仅多次提醒你，还告诉你，1995 年后，通过性传播得艾滋病的，占了绝大多数。"

章斌耷拉脑袋，轻声说："我明知故犯，我错了。"

章斌走进审讯室的时候就感觉到有大麻烦，他估计公安局已掌握了重要证据。陈副队长的第一句问话就让他感觉到要倒霉了。看来，公安局想调查，什么事都瞒不住。章斌一开始打算去省城做血检，后来觉得省城太近，查起来很容易，于是，便决定去深圳医院检查，可还是瞒不住。章斌知道传播艾滋病病毒的后果，现在，他心里已清楚，等待他的将是法律的严惩。但是，章斌不会自责和内疚，他认为他也是受害者，卖淫小姐收了他的钱还在传播艾滋病的病毒，他比卖淫小姐要好。陈副队长皱了皱眉头，喝了一口水，然后，从衣兜里取出打火机，点燃香烟，抽了一口，他认为，被章斌睡过的女人都有可能患上艾滋病。

"章斌！你为什么要报复社会？"陈副队长问。

"我没有报复社会。"章斌不承认。

"不要不承认，我们分析过你报复社会的原因。"陈副队长弹了弹烟头上的烟灰，"四个月前，你被城东派出所处罚，并造成女朋友和你分手。"

"这件事到现在我还很生气。"章斌咳了两声，"谢所长明知魅力按摩店卖淫嫖娼却不管不问，而对我们却随意罚款。"

"所以，你故意传播艾滋病的病毒泄愤。"陈副队长说。

"我比卖淫小姐要好，她们收了我的钱还往我身上传播艾滋病的病毒。"章斌说。

"你的艾滋病是谁传染给你的？"陈副队长问。

“魅力按摩店的小姐传染给我的。”章斌皱眉，“按摩店灯光很暗，看不清相貌。”

陈副队长了解过，按摩店的灯光确实很暗。再说，章斌来按摩店只为了解决生理需求，对小姐的长相没有什么要求。现在，想要继续查下去有两个困难：一是魅力按摩店已关门了，卖淫小姐早就去了别的地方；二是治安大队的警力和精力都有限，继续查下去难度很大。另外，陈副队长不想得罪谢所长，魅力按摩店是谢所长的小舅子开的，他估计谢所长有暗股。于是，陈副队长决定，暂时查到章斌为止。章斌希望继续查下去，一直查到谢所长的头上，他认为谢所长在魅力按摩店有暗股。谢所长在魅力按摩店到底有没有股份，只有方敏一人知道，方敏闭口不说，谁都不好肯定。

第十一章

1

再过一个星期，丁爱国和秦茜就要结婚了，可是，就在这个时候，丁爱国便血，住进了医院。经过检查，是直肠癌，于是，秦茜马上给丁希打电话，要她尽快想办法，把丁爱国转院到上海大医院医治。过了两天，秦茜挺着大肚子，和丈夫、丁希一起，坐上洪海的轿车来到上海华山医院。因为丁希丈夫通过熟人，事先与医院领导打过招呼，所以请到了上海华山医院最好的医生。尽管手术很成功，但是秦茜仍然非常担忧，整天坐在丈夫的身边，直到凌晨三点多，在丁希再三劝说下，她才躺下睡觉。十天后，丁爱国在秦茜、丁希陪同下，乘飞机回到滨海。过了一个星期，洪龙、洪海、胡处长、罗科长一起，来到丁爱国的家，看望丁爱国，并向他汇报工作。

洪龙一边剥橘子，一边说："到今年年底，双龙染料化工厂将有 10 亿净利润。"

"保持好势头，双龙染料化工厂上市大有希望。"丁爱国说。

"胡处长！"罗科长从果盘里拿了一颗金橘放进嘴里，"你什么时候可办退休？"

"下个月就可以办理退休手续了。"胡处长说。

"胡处长！你抓紧办理退休手续，来电子厂负责筹建工作。"丁爱国说。

"好吧！"胡处长点头。

洪海拿着餐巾纸，擦了擦嘴巴："下个月，聘请的工程师也将到位。”

“你们几个合伙人都很好。”秦茜的母亲把茶杯放在茶几上，“我希望爱国少操心。”

“您和秦茜放心。”胡处长拿起茶杯，“我们尽量不让爱国操心。”

丁爱国从上海回来以后，秦茜母亲白天来女儿家帮忙，吃完晚饭后回家。秦茜不去旅游公司上班不行，国庆期间，出去旅游的人很多，她必须在办公室里接待客人。可秦茜身在办公室，心里却想着家里的事情，她打算买一个大的电饭煲。现在，家里有七八个人吃饭，不换上大容量的电饭煲已不行了，于是，她要周秘书去电器商店买一个大容量的电饭煲。周秘书不但工作上很主动，很用心，而且帮助秦茜做家务事也相当积极，从无怨言。秦茜打算给她加工资，可丁爱国却要秦茜等等再说。其实，不是丁爱国不想给她加工资，而是在考验她的忠诚度。如果周秘书看重的是钱，丁爱国就不打算培养她了。

“胡处长！你大学读的专业是机械和自动化，当电子厂的厂长正适合。”丁总说。

“我在春江市二轻机械厂当了近十年的副厂长，升不上去。”胡处长喝了一口水，笑笑说，“丁总人好，提我当厂长。”

“春江市二轻机械厂的厂长我认识，他没能力，可上面关系很好，所以，他一直没有被免职。”罗科长摇头，“结果，二轻机械厂年年亏损，现已停产，等待改制。”

“1993 年，我调到经贸局担任办公室副主任，两年后当贸易处的处长。”胡处长扭了扭脖子，“可局领导提我当处长的理由却不是我的专业，而是我的口才和文采。”

“你是全才。”洪海见秦茜母亲进了厨房，便轻声说，“兰兰说，你都很厉害。”

“现在，我不碰女人了。”胡处长解开衣扣，“接下来，我要好好当厂长干事业。”

“胡处长，你不碰女人，我不信。”洪海站起来，“爱国！

好好休养，我们先走。”

三人走到门口，看见周秘书开门进来，愣了。三人都很奇怪，周秘书怎么会有丁爱国家里的钥匙呢？三人认识周秘书，知道她是秦茜的秘书，但是，三人都完全想不到，周秘书身上竟然有丁总家里的钥匙。其实，周秘书手中的钥匙是秦茜昨天刚给她的。前天上午，秦茜和母亲一起，在滨海区妇幼保健医院排队体检。突然，天黑了一下来，她马上拨打家里的电话，要保姆赶紧收掉阳台上的衣服和被褥，谁知，家里没人接听她的电话。她估计丈夫在睡觉，保姆买菜去了。于是，秦茜给周秘书打电话，要她先来保健医院拿钥匙，然后去家里收衣被。结果晚了五分钟，衣被全部淋湿了。秦茜觉得类似的事情今后还会发生，因此，给她一把家里的钥匙。

2

今晚，洪海约上胡处长、罗科长、曹明，聚集在夜总会的办公室里，一起搓麻将。

洪海一边理麻将，一边说：“今天，惊鸿已确诊为艾滋病的感染者。”

胡处长和罗科长听后，马上把目光投向曹明。曹明木然地坐在那里，双手开始颤抖。

曹明吐出一口烟，然后说：“看来，我还要复检。”

罗科长挠了挠鼻沟。“听说，女的容易感染。”

胡处长摇头说：“女的发病期，男的也很危险。”

罗科长提醒洪海：“你要做好宣传，小姐大多不懂艾滋病的危害以及如何防范。”

洪海点头。“我承认，夏水华和惊鸿得艾滋病跟我不重视宣传有一定关系。”

曹明皱眉说：“接下来，全靠运气和造化了。”

洪海给大家递烟。“今晚，把你们叫过来就是为这事，希望大家重视。”

胡处长点燃香烟，吐出一口烟，“我们四人应该都没事。不说了，打牌。”

接着，四人开始打牌。曹明由于心绪不宁，不到一小时，就输了五千多元。洪海手气很好，赢了四千多元。洪海正高兴的时候，兰兰打来电话，说叶勇在包厢里闹事，而且还往媛媛脸上泼酒。洪海听后马上起身，打算下楼教训叶勇。曹明摇了摇手，示意洪海坐下。洪海冷静了一下，然后给保安队长打电话，要他过去处理。十分钟后，保安队长打来电话，说处理好了，叶勇结完账后走了。虽然事情已处理了，但洪海还很气愤，他一边搓麻将，一边思考如何对叶勇进行报复。洪海打算利用团队的力量，打败叶勇。

洪海叼着香烟说：“叶元对我们厂意见很大，说我们厂臭气熏天，应该停产。”

罗科长愤然说：“以前，我帮过叶元多次，现在，振华药业上市了，自以为了不起了。”罗科长吐出一口烟，“他明知我与双龙化工的关系，竟然不给我面子。”

洪海抽了一口烟。“叶勇想强奸秦茜，媛媛打 110 报警，所以他要对媛媛报复。”

胡处长一边出牌，一边问：“叶勇刑期没满吧？”

洪海掀灭烟蒂。“叶勇举报章斌立功，减刑了。”

罗科长一边摸牌，一边说：“叶元将提拔叶勇担任振华药业总经理。”

曹明解开衣扣。“叶勇赌术高明赢钱，我没话可说，可他蛮横暴戾，我记恨在心。”

以前，曹明经常去黄总赌场与叶勇玩温州牌九。叶勇赌术高明赢他钱，他没话可说，可叶勇蛮横暴戾欺负人，他记恨在心。有一次，曹明因欠叶勇 16000 元赌钱，差点被叶勇和章斌打了。那天，曹明带着 30000 元，到黄总赌场跟叶勇玩温州牌九，结果输了 46000 元，暂欠叶勇 16000 元赌债。叶勇要求曹明两天内还款。后来，曹明因出差，超过了还款期限。于是，叶勇要求曹明付 2000 元的利息，曹明坚决不付。为此，叶勇不但在赌场大骂曹明，而且还与章斌一起，打算对他动手。后来，黄总出面调解，曹明付给叶勇 500 元利息。虽然这件事情已过去两年了，但是曹明还记恨在心，如果有机会，他也要对叶勇报复。然而，叶勇却觉得自己没有什么不对，他认为，赌博人有赌博人的规矩，欠赌债应该按高利贷付息。叶勇城府不深，为人处事不够圆滑，也不会处处提防他人，他常常今天与你吵架，明天照旧约你赌博。

罗科长打出一张牌。“他没有遇上高手，所以都赢。”

曹明咳了两声说：“我朋友的朋友，是个老千，他过来，叶勇必输。”

洪海点燃香烟。“这位老千哪里人？”

曹明朝痰盂里吐了一口痰。“温州人。”

洪海打出一张牌。“曹明，你约一下，我们去温州拜访这位老千。”

罗科长摇手说：“不要急，现在‘非典’疫情严重，等‘非典’疫情结束后再去。”

曹明故意开玩笑说：“你想叶勇倾家荡产呀！”

罗科长想了想说：“叶勇嗜赌，利用他的弱点，让叶家倾家荡产完全有可能的。”

叶勇不但经常在星光灿烂夜总会闹事，而且还多次抢夺洪海的情人，现在，他又对媛媛报复。洪海已无法再忍受了。洪海认为，无毒不丈夫，他要对叶勇下狠手，让叶家倾家荡产，这样，星光灿烂夜总会才会安宁，不然，叶勇还会过来砸场子，还会欺辱媛媛。不过，想要叶家倾家荡产没那么容易，要进行周密谋划才行。曹明也非常痛恨叶勇，他认为，叶勇暴戾成性，与他父亲的财富大有关系，如果叶家倾家荡产，叶勇就不会如此蛮横了。罗科长觉得，只要精心设计，让叶家倾荡产并不难。胡处长支持洪海的想法，也希望叶家倾家荡产，这样，双龙化工才能正常生产，但是他认为，想要叶家倾家荡产很难，他要先听一听洪海的具体计划，然后再发表个人意见。

洪海点头说：“对！我们要利用叶勇的弱点，让他摔跟头。

现在，我们手中已有10亿资金，只要好好谋划，就能办成大事业。我们的目标是，逼叶家卖出公司股份，由我们代替。但这些话不能跟任何人说。曹明！你跟朋友说，我想和温州老千合伙赌博。”

罗科长叼着香烟说：“这事先瞒丁爱国，他正义感太强，会阻止我们的。再说，企业需要好的形象，有了好形象，政府才会支持我们，丁爱国就是我们的企业的形象。”

接着，四人停止打牌，密谋具体计划……

3

丁总雇用的保姆因为她丈夫病危回家了，这样，秦茜更忙了。早上，秦茜先把丁超送到学校，然后，她再去旅游公司上班。由于匆忙，秦茜把手机落在了家里，于是，她要周秘书去她家里拿手机。周秘书进屋，见秦茜的母亲不在家，便蹑手蹑脚地走进秦茜的卧室拿手机。丁总躺在床上，还在熟睡，根本不知道周秘书站在他的身边。丁总的床头柜很乱，堆满了化工、电器、电子一类的书籍。周秘书一边在床头找手机，一边为他整理书籍。后来，周秘书在秦茜的枕头上找到了手机。接着，周秘书踮着脚尖，走出卧室。由于身体前倾，周秘书打了个趔趄，跪倒在卧室的门外。丁总被响声弄醒，睁眼朝门外看了看，见周秘书跪在地板上，便坐起来。

周秘书站起来，莞尔一笑说：“我来给秦总拿手机，不小心把你弄醒了。”

丁总看了看手表说：“噢，没事。”

丁总起床不久，刘副经理和周副经理来汇报工作。丁总一边吃面条，一边听汇报。

刘副经理欠了欠身说：“滨海区交警大队为了整顿交通秩序，扣留了许多无证无牌的摩托车、电瓶车、三轮车和黄包车，这些车处理起来很慢，放在我们拆解场地上已有十多天了。收购这些车虽然有点利润，但占用场地，影响废报汽车的拆解。”

丁总拿纸巾擦了擦嘴巴，然后说：“报废汽车拆解公司与烟花经营公司有责任协助政府部门做好工作。另外，你做做工作，要交警大队尽快处理。”

刘副经理喝了一口水。“近期，报废汽车多，气割的人不够了，必须招一个工人。”

丁总扭了扭脖子说：“现在，集体、国有企业倒闭的很多，找下岗工人，不用培训。”

刘副经理连连点头，丁总的话，正中下怀，他本来就打算把朋友的儿子招进来。刘副经理有一个朋友，他的儿子在滨海区国营造船厂工作。三个月前，这家造船厂倒闭了。上星期，朋友带着礼物上门，希望刘副经理帮他儿子安排工作。于是，刘副经理想了一个理由，说服丁总，招收工人。其实，不招工人，星期天加班就可以了。现在，丁总的身体不好，不能去场地了解情况，只能听汇报作决定了。刘副经理的打算是，先让朋友的儿子当气割工，以后有机会再调他到公司业务科工作。丁总生病之后，刘副经理的胆子开始大起来了，上个月，他把公司 500 吨废钢卖给了个人开的回收公司，暗中牟利。本来，公司的废钢直调杭州钢铁厂的，他却以杭州钢铁厂验收严、资金回笼时间长为由，把废钢卖给个人的公司。

周副经理干咳了一声说：“今年，烟花公司的销量会更好，估计有 1200 万元以上。”

丁总揉了揉肚子，然后问：“滨海区烟花经营公司两个副总，还在暗中吃回扣吗？”

周副经理喝了一口水。“我没看出来，今年订货价格比去年降了百分之二左右。”

丁总点头说：“这样我就放心了。”

周副经理解开衣扣。“滨海区烟花经营公司林总要求再购买一辆送货的小货车。”

丁总皱眉说：“增加一辆小货车，又要招一个驾驶员。”

周副经理挠了挠鼻沟说：“不用招人，滨海区烟花经营公司的沈副经理愿意开。”

丁总摸了摸脸说："买车可以，但是要把车管好，否则会添麻烦。"

周副经理也开始牟取私利了。上个月，他去湖南订烟花，暗中收了厂家12000元钱，一共6家烟花厂，每家给他2000元。这是滨海区烟花经营公司沈副经理和梁副经理的主意，两人认为，只要周副经理装糊涂，吃回扣的事情就会瞒过丁总。今年，生产烟花的材料降了百分之八左右，因此，湖南浏阳的烟花厂普遍降价销售。这个周副经理是知道的，可是他却假装不知，订合同的时候，不仅没有起到监督的作用，有时还替厂家着想。丁总不知详情，以为沈副经理和梁副经理有所收敛。尽管丁总对刘副经理和周副经理有点不放心，但还是相信两位副经理不会犯严重的错误。

4

洪海在曹明陪同下来到温州，傍晚，两人住进一家宾馆。晚上，温州老千走进洪海的房间。老千叫魏小平，他的长相没有什么特别，1米70的个子，瘦瘦的身材，黑黑的长方脸，淡淡的眉毛，眼睛不大，但炯炯有神，纤细的手指与他的身材非常相配。老千的普通话很差，说话时还夹着一两句瓯语。洪海与他交流几分钟之后，便开始切入正题。

洪海给老千递上一支中华香烟。"我和曹明来温州的目的你知道吧？"

老千接过香烟。"我朋友已经跟我说过了。"

洪海拿出打火机，给老千点烟。"你有什么要求？"

老千咳了一声说："我要带个助手。"

洪海点头。"可以。"

老千吐出一口烟。"还要给我一个体面的身份。"

洪海喝了一口水。"这个，我们商量过了，你的身份是电线经销商。"

老千手持香烟，烟蒂贴在嘴唇上。"一定要有店面。"

洪海跷起二郎腿。“你不仅在商业城有三间店面，还主持公司业务。”

接着，两人商谈具体事宜。然后，魏小平展示了他的技巧，洪海看后非常满意。第二天，洪海和曹明回到滨海。然后，洪海向胡处长和罗科长讲述与老千商谈的情况。三人决定，马上实施这个计划。胡处长将以电子厂的名义向双龙染料化工厂借款60万元，办理电缆批发公司的营业执照。电子厂开始生产之后，每天都会用掉大量电线和电缆。三人认为，成立电缆批发公司不仅可以给魏小平一个体面的身份，还可以赚钱，所以，要先让电缆批发公司运作起来。但是，这件事情不能让丁总知道。这么大的事情要瞒过丁总，确实相当困难，但是，又必须对他隐瞒，不然，丁总绝对不会同意。因此，三人非常小心。

罗科长解开衣扣。“洪海，你哥哥支持吗？”

洪海摇头说：“不会支持，但是事成之后他会认可。”

胡处长点燃香烟。“我们用钱，你哥哥知道吗？”

洪海揿灭烟蒂。“我用钱，100万元以内不用他签字。”

罗科长从烟盒里取出一支香烟，“我们瞒着丁爱国和洪龙，没有私心杂念，是为我们整个团队谋利益，我相信，一定会得他们的认可。另外，赢来的钱是我们五人的。”

虽然丁爱国与叶家有嫌隙，但是他绝对不会做这种缺德的事情，他也不会要赌博赢来的钱。虽然洪龙对叶元的言论有些不满，但是他认为叶元的言论只是气话，没有实际行动，因为叶元既没有向环保部门反映，也没有向滨海区领导告状。不过，如果洪海与叶勇之间出现争斗，那洪龙肯定会站在洪海一边，毕竟洪海是他的亲弟弟，再说，叶勇做的事情确实很过分。但是洪龙不会支持洪海的报复计划，这种报复不但会加深双方的仇恨，而且还会引起众人的耻笑和责骂。

洪海理了理头发。“我对温州老千很看好，他一定会让叶勇倾家荡产。”

胡处长笑着说：“一年之内，振华药业的股票必有巨震。”

洪海笃定地说："半年之内，就有好戏。"

罗科长手拿香烟，烟蒂轻轻撞击桌面。"不用三年，振华药业的主人就是我们了。"

胡处长扭了扭脖子说："捡了一个上市公司，丁爱国肯定高兴。"

如果理直气壮控股振华药业，丁爱国肯定高兴。丁总对企业上市很感兴趣，希望双龙染料化工厂尽早成为上市公司。但是，想成为上市公司很不容易，不说别的，企业连续三年3000万元净利润就相当困难。今年，双龙染料化工厂的净利润可达10个亿，但是明年不可能有这么多利润了，后年的业绩更无法预料。现在，产品的技术含量都不是很高，一年之内就会出现同类产品，然后，产品价格直线下降，如果新产品接不上来，企业的经营就会困难重重。但是，研发新产品不但需要时间和技术力量，而且还需要大量的资金投入。所以，能控股振华药业当然是一件大好事。谁不想成为上市公司的大股东？到那时，不但身价大增，而且想要资金，股东会源源不断地投入进来。

5

振华药业上市不到五个月，叶元就提拔叶勇为振华药业的总经理。由于这段时间特别忙，因此，叶勇根本没时间玩牌九。一开始，叶勇的信心十足，认为振华药业在他手中将越来越好；现在，他有点气馁了，觉得想增加企业的营收非常困难。他的前面有两条路：一条路是，继续生产原料药，但是走不远；另一条是企业转型升级，但是风险很大，弄不好加速死亡。叶勇觉得，还是赌博钱来得快，他打算忙完手头上的事情，去赌场好好玩玩。叶勇对赌博很有信心，感觉一年赢一百万元没有什么问题。再说，他现在是大富豪的儿子，以振华药业目前的股价计算，叶家的身价有几十亿元。如果有对手，他完全可以玩大一点。他的目标是一年赢两百万，并打算去澳门赌一把。

过了一个星期，有人对叶勇说，黄总的赌场来了一个温州人，这个温州人五天就输了20万元。叶勇听到这个消息后，当夜就带着驾驶员来到黄总的赌场。

黄总见叶勇走过来，便向魏小平介绍道："这是振华药业的叶总。"

叶总笑着说："平时，黄总都叫我'双十二'。我呢，晚上不到十二点不睡觉，上午不到十二点不起床。"

魏小平握住叶总的手，哈哈大笑说："叶总！晚上，我陪你玩通宵。"

黄总向叶总介绍道："他是电缆批发公司的魏总。"

叶总一边打量魏总，一边问："这几天手气怎么样呀？"

魏总摇头说："不好。"

叶总搓手说："黄总！我们一边说，一边玩。"

黄总做了一个手势。"小陈！过来发牌。"

叶总一边端详小陈，一边问："原来发牌的小王呢？"

黄总咳了一声说："不愿上夜班，到车队去了。"

小陈既是魏总的徒弟，又是魏总的助手，两人联手，共同对付叶总。小陈理牌和发牌的功夫非常好，通过理牌，他已把6张好牌理在最后面，然后，根据具体情况，发给所需的人。而魏总的胸口藏着一张红8，关键的时候，他会弹出来。另外，黄总会在暗中帮助魏总。洪海已与黄总私下商量好了，魏总他们所赢的钱，给他五分之一，一个月结算一次。洪海还叫来两个朋友，充当赌徒，每夜与魏总博弈。这两个人，一个叫朱总，一个叫李总。魏总故意输给两人，并通过黄总把消息传播出去，引诱叶总入场。在这种情况下，即使叶总有防备心理，也防不胜防。除非叶总手气特别好，不然，他必输无疑。可叶总没有不正常的感觉，他对黄总非常放心，这几年，他在黄总的赌场赢了不少钱。

魏总点燃香烟。"近期，我已输了20多万元，今晚不能再输了。"

朱总吐出一口烟。"没有20万元吧，我只赢了5万元。"

李总弹了弹烟头上的烟灰。"我赢了6万元。"

魏总假装不高兴。“你们两人都不老实。”

叶总打开塑料袋，拿出 10 万元，放在桌子上，“我做庄，谁手气好，谁拿走。”

接着，四人下座，开始博弈。结果，不到两小时，叶总的 10 万元被魏总、朱总、李总瓜分。叶总想赢回，向黄总借了 20 万元继续做庄。谁知，不到一小时又输光了。叶总摇了摇手，起身离开赌场，他觉得今天手气不佳，赌下去还要输。再说，向黄总借钱要付高利贷的。按规定借一万元，一天付 100 元，叶总借了黄总 20 万，一天就要付 2000 元利息。他决定，把 20 万元还清后再赌。不然，一个月的利息就要 6 万元。

6

白天，周秘书工作非常忙，晚上，她还要督促欣欣做作业，但是她觉得很充实。周秘书坐在欣欣身旁，一边读书，一边看欣欣做作业。过了一会儿，手机响了，周秘书看了看手机，是苏岩打来的，她不想接听，因为他老是酒后打她的手机，尽说一些听不明白的话。须臾，苏岩发来一条短信：我今晚没喝酒，在假日好茗品茶，请您喝茶聊天。周秘书思考了一会，然后，她给秦茜发了一条短信：苏岩请我去假日好茗品茶，您说，我该不该去？

秦茜看了看手机，然后对丈夫说：“苏岩请周雪喝茶，周雪拿不定主意。”

丁总笑着说：“与其说周雪是你的秘书，还不如说她是你的闺蜜。”

秦茜莞尔一笑说：“既是秘书又是闺蜜。”

丁总喝了一口水。“我觉得苏岩不会对女孩子做出格的事。”

秦茜点点头，然后给周秘书回复短信：去吧！接着，周秘书给苏岩回复短信：我过去可以，但是你要有绅士风度。苏岩速回：这是必须的。周秘书笑了笑，穿上衣服，离家下楼。过了十分钟，苏岩又发短信：您到了吗？我下楼接您。周秘书回复：快了。你不用下楼，我自己上去。其实，周秘书的心里是希望苏岩下楼迎接她。女孩子的心理，苏岩最懂，于是，他理了理头发，下楼迎接周秘书。周秘书走出出租车，见苏岩朝她走来，心里热乎乎的。苏岩一边跟周秘书说笑，一边上楼。

苏岩侧身，摊了一下右手。“请坐！”

周秘书把红色漆皮手袋放在桌子上，看着窗外说：“位置很好，可以看江景。”

苏岩理了理头发说：“与喜欢的人坐在这里，一起品茶、聊天、看江景，多惬意呀！”

周秘书脱下驼色风衣。“我可不是你喜欢的类型，你喜欢的是我们秦总这一类人。”

苏岩一边给周秘书泡茶，一边说：“其实，你与秦总有许多相同点。”

周秘书慢慢下座。“我和秦总有什么相同点？”

苏岩坐下，解开衣扣。“纯洁高雅，温厚知性。”

周秘书莞尔一笑说：“我哪有这么好呀！”

周秘书知道苏岩在奉承她，可她的心里还是很高兴。苏岩喜欢秦茜是真的，而对周秘书却出于玩玩的心理。苏岩玩女孩子有一套，他打算把周秘书搞到手。不过，苏岩自身条件也很不错，不但年轻帅气，而且还很有钱，所以，他泡女孩子相当容易。然而，周秘书却对他有些冷淡。周秘书受秦茜的影响，特别看重男人的能力和志向，不喜欢花花公子。苏岩与大多数男人一样，女孩子对他越冷淡，他反而越感兴趣。现在，喜欢他的女孩子不少，并且，她们都愿意嫁给他，而他却出于玩玩的心理，睡了几次就抛弃，他换女人真的比换衣服还快。可周秘书对苏岩却不甚了解，认为他追她是认真的。

苏岩喝了一口茶。“我没有奉承你，你真的有这么好。”

周秘书欠了欠身说：“谢谢你！那天全靠有你保护，不然，章斌肯定会欺辱我。”

苏岩愤然说：“章斌太可恶了，故意传播艾滋病。”

周秘书关心地问：“你现在还要去医院做艾滋病检查吗？”

苏岩苦笑道："不检查了，唉！总算放心了。"

周秘书有点怜悯："这种事情既影响心情又影响工作。"

苏岩扭了扭脖子说："工作倒没什么影响，我分管行政，又有助手，闲得很。"

周秘书觉得男人管行政没有出息。苏岩确实是个很难有出息的人，他没有理想又不爱学习，好在有个好父亲。他的父亲是强力变压器厂的创始人之一，年龄大了，才把股份转给他。强力变压器厂不算大，资产约6000万元，苏岩占股百分之二十八。苏岩虽然没有能力，但是他是变压器厂的大股东，所以相应的职务理应给他。周秘书在旅游公司工作，常跟企业负责人接触，在她的印象里，分管企业行政的一般都是女同志，就凭这一点，她就推断苏岩不是干大事的人。周秘书一直把丁爱国作为标杆，她希望她的男人也像丁爱国那样，既有钱又有能力。

周秘书喝了一口茶，笑问："厂里食堂也属于你管吗？"

苏岩点燃香烟。"对呀！管食堂不好吗？天天有酒喝。"

周秘书拉了拉衣襟说："少喝点，天天喝酒不好。"

苏岩吐出一口烟，点头说："谢谢你的关心！"

7

今天，方敏和夏水华宣判了。方敏判了十五年，夏水华判了七年，两人不服，要求上诉。而且，方敏还在法庭上当场揭露，说每个按摩店都存在卖淫的情况。为了防止记者暗访，全市按摩店停业整顿。KTV和夜总会受其影响，接到口头通知，要求停业十天。

兰兰正想休息几天，一是去医院检查身体，二是与吴主任吃一餐晚饭。最近，吴主任老约她吃饭，可是她总是抽不出时间。晚上，她下班回家都是凌晨两点以后了，睡到中午又要马上吃饭上班，她的晚饭都在夜总会食堂吃，因为中间最多一个小时，所以根本挤不出时间与吴主任一起吃晚饭。再说，她要与吴主任好好聊聊，要是一切如愿，她和吴主任将私定终身。通过电话交流，她对吴主任以及他的家庭已相当了解，觉得他是她今生遇到的最好的男人，现在，她唯一担心的是，吴主任会不会后悔。

下午，兰兰先去医院拿到体检报告，然后，来到香香烧烤店。吴主任早已在包厢里等候，见兰兰推门进来，忙上前迎接。

兰兰把粉红链条包放在凳子上。“去医院拿体检报告，所以来晚了。你饿了吗？”

吴主任摇了摇手。“不饿。”停顿了一下，吴主任问：“身体没事吧？”

兰兰脱下米色呢大衣，挂在衣架上，“没事了。哎！总算可以过正常人生活了。”

吴主任摁灭烟蒂。“今晚，我们开开心心地吃牛排。”

兰兰在凳子上坐下。“我不再战战兢兢了，好！我们痛痛快快地吃。”

吴主任一边倒酒，一边问：“惊鸿在哪个医院治疗？”

兰兰拉了拉衣襟说：“在省城第三人民医院。”

吴主任放下酒瓶。“现在，惊鸿的病情怎么样？”

兰兰撩了一下头发说：“听说各项指标有好转。”

吴主任皱眉说：“只是延长生命，一般不会超过 10 年。”

迄今为止，还没有治疗艾滋病的特效药，因此，无法治愈，只是努力控制相关指标，尽力延长病人的生命。惊鸿很后悔，后悔自己不该回来，但后悔已晚。她承认自己贪婪，其实，她对章斌相当了解，知道他的女人很多。惊鸿这么漂亮，这么年轻，得了这种病，大家都替她惋惜。现在，红柳每天战战兢兢，惶惶不可终日，按医生推断，她感染艾滋病的概率在百分之五十以上。

吴主任拿起酒杯。“兰兰！祝你万事如意！”

兰兰与吴主任碰杯。“祝你心想事成！”

吴主任一边喝酒，一边看着兰兰说：“你不仅没瘦，还有点胖了。”

兰兰喝了一口酒。“嗯，我也感觉自己有点胖了，可红柳却瘦了十几斤。”

吴主任一边在炉上翻牛肉，一边说："换成我，也要害怕。"

兰兰放下酒杯。"我的心态很好，躺在床上，倒头就睡。"

吴主任把烤好的牛肉放在兰兰面前的碗里。"心态好，抗病能力强。"

兰兰手拿筷子。"其实，到这个地步，害怕也没用了。"

吴主任摇晃杯里的红酒。"惊鸿有没有退股的打算？"

兰兰夹了一片牛肉放进嘴里。"不知道。"

两人边吃边聊，直到晚上九点，才走出烧烤店。然后，两人肩并肩，从中山西路走到中山东路。接着，两人走进电影院看电影。之前，兰兰和领导干部在一起的时候都是偷偷摸摸的，除了吴主任之外，其他男人都不愿与她逛街，这些人只是想得到她的肉体。吴主任完全不一样，他不仅陪她吃饭、逛街，还和她一起看电影，让她真正享受到女人被男人宠爱的感觉。兰兰感到无比幸福，她靠在吴主任的肩上呼呼地睡着了，一直睡到电影结束。吴主任没有看不起兰兰，也不觉得她肮脏，他认为，兰兰的心灵比他的前妻干净多了。电影结束后，吴主任把兰兰带到自己的家里，开始过同居生活。

第十二章

1

上午，周副经理给丁总打电话，说烟花公司进货，要求向报废汽车拆解公司暂借 50 万元。丁总答应周副经理的要求，要他去公司财务办理。过了一会，周副经理又给丁总打电话，说公司账户里只有 20 万元。丁总听后愣了，汽车拆解公司的账户里起码有 150 万元，怎么只有 20 万元呢？

“杭钢的钱还没到？”

“财务科说，刘副经理把杭钢的送货指标给了个体户，并且把公司的废钢卖给了个人开的回收公司。这家个人开的回收公司资金很紧张，迄今未付款。”

“这家回收公司的老板叫什么名字？”

“老板叫王福顺，他与沙钢有协议，每月 2000 吨。”

“噢。”丁总挠了挠鼻沟，“嗯，这样吧，你去双龙化工找洪海，暂借 50 万元。”

“好！我马上去。”

按常理，丁总应先打电话责问刘副经理，为什么把废钢卖给个人？但是，他没有这么做。丁总先给罗科长打电话，把情况告诉他，要他了解一下王福顺的经营情况，并请他想办法尽快把货款要回来。然后，丁总给马主任打电话，向他了解仓库废钢库存数量和每天拆解进度。马主任看了看手机，一看是丁总的电话号码，就立刻离开办公室，到无人的空地上接听。刚才，周副经理给马主任打过电话，向他了解报废汽车拆解公司一共给王福顺的公司发了多少吨废钢。马主任很灵光，马上意识到丁总要追查责任，他已打定主意，不但要把责任推给刘副经理，而且还要揭露刘副经理其他不符合公司规章制度的事情。

“丁总！您好！”

“现在，拆解进度怎么样？”

“很快，每天拆下的废钢都有几十吨。”

“现在，仓库里堆放的废钢已有多少吨？”

“2000 多吨。”

“一共给王福顺的公司发了多少货？”

“500 多吨，嗯——刘副经理说，下个星期再发 500 吨。”

“上次的货款没收回来，还发货？”

“刘副经理说，再发 500 吨，才能拿到上次的货款。”

“我们有杭钢供货合同，为什么要被人家牵着鼻子走？”

“刘副经理的做法，我看不懂。油车上的废油罐能卖 1 万多，他却卖 8000 元。”

报废汽车拆解公司的利润有两块：一、低收高出，卖出去的废钢价格比收购价平均高 1000 多元；二、销售可以利用的材料和配件。比如，春江市石油公司几乎每年都有油车要报废，油车上的油罐是个宝贝，化工厂拿去装东西最好，一只油罐至少能赚 5000 元。制造一只油罐起码要好几万元，现在只卖 8000 元，的确太过分了。可刘副经理是公司的领导，马主任有意见也不敢当面说。现在，正是告状的好机会，于是，他趁机把刘副经理的问题揭出来。马主任早就想把刘副经理挤掉，现在机会来了，他肯定要好好把握。丁总听后，很生气，也很失望，感觉国营单位职工的毛病真的很难治愈。

“这不是走老公司的老路吗？”

“丁总，您为公司花了这么多心血，可他——嗨！”

“真的气死我了。”

“丁总！您不要生气，要好好养身体。”

“马主任！你对王福顺的经营情况了解吗？”

接着，马主任简单讲述了王福顺的为人和经营情况。虽然马主任没有直言，但是丁总已感觉到刘副经理从中得到了好处，于是，他又给罗科长打电话，要他侧面打听一下，王福顺有无送东西给刘副经理。罗科长与各公司的财务科长大多熟悉，要他打听这种事情很容易。过了一会儿，罗科长打电话告诉丁总，王福顺送给刘副经理一部新款的摩托罗拉手机。然后，丁总给刘副经理打电话，说有事找他，要他抽空过来一趟。过了半小时，刘副经理来到丁总的家里。丁总要先证实一下，刘副经理有没有换手机，可刘副经理的手机放在包里，没有拿出来。丁总一边给刘副经理倒茶，一边思考话题。

“刘副经理！你最近跟吴主任有联系吗？”

“最近没有联系。”

“昨天，吴主任的前妻给我打电话，说他已与兰兰住在一起了，要我劝劝他。”

“她是不是想复婚？”

“不知道，她只是说，这件事对吴主任的前途以及她儿子的影响都不好。”

昨天，吴主任的前妻陈玲玲听老邻居说，她的前任有女朋友了。陈玲玲听后心里一惊，然后，她向老邻居了解前任女朋友的年龄、相貌和姓名。接着，陈玲玲给丁总打电话，把她听到的和了解到的事情告诉他，并打听兰兰的工作单位。丁总也不隐瞒，说兰兰是星光灿烂夜总会的领班。陈玲玲觉得，吴主任找夜总会小姐是出于对她的报复，她希望丁总劝劝吴主任，不要做伤害自己和儿子的事情。

“有道理。”

“我手机没电了。”丁总把茶杯放在刘副经理的面前，“吴主任可能在开会，你现在给他发短信，问他今晚有没有安排，没安排的话，一起吃晚饭。”

“好，”刘副经理喝了一口水，“我现在就给吴主任发短信。”

刘副经理从包里拿出手机，给吴主任发短信。丁总瞄了刘副经理一眼，果然，他已换上了新款的摩托罗拉手机。丁总紧锁眉头，轻轻地叹了一口气，他原以为刘副经理不会以权谋私，现在看来，他跟其他职工一样，也是不可靠的人。必须换人，不然，公司的损失将更大。可是，换谁合适呢？他马上想到了马主任，然而，仔细一想，又觉得马主任也不一定可靠，并且，他的工作能力不如刘副经理。于是，他决定把换人的事情放一放，先把废钢款讨回来再说。

"吴主任回复了。"刘副经理看了看手机，"他说，最近很忙，到月底才有时间。"

"噢，我到月底再给他打电话。"丁总挠了挠鼻沟，"嗯——有件事情我想问一下，你为什么要把废钢卖给个人的公司？"

"嗯——"刘副经理感到不妙，马上辩解，"当时以为价格高，资金回笼快。"

"你就没想到他会骗人？"丁总喝了一口水，"糊涂！"

"我错了。"刘副经理站立，"我现在就去王福顺的办公室。"

刘副经理走后不久，罗科长打电话告诉丁总，王福顺答应十天内归还货款。

2

过了一个星期，陈玲玲又给丁总打电话，问他有没有劝过吴主任。

"电话里劝过，估计没有效果。"丁总直言，"他心里对你还有怨气。"

"我是犯错误在前，"陈玲玲流下眼泪，"可是他不能用这种方式报复我。"

劝赌不劝嫖，因此，丁总也不愿多劝。陈玲玲心里清楚，这种事情不能靠人家，于是，她马上给吴主任打电话，告诉他与兰兰交往的后果。她要尽早把两人拆开，不能任其自然发展，否则，发展下去，前夫完全有可能与兰兰结婚。其实，吴主任没有报复陈玲玲的想法，他喜欢兰兰是真的。他认为，兰兰是被生活所迫，而陈玲玲却是寻找刺激，她的人品，不如夜总会的小姐。陈玲玲打这个电话，正好给吴主任一个出气的机会。

“吴垠！你是有儿子的人，你和夜总会女领班厮混，给儿子丢脸，知不知道？”

“夜总会小姐卖笑是为了生活，你和男人鬼混为了什么？你不如夜总会小姐，你没有资格教训我！”

“我对不起你，但是，你不能做影响自己前途的事情；你可以鄙视我，报复我，但是，你要考虑你儿子的脸面。”

晚上，陈玲玲劝说儿子，要他给父亲打电话，请求和父亲住在一起。陈玲玲是一个有心计的女人，她要先把兰兰驱赶出家门，然后，再慢慢断绝吴垠与兰兰的关系。陈玲玲认为，吴主任可以不要她，但绝不允许他找夜总会的小姐做老婆，这不但伤害了她的儿子，而且还会影响他自己的前途。父亲当大官，儿子就有机会当领导，所以陈玲玲希望她儿子的父亲官越做越大。吴主任的儿子叫吴昊，已十二岁了，他一听就知道母亲的心思，他希望父亲和母亲和好，重新住在一起。于是，他马上给父亲打电话。

“爸爸！外婆的家离学校太远，我想住在你那里。”

“是不是你妈妈想出来的？”

“不是，是我自己的想法。”吴昊态度坚决，“爸爸！我明天开始就住在你那里。”

“嗯——好吧！”

虽然吴主任对陈玲玲有怨恨，但是，他对儿子的爱却有增无减，他觉得儿子是无过的，不能让他再受到伤害。陈玲玲对儿子的表现相当满意，此时，她突然感觉与吴垠的复合很有希望。其实，吴主任根本没有与她复合的想法，他打算劝说兰兰卖掉夜总会的股份，离开滨海，到一个周围人都不认识她的地方，然后，他调到她的居住地工作。

兰兰跟平常一样，回到家里已经是凌晨两点了，她蹑手蹑脚地走进厨房。现在，她每天晚上回家，都能吃到吴主任给她准备好的点心。兰兰心里清楚，这是吴主任对她身体的爱护。兰兰吃了点心，洗好澡，然后上床，准备睡觉。

吴主任转过身，睁开眼睛。“下雨了，外面很冷吧？”

兰兰拉了拉吴主任胸前的被角。“不冷，你不要为我担心，我穿了好多衣服。”

吴主任理了理兰兰的刘海。“吴昊说，外婆家离学校太远，要搬回来住。”

兰兰关掉床头灯。“没事，明天，我把吴昊的房间理一理。”

3

刘副经理以权谋私，不能重用，这一点毋庸置疑，但如何处置，丁总还没有想好，可下星期一，他就要去医院化疗。怎么办？丁总思忖半晌，想出了一个办法，他决定聘任洪海为再生资源公司、报废汽车拆解公司、烟花经营公司的CEO，负责三家公司的经营管理。丁总对洪海寄予厚望，希望洪海担任公司CEO之后，彻底改变职工旧的思想观念，把公司做大做强。于是，丁总把洪海、胡处长、罗科长叫到家里商量。

“胡厂长！”丁总给胡厂长递烟，“电子厂什么时候可以生产？”

“嗯——”胡厂长接过香烟，“还要半年左右。”

“今天，把你们叫过来商量一件事。”丁总喝了一口水，“双龙化工的运行已稳定，有罗科长老婆留在那里管理财务就可以了，我想聘用洪海担任再生资源公司、烟花经营公司、报废汽车拆解公司的CEO，负责三家公司的经营管理。”

“爱国！”洪海感到很突然，“出什么事了？”

“刘副经理以权谋私，把废钢卖给个人公司。”丁总皱眉，“怎么处理，你决定。”

“我做恶人没关系。”洪海弹了弹烟头上的烟灰，“可提拔谁合适呢？”

“我要改变想法，”丁总揿灭烟蒂，“把废钢生意做大，看看谁是好人谁是坏人。”

滨海区每年进口废电机500万吨以上，废电机中废钢占百分之八十五左右，一年可向钢厂调运400万吨以上的废钢。丁总想把废钢的生意做大，可又担心有人从中以权谋私，给公司造成经济损失，因此，他一直不敢做大废钢生意。经过反复思考，他觉得不能因噎废食。再说，现在不用向银行贷款，染料化工厂的账户里就有10亿元躺在那里睡大觉。丁总打算拿出2个亿用来做废钢。他估计，投资2亿元做废钢，一年至少可以赚3000万元。即使有人贪污，也不可能贪这么多钱。如果有人真的敢以身试法，那他决不手软了。另外，通过做大生意，发现有用人才。丁总对刘副经理已经很失望，至于怎么处理，由洪海决定。

罗科长赞同："对！不能因噎废食。另外，还可以发现人才。"

丁总点燃香烟。"要把染料化工厂10亿元的资金利用起来，我想过了，拿出2个亿做废钢。"丁总抽了一口烟，"我对洪海很了解，他适合担任CEO。"

洪海笑笑说："丁总！我当CEO是既要赚钱，又要做恶人。"

丁总坦言："我和刘副经理相处几十年了，真的下不了手。"

丁总聘用洪海有三个目的：一、利用染料化工厂的资金赚钱；二、利用洪海调教职工，促使职工改变旧的思想观念和不良习气；三、尝试CEO制度，如果CEO制度确实可行有效，他就逐步在其他企业实行。丁总认为，让洪海担任再生资源公司、报废汽车拆解公司、烟花经营公司的CEO非常合适。洪海不但头脑灵活、懂经营，而且管人的办法特别多。管企业首先是管人，管人最难。丁总觉得，洪海管人的能力比他强。夜总会是个娱乐场所，每天形形色色的人进进出出，洪海不但把小姐、保安管得服服帖帖，而且与社会上的三教九流都相处得很好。

罗科长弹了弹烟头上的烟灰。"要么把他调到染料厂去。"

洪海马上反对："不行，这种人去哪都不行，只能公司内部消化。"

胡厂长叼着香烟说："我们想的是如何赚钱，刘副经理想的是如何牟取个人利益。"

洪海干咳了一声说："给刘副经理一次改过的机会，如果他再伸手，就把他作为典型，赶出公司，我要彻底改变你们公司职工旧的思想观念。"

丁总点头同意："管人你有办法。"停顿了一下，丁总说："利润分成我和洪龙商量。"

仅仅过了两天，洪海就走马上任了。为了让职工尽快改变旧的思想观念，洪海在职工会议上直言国营单位老职工致命的毛病：一、心胸狭窄，不能容忍别人比自己强，缺乏团队精神。二、互不相让，三五人一股，一些人甚至还念念不忘几十年之前的小矛盾，工作上不仅不配合，还彼此刁难对方。三、学历不高，却认为自己很有知识，样样精通，看不起年轻的大学生，阻止他们担任部门和公司领导。四、倚老卖老，不听年轻职工的合理化建议。五、争权的目的完全是为了个人牟取利益。六、无视企业的规章制度。

最后，洪海正色说："许多国营单位走到破产境地就是以上原因造成的，我上任之后，决不允许再出现这些情况，否则，都会受到严肃处理，决不手软。"

4

洪海在办公室里正与刘副经理商量收购废钢的事情，林金宝推门进来。

"对不起！"林金宝站在门口，"影响你们谈工作了？"

"没事。"刘副经理扭了扭脖子，"有什么事情说吧！"

"我打算提前退休。"林金宝给洪海和刘副经理递烟，"让我儿子接替我的工作。"

"老林！现在是股份公司，不是原来的国有企业，不能接替。"洪海接过香烟，"新职工必须是大学生，还要经过考试。"

洪海和林金宝互相都很熟悉，两人原来都在煤炭公司工作，1988年，林金宝调离煤炭公司来到市供销社下属企业工作，1993年，洪海停薪留职出来开KTV。这十几年，林金宝越过越差，从仓库主任到一般职工，而洪海越过越好，从一个职工混到公司CEO。

不过，林金宝只佩服丁总，他认为，洪海是丁总手下一条狗，专门咬人的。可是，现在洪海是公司CEO，他又不得不听从他。洪海不仅了解林金宝，还了解他的儿子，他早就听说，林金宝的儿子坐过牢。所以他不愿把林金宝的儿子招进来。

“上次仓库招的气割工，不是大学生吧！”林金宝给洪海点烟，“洪总！照顾一下。”

“刘副经理！”洪海吐出一口烟，“有这件事？”

“丁总说，招气割工要熟练的，”刘副经理跷起二郎腿，“所以招了一个下岗工人。”

“割废钢不难，”林金宝揿灭烟蒂，“先让我儿子去仓库学习，学习期间不拿工资。”

“可以呀！”刘副经理首先答应，“新的场地弄好后，可以过来上班。”

洪海没有免去刘副经理的职务是想挽救他，给他一个改过自新的机会，然而，刘副经理却以为，洪海不敢对他下手。刘副经理手下有一帮人，并且，他对公司的业务比较熟悉，所以丁总从大局考虑，没有处理他。洪海手持香烟，烟蒂贴在嘴唇上，看了看刘副经理和林金宝，感觉两人事先已串通好了。洪海的猜测没错，两人是事先串通好的。刘副经理这样做有两个好处：一、帮助林金宝，做好人；二、林金宝的儿子招进来以后，才有机会调离他朋友的儿子，刘副经理已打算先把朋友的儿子调到地磅间当过磅员。不过，废钢业务做大后，气割工确实还需要一个。

洪海思考了一下说：“你不用提前退休，你儿子做临时工，行不行？”

林金宝想了想说：“可以。”

洪海正色说：“要你儿子好好工作，否则，做不长的。”

林金宝点头。“我会教育他的。”

洪海皱眉问：“你儿子叫什么名字？”

林金宝走上前，提起热水壶为洪海加水。“叫林聪。”

洪海笑着问：“跟《水浒》里林冲同名同姓？”

林金宝笑着说："不是，我儿子是聪明的聪。"

现在，林金宝的想法是，林聪先做气割工，以后再慢慢调动。他认为，改制企业的临时工与正式工一样，进去后，不可能被辞退。不过，他会教育林聪好好干，不然，不会有前途。林金宝对洪海很了解，把他惹火了，他会说到做到，不留情面的。

5

星期六，吴主任一早就去菜市场买了许多菜。然后，吴主任一边唱着小调，一边在厨房烧菜。吴昊就是在这种欢快、温馨的家庭气氛里长大的。一年前，这样的气氛戛然而止，很快，父母离婚了。吴昊不知道父母离婚的真正原因，他只听妈妈说，她和他爸爸在感情上出现了问题。尽管今天家里的气氛很好，但吴昊开心不起来，因为家里少了妈妈，进来一个叫兰兰的阿姨。他推断，肯定是兰兰的原因，才导致爸爸和妈妈感情上出现问题。他要想办法把兰兰驱赶出家门，让爸爸和妈妈重新和好。

"吴昊，你喜欢听爸爸唱歌吗？"

"不喜欢。"

"为什么呀？"

"他唱歌影响我做作业。"

"噢，对对！"兰兰高喊，"吴哥！别唱了，会影响吴昊做作业的。"

"阿姨！"吴昊放下钢笔，"你晚上下班回家都很晚，我被你弄醒后就睡不着了。"

"噢，我以后再轻一点。"

"我是很容易被惊醒的。"

这方面，兰兰已经很注意了，她每天晚上进门之后都是蹑手蹑脚的。吴昊回来的目的已昭然若揭了。兰兰推断，吴昊说的话一定是吴垠的前妻教的。很显然，吴垠的前妻还希望复合。但是，兰兰不会放弃，因为她已爱上吴垠，并且，她很可能已怀上吴垠的孩子。兰兰不想与吴昊搞得不愉快，她打算回自己的房子住。

兰兰谎称夜总会有事，匆匆吃完午饭就走了。其实，她没有去夜总会，而是到医院检查去了。过了一个小时，医生告诉兰兰，她怀孕了。兰兰听后，高兴极了，但是，她没有告诉吴垠，因为吴垠知道以后，他肯定不会同意她搬出去住。晚上十点，兰兰给吴垠打电话，把吴昊白天说的话复述了一遍。

吴主任听后，很生气："人小鬼大，我要教训教训他。"

兰兰马上阻止："不能责怪他，一定是你前妻教他的。"

吴主任干咳了一声说："估计陈玲玲在吴昊面前丑化你。"

兰兰颓丧地说："我的名声不用丑化也够丑了，我真的配不上你。"

吴主任真诚地说："你的心灵比陈玲玲干净，我爱你。"

兰兰流下热泪。"吴哥，我很爱你。"

吴主任吐出一口烟。"你不要搬回去。"

兰兰思考了一下说："我打算离开滨海，去仙都县买套二手房。"

吴主任立即赞同："行！我支持你的想法。"

吴主任也有这个想法，但是他不敢轻易说出来，怕兰兰有误会，以为他看不起她的职业。吴主任还希望兰兰卖掉夜总会的股份，永远离开这个为人所不齿的地方。但兰兰不想卖掉夜总会的股份，一是每年都有不少的分红，二是将来有什么意外，她还可以回来。兰兰离开滨海有两个原因：一、为了肚子里的孩子，她不能因为自己的名声影响孩子将来的前途。二、为了不损害孩子父亲的形象。她认为，吴主任是个好官，他来夜总会唱歌是因为心里苦闷。兰兰心里很着急，打算明天就去买房子，她不想等肚子凸出来之后再离开滨海。

"我想明天就去买房。"

"好！我陪你去。"

第二天，吴主任带着兰兰来到仙都二手房市场找房子。很快，两人看中了一套120平方米的套房。房子装潢相当不错，主人仅仅住了两年，因为要去省城工作，于是，卖掉仙都的房子。兰兰提出，先付5万元，余款等房产转户后付清。中介建议，为了方便转户，允许兰兰先入住。主人很爽快，答应只要付了5万元就可入住。回到滨海，兰兰给洪海打电话，谎称要回家结婚，请假两个月。兰兰认为，先请假两个月可以避免大家猜疑，如果被人猜到她已怀孕，有人就会问孩子的父亲是谁，这样就麻烦了。随后，兰兰提着行李离开滨海，坐车来到仙都。晚上，兰兰才把自己怀孕的事情告诉吴主任，此时，吴主任只好同意兰兰的想法。不过，他还是不放心，第二天，给兰兰请了一个保姆。

过了一个星期，吴昊给妈妈打电话。“妈妈！爸爸说，兰兰回老家了。”

陈玲玲有点不信，打电话问丁总：“丁总！听说兰兰回老家了？”

丁总不知道内情，便应答道：“是的，洪海跟我说过这件事。”

陈玲玲听后，相信了，然后，给儿子打电话：“吴昊！妈妈想你，这样吧，你星期一至星期四住在爸爸家里，星期五至星期天跟妈妈住在一起。”

6

近期，叶勇每次进赌场几乎都输，现在，他已欠黄总700多万元了。他必须借钱还清黄总的高利贷，否则，赌债将越背越重。于是，叶勇把赌债的事情告诉姐夫，请求姐夫帮他借钱还赌债。叶勇的姐夫叫冯智，很敬业，是叶勇的得力帮手。过了几天，冯智来到双龙染料化工厂找洪龙，说叶勇的资金很紧张，向双龙染料化工厂借1000万元，并承诺按年利率百分之十二付息。洪龙与冯智只是一般朋友，一开始有点不愿意，后来，觉得借钱可以收利息，于是，便给洪海打电话，商量叶勇借钱的事情。洪海听后，心里窃喜，马上告诉洪龙，叶勇借钱可以，但必须有振华药业担保。洪龙认为洪海的建议很好，振华药业是上市公司，万一叶勇还不上，就由叶家的股份来抵债。

“这样吧，要叶勇过来签借款协议，并在担保单位上盖上振华药业的公章。”

“好吧！”

第二天下午，叶勇带上振华药业的公章，与冯智一起，来到双龙染料化工厂，签订借款协议。然后，叶勇拿着一张1000万元的支票来到银行。接着，经过一番操作，叶勇还清了黄总的高利贷。晚上，叶勇带着100万元的现金，来到黄总的赌场，他要把输掉的钱赢回来。今晚，曹明也来到赌场，他是来分一杯羹的。可叶勇却喜欢曹明参赌，因为以前只要曹明加入，他都赢。果然，叶勇的手气很好，不到一个小时，就赢了三十多万元。叶勇很兴奋，觉得今天晚上赢一百万元没有问题。谁知，到了晚上十一点，他不仅没赢到钱，还输掉了10万元。其实，叶勇的输赢完全被发牌人掌控，今晚，发牌人故意先让叶勇赢。到了午夜，叶勇输完了100万。叶勇不罢休，向黄总借了50万，继续赌。

叶勇抽了一口烟。“黄总！换上新的扑克。”

黄总拿出一副新扑克，交给发牌人。“小陈！先吃点心，重新开始。”

叶勇只是担心有人利用扑克背面的花纹认牌，没想到发牌人小陈和魏总暗中联手。

魏总一边吃宁波汤圆，一边说：“叶总！今晚一开始，你的手气很好。”

曹明笑笑说：“看来，赌博完全靠手气，以前，我都输给叶总，今晚，我赢得最多。”

叶勇扭了扭脖子，问：“你赢了多少？”

曹明喝了一口汤圆。“36万多一点。”

叶勇点燃香烟。“流年不利，我今年输了900多万元。”

曹明拿着餐巾纸，擦了擦嘴巴。“2000年，我输了500多万元。”

魏总趁着曹明与叶勇聊天的时候去了厕所，他在草纸盒的底下拿了一张红8，放入胸口。这张红8是黄总放在这里，它的颜色、花纹跟发牌人手中的扑克牌完全一样。下午，洪海与黄总通电话，他告诉黄总，先让叶勇输掉5000万元，然后，再考虑第二步计划。

下午，洪龙答应叶勇，可以借给他一个亿，这样，即使叶勇输一个亿，赌资也不会出问题。所以，洪海告诉黄总，先让叶勇输掉5000万。其实，洪海的心里已经有第二步计划了，但是，这个计划，他不能告诉黄总。洪海的第二步计划是，想办法让叶勇输掉2个亿，到那时候，他一要提高借款利息，二要叶勇承诺还款时间，否则，双龙染料化工厂不再借钱给他。然后，制造黑天鹅事件，引起振华药业的股票大跌。最后，逼迫叶勇抛出振华药业的股票。洪海预料整个过程会复杂多变，因此，他还没有具体方案。

吃了点心之后，他们继续战斗，一直战斗到天亮。这一夜，叶勇输了200多万元。

7

晚上十点，周秘书都睡觉了，苏岩还不停地打她电话。周秘书猜测，苏岩又喝醉了，打电话骚扰她，因此，她不想接电话。可是，今晚与往常不一样，一直不停地打，于是，周秘书开始接听。这时，电话里传出女孩的声音。

“周小姐！对不起！苏岩在我们金龙酒吧消费了3000多元，他要你来付款。”

“苏岩身上没钱？”

“嗯，他说今晚没带钱。”

“今晚，他和谁一起喝酒？”

“他被五个女孩子灌得酩酊大醉。”

“嗯——”周秘书迟疑了一会，“我过来可以，但起码要半小时。”

“没事，我们等你。”

苏岩躺在沙发上，虽然已迷迷糊糊了，但是他记得挎包里应该还有4000多元，可刚才他翻了一遍，挎包里竟然只有几百元钱。谁拿走了？他上过三趟厕所，估计被五个女孩子偷走了。可没有证据，不能乱说，因此，他只好说忘带钱了。按理，这件事情应该瞒着周秘书，然而，醉酒的他却突发奇想，他要试探一下周秘书，

会不会为他付钱？会不会送他回家？之前，周秘书对苏岩还有一点点好感，刚才听了服务员的话后，她对苏岩的好感已荡然无存了。现在，她过来替苏岩付钱，只是给他留个面子，再说，苏岩是个大老板，应该不会不还她的钱。过了半个小时，周秘书坐车过来帮他付了钱，然后，她叫了一辆出租车，要驾驶员送他回家。

周秘书刚进房间，苏岩又打来电话："周雪！我包里本来有4000元，被人偷走了。"

周秘书提醒说："以后，银行卡也要存点钱，以防出现今晚的状况。"

苏岩说："今天股票大涨，我把银行卡里的钱都买成股票了。"

周秘书一边脱风衣，一边说："你在家里找一找，或许这4000元还在家里。"

苏岩说："刚才，我都找过了，没有。明天，我把股票卖了，后天还给你。"

周秘书理了理刘海。"是不是被女孩子偷走了？"

苏岩笃定地说："是的。"

周秘书皱眉说："你呀！乱交友。"

苏岩认错："我的确有这方面的缺点。"

苏岩原以为周秘书是个不成熟的小姑娘，现在看来，她很老练。苏岩感觉周秘书只是把他当诤友，根本没有跟他谈恋爱的打算。一直自我感觉良好的苏岩，此时有点颓丧。坏女孩不请自来，吃喝他付，还要偷他的钱；好女孩，请她也不愿来，想追求她，根本没希望。苏岩觉得，周秘书虽然没有秦茜漂亮，但是她找男人的要求与秦茜一样高。是的，周秘书想找一个与丁总一样优秀的男人。

8

方敏和夏水华的上诉驳回。许亮得此消息，马上来到看守所看望夏水华，并提出要把欣欣带到省城读书。在这种情况下，夏水华只好同意许亮的要求，但是，她说，欣欣只是暂时留在他身边。

许亮身患肝癌，知道自己活不了多久，只是希望多点时间与女儿待在一起，于是，他马上答应。一个月后，欣欣调到省城读书。

欣欣去省城之后，周秘书空余的时间就有了，她可以为秦茜做更多的事情。秦茜的肚子已很大，走路都相当吃力了，可丈夫每隔一段时间要去医院化疗，她不去医院陪他不放心，去了以后又无法做事。见状，周秘书主动向秦茜提出，她去医院照料丁总。秦茜觉得自己已力不从心，于是，点头同意了。晚上，周秘书提着水果来到丁总的病房。

丁总微笑说："你成为我家保姆了。"

周秘书莞尔一笑说："我乐意。"

丁总想了想说："秦茜早就想给你加工资，我没同意。"停顿了一下，丁总接着说，"我打算给你股份。"

周秘书心里想得到股份，嘴上却说："我的工资很高了，我已非常满足了，你再给我股份，我怎么报答呀！"

丁总动了动上身。"用不着报答。今后，你不仅要努力工作，还要与秦茜一起谋划公司的未来。"

周秘书把水果放在床头柜上。"丁总，谢谢你对我的信任。"

丁总对周秘书的表现很满意，他要培养她，并希望她佐助秦茜，把九洲旅游公司做大做强。周秘书用感激、敬佩的眼神看着丁总。她觉得，只要能够获得丁总的信任，就一定会大有前途。周秘书的野心很大，她认为，搞旅游公司不可能有大作为，她要想方设法调到丁总身边工作，即使为他做牛做马，也值得。周秘书倒了一杯热水，递给丁总。接着，周秘书开始收拾房间。收拾好房间之后，她又拿起脸盆，去洗手间为丁总洗衣服。丁总看着周秘书的后背，觉得她做家务比秦茜还勤快。周秘书刚洗完衣服，苏岩就打来电话，约她去茶楼喝茶。周秘书说自己有事，然后，马上挂断电话。

丁总咳了两声，然后问："是苏岩吧？"

周秘书点头说："嗯。"

丁总往痰盂里吐了一口痰。"我这里没事，你去吧！"

周秘书摇手。“他这个人呀，我对他礼貌，他会缠住我。”

丁总扭了扭脖子说：“秦茜说，你不喜欢他。”

周秘书理了理头发。“他这个人不靠谱，身边小女孩很多。”

丁总从床头拿起一本书。“噢。”

周秘书拉了拉衣襟说：“他每天晚上只知道喝酒、打牌，没事业心。”

丁总一边看书，一边说：“这不行。”

周秘书对苏岩的印象越来越差，她认为，他与丁总相比是天壤之别。虽然苏岩是强力变压器厂的大股东，但是他对变压器厂的经营一点不关心。每天晚上，要么打牌，要么喝酒，要么找女孩子玩。周秘书对苏岩已没有其他想法了，她只把苏岩当作一般朋友。丁总把周秘书当小妹妹，他不但要培养她，而且还要为她把好关，为她找个好男人。

第十三章

1

今天，滨海区人民法院，根据章斌的请求，对他的案件进行了不公开审理，然后，判处章斌五年六个月有期徒刑。章斌觉得判重了，但是，他又不敢上诉，他怕他睡过的女人里还会出现艾滋病的病人。现在，章斌憎恨叶勇，要不是叶勇提供线索，公安局就不可能找到给他治病的医院，没有证据，他不会判刑。然而，红柳却认为判轻了，判他十年才解恨。尽管红柳的血检是阴性的，但医生认为她被感染的可能性还是存在的。现在，大家都躲避她，就连罗科长也离她远远的，因此，她只好一个人待在家里。不过，红柳理解那些躲避她的人，因为艾滋病到目前为止仍然无法治愈。一人独处的日子，红柳很烦，可是，她又想不出改变现状的办法，于是，她给兰兰打电话，诉说自己的不幸，希望兰兰帮她出个主意。

“兰兰！我烦死了，感觉比坐牢还难受。”

“红柳！一般来说，血检半年呈阴性，应该没事了。”

“医生说，连续血检一年再说。”

“红柳！医生的话不一定都对。”

“可是，医生的话不能不听。”

医生根据红柳的描述，推断她有过急性窗口期，只不过她以为自己是感冒和皮肤过敏，所以，医生要求她继续血检。正常情况下，连续血检 3 至 6 个月就可以了，可这位医生很负责，要求红柳先连续血检一年再说。医生这样做，对病人有好处也有坏处，虽然可以及时发现体内艾滋病的病毒，但是，一年的煎熬使人非常难受。兰兰这方面比红柳懂，她认为医生太仔细了。

“我认为，你连续半年血检没事，就可以照常工作、生活，甚至找男朋友。”

“我不想犯罪。噢，章斌判了，判了五年六个月。”

“谁告诉你的？”

“洪海。”

“噢。”停顿一下，兰兰接着说，“前天，我给洪海打电话，向他请假一年。”

“你请假一年？”红柳想了想，“兰兰！你是不是怀孕了？”

“是的。”

红柳以为兰兰肚子里的孩子是她老公的，其实，兰兰没有老公，她说自己回家结婚是谎话。现在，兰兰感觉自己很幸福。白天，她出去逛街，买衣服；晚上，她与吴主任通电话或者发短信聊天。星期六、星期天，她与吴主任一起逛街，看电影。接下来，兰兰打算弹琵琶、练书法、背诗词。弹琵琶，兰兰原来就会，而且她还弹得相当好；学书法是吴主任的主意，吴主任说她钢笔字写得很不错，学书法一定行；背诗词是她现在的爱好，她认为女人背诗词，是有修养的表现。今天，她特地去街上买了一把琵琶，还买了笔墨纸和字帖。

2

晚上，丁总向秦茜建议，转让百分之十的股份给周秘书。秦茜不同意，她说，可以提工资，也可以给奖金，但不能转让股份。现在，旅游公司年收入一百多万元，她不愿转让股份。

丁总背靠床头。“要从长远考虑，不能只看眼前。”

秦茜给丁总端茶。“你的想法没有错，但转让股份不合适。”

丁总接过茶杯。“再过两个月，你就要生孩子了，没有精力管旅游公司了。”

秦茜想了想说：“要么先转让百分之五股份，另外，每月加1000元工资。”

丁总喝了一口水。“好吧！”

秦茜是个女人，在钱这件事情上，她的想法与男人肯定是不同的。虽然秦茜对周秘书的印象很好，但是秦茜不愿多给钱。秦茜马上要做妈妈了，她必须为孩子的将来着想。去年，已给丁超买了一套别墅，她打算两年后，给自己的孩子也买一套别墅。多数女人，什么事情都先想到自己的孩子，她对亲生和不亲生都一样，已很不错了。原来，秦茜对金钱看得不重，现在，她的想法有点不同了。她觉得，即使明年旅游公司赚 200 万元，也不算多，一套别墅就要 400 多万元。秦茜的想法是，丈夫赚来的钱用在扩大再生产或者投资其他项目上，她的收入用来购买房产和支付家庭费用。

秦茜一边脱衣服，一边说：“最近，住房价格涨了不少。”

丁总点头。“嗯，丁超的别墅已涨了 50 万元。”

秦茜掀开被子。“秦明、秦亮考上大学后，一个人费用需要 5 万元。”

丁总喝了一口水。“只要两人考上，不管多少费用，我们都要给他们。”

秦茜躺在床上。“我妈说，要对秦明、秦亮严格一点，不然，两人学习不努力。”

丁总把茶杯放在床头柜上。“我觉得两人学习蛮自觉的。”

秦茜打了一个哈欠。“我妈的话，秦明、秦亮当耳边风，你的话两人会听。”

丁总关掉电灯。“两人有逆反心理，说多了，反而不好。”

秦茜母亲的话也有点多，每次吃饭对儿子总是要唠叨几句，连吃饭慢了一点也要说，要求儿子吃饭快一点，吃完饭就去做作业。秦明、秦亮本来就有逆反心理，两人不但吃饭不加快，而且吃完饭后看电视。见状，秦茜母亲很生气，但是她对他们又无可奈何，于是，她希望女儿和女婿来管。可丁总却认为，中学生都有逆反心理，说多了，适得其反。秦茜觉得丈夫说的也有道理，于是，没有再说了。

3

晚上九点，秦茜生了一个儿子。丁总听到消息，马上要求医生拔针，下楼看望秦茜和儿子。丁总和秦茜都住在春江市人民医院的七号楼，丁总住在十一楼，秦茜住在三楼。医生没同意，因为再挂两个小时，四个疗程的化疗就结束了。再说，连续化疗，他的身体很虚弱，必须躺在床上休息一个晚上。周秘书站在边上，也劝丁总不要下去。

丁总想了想说："小周，你下去看一看。"

周秘书点头。"行。"

过了半小时，周秘书回来了。

周秘书撩了一下秀发说："长得很帅，比丁超还帅。"

女医生扶了扶眼镜问："丁总！名字取了吗？"

丁总挠了挠鼻子说："刚才，我想了想，就叫丁凡吧。"

女医生提了提口罩说："嗯，不错，做一个平凡的人。"

其实，丁总把小儿子取名为丁凡还有另一层意思，他希望丁超和丁凡长大后，齐心合力，做出超凡的成绩。丁总认为，一个人的力量是相当有限的，想要办大事，必须与他人合作。丁总觉得他的团队就是一个例子。他的团队有五个人，每个人的能力都不是特别出色，并且，个别人还有明显的缺陷，但是组成团队以后，却成绩斐然。如果没有洪龙、洪海、胡处长、罗科长一起齐心合力，就不可能取得这么大的成绩。再过一个月，电子厂也开始生产了。丁总觉得电子厂的前景非常好，下一步，他要把精力全部放在电子厂的新产品研发上，发挥团队的力量，争取两年之内完成远程监控系统。

"丁总，城西分店对面的店面马上开始销售，价格是 10000 元一平方米。"

"你想买呀？"

"我建议，旅游公司买两间作为营业场所。"

"你有钱吗？"

"有一点，不够贷款。"

"嗯，可以考虑。"

"自己房子，不仅不用付房租，房价涨了还有收益。"

"小周，你的想法不错。"

"旁边，还有一栋写字楼，用来开银行非常好，你们投资公司可以考虑的。听规划局的领导说，滨海区将向西扩展，未来滨海西区房价看涨。"

"哦！我抽空了解一下。"

周秘书有了百分之五的股份以后，想法就不同了，她除了想方设法做大旅游业务之外，还考虑利用公司的闲钱购买房产，增加收益。丁总觉得，周秘书不但能吃苦懂经营，而且还知道利用银行贷款赚钱。另外，她还有投资意识。有些方面，周秘书比秦茜强。周秘书故意在丁总的面前显示自己的能力，希望得到他的重用。丁总一直在物色投资公司的秘书，可至今仍然没有满意的人选，他突然觉得周秘书很适合。可是，秦茜又不能没有周秘书。如果把周秘书调到投资公司，肯定会影响到旅游公司的经营。他打算与秦茜商量一下，先选一个可以代替周秘书的人，然后，再把周秘书调出来。

4

经过一段时间的休养，丁总的身体已基本康复。春节过后，丁总搬进新房。晚上，在滨江大酒店摆了两桌，设宴庆贺。

今晚，丁总的父母最高兴了，奶奶抱着小孙子，丁超坐在爷爷的边上，外孙和外孙女围在奶奶、爷爷周围嬉闹。

丁总先介绍他的姐夫、妹夫，然后介绍吴垠、胡森、罗辰、洪龙、洪海、曹明。

丁总的姐夫叫姚武，是滨海区国税局一科科长，他身材魁梧，穿着制服，威武挺拔。

丁总的妹夫叫钟信，是滨海区副区长，他戴着近视眼镜，身高 1 米 70 左右，微胖，皮肤白白的，看上就是一副领导的模样。

接着，丁总向大家敬酒。

今晚，秦茜很开心，她坐在丈夫的旁边，频频举杯，感谢家人、朋友的关怀和帮助。

大家互相敬酒后，开始讨论国家的产业政策。

“钟区长！”洪海给钟副区长递烟，“市政府、区政府对工业园区有什么新政策？”

“新来的市委书记很重视环保。”钟副区长接过香烟，“你们要引起重视。”

“我们春江市经济开发区已发文件，不再供地给有污染的企业。”吴垠说。

“噢，”钟副区长点头，“吴主任，你们这个办法好。”

“双龙化工想要废气、废水达标，”洪龙叼着香烟说，“起码要投资 3 亿元。”

“你们双龙化工在振华药业的东北边，冬天，东北风刮过来，他们很难受。”钟副区长拿起打火机，“上星期，振华药业老厂长叶元向区里反映，要求你们搬迁。”

洪龙听后接连抽烟，很不高兴。洪海皱了皱眉头，心里很不舒服，觉得振华药业越兴旺对双龙化工越不利，只有控股振华药业，双龙化工才能避免搬迁。但是，想要控股振华药业很困难，到现在，叶勇仅仅输了 5000 万元。根据振华药业目前的股票市值，叶勇的身价为几十亿元，5000 万元，对他来说只是一个小数目。叶勇输到 5 亿元以上，才会转让股份。洪海坐在那里，接连抽烟，皱眉思考。此时，他的头脑里萌生一个想法，他要利用叶勇的赌债，制造黑天鹅事件。只有振华药业的股票天天暴跌，市值蒸发，才能促使叶勇倾家荡产。

“钟区长！”罗辰弹了弹烟蒂上的烟灰，“振华药业的环保都达标呀？”

“它的环保都达标的，”钟副区长点燃香烟，“今年，他们在环保上又花了一个亿。”

“上市公司不缺钱，”胡淼挠了挠鼻子，“编一个理由，股东的钱就进来了。”

“看来，”洪海挪开嘴上的香烟，“我们双龙化工的上市无希望了。”

“振华药业缺钱，”丁总给洪龙递烟，“洪龙说，叶勇向染料厂借了5000万元。”

“哦！”姚科长惊愕，“洪厂长！真有此事？”

“嗯，”洪龙点头，“是的。”

“现在，叶勇是公司董事长了，他的身价有几十亿，借两亿都不怕。”洪海笑着说，“再说，利息比银行高。”

洪海当着丁总的面说这话是有目的的，如果丁总不反对，他就劝说洪龙大胆借钱给叶勇。丁总不仅没有反对，还朝洪海点头，他的想法与大家一样，也觉得借钱给叶勇没有风险，并且可以得到比银行还高的利息。洪海手持香烟，烟蒂贴在嘴唇上，思考着下一步计划，他要尽快让叶勇倾家荡产，早日成为振华药业的大股东。罗辰看了看洪海，知道洪海在想什么。罗辰的心思与洪海一样，他在想方设法，加快叶勇倾家荡产。罗辰有一个朋友在澳门赌场发筹码，他准备抽空去澳门，了解一下情况。叶勇的身价几十亿，只有澳门赌场才会让叶勇在短时间内倾家荡产。

“政府应该给化工企业时间，规定三年内排水、排气达标。”罗辰说。

“你们找江市长，他的态度很重要。”钟副区长说。

“姚科长！”曹明拿起酒杯，“今晚，你要多喝点。”

“今天，是小舅子乔迁之喜，我肯定要多喝点。”姚科长与曹明碰杯，“干掉！”

“钟区长！”洪龙向钟副区长敬酒，“谢谢你的帮助和支持！”

“你们是滨海的精英，你们为滨海的发展作出了巨大的贡献。”钟副区长举杯，笑着说，“我们愿意做企业的保姆。”

5

一个小时后，洪海、胡森、罗辰、曹明走出滨江大酒店，来到星光灿烂夜总会。四人坐在包厢里，商量如何加快叶勇倾家荡产的事情。

曹明点燃香烟，“要叶勇输掉一个亿很难，时间长了，温州老千的身份会暴露。”

接着，曹明讲述前天晚上的事情。前天晚上凌晨3点多，叶勇下注一百多万元，手里的牌是9点。温州老千2先上手，这时候，2、7、8都已发完，只有胸口的8弹出来才能赢。按理说，至此，温州老千翻牌认输是良策，因为叶勇记忆很好，万一发现多出一张8，麻烦就大了，谁知，温州老千果断弹出胸口的红8。虽然温州老千赢了，但是把曹明吓出一身冷汗。事后，曹明问温州老千，为什么要这样做？温州老千说，叶勇的眼睛都睁不开了，不会记牌了。这次，温州老千的判断是对的，下次呢，他的判断出错怎么办？所以，曹明的担心不是没有道理的。

罗辰挠了挠鼻子，然后说：“想办法让叶勇去澳门赌，澳门赌场我有朋友。”

曹明吐出一口烟。“这件事我来办，我要温州老千去劝叶勇。”

罗辰疑惑，问：“叶勇会听温州老千的话？”

曹明笑笑说：“要温州老千带叶勇去，慢慢让他上瘾。”

洪海摇头说：“不行，这样的话，我们的行动计划温州老千就全知道了。现在，温州老千和赌场黄总都以为我只是想赢叶勇的钱。”洪海想了想说：“曹明！给你200万，你去澳门赌场一趟，然后谎称自己赢钱了。另外，我要洪龙把利息提高到百分之十六。”

曹明竖起大拇指。“好办法，叶勇肯定想赢回输掉的钱，不然，他要借钱付利息。”

赌博人都想赢回输掉的钱，这一点，曹明和叶勇的想法是一样的。前几年，曹明输了1000多万元，他也想赢回来。曹明经常在想，如果手上有1000万元，就去澳门赌场博一博，或许能赢2000万元，因为许多人确实在澳门赌场赢了钱。有人计算过，澳门赌场的输赢比例是百分之四十八比百分之五十二，即庄家赢的概率为百分之五十二。据此，曹明认为，散户去澳门赌场赢的概率还是蛮高的。曹明推断，叶勇肯定想去澳门赌场博一博，赢5000万元，归还借款，不然，他每月要借钱付利息。洪海打算让曹明去一趟澳门赌场，然后，以假消息引诱叶勇去澳门赌场赌博。另外，洪海要提高利息，他打算明天给洪龙打电话，把利息提高到百分之十六，以此增加叶勇的压力，促使他去澳门赌场冒险。

“曹明！叶勇还不知道我们是好朋友，要暂时隐瞒我们之间的关系。”洪海提醒说。

“我要在叶勇去澳门赌场之前，与澳门赌场朋友见面。”罗辰说。

“你是公务员，不能去。”洪海揿灭烟蒂，“你先跟他通个电话，以后我去。”

“好！就这么定了。”曹明扬了一下手，“叫小姐！唱歌！”

“听说，夜总会的小姐越来越年轻？”罗辰问。

“新上来的三个领班都很年轻，她们叫来的小姐也相当水嫩。”洪海说。

“这三个领班叫什么名字？”胡森问。

“温存、漂泊、如烟。”洪海解开衣扣，“三人比红柳、兰兰、惊鸿更年轻，更能干。”

红柳、兰兰、惊鸿离开后，大家都担心夜总会的生意会受影响。一开始，洪海也有点担心，后来，他想出一个招数，挑选更年轻的小姐做领班。温存、漂泊、如烟三人不但长得漂亮，而且比红柳、兰兰、惊鸿还要年轻。让洪海没想到的是，三人年纪轻轻却非常能干，处理事情相当老练。三人做领班以后，马上招了几十个年轻的小姐，并且，其中的5人是大学生。男人都喜欢年轻、漂亮的小姐，因此，夜总会的生意比之前更好了。昨天，洪海给红柳、兰兰、惊鸿打电话，希望她们把股份转让给温存、漂泊、如烟三人，可是红柳、兰兰、惊鸿都不愿转让。

6

丁总已有半年没逛街了。今天，天气晴好，又是星期天，于是，他和秦茜一起出来逛街，并顺便看了一下城西沿街新造的房子。丁总觉得周秘书说的没错，其中一栋写字楼确实很适合银行办公。这栋写字楼五层，十间门面，四周都可以停车。

“周秘书向我建议，买下这栋写字楼。”丁总说。

“周秘书也向我建议，买写字楼东边的店面。”秦茜撩了一下头发，“我没同意。”

“你是不是觉得房价有点贵？”丁总问。

“这条路，五年内热闹不起来，所以房价有点贵。”秦茜掸了掸丁总后背的灰尘，“另外，我打算过几年给丁凡买一栋别墅。”

丁总正欲说话，手机响了。他一看是洪龙的电话，连忙接听，因为早上他来过电话，说有个女记者要到化工园区采访。丁总预感不是好事，提醒洪龙先回避，并嘱咐洪龙马上发通知，停产两天。最近，个别群众不停地给报社打电话，反映滨海经济开发区的污染问题，要求关停化工厂和制药厂。滨海经济开发区有 23 家化工企业，5 家制药厂，每家都有废气和废水，如果全部关掉，滨海区的财政收入就会减少一半。但是，关掉一两家污染严重的企业是完全有可能的。因此，丁总很重视。然而，洪龙却认为情况不会像丁总想的那么严重，他不但没有通知停产，而且不回避，与平时一样，来厂里上班。结果被人举报，现在，记者和环保人员已进入双龙染料化工厂的厂区，要求洪龙接受记者采访。见状，洪龙害怕了，立即给丁总打电话，商量对策。丁总听后，要洪龙先应付一下，他马上就到。二十分钟后，丁总赶到洪龙办公室。

洪龙一见丁总进门便马上介绍道：“杨记者！他是春江市中财投资公司的丁总，中财投资公司占双龙染料化工厂百分之四十的股份。”

杨记者看了丁总一眼，严肃地说：“大致的情况我已知道，丁总，我想看一看车间，你陪我，我一边看，一边了解你的想法和打算。”

两人明明互相认识，却假装陌生，骗过了在场的所有人。

丁总一边走下楼梯，一边说：“那时候，只考虑早点生产，环保意识不强。”

杨记者撩了一下秀发说：“振华药业的叶元，一直在举报你们，说钟副区长保护你们。”

丁总撇嘴说：“叶元胡说八道，钟副区长是我妹夫，他一直要求我们重视环保。”

杨记者笑问：“你还有什么企业？”

丁总踩灭烟蒂。“电子厂，下月投产。电子厂稳定了，再处理双龙化工的污染问题。”

丁总陪杨记者走进车间。杨记者一边看，一边了解染料的生产过程。之前，杨记者只知道丁总是再生资源公司、报废汽车拆解公司、烟花经营公司的老总，想不到，仅两年工夫，就增加了3家企业，她从心里佩服他的胆魄，并相信他能解决双龙染料化工厂的污染问题。接着，丁总向杨记者讲述解决染料厂污染问题的难点：一、染料厂的污水最难处理，想彻底解决污水问题，必须专门买一块地，处理污水，因此，投资很大；二、环保投入后，接下来，运行成本又很高，别的不说，水电费就要增加好几倍；三、不能长时间停产，否则，要失去客户；四、停产之后，熟练的工人会跑掉，重新培训工人成本高，而且还会影响生产效率。杨记者理解丁总的难处，但是她又不能不顾群众的诉求，再说，如果她不给叶元一个满意的答复，那叶元肯定会继续举报。

杨记者认真地说：“你们染料厂的污染问题冷处理可以，但是你要给我一个承诺。”

丁总想了想说：“给我两年时间，我保证解决双龙化工的污染问题。”

杨记者走出车间。“好吧！我尽力说服举报人。”

丁总感激地说："谢谢！晚上一起吃饭，行吗？"

杨记者摇了摇手说："不行，要惹麻烦的。"

7

傍晚，城南传来连续巨响，丁总马上跑到阳台观望，他感觉是烟花爆炸。但丁总不担心，因为禁放期间，各个销售点的烟花爆竹都已收回公司仓库存放，他猜测，一定是非法流入的烟花爆竹发生爆炸。第二天上午，洪海打电话告诉丁总，滨海区烟花经营公司的沈副经理和梁副经理正在接受审问。这时候，丁总才感到公司内部出问题了。到了中午，洪海打电话告诉丁总，周副经理也牵连其中，上午十点，被关进了看守所。丁总听后，马上打陈副队长电话，了解情况。

"沈副经理、梁副经理合伙非法经营烟花爆竹，周副经理给沈副经理和梁副经理提供烟花爆竹准运证，牟取暴利。昨晚的爆炸地点是他们非法储存烟花爆竹的仓库。当场炸死一个老人。现在，案件还在审理中。"

"我对他们已经仁至义尽了。陈队长，你们依法办事吧！"

丁总长叹一声，然后，与洪海通电话，把了解到的情况告诉他，并要洪海和林总一起来他的办公室商量应对办法。过了半个小时，洪海和林总走进丁总的办公室。

丁总一边泡茶，一边说："想不到周副经理与沈副经理、梁副经理搅在一起。"

林总挪开嘴上的香烟。"沈副经理和梁副经理必须拉拢周副经理，因为公司只有周副经理可以去公安局开爆竹物品的准运证，否则，他们无法把湖南的烟花运到滨海。"

洪海弹了弹烟头上的烟灰。"开准运证这件事以后要慎重。"

丁总把茶杯放在林总面前。"林总！我们都暂时不任命副总，看准人后再任命。"

丁总决定，暂时不任命烟花公司的副总。他要汲取以往的教训，等物色到可靠的人后再任命。现在，他只相信洪海和林总，再说，烟花公司每年上班时间最多三个月。丁总对林总比较了解，他没有贪污的胆量，一年只是多报几条中华香烟费用而已。林总只有初中文化，工作能力不强，因此，他没有野心，也没有乱七八糟的想法，尽职尽责，努力保住公司总经理的职务就可以了。林总心里清楚，跟在丁总后面不会吃亏，这几年，他除了滨海区烟花经营公司的工资奖金收入之外，每年丁总还会给他一些奖金。丁总喜欢林总这样的人，他认为，烟花经营公司是一个没有竞争对手的企业，只要踏实工作，廉洁自律就可以了。

林总点头说："嗯，好的。"

洪海喝了一口水。"林总！我觉得你们公司批发部主任吕红的能力不错。"

林总吐出一口烟。"吕红是你们市公司派过来的。"

丁总喝了一口水。"吕红原来是我们再生资源公司业务科副科长。"

洪海放下茶杯。"太忙了，我只问工作上的事情。"

林总夸道："吕红对工作认真负责，大家对她的印象都不错。"

洪海手持香烟。"吕红是批发部主任，她知道什么品种畅销，订货时带她去。"

其实，洪海对吕主任有所了解的，他曾打听过吕主任的家庭情况，知道她丈夫是中学的校长，去年因患喉癌病逝。林总一听就感觉洪海对吕主任有企图，因为林总对吕主任也有企图，也想带她去湖南浏阳订货。吕主任年轻漂亮，又没有丈夫，自然会有许多男人打她的主意，但吕主任眼光很高，一般职工，她根本看不上眼。林总有时会撩拨她，但是她对林总不感兴趣，认为林总胆魄不够大，能力不够强。在她的心里，丁总和洪海才是优秀的男人，可丁总和洪海很忙，平时接触的机会不多。洪海确实对她有企图，但是他属于看到她时有冲动，离开她后没有什么行动的情形。

林总摁灭烟蒂。"以前，我也有这个想法，可沈副经理和梁副经理不同意。"

丁总撇嘴说："沈副经理和梁副经理私心很重，订货时，吃了不少回扣。"

林总喝了一口水，然后说："利令智昏，才到这个地步。"

丁总皱眉说："你公司和我公司一样，改制时，领导班子都没有做大的调整，新公司的副总都是老公司的副总。"

林总叹气说："一、他们与主管部门领导关系好；二、他们同意按规定参股。"

丁总的公司也一样，三个副总与市供销社领导的关系都不错。当时，市供销社分管人事的领导还专门找丁总谈过话，意思是，为了公司的稳定，最好不要调整领导班子，除非他们犯了严重错误。为了增加公司班子成员的责任心，丁总要求副总必须购买高于公司普通职工两倍以上的股份。三个副总没有二话，按他的规定购买了公司股份，在这种情况，丁总就不好意思再提调整领导班子的事情了。

第十四章

1

丁总以为叶元不会再举报双龙化工的污染问题了，谁知，他又通过关系向滨海区委黄书记反映双龙化工的污染问题，并要求双龙化工立即停产。丁总不明白，叶勇向洪龙求情借钱，而叶元却不给洪龙面子，暗地里四处举报双龙化工的污染问题，甚至还要求双龙化工停产迁移。听说，叶元和洪龙的关系很不错的，为什么会出现这种情况呢？于是，丁总给洪龙打电话，了解详细情况。

“叶勇借钱的事，叶元可能不知道的。”洪龙挠了挠鼻子，“听洪海说，叶勇与振华药业的大股东不和，偷偷在江苏办厂。”

“完全有可能。”丁总喝了一口水，“叶元得理不饶人，暗地里四处举报。”

“以前，叶元经常找我帮忙；现在，上市了，自以为了不起了。”洪龙撇嘴说。

“其实，区委黄书记不希望化工企业停产。”丁总说。

“化工企业都停产了，滨海区的财政收入将减少一半。”洪龙说。

“黄书记对叶元说，振华药业是一步步走过来的，你要给人家整改时间。”丁总说。

“黄书记是个好人。”洪龙说。

“最难对付的本来应该是报社记者，想不到竟然是同行。”丁总说。

“去年，我们双龙化工赚钱最多，他眼红了，希望我们停产。”

洪龙说。

其实，叶元不仅眼红，还对丁总有仇恨，他认为，丁总为了得到秦茜，帮她撑腰，致使叶勇判刑。因此，叶元要报复，让双龙化工停产迁移。丁总觉得，叶元是冲他来的，但是，他又无法得到证实。不过，洪海早就琢磨明白了，所以他要控股振华药业，不然，双龙化工将不得安宁，而且还完全有可能停产迁移。洪海估计，叶勇可能还不知道父亲举报双龙化工的事情，因为他不敢得罪双龙化工。叶勇真的不知道这件事情，他只知道父亲对双龙化工的合伙人不满。不过，叶勇也觉得双龙化工太不重视环保了，每当刮东北风的时候，双龙化工的废气飘过来，振华药业的整个厂区都是臭气熏天。尽管叶勇对双龙化工很不满，但是他不敢举报，因为他还要向双龙化工借钱。

丁总点燃香烟。“下次，叶勇向你借钱，你把叶元举报的事告诉他，看他怎么解释。”

洪龙喝了一口水。“嗯，好的。”

丁总皱眉问：“叶元退下来了，为什么还要管这些事情？”

洪龙放下茶杯。“现在，叶元安闲自在，在家待烦了，来公司转一转，看到不满意的地方，说几句。听说，叶勇不喜欢父亲来公司指指点点。”

丁总笃定地说：“只有叶勇劝说，叶元才会罢休。”

洪龙认同：“是的。”

丁总抽了一口烟，“不过，江副市长这边还要做工作。”

洪龙提醒说：“你要带礼物，去江副市长的家，并且，送的礼物要大气。”

洪龙的言外之意是必须给江副市长送重礼。如果江副市长为双龙化工说话，不但叶元没戏了，而且区委区政府领导说话会更有底气。但是，丁总没有把握，他担心江副市长不收他的礼，弄不好大家都很尴尬。再说，他还没有给厅级领导送过礼。丁总不愿做这种事情，可交给身边其他人去办又可能办不好，因为江副市长对他们不熟悉。丁总手持香烟，烟蒂贴在嘴唇上，凝神思考。

秦茜天天提醒他不能抽烟，可他控制不住，每当思考问题的时候，他总是不由自主地从衣兜里掏烟。过了一会儿，丁总给洪海打电话，与他商量给江副市长送礼的事情。

丁总皱眉说："洪龙的意思是想延缓双龙化工环保投入，必须给江副市长送重礼。可是我觉得江副市长不是这类人。再说，我平时仅仅请领导吃饭唱歌，不喜欢这一套。"

洪海不假思索地说："爱国！你把江副市长的住址告诉我，我来办。"

丁总弹了弹烟头上的烟灰。"好的。我对江副市长说，你向他反映情况。"

洪海笑着说："你呀！与时俱进只能到这个程度了。"

2

星期天上午，曹明给叶勇打电话，约他喝下午茶。

"叶总！"曹明笑了笑，"下午一起喝下午茶，怎么样？"

"曹总！"叶勇错愕，"你请我喝下午茶？"

"我在澳门赢钱了，找个人一起高兴。"曹明笑着说。

"听说你赢了1000多万元。"叶勇说。

"赢了600多万元。"曹明干咳了一下，"我只带500万去赌，现在有点后悔。"

"嗯——"叶勇想了想，"晚上一起唱歌，好好聊聊。"

"行！"曹明理了理头发，"晚上七点，我在星光灿烂夜总会等你。"

其实，曹明在澳门赌场输了120万元。不过，中间他赢过。第一天，他输了30万元，第二天，他输了50万元，第三天，他赢了60万元，第四天，他赢了40万元，第五天，他输了80万元，第六天，他输了60万元。六天里，他一共输了120万元。不过，曹明觉得，赢的机会还是有的。但是，赢的时候，要见好就收，不能贪婪。第三天，他最多赢到130多万元，当时想过见好就收，可又想再赢50万元，到最后只赢了60万元。他在澳门赌场6天，有一个感悟：见好就收，认输是英雄。可是，能这样做的人很少。再说，谁不想多赢一点？谁输了不想赢回来？贪婪是人的本性，不认输是英雄本色。除非你不踏进赌场。

晚上七点，曹明和叶勇走进包厢。

过了一会儿，领班如烟进来，她坐在曹明旁边，问叶勇："叶总！叫哪位小姐？"

叶勇想了想说："婷婷吧！"

如烟点头。"好的。"

曹明笑着说："给我找一个。"

如烟莞尔一笑说："晚上，我陪你喝酒。"

曹明捋了捋如烟后背的发梢。"晚上，陪我睡觉。"

如烟撩了一下秀发说："行。"如烟起身，"我去叫一下婷婷。"

如烟体态丰腴，性感迷人，是曹明喜欢的类型。这几天，星光灿烂夜总会里都在传，说曹明在澳门赌场赢了1000多万元。刚才，曹明走进夜总会大厅时，认识他的人都把目光投在他的身上。如烟担心曹明被别的小姐抢走，所以她不仅对他热情有加，还要亲自陪他喝酒。这是洪海故意传播出去的，他知道叶勇经常要来星光灿烂夜总会唱歌。叶勇在星光灿烂夜总会有七八个喜欢的小姐，因此，他很快从小姐嘴里得到这一消息。但曹明到底赢了多少钱，他无法确定。有的小姐说曹明赢了1000多万元，有的小姐说曹明赢了2000多万元。下午，叶勇与曹明通了电话后，才知道曹明赢了600多万元。谁都不会想到，这是一件子虚乌有的事情。

叶勇看着如烟的后背，轻声说："你去过澳门赌场，有经验了。这样吧，我们合伙去澳门赌一次。"

曹明挠了挠鼻子说："我出500万元。"

叶勇吐出一口烟。"一共出5000万元，你占百分之十。"

曹明笃定地说："跟你合伙，一定赢。"

叶勇摇头说："今年运气不佳，已输了5000多万元。"

曹明信心十足地说："换一个赌场，运气肯定不一样了。"

洪海早就料到叶勇会带5000万元去澳门赌场，因为他还可以向洪龙借5000万元。洪海已与曹明商量过了，如果叶勇要求合伙赌博，最多答应拿出500万元。出资500万元比较合情合理，因为曹明说自己在澳门赌场赢了600多万元。曹明钱不多，拿出赢钱去澳门赌场再博一博是叶勇意料之中的事。

十分钟后，如烟和婷婷一起，走进包厢。婷婷的身材与她的名字一样，亭亭玉立，美丽如花。叶勇拉住婷婷的手，要她坐在他的大腿上。

叶勇摸了摸婷婷的手说："你好像瘦了。"

婷婷抽回手，看了看手背，皱眉说："我自己没感觉。"

曹明拿了一瓶啤酒，高声说："来！今晚我们痛痛快快地喝！"

3

第二天，叶勇和姐夫冯智一起来到洪龙的办公室，请求洪龙再借5000万元。

洪龙慢悠悠地说："我借钱给你，是看在以往交情上，可你父亲完全不给我面子，四处举报双龙化工的污染问题，我也想尽快解决好污水、废气，可不能停产。尽管现在产品的利润不高，但是销量还不错，停产后损失很大。希望你父亲体谅我的难处。"

叶勇拿起手机，气呼呼地说："我打老头子电话，要他不要管闲事。"

洪龙摇了摇手说："现在不要说，你回家好好劝他。"

冯智给洪龙递烟。"老头子性格古怪，你不要生气。"

洪龙接过香烟。"刚才，投资公司的丁总打来电话，打算购买房产待涨。另外，如果上面硬逼双龙化工处理污水、废气问题，我们就没钱了。"

叶勇打保票说："你放心吧，我父亲我来说服。"

冯智请求道："叶总急需用钱，请你想想办法。"

洪龙点燃香烟。"叶总有困难，又不能不帮。这样吧！利息提高一点。这样，我以炒房不如收息为由，劝丁总减少房产投资的比例。再说，银行利息也提高了不少。"

在叶勇头脑里，任何投资都不如赌博来钱快，并且，坐在赌场里很舒服，既没有经营管理上的种种烦恼，又不会吸入有毒的化工臭气。真正搞企业的人不会有叶勇这种想法，洪龙就是一个例子。洪龙推迟环保投入是为了赚更多的钱，他绝对不会拿钱去赌博。冯智看了看洪龙，觉得他趁机加息。冯智心里不支持叶勇，可又不想说。叶勇桀骜不驯，老头子的话都当耳边风，哪里会听他的话呀！一年前，许多人劝说叶元，把股份转给女儿，可是，叶元不听周围人的谏言，由儿子叶勇接替他的位置。无疑，叶元犯了一个致命的错误。

叶勇扭了扭脖子说："提高一点没关系。"

洪龙吐出一口烟。"百分之十六的利息，不高吧！"

叶勇满意地点点头。"不高。"

跟黄总赌场的高利贷比较，当然不高，再说，黄总拿不出5000万元。冯智觉得有点高，但是不好开口。冯智最担心的是，叶勇去了澳门赌场，出现事与愿违的结果。如果叶勇把这5000万输光了，那麻烦就会随之而来。而叶勇不但一点不担心，而且他还信心十足，认为这次去澳门赌场，至少能赢2000万元。不过，赢2000万元的可能性确实存在。洪海觉得，叶勇去澳门赌场喜忧参半，他完全有可能赢2000万元回来。但是，想要加快叶勇倾家荡产，不促使他去澳门赌场又不行。

洪龙弹了弹烟头上的烟灰，"叶总，回去劝劝你父亲，希望他体谅我的难处。"

叶勇起身说："没事，你放心吧！"

洪龙与叶勇一边握手，一边说："你们去财务科办理吧！"

叶勇握住洪龙的手，感激地说："洪厂长！谢谢您。"

叶勇认为，洪龙是真心帮助他的，回家后，他要好好劝说父亲，不要再举报双龙化工的环保问题了。洪龙处事高明，既提高了借款利息，又让叶勇心存感激。

当晚，罗科长与澳门赌场的朋友通了将近一个小时的电话。

4

罗科长开车到洪海的楼下，过了一会儿，洪海手提塑料拉链袋走进罗科长的车厢。二十分钟后，轿车开进春江市河东小区，然后，停在9幢楼下的车位上。接着，洪海提着塑料拉链袋，走上楼梯。

“洪总！进来进来！”江副市长站在门口，“你手上提的是什么东西呀？”

“滨海特产。”洪海走进房门，把塑料拉链袋放在墙边，“是丁总送给你的糯米糍粑。”

“噢，”江副市长笑着说，“糯米糍粑我喜欢吃。”

春江市滨海区的糯米糍粑是方块的，并且大小尺寸跟一百元的人民币差不多，因此，江副市长以为袋里真的是糯米糍粑，便没有打开袋子了。而洪海却以为江副市长听懂了他的暗语，心里一阵高兴。宾主寒暄了一会儿后，洪海说起双龙化工的经营情况以及处理污水、废气的难处。江副市长一边抽烟，一边认真地听，他既不插话，也很少点头。

江副市长喝了一口水。“你反映的情况，与你们区长汇报的内容基本一致。”

洪海笑笑说：“希望市政府延缓两年。”

江副市长放下茶杯。“我抽时间去滨海调研一下，然后，再定方案。”

洪海起身说：“谢谢江市长！”

江副市长仔细看了看墙边的拉链袋，感觉里面不像糯米糍粑，于是，拉开看了看。

江副市长看后马上生气了。“你跟我开什么玩笑！拿回去！”

洪海脸色尴尬。“一点小意思。”

江副市长正色说：“好好办企业，不要搞这一套。”

接着，江副市长提起塑料拉链袋，放在洪海的手上。洪海见江副市长生气了，只好向他一鞠躬，然后，提着塑料拉链袋，快步下楼。洪海还是觉得，江副市长不收礼可能有别的原因，要么事情难办，要么对他不信任，要么送的钱还不够多，在他的头脑里，没有一个领导不喜欢钱的。可看上去，江副市长又不像在演戏。洪海来的时候，觉得这件事情不难办，现在，神情有点懊丧。罗科长见洪海提着塑料拉链袋回来，一猜就知道事情没有办成，他觉得，这件事情应该让丁总来办。丁总估计江副市长不会收钱，但是他又不能断定，于是，让洪海去试探一下。

洪海拉开车门。“江副市长不收。”

罗科长一边给洪海递烟，一边问：“江副市长对我们厂的环保问题是什么态度？”

洪海接过香烟。“江副市长说，等他调研后再定方案。”

罗科长皱眉说：“江副市长的态度不够明朗。”

洪海点燃香烟。“呃！不知道是什么原因。罗辰！是不是礼不够重？”

罗科长摇头。“80 万元，应该够了。是不是江副市长只相信爱国一个人？”

洪海点头。“也有可能。”

罗科长往车窗外扔烟蒂。“刚才，曹明打电话过来，他和叶勇明天去澳门。”

洪海做了一下手势。“开车吧！我们路上好好聊。”

5

丁总和秦茜坐在沙发上，一边看电视，一边商量旅游公司的人事问题。

秦茜拉了拉衣襟说：“我觉得让媛媛接替周雪的工作很适合。”

丁总皱眉说：“媛媛是夜总会的顶梁柱，洪海不一定肯放她出来。”

秦茜拿起旺仔罐装牛奶，喝了一口，然后说：“夜总会天天熬夜，媛媛不想干了。”

丁总想了想说：“我问一下洪海，听一听他的想法。”

话音刚落，洪海打电话过来了："爱国！江副市长不收礼。"

丁总喝了一口水。"江副市长是我父亲培养出来的，后来，又是我父亲向组织部门推荐，调他去市政府工作的，看来，他真是一个好领导。下午，江副市长说，下个月电子厂开工，他来揭牌，这说明,他对我们的企业是很关心的。"丁总放下茶杯,"哎！洪海！媛媛想到旅游公司接替周雪的位置，你同意吗？"

洪海笑着说："你同意，我百分之一百赞成。"

其实，媛媛早就跟洪海说过了，她担心丁总不同意，要洪海出面替她说话，洪海也觉得丁总不一定会同意，因为夜总会小姐出去找好工作都很难，所以，他迟迟没开口。但是，秦茜不会这么想，叶勇把她关在包厢里，准备对她下手的时候，是媛媛给110打电话求助的，这个她不会忘记。媛媛这一举动，丁总也很赞赏。叶勇是药厂老板的儿子，其身边又有许多不三不四的朋友，一般人都不敢惹他，如果媛媛没有正义感和勇气，就不会打110报案。因此，尽管媛媛有一些缺陷，但是丁总还是同意了。秦茜努力说服丈夫，让媛媛接替周秘书的工作，与媛媛保护她有关，并且，她觉得媛媛的人品也很不错，她认为，媛媛是被生活所迫才走这条路的，再说，她是一个卖唱不卖身的小姐。其实，媛媛并没有秦茜想的那么好，她从夜总会出来是有目的的。媛媛想嫁给洪海，可又觉得自己的地位太卑微，所以，她先找一个好工作，然后，为洪海生个儿子。

丁总笑着说："你同意，她明天就可以来旅游公司上班。"

洪海笑着说："好！我马上给媛媛打电话。"接着，洪海给媛媛打电话："媛媛！丁总要你明天去旅游公司上班。"

媛媛开心地说："我立刻回家，好好睡一觉，明天，精神抖擞去上班。"

洪海把手机放进衣兜。"媛媛想另谋发展。"

罗科长一边开车，一边说："她想嫁给你。"

洪海挠了挠鼻子。"我老婆绝对不会同意离婚的。"

罗科长扶了扶眼镜，然后说："她给你生儿子，你怎么办？"

洪海往车窗外扔烟头。“等她为我生了儿子再说。哎，红柳为你生儿子，你同意吗？”

罗科长摇头说：“不同意，因为红柳没有媛媛干净。”

洪海与许多男人的想法一样，财产要转给儿子，他只有一个女儿，媛媛愿意为他生儿子，他当然高兴，可问题是他老婆不会同意离婚的。其实，罗科长也只有一个女儿，他曾要求红柳为他生儿子，可红柳一口拒绝。不过，即使红柳现在改口，同意他的要求，他也不会同意了，因为她的血液里很可能有艾滋病病毒。

6

周秘书是个很有心计的女孩子，之前，她辛苦的工作和出色的表现，就是为了调到丁总身边工作，因为丁总的投资公司很有前途，并且，丁总是个精英，在精英身边工作是她的愿望。尽管秦茜对她很好，待遇也相当不错，但旅游公司的收入肯定没有投资公司好。现在，周秘书的愿望实现了，她终于来到丁总的身边工作。

周秘书把茶杯放在丁总面前。“丁总！秦总要我提醒你，不要抽烟，多喝水。”

丁总皱眉说：“出去办事肯定要带香烟，递烟给人家，自己不抽又不好。”

周秘书莞尔一笑说：“以后，我能办的事你就不要出面，这样，可减少抽烟。”

丁总点头。“有道理。”停顿了一下，丁总接着说：“经过大家商量，决定把蓝宝石写字楼买下来。今天，你去房产公司，先与销售部接触，尽量把价格降下来，蓝宝石写字楼有10000平方米，一平方米便宜100元就省10万元。你谈妥了，我再去签约。”

周秘书点头。“好吧！”

现在，周秘书的派头也不一样了，出去办事有轿车接送。二十分钟后，周秘书坐车来到久盛房产公司楼下。周秘书走到销售部门口，见房间里全是人，便乘电梯上七楼，直接找总经理洽谈。周秘书在旅游公司工作了这么长时间，已有经验了，有事找老板比找部门领导更好办。久盛房产公司金总一看有美女求见，非常热情，马上亲自为她泡茶。金总四十多岁，个子不高，有点秃顶，看上去容光焕发。

周秘书递上名片。“金总！你好！我们投资公司的丁总派我来见你，洽谈购买中山西路蓝宝石写字楼的事宜。”

金总接过名片，看了看说：“久闻丁总大名。好！周秘书！我们坐下谈。”

周秘书坐在沙发上。“这样吧，我们先把价格谈下来。”

金总把茶杯放在周秘书面前，“价格已很便宜，过几年，店面会涨到 2 万元一平方米。”

周秘书跷起二郎腿。“以后涨跌很难预料。”

金总瞄了周秘书一眼，觉得她年纪轻轻，却非常精明，难以对付，看来，得用金钱收买她。金总常与年轻人打交道，发现现在的年轻人不但很爱钱，而且小钱看不上眼，一开口就是六位数。这是一笔大买卖，不给她回扣，洽谈将相当困难。再说，久盛房产公司要购买土地，急需用钱，谈久了没有好处。眼下，有钱的大客户很少，像中财投资公司这样有实力的大客户真的不多。金总手持香烟，烟蒂贴在嘴唇上，思考了一会儿，然后，他决定，重金收买周秘书，尽快把合同签下来，早日回笼资金。

金总挠了挠下巴。“这样吧，每平方米降价 200 元，另外，给你奖励 18 万元。”

周秘书喝了一口水。“奖励我不要。”

金总一边给周秘书递名片，一边说：“这 18 万元是我送给你的，任何人都不会知道。”

周秘书接过名片，然后问：“没有什么条件吧？”

金总摇了摇手说：“没有没有。”

周秘书撩了一下秀发。“谢谢您！”

金总弹了弹烟头上的烟灰。“过两天，我打电话给你，你陪丁总过来签合同。”

周秘书爽快回答：“没问题。”

丁总和秦茜都对周秘书很放心，认为她是一个不看重金钱的女孩子。丁总给她旅游公司股份时，她坚决不要，后来，经过多次说服才同意接受。她调到投资公司上班之前，又主动把旅游公司的股份转回到秦茜的名下。另外，许亮对周秘书的印象也很好，许亮告诉丁总，说周秘书看管他女儿欣欣期间，每笔费用都清清楚楚，并且，坚决不要他的雇用工资。谁都不会想到，她为了给丁总、秦总留下好印象，故意装出来的。金总看了看周秘书的神情，感觉周秘书跟丁总有地下情，不然，她的胆子不会这么大。

第二天下午，丁总在周秘书陪同下来到房产公司签订了购房协议。然后，丁总交代财务科由周秘书办理房款结算事宜。金总拿到房款支票后，给了周秘书 18 万元的奖金。

7

叶勇在澳门赌场待了一个星期，竟然赢了 1300 多万元，他母亲听到消息后很高兴，不停地夸奖儿子有能耐。

母亲夹了一块肉放在叶勇碗里。“澳门赌场的财神爷护着你，哪里会赢就去哪里赌。”

叶勇竖起大拇指。“英雄所见略同。”

叶元朝妻子瞪眼说：“没有人像你这样护子的。”

叶元才 63 岁，可看上去却有点苍老，他头发花白，面容憔悴，眼睛无神。

母亲喝了一口汤。“叶勇工作压力大，去赌场放松一下有什么关系呀！”

叶元放下酒杯。“叶勇是老板，公司有事谁拍板呀？”

叶勇不高兴地说：“你不是很相信女儿和女婿吗？我已交代姐姐代理我的职权。”

母亲数落丈夫说：“医生每次提醒你不要喝酒，你不仅照样喝，还逢酒必醉。叶勇喜欢赌场的气氛，你却不停唠叨。我也觉得你对女婿比儿子还好。”

叶元退下来之前，身边几个人都建议他把股份转给女儿，可妻子坚决不同意，并偷偷提醒叶勇要讨好父亲，尽快办理股份转让手续。叶勇领会母亲的意思，不仅马上变得兢兢业业了，还天天跟在父亲身后。很快，叶元的想法改变了，把股份转给了叶勇。叶勇认为，冯智讨好老丈人是为了夺他的财产。不过，叶勇觉得姐姐是没有私心的，所以，他去澳门赌场前，交代姐姐代理他的职权。有姐姐和姐夫在，叶勇不在厂里对工作没有什么影响，公司的各项工作照样井井有条。但是，叶元不这么想，他认为，叶勇不务正业，振华药业不可能发展，振华药业必须有自己的原创药，否则，好日子不长。

叶勇怒怼父亲："我经常向洪龙借资金救急，你倒好，还在不停地举报双龙化工，听说，前几天，你把双龙化工告到市政府。你是不是存心跟我作对？"

叶元喝了一口酒。"洪龙借钱给你，说明他们心虚，想讨好你。"

叶勇哂笑，"你的意思是，你告双龙化工对我借钱反而有利？"

叶元一边夹菜，一边说："我一想到你判刑的事情就怒从心起，因为丁爱国是双龙化工的大股东。"

叶勇放下筷子。"我都不生气了，你生什么气呀？"

母亲挖苦道："是你自己没本事，花了这么多钱，叶勇照样被判刑。"

叶勇鄙视父亲："人家不仅有权有势，还有钱，凭你的能力能告倒他吗？不自量力。"

叶元被激怒了："没有我，你哪有今天？我看你是一个讨饭的料。"

叶元突然感觉胸痛，眼睛一黑，扑在饭桌上。见状，叶勇马上扶起父亲，把他放在躺椅上。接着，叶勇拨打120电话，请求医院立即派救护车。过了一会，救护车到了门口，然后，叶元被抬上救护车。此时，叶勇才知道不该与父亲顶撞。叶勇扶着母亲，走上救护车。救护车鸣笛，离开小区，朝春江市人民医院疾驰而去……

第十五章

1

上午，江副市长在钟副区长陪同下，来到滨海经济开发区调研。江副市长走进滨海开发区管委会的会议室，听取市区两级环保部门的工作汇报。最后，江副市长发言。

“在滨海区委区政府领导下，滨海经济开发区的规模不断扩大，促进了滨海区的经济发展。但是，由于对环保重视不够，致使近海和一些海滩被污染。另外，滨海区的群众对空气的质量也非常头痛。再不解决污水、废气问题，对人民群众无法交代了。但是，想要彻底解决滨海经济开发区的污水、废气问题，不仅需要资金投入，还需要一些时间。我的想法有三个：一、政府投入，建设一个污水处理厂，限期两年建成。各医药、化工企业，先按标准处理好各自的污水，然后，通过管道把污水送到污水处理厂进行二次处理。二、先处理好废气污染问题。环保部门要走访各个企业，根据各企业的情况，采取一企一策，要求限期废气达标。三、把医药、化工企业独立出来，成立医药化工园区。

“……”

两天后，滨海经济开发区管委会召集医药、化工企业负责人开会，传达江副市长的讲话精神，要求各医药、化工企业向振华药业学习，争取两年内，全部企业都要做到排放的废气达标。

叶元躺在病床上，向叶勇了解，江副市长和滨海经济开发区管委会领导的讲话内容。叶勇把会议的情况讲述了一遍。叶元听后非常开心。他觉得，不但自己反映的情况有了回应，而且他重视环保的理念得到了领导的肯定。叶勇站在父亲的床前，看着父亲开心的神情，感觉父亲像个小孩一样。昨天的会上，滨海经济开发区管委会主任，特别表扬了振华药业，要求医药化工企业都向振华药业学习，加大环保投入。叶元看重荣誉胜过金钱，因此，他很在意领导的表扬。

“我觉得江副市长和钟副区长没有袒护双龙化工。”叶勇说。

“看来，我错怪领导了。”叶元说。

“爸爸！你承认错误蛮快的。”叶勇笑着说。

“错就错了，无须狡辩。”叶元眯上眼睛，“我想休息一会。”

“好吧！”叶勇说。

叶勇离开父亲的病房，然后，一边下楼，一边给曹明打电话。叶勇见父亲心脏病有所好转，于是，又约曹明去澳门赌场赌博。曹明说自己近期很忙，走不开，希望叶勇推迟一个月。叶勇哪里等得住，他决定，下个星期一就重返澳门赌场。叶勇认为，母亲的话很正确，哪里能赢钱就去哪里赌。叶勇信心十足，他打算这次去澳门赢一个亿回来。其实，曹明一点都不忙，他是找借口，让叶勇一个人去。洪海、罗辰，胡淼、曹明一致认为，澳门赌场资金实力雄厚，叶勇继续赌下去，迟早会输得倾家荡产。现在，滨海经济开发区的许多老板都认为，江副市长的讲话跟叶元的举报大有关系，如果叶家倾家荡产，这些人肯定和洪海一样，开怀大笑。

2

今天，阳光明媚，滨海经济开发区的振兴路鞭炮齐鸣，春江市兴华电子厂开工仪式正在进行中。江副市长和区委黄书记走到厂门口，亲自为春江市兴华电子厂揭牌。然后，丁总领着江副市长和黄书记进入厂区参观，并简单介绍电子厂的产品和发展前景。

“今后，要优先考虑无污染的企业进入开发区。”江副市长说。

“兴华电子厂不但无污染，而且还是高科技企业。”黄书记说。

“我们正和科研所合作，研制远程监控系统。”丁总说。

“期待你们成功的好消息。”江副市长说。

“需要区委区政府帮助解决的事情，我们都会尽力而为。”黄书记说。

“谢谢两位领导的支持和帮助！”丁总走进厂房，“这是装配车间。”

江副市长和黄书记在厂区转了一圈，然后，坐车离开。接着，丁总、洪龙、洪海、胡厂长、罗科长来到滨江大酒店与客人欢聚一堂，庆贺兴华电子厂开工。丁总、胡厂长、罗科长与电子厂的客人坐在一起；洪龙、洪海与医药化工园区的客人坐在一起。丁总这一桌谈论电子元器件的前景，洪龙这一桌商讨应对环保检查的办法。搞化工的老板觉得，环保这么严，化工企业没前途了，都不愿意投入，打算再混几年，不干了；搞医药的老板认为，医药企业的前景比化工企业要好，但又不愿投资环保，认为投资环保，既花钱又会提高运行成本。洪龙除了合伙的双龙染料化工厂之外，还有独资的荣盛化工厂，他打算先把双龙染料化工厂的废气处理好，荣盛化工厂放在一边再说。

“洪龙！我们跟你走，你拖着不投，我们也不投。”化工厂老板说。

“我的厂主要是污水难处理，现在政府建污水处理厂，帮我解决了难题。”洪龙说。

“江副市长和钟副区长态度很坚决，拖不过去的。”洪海说。

“洪海！听说你现在在做废钢生意？”化工厂老板问。

“是的，丁总身体不好，有几个公司交给我管，其中一个公司做废钢的。”洪海说。

“做废钢赚钱吗？”化工厂老板问。

“赚钱。”洪海放下酒杯，“但是要做大，我现在一个月6万吨，全省前三。”

“丁总喜欢多种经营。”洪龙咳了一下，“我觉得办化工厂最好，产品利润高。”

“讲利润，夜总会也相当高，但受政策影响很大，我觉得药厂前景不错。”洪海说。

洪海对制药企业特别看好，中国十几亿人口，不愁药品卖不出去，因此，他对振华药业垂涎三尺，天天在想如何加快叶勇倾家荡产。他以为叶勇去澳门赌场会输掉身上的5000万元，谁知，叶勇却赢了1300多万元。他希望叶元早点死，谁知，叶元昏迷两天后苏醒了。叶元死了，就没人阻止叶勇赌博了，这样，叶勇会天天待在澳门赌场。尽管有人在澳门赌场赢过上亿，但是长期赌下去肯定会输得倾家荡产。其实，叶勇也知道这个道理，他打算赢一个亿就回来。

“政府下决心解决医化园区环保问题，跟叶元四处举报大有关系。”药厂老板说。

“是的。”洪龙边夹菜边说，“振华药业环保没有达标时，他从来不提环保事情。”

“叶元的想法是，他投了，你们也得投，不然，他的钱多花了。”洪海说。

“因为环保设备的运行费用很高，振华药业的利润减了不少。”药厂老板说。

“很显然，”洪海挪开嘴上的香烟，“叶元见不得别人好。”

3

叶勇在澳门赌场待了十多天，回来时，他的身上只剩下两千元。这次，他输得很惨，几乎天天输。一开始，他想，是不是赌场有暗箱操控？后来，他仔细想了想又觉得没有，因为每天他都赢过，如果他每次都见好就收，就不会有这个结果。为了不惹父亲生气，他隐瞒了去澳门赌博的事情，谎称去江苏办事。但是，叶勇无法骗冯智，因为借钱的事情还要跟冯智商量。第二天，叶勇把冯智叫到办公室，讲述自己在澳门赌场惨败的经过。

冯智听后很震惊：“怎么会这样？”

叶勇解开衣扣。“现在，只能走股权抵押这条路了，我打算股权抵押给银行贷2亿元，1亿还洪龙，1亿去澳门赌场再搏一次。”

冯智摇头说：“这条路能走通早就走这条路了，股权抵押要董事会通过，董事会成员全是你爸老同事，肯定会把事情告诉你爸。不仅事情办不成，还会把你爸气出病来。”

叶勇吐出一口烟。“怎么办？”

冯智想了想说：“不要赌了，一年后，原始股可以卖了，等卖出股票再还洪龙的钱。”

叶勇的态度很坚决：“不行！我还要去澳门赌场赌一把。”

冯智皱眉说：“没钱怎么赌呀！”

叶勇手持香烟，烟蒂贴在嘴唇上，思考了一下说：“你打电话，再向洪龙借。”

叶勇知道，只要承诺一年之内还钱，洪龙一定愿意借钱给他，因为洪龙也想孳息。冯智没有办法，只好给洪龙打电话，谎称叶勇另有投资，还需要 1 个亿，希望他帮助解决。洪龙没有当场答应，他要与其他股东商量后再告诉他。洪龙首先与丁总商量，丁总的意思是，可以借，但必须写明用股票抵押，股票解禁后先还双龙化工的借款。然后，洪龙与洪海商量，洪海加了一条，利息提高到百分之十八。接着，洪龙与胡厂长、罗科长商量，两人同意丁总和洪海的意见，并建议，请律师起草借款协议。第二天，洪龙给冯智打电话，提出三点要求：一、用股票抵押，包括之前的一亿借款；二、股票解禁后先还双龙化工的借款；三、利息提高到百分之十八。冯智把洪龙的要求转告叶勇，叶勇听后满口答应。洪龙听到冯智的回话后，请律师起草了一份借款协议。接着，洪龙给冯智打电话，要他和叶勇一起，带上振华药业的公章来他办公室签订借款协议。当天下午，叶勇和冯智一起，带着振华药业的公章，来到洪龙的办公室，签订了借款协议。然后，叶勇拿着支票，去了银行。

洪海预料叶勇还会约曹明，一起去澳门赌场赌博，因为他和曹明合伙去澳门赌场赢了钱。于是，洪海马上给曹明打电话，要他找理由，拒绝叶勇邀请。果然，第二天上午，叶勇给曹明打电话，诡称自己又在澳门赌场赢钱了，并约他一起去澳门赌场再赌一次。

“我忙死了。”曹明走出车间，“白天工作忙，晚上去医院照料父亲。”

“你父亲生病了？”叶勇问。

“嗯，他呀，全身都是病，高血压、心脏病、高尿酸、糖尿病等。”曹明说。

“这些都是老年病，不用过多担心。”叶勇说。

“医生说他一个指标偏高，有可能患肠癌，要再检查一遍，估计需要五天。”曹明踩灭烟蒂，“如果确实患肠癌，我就去不了了。”

“我等不了了，下次再约你吧。”叶勇嘱咐，“我在澳门赌场的事千万不要外传。”

“知道了。”曹明承诺，“我对老婆也不说。”

叶勇在澳门赌场输钱的事情一旦传出去，振华药业的股票肯定要大跌，到那时，他的资产将大幅度缩水。另外，这件事被洪龙知道以后，洪龙有可能逼他还钱。

4

丁总听到消息，吴主任提拔了，他现在的职务是，春江市经济开发区管委会党委委员兼春江市经济开发区建设局局长。于是，丁总约吴主任一起去吃饭，庆祝一下。

“吴垠！祝贺你荣升局长！”

“谢谢！爱国！近期好吗？”

“还好。”丁总弹了弹烟头上的烟灰，“晚上一起吃饭，祝贺一下。”

“晚上安排了。”

其实，吴局长晚上没有安排。今天是星期五，他跟平常一样，要去仙都县看望兰兰。兰兰的肚子很大了，但是，她还坚持练书法，吴局长对她的表现很赞赏。每周的周五，没有特殊情况，吴局长都去仙都县与兰兰在一起。饭后，他站在兰兰身旁，一边为她磨墨，一边观看她的书法临摹。两人还常常一起作诗，你一句，我一句，互相切磋，斟字酌句，共同完成一首诗。兰兰想象力丰富，佳句频频，吴局长夸她为诗坛新秀。两人都是诗词爱好者，因此，专心致志，乐在其中。

“等你吃完饭后，我们到夜总会唱歌。”

“吃完饭，我回家看书。”

“你不是很喜欢唱歌吗？”

“不瞒老同学，有一段时间，我的心情很不好，所以才出去喝酒唱歌。”吴局长扭了扭脖子，“下个月吧，我近期都很忙，我有空再给你打电话，我们吃顿饭。”

“好的！”

吴局长刚放下手机，兰兰打电话过来了，要他带点海鲜过来。兰兰喜欢吃海鲜，可仙都县地处山区，市场上没有新鲜的海货，因此，想吃新鲜的海鱼，必须从滨海带过去。吴局长看了看手表，见已到下班时间，于是，下楼开车，去市场买鱼。吴局长在市场上买了500多元的海鲜，然后，叫摊主帮他加冰打包。这时，前妻陈玲玲也正好来市场买菜，见前夫提着一箱海鲜离开市场，有点惊讶，可是，她又猜不出他买的鱼是给谁的。陈玲玲是昨天听到前夫被提拔的消息的，她心里为前夫高兴的同时，责备自己鬼迷心窍，做了对不起丈夫、对不起儿子的事情。陈玲玲明知吴垠不会跟她复婚，可又不愿放弃他，希望有一天，他能原谅她。

一个小时后，吴昊给爸爸打听电话：“爸爸！你在干嘛？”

吴局长想了想说：“爸爸在开车。”

吴昊开始打听：“妈妈说，你在市场上买了一箱鱼，是吗？”

吴局长一边开车，一边说：“是的。”

吴昊追问：“爸爸！你买这么多鱼干吗？”

吴局长皱眉说：“嗯——有一个外地同学来滨海，送给他的。”

吴昊抬头看了看母亲，然后说：“噢，爸爸再见！”

吴昊放下电话，把打听到的情况告诉妈妈。陈玲玲点点头，然后，和儿子一起下楼吃饭。陈玲玲觉得吴垠没有说谎，因为他以前经常送海鲜给外地同学。吴局长打算等兰兰生了孩子之后就结婚，这样，陈玲玲就不会再有复婚的想法了。但是，他预料吴昊不会同意，弄不好还会出现不愉快的事情。吴局长希望调到仙都县工作，那里的人都不知道兰兰的过去，这样，负面的议论就没有了。虽然吴局长不会鄙视兰兰，但周围的人包括他儿子都不会认同他的观点。到那时，吴昊肯定第一个站出来，反对他和兰兰的婚姻。这种事情传出去，不但影响吴昊的名声，而且还会影响自己的前程。吴局长一边开车，一边思考，他要想出万全之策，应对各种可能出现的问题。

5

最近，丁总、胡厂长、周秘书三人连续往外地跑。为了尽快把远程摄像监控系统研制出来，两个月里，他们走访了省城四座大学的研究所，并与四家研究所签订了合作协议。远程摄像监控系统由监控前端子系统、图像传输子系统、中心控制子系统、远程图像用户系统四部分组成。接下来，远程摄像监控系统由省城四家研究所共同完成，他们将发挥各自优势，在规定时间里各自完成其中一项任务。兴华电子厂不仅承担研究费用，研究成功以后还给每家研究所 300 万元。大事完成后，丁总给戴处长打电话，希望把郑处长、曹处长、杨记者请来，一起吃顿饭。

晚上六点，客人陆续来到，大家寒暄几句后便开始喝酒。

郑处长笑笑说："丁总！晚上，我和戴处长、曹处长、杨记者四人与你、胡厂长、周秘书、驾驶员四人对喝。我这个人要喝点酒，妙语才会脱口而出。"

周秘书放下筷子。"丁总身体还没有康复，不能喝酒，我的酒量又不好，我们这边加个人才行。"

杨记者撩了一下秀发。"这样吧，我到丁总这边。"

戴处长扭了扭脖子说："行！"戴处长从火柴盒里取出一根火柴，"猜火柴。"

丁总点头。"好！开始吧！"

游戏很简单，两只手里只有一根火柴，猜一下火柴在哪一只手里，猜错了，猜的一方喝酒，猜对了，拿火柴的一方喝酒。这个游戏不需要动脑筋，两方猜对猜错的次数是差不多的，主要在于酒量，哪边酒量好，哪边才能坚持下去。接着，戴处长手拿火柴，让杨记者猜。杨记者猜了10次，猜对了6次。然后，杨记者手拿火柴，让戴处长猜。戴处长猜了10次，猜对了5次。一轮下来，丁总这边少喝了一杯红酒，但酒量不如对方，继续猜下去，丁总这边肯定坚持不住。可杨记者却一点不怕，扬了一下手，要继续猜。见状，郑处长非常高兴，从火柴盒里取出一根火柴，与杨记者对猜。其实，郑处长不知道，杨记者的酒量很好，单独挑战，他和戴处长、曹处长都不是她的对手。谁知道，杨记者猜了10次，猜对了7次。

郑处长连喝三杯啤酒后说："女孩子猜老男人的心思都很准，所以杨记者会赢。"

杨记者莞尔一笑说："看来，郑处长认识的女孩子不少。"

郑处长摸了一下脸说："我呀，酒后总往夜总会跑。"

胡厂长笑笑说："洪海常说，夜总会是培养精英的地方。"

戴处长放下酒杯，深有感触地说："哎！这句话有意思。胡厂长，你解释一下。"

胡厂长喝了一口酒。"我要洪海来解释。"胡厂长打通了洪海电话，"洪海！戴处长要你讲一讲理由，证明夜总会是培养精英的地方。"

胡厂长把手机放在桌子上，使用手机免提功能，与大家一起听洪海的解释。接着，手机里传出洪海哈哈大笑的声音，然后，他讲了四个理由：一、夜总会的女孩子年轻漂亮，但她们很实在，她们看中的是有钱、有权的男人，这样，会促使男人去奋斗。二、现在城里的姑娘都不纯洁了，上中学就与男同学搞在了一起，而夜总会里有许多农村来的黄花闺女，不过，这些黄花闺女的要求也相当高，有钱有权的男人才能得到她们，这又会促使男人去奋斗。三、夜总会是优秀人才聚集的地方，他们聚在一起，互相学习，很容易成为精英。四、夜总会里有集才艺美貌于一身的人物，她们收集信息，建议优秀的男人去创业，有的小姐还借钱给他们开办工厂或者开办公司。

接着，洪海炫耀说："春江市赫赫有名的奇彩服装厂就是在我的KTV小姐帮助下，在1997年开办的。这个小姐是老处女，现在，她是奇彩服装厂的老板娘。”最后，洪海得意地说：“以上理由和事例足以说明，许多精英与夜总会的小姐有千丝万缕的关系。”

杨记者拉了拉衣襟说：“洪老板！你好！我是《经济日报》记者杨敏，请问，你们男人为什么那么喜欢处女呢？”

洪海乐呵呵地说：“杨记者！您也在呀！这个问题请丁总回答。”洪海说完挂断手机。

大家听后，哈哈大笑。

杨记者粲然一笑说：“风尘女子当中才智出众的肯定有，旗袍就是妓女设计出来的。”

6

三个月里，叶勇去过澳门赌场五六次，赢少输多，一共输了两千多万元。叶勇明知很难赢回来，可是，他还是不放弃，要继续赌下去。昨天，他又去了澳门赌场。冯智很担心，每天都会给叶勇打电话，了解当天的输赢。第四天下午，叶勇的手机突然关机了，这让冯智非常着急。晚上，他终于打通了叶勇的电话。

“今天，为什么关机了？”

“财务林总监老打电话，说税务查账，了解一些事情，我说等回来再说，可税务局不同意，直接给我打电话，于是，我索性把手机关了。”

“今天，输赢怎么样？”

“输了。”

“输了多少？”

“将近六千万元。”

“怎么办？”

“银行卡里还有两千万元，明天再搏一搏。”

第二天晚上，冯智给叶勇打话，了解输赢情况，叶勇告诉他，输光了。叶晗在冯智边上，听后愣了。叶晗觉得，她必须和冯智一起，劝说叶勇改邪归正，否则，叶勇将会倾家荡产。于是，她马上拿起手机，给叶勇打电话，劝他不要再赌了。可叶勇却根本听不进去，决定留在澳门赌场继续赌下去，因为澳门赌场同意先给筹码后付钱。下午，叶勇问红马甲，说自己是振华药业的实际控制人，可不可以先拿筹码后付钱？红马甲听后，仔细查了一下，然后同意了，不过，赌场的红马甲说，最多给他 2000 万元的筹码。叶勇决定，晚上九点以后，再去搏一搏。晚上十二点多，冯智接到叶勇的话，听到一个好消息，叶勇说自己晚上赢回 2000 万元。不过，一整天算下来还输 4000 万元。接着，冯智劝叶勇先回滨海，把公司的事情处理好以后再去澳门。叶勇想了想，同意了。

叶勇输了钱，心情本来就不好，到了滨海区国税局又被国税局稽查人员批评了一顿，说他隐瞒收入，要补交税款，并接受处罚。事情是这样的：江苏一家制药厂，去年 12 月 17 日和 12 月 23 日，从振华药业进了两批原料药，而振华药业开发票的时间却是今年 1 月 12 日。为此，对方国税局请滨海区国税局协查。经查，振华药业属于故意隐瞒收入的行为。对此，滨海区国税局不仅要求马上补交税款，还要对振华药业进行处罚。叶勇回到公司，问财务总监，为什么会出现这种情况？财务总监说，是叶晗要求这样做的。叶勇听后很生气，马上打电话问叶晗，为什么出这种傻主意？

“一是去年的利润有点高；二是今年的利润可能要下滑。”

“这么大的事情为什么不跟我商量？”

“这算大事情吗？”

“现在，国税局不仅要求补交税款，还要罚款。”

“国税局怎么查出来的？”

“哪有你这样造假的？你以为税务人员都是傻瓜呀！”

“以后，你别让我管了。”

叶晗说完，把电话挂断了。叶勇放下电话，叹了一口气。涉税的事情可大可小，弄不好还有可能坐牢，必须重视才行。另外，公司还要出一个公告向股民解释，不然，股民认为，振华药业财务造假。叶勇没有办法，只好待在公司里，等国税局处罚决定出来以后再去澳门赌场。

7

早晨，兰兰生了，生了一个女儿。吴局长接到保姆打来的电话后，马上请假两天，下楼开车。今天是星期四，吴局长打算星期天下午回来。在车上，吴局长给陈玲玲发了一条短信：外地朋友的女儿结婚，今天，你接吴昊回家。过了一会儿，陈玲玲回复吴局长的短信：好吧。

为了与吴局长复合，陈玲玲对吴局长百依百顺。然而，吴局长却从心底里厌恶她，平时，他从来不给陈玲玲打电话，也不发短信给她。今天，他没有办法，只好给她发短信，要她接儿子回家。吴昊很懂事，知道母亲的心思，因此，他在父亲面前经常委婉表示，希望父亲和母亲重新住在一起。为了不伤儿子的心，吴局长只好装糊涂，转换话题或者转身离开。吴昊见父亲没有反对，以为父亲和母亲还有复合的希望。外婆也希望女儿和吴垠复合，要吴昊在中间调和母亲和父亲的关系。

上午十点，吴局长来到仙都县妇产科病房。

保姆笑着说："吴局长！你女儿长大后肯定比她妈妈还漂亮。"

吴局长坐在床边，仔细看了看女儿，"嗯，真的很漂亮。"

兰兰莞尔一笑说："我的肚子很听话，你说喜欢女儿，生下来正是女儿。"

吴局长笑着说："这是上帝赐予我们的。"

兰兰拉了拉女儿下巴旁边的被头。"你女儿的乳名和学名我都取好了，叫蕾蕾和吴优。"

吴局长点头。"好！优字除了优秀、美好含义外，与姓连在一起读，还有无忧之意。"

兰兰见保姆提着热水瓶打水去了，便轻轻问："你来这里，单位有人找你怎么办？"

吴局长解开衣扣。"我说外地朋友的女儿结婚。哎，你生之前，怎么不告诉我？"

兰兰理了理头发。"我怕影响你的工作，再说，有保姆在，没事。"

兰兰心里希望吴局长在她身边，但是又担心影响他的工作。兰兰感觉自己很幸运，在茫茫人海里，竟然找到对她这么好的优秀男人。接下来，她不但自己要过得好，而且还希望女儿无愁无忧地生活。为了给女儿留下好名声，她决定转让夜总会的股份，彻底断绝与夜总会的关系。另外，她还要更换手机号码，除了丈夫、母亲、弟弟、保姆之外，其他人一律不再联系。兰兰这一想法，与吴局长想的完全一致，但是吴局长不好说出来，怕兰兰误解，以为他看不起她。吴局长还有一个想法，就是希望调到外省工作。最近，吴局长已听说市级机关将抽调人员去外省挂职锻炼的事情，他认为这是一个好机会。他不求提拔，只是希望去外省工作。

"兰兰！你告诉母亲了吗？"

"没有。"兰兰坐起来，喝了一口水，"下个月，转让夜总会的股份后，回趟家。"

"你已决定转让夜总会的股份？"

"嗯。"兰兰重新躺下，"接下来，主要任务是培养蕾蕾和照顾你的生活。"

"兰兰，你正是一个好女人。"

"但是，我又是一个有严重缺陷的女人。"

"人无完人，金无足赤，谁没有缺陷呀！"

"全世界好男人里只有你能包容我。"兰兰拉着吴局长的手，"我很幸运、很幸福。"

兰兰觉得，她怀孕的十个月，是她人生最幸福的时光。每逢周末，吴垠都会来仙都陪伴她。吴垠不仅与她一起背诗作诗、读书写字，还经常坐在她的边上，听她弹奏琵琶。吴垠喜欢听兰兰弹琵琶，尤其喜欢她弹的《春江花月夜》《渔舟唱晚》和《阳春白雪》，他常常听得如痴如醉。兰兰看着吴垠，觉得眼前的男人，既是她的恋人，又是她的知音。

第十六章

1

电子厂的生产已趋稳定，于是，丁总着手处理双龙染料化工厂的环保问题，他把整个工程包给专业环保公司，限期完成。今天，外延炉废气净化器、PP 废气处理喷淋塔、异味处理罐、环保除尘箱等环保设备进入厂区。叶元推着自行车，走出振华药业的大门，看见双龙染料化工厂厂区空地上堆满了环保设备，于是，便骑车过来，看一看到底是哪些环保设备。这时，洪龙正好送客人出门，看见叶元站在门外，引颈张望，便走过去与他打招呼。

“叶老！进来坐坐，帮我参谋参谋。”

“环保设备越来越先进，我不行了。”

“现在的环保设备是比以前先进，但价格贵。”

“政府建污水处理厂，对污水进行二次处理，这样，你们处理污水的标准降低了。”

“各个化工厂建一个污水处理厂是不现实的，哪有场地呀！并且投资太大。”

“你们带头处理废气问题值得表扬。”

“叶老！受到你的表扬我特别高兴。”

尽管洪龙对叶元有嫌隙，但是他表面上还是客客气气。不过，洪龙说话的语气还是会让人感觉到他话外有话。因此，叶元听后有些尴尬，他估计洪龙已知道他在举报双龙染料化工厂的污染事情。然而，叶元却认为自己一点不过分。再说，他不四处举报，政府就不会重视，双龙染料化工厂也不会投资解决废气问题。现在好了，三个月以后，振华药业上空不会再废气笼罩了。叶元认为，在滨海医药化工园区，振华药业环保投资最多，他有资格批评人家。振华药业确实很重视环保，前年，振华药业还专门投资3亿元，建造了一个污水处理厂。但是，人家不会认同他的想法，认为叶元与他们作对。

“我这个人呀，既敢批评，又喜欢表扬他人。”

“好！有个性。”

“明天，区委召开党外人士座谈会，我向黄书记建议，奖励双龙染料化工厂，因为你们为园区带了一个好头。”

“我们双龙染料化工厂要以振华药业为榜样，尽快解决废气问题。”

洪龙希望叶元在区委黄书记面前表扬双龙染料化工厂，所以他也夸振华药业。以叶元的个性，他会在黄书记面前提这个建议的。叶元这个建议于公于私都有好处，洪龙带头处理废气，不但对医药化工园区的废气治理有利，而且还可以明显改善振华药业厂区的空气质量。医药化工园区各企业都重视环保，才会有良好的空气。

“这方面，大家真的要以振华药业为榜样。”叶元自豪地说，“我们振华药业对环保的重视受到过省里嘉奖的。”

“如果大家都像你那样重视环保，那滨海医药化工园区将会成为花园式的园区了。”

“这是我的愿望。”

2

傍晚，叶勇来到婷婷的公寓。公寓很小，只有40多平方米，但感觉相当温馨。柔和的灯光，乳白色的墙上贴着许多美女的照片。婷婷穿着睡衣，笑着从卧室出来，为叶勇泡茶，然后，走进卫生间，准备洗澡。叶勇走进卧室看了看，感觉东西摆放有点乱，在他的印象里，婷婷的房间一直很整洁的。叶勇已有半年多没来她的住处了，今天突然想起她，于是，他给婷婷打电话，说自己马上过来。过了一会，婷婷从卫生间出来。接着，叶勇走进卫生间洗澡。

十分钟后，叶勇走出卫生间，从衣兜里取出2000元给婷婷，并说有急事，要马上回公司。婷婷看着叶勇的背影，有点疑惑，因为她没有听到叶勇通话的声音。婷婷思考了一下，马上猜到原因了，她走进卫生间，拉开抽屉，发现她使用的针筒注射器移动了位置。

刚才，叶勇在抽屉里找指甲钳，剪指甲，无意中发现一个抽屉里面有注射器，于是拿起来闻了闻。他断定，婷婷在吸毒。虽然叶勇嗜赌、好色，但是他一直远离毒品。他认为，吸毒的人最容易得艾滋病，所以他决定编了一个理由，马上离开。

婷婷愣了一会，接着，朝镜子里看了看自己消瘦的面容，然后，流下悔恨的眼泪。

叶勇本想一走了之，可走到楼下又觉得应该劝说婷婷去戒毒所戒毒，于是，他坐在车里，给她发短信。

“婷婷！你要远离毒品。”

“叶总！我知道你为什么突然离开。”

“你吸毒有多长时间了？”

“半年多了。”

“你要下决心消除毒瘾。”

“我戒过几次，戒不掉。”

“去戒毒所，一定能戒掉。”

“人家知道后，名声一落千丈，没有人坐我台了。”

“那怎么办？”

叶勇足足等了五分钟，可婷婷仍然没有回他的短信。婷婷是被人算计染上毒瘾的。她那么漂亮，在夜总会的收入肯定不错，因此，她被毒贩盯上。毒贩希望婷婷赚来的钱，源源不断地流到他的口袋里。叶勇想给陈副队长打电话，带婷婷去戒毒所戒毒，并查出毒贩子，可是仔细思考了一下，又觉得自己是多管闲事。再说，举报婷婷吸毒，等于交代自己嫖娼的事情。叶勇手持香烟，烟蒂贴在嘴唇上，犹豫了好一会，最后，他还是没有给陈副队长打电话，开车走了。

3

马主任来到废钢堆场，与洪海商量发货的事情。

马主任摇头说："你要报废汽车拆解公司发 2000 吨小型废钢，是不可能的。"

洪海踩灭烟蒂。"废钢涨价了，而沙钢合同的 7000 吨是老价格，只能把自己仓库里的废钢先发掉。这里有 5000 吨，加上报废汽车拆解公司的 2000 吨，正好 7000 吨。"

马主任看了看四周。"这里没有 5000 吨，最多 4500 吨。"

洪海疑惑："你能看出来？"

马主任笃定地说："我当了十几年仓库主任，一看就准。"

洪海看着马主任问："是账不准确，还是仓库里有鬼？"

马主任轻声说："过磅员陈森是刘副经理招进来的。门卫老头说，上星期日只进来一车，陈森要他签两张收购单。"

洪海马上感觉到出大事情了，因为收购单上有仓库过磅员、门卫和刘副经理三人签字，出纳就可以付款了。洪海根本没有想到刘副经理的胆子这么大。其实，这种事情一查就清楚。洪海打算把库存全部发出去，看一看到底缺少多少数量，等有了证据再由司法机关处理。刘副经理有自己的想法，他感觉自己的位置迟早会被马主任取代，他要趁现在有权先捞一把，至于清仓查账，他认为可能性很小，因为按现在的经营方式，每月的库存至少要留下 5000 吨以上。谁知，废钢突然涨价，必须先发掉库存，不然要亏损。刘副经理担心罪行败露，于是，他向洪海建议，先把报废汽车拆解公司的废钢调出去。马主任听后马上猜出刘副经理的心思，他要劝说洪海，清仓查账，把内鬼揪出来。

洪海想了想说："我要刘副经理去沙钢催讨货款，然后你来负责发货和清仓查账。"

马主任给洪海递烟，"好的。"

洪海接过香烟。"报废汽车拆解场地要日夜加班，尽量凑足 7000 吨。"

马主任点头。“嗯，我知道了。”

洪海点燃香烟，然后问：“刘副经理在公司里有多少好兄弟？”

马主任抽了一口烟。“至少有十几个。”

洪海手持香烟，烟蒂贴在嘴唇上，若有所思地说：“怪不得丁总对他的处理很慎重。”

马主任帮洪海出主意：“只要把刘副经理关进看守所，他的好朋友就不会帮他了。”

洪海挪开嘴上的香烟。“一经查实你就举报，不给刘副经理任何机会。”

马主任坚定地说：“好！我服从你的指挥。”

虽然马主任的能力不如刘副经理，但是他的私心没有刘副经理重，他只是希望多拿工资、多拿奖金，并且，他比刘副经理能吃苦。洪海认为，改制企业不能用能力强的人，一是能力强的人会自高自大，二是能力强的人大多私心很重，胆子很大。洪海已打算提拔马主任。马主任觉得，洪海跟丁总不一样，丁总把计划藏在肚子里，而洪海不会隐瞒自己的一些想法，处理事情干脆，不过，他又认为，洪海做丁总的助手是最适合的，丁总负责制订企业发展计划，然后，让洪海去具体实施。另外，马主任已感觉到洪海打算提拔他。马主任决定，不遗余力地支持洪海的决策，把刘副经理送进大牢。

4

星期二上午，吴局长给丁总打电话，约他晚上一起吃饭，并要求他把儿子老婆都带来。丁总有些不解，以前，吴局长都说星期六、星期天才有空，今天，怎么安排在星期二晚上聚餐，是不是他有女朋友了？

丁总挠了挠下巴。“怎么安排在星期二吃饭？”

吴局长喝了一口水。“怎么啦，你晚上有安排了。”

本来，丁总打算约丈母娘、秦明、秦亮三人吃饭，因为秦明、秦亮的高考成绩上了二本分数线，他要为两个小舅子庆贺一下。

丁总想了想，决定把家里的聚餐推迟一天。

丁总弹了弹烟头上的烟灰。“没有安排，我只是有点奇怪，因为你以前都是星期六、星期天才有时间的。”

吴局长撒谎说：“最近，我星期六、星期天都出去钓鱼了。”

丁总笑着说：“噢，我以为你有女朋友了，现在的恋人都喜欢休息日出去旅游。”

吴局长笑着说：“旅游公司的老板，想法就是不一样。”

丁总摁灭烟蒂。“秦茜带两个儿子看不住，我把周秘书也叫来。”

吴局长马上应答：“行！”

丁总想把周秘书介绍给吴局长，看一看两人能不能对上眼。其实，这是完全不可能的。吴局长正打算与兰兰结婚，绝对不会考虑别的女人，而周秘书已经爱上了丁总，在她的心目中，丁总是她见过的男人里最优秀的。她现在思考的是，如何让秦茜离开丁总，如果丁总不想放弃秦茜，她就心甘情愿做他的情人。周秘书认为，秦茜是个有缺陷的女人，她不仅在夜总会当过小姐，还被叶勇全身摸过，而她却是一个守贞的女孩，至今仍然是黄花闺女。周秘书坚信，再过一段时间以后，丁总就会爱上她。在省城的时候，她曾打算让丁总喝醉，然后找机会上他的床，把纯洁无瑕的肉体给他。可是她又不忍心让丁总醉酒，因为他的身体还没有完全康复。丁总对周秘书的印象越来越好，她不但细心照料他，还经常代他喝酒，有时候，她竟然为了他喝得酩酊大醉。如果没有秦茜，他可能会把周秘书当老婆。现在，秦茜不但是他心爱的女人，而且还是他儿子的母亲，周秘书想要他放弃秦茜，几乎是不可能的事情。

“吴垠！订在滨江大酒店怎么样？”

“爱国！不能都吃你的，今天我来订。”

“我比你有钱。”

“爱国！这不是谁钱少谁钱多的事情。”

“好吧！你来订吧！”

“滨江大酒店离你家近，就订在滨江大酒店吧！等一会儿，我把包厢号告诉你。”

“谢谢你！”

“爱国！我们之间不言谢。”

5

傍晚，丁总抱着小儿子来到滨江大酒店。丁超夹在秦茜和周秘书中间，跟在爸爸的身后。在包厢门外，丁总遇上烟花经营公司的吕主任。

吕主任粲然一笑说：“丁总！你有两个儿子，好幸福啊！”

丁总笑着说：“还缺个女儿。”

吕主任撩了一下秀发，朝秦茜微笑说：“嫂子！你再给他生个女儿。”

丁总向秦茜介绍：“她是我们烟花公司的吕主任。”

秦茜拉住吕主任的手。“吕主任！你好！嗯，我也想再生个女儿，可政策不允许。”

丁总一边把丁凡交给秦茜，一边问：“你在哪间包厢？”

吕主任拉了拉衣襟说：“我在你隔壁，等一会过来敬你们。”

丁总点头，然后，进了包厢。过了十分钟，吴局长和儿子吴昊走进包厢。吴昊和丁超同龄，也读小学四年级。今晚吃饭，吴昊有个任务，他要看一看爸爸和哪些人一起吃饭。星期天，妈妈对他说，以后和爸爸一起出去吃饭要多个心眼，一是饭桌上有没有女孩子，二是爸爸对哪个女孩子最好。因此，吴昊一进包厢眼睛就落在秦茜和周秘书的身上。经过仔细观察，吴昊确定秦茜是丁总的妻子、小孩的母亲。但是，吴昊无法确定周秘书是什么角色，他觉得有很多可能，或许是秦茜的妹妹，或许是丁总给他爸爸介绍的对象，或许是丁总家的保姆。吴昊的想法是，不允许任何女人亲近他爸爸，他希望爸爸回到妈妈身边。周秘书看了看吴昊，觉得好奇怪，心想，这个小男孩为什么老盯着她？

吴局长见服务员已给大家倒好酒和饮料，便举杯说：“祝爱国一家幸福美满！祝周美女永远漂亮年轻！祝丁超、吴昊学习进步！”

秦茜放下酒杯，莞尔一笑说：“局长就是不一样，不仅突出重点，还面面俱到。”

丁总与吴局长碰杯。“祝你步步高升！”

吴局长笑着说：“祝你身体健康，万事如意！”

丁总喝了一口酒。“最近工作忙吗？”

吴局长扭了扭脖子说：“会议有点多。”

接着，吴局长和丁总一边吃，一边谈各自工作上的事情。过了十多分钟，吕主任推门进来。吴局长一见吕主任马上挥手致意，两人不但是老邻居，而且吴局长的妹妹与吕主任是好同学。两人的情况，互相都很清楚。

吕主任马上走到吴局长身边，热情地说：“吴局长！您好！”

丁总笑问：“你们认识？”

吴局长笑着说：“我们岂止认识，还是青梅竹马呢！”

吕主任嫣然一笑说：“我们是老邻居，吴局长是我的大哥哥，他妹妹是我的好同学。”

丁总突然感觉吴局长与吕主任很相配，打算吃完饭后探问一下吴局长，他到底喜欢周秘书，还是喜欢吕主任？秦茜在边上观察，感觉吴局长与周秘书没戏，因为周秘书到现在没有跟吴局长说过一句话。如果没有兰兰，吴局长或许会喜欢上吕主任，但现在已几乎没有这个可能。吕主任对吴局长的印象很好，如果吴局长愿意与她恋爱，她肯定会同意的。吴昊坐在那里，连吃饭的心思都没有了，他一会儿看看爸爸，一会儿瞅瞅吕主任，一会儿又瞄一下周秘书，他感觉爸爸喜欢吕主任。吴昊打算把这一情况告诉妈妈，使妈妈心里有个准备。

吴局长理了理头发说：“吕红！先敬你们丁总。”

吕主任举了举杯酒说：“好！丁总！我敬你。”

6

上午，兰兰坐车来到星光灿烂夜总会，办理股份转让手续。因为她事先已与如烟谈好股份转让的事宜，所以她签个字就行了。接着，她和如烟一起来到工商银行。过了一会儿，128 万元就到了兰兰的银行卡上。如烟看了看手表，见已近中午，便请兰兰一起吃饭。兰兰谎称家里有急事，要马上赶到机场，尽快回家。然后，兰兰与如烟道别，坐车回到仙都。回家后，兰兰给红柳打了一个电话，说自己已把股份转给了如烟。红柳听后，也准备转让夜总会的股份。过了五天，兰兰收到红柳一条短信：兰兰！我已经把股份转给了漂泊和温存，我打算回老家开饭店，现在正在回老家的路上。兰兰回复：祝你万事如意！一个月后，兰兰更换了原来的手机号码，她决定不再与夜总会的姐妹们联系了，她要把所有的精力放在照顾女儿和丈夫的身上，做一个全职妈妈。

最近，吴局长特别忙，上个月，他与春江市经济开发区主任一起跟随江副市长去省城经济开发区考察，回来后没有几天，他又与春江市经济开发区主任一起跟随叶市长去上海张江高科技园区调研，这几天，他正在整理材料，准备参与起草春江市国民经济五年发展规划。他与兰兰已有半个月没有见面了，只是在晚上通电话，或者发短信。

吴局长洗完澡，背靠床头，开始给兰兰发短信："兰兰！蕾蕾睡了吗？"

兰兰回复："睡了，刚才，她又在梦中发笑。"

吴局长提醒："你白天不要老逗她笑。"

兰兰回复："我们的女儿真的很可爱。"

吴局长喝了一口水，接着发短信。"半个月没见到蕾蕾了，她肯定更可爱了。"

兰兰回复："嗯，真的很可爱，我妈妈看到蕾蕾照片后想过来看外孙。"

兰兰在外面闯荡已十年了，以前，每年会回家一次。去年，因为各种原因，她没有回家。母亲问她，为什么不回家？一开始，她说自己忙。后来，实在瞒不过了，才告诉母亲，说自己怀孕了，并把吴局长的情况告诉母亲。母亲不知道女儿在夜总会做小姐的事情，到现在都认为吴局长配不上她的女儿。兰兰不但年轻漂亮，而且收入又这么多，做母亲的当然不愿意把她嫁给离过婚的男人，并且，吴局长已四十多岁了。因为兰兰已怀上了他的孩子，所以，她没有劝阻女儿。

吴局长扭了扭脖子。“你妈什么时候过来？”

兰兰回复：“下个星期。”

吴局长理了理头发。“噢，这个星期五，我多买点海鲜，带过去。”

这时,办公室打来电话,说春江市经济开发区的橡胶厂起火了,要他马上赶到现场。

吴局长一边下床，一边发短信：“市经济开发区一家橡胶厂起火，我要去现场。”

兰兰回复：“去吧，注意安全。”

吴局长回复：“我会注意安全的，你睡吧。”

兰兰回复：“回到家，给我发条短信。”

吴局长回复：“好的。”

吴局长赶到现场的时候，已经浓烟滚滚了，救火人员根本不能靠近。现在，二楼的安全通道已被烟火堵死，二楼、三楼共计100多个工人困在楼上，一个也下不来。今晚，刮的是东北风，因此，西、南两边不但浓烟特别大，而且橡胶的臭气还令人窒息，消防人员也很难靠近。只有二楼北面的一个通风口可以爬出来，可是，它的东、北、西三面都有高墙，必须尽快撞倒高墙，搭建逃生通道，才能及时解救困在楼上的100多个工人。于是，吴局长马上调来一辆高大的工程车，要求驾驶员撞倒东面的高墙，并把工程车停在二楼北面的通风口下面。然后，再搬上空油桶放在工程车的车斗里，搭起逃生通道。可驾驶员不敢正面冲击，建议倒退撞墙，以免头部受伤。吴局长认为，必须开足马力，以每小时70公里以上的速度正面撞墙，否则，即使高墙被工程车撞倒了，工程车也不可能停在通风口的下面。火场就是战场，再拖延时间，楼上的人就会失去逃生的机会。吴局长立即跳上驾驶室，开足马力，冲向高墙。只听“轰”的一声，工程车停在了通风口的下面。过了一会儿，吴局长从驾驶室钻出来。然后，大家马上往车斗上搬空油桶。五分钟后，二楼的通风口被消防人员砸开，接着，消防人员用大铁锤砸墙，不一会，就砸成一个约70厘米直径的大洞。过了两分钟，二楼、三楼的工人一个个从通风口爬了出来。至此，吴局长才感觉头上有点疼，他摸了一下，一看手上全是血。见状，大家连忙送他去医院。

吴局长去医院的路上，给兰兰发了一条短信："兰兰！我回家了。"

兰兰回复："你洗洗澡早点睡觉，我也准备睡觉了。"

7

经过一个星期清仓，结果出来了，仓库实际废钢库存比账上少了820吨。当晚，陈森被叫到公安局，接受审问。第二天，一个送货的驾驶员被关进了公安局的看守所。三天后，刘副经理在张家港一家宾馆里被公安人员带走。今天，林金宝的儿子林聪被辞退，他不仅天天上班迟到，还与马主任顶嘴。为此，林金宝的心里很不舒服，他觉得，这是洪海和马主任联合起来对付他。据他儿子说，马主任故意安排他做重活苦活。但是林金宝无话可说，因为林聪的确天天迟到。不过，林金宝也不是好惹的，他要出一口恶气，给洪海和马主任制造一些麻烦。下午，刘副经理的妻子带着婆婆来公司找洪海。洪海正与吕主任商量工作，见两人气势汹汹地闯进来，很不高兴。

"你为什么把我的儿子送进监狱？"刘副经理的母亲斥问。

"是陈森交代出来的。"洪海说。

"你借刀杀人，你明知刘强参与其中。"刘副经理的妻子说。

"公安局不插手，"洪海扭了扭脖子，"你丈夫会坦白吗？"

洪海早就在会上警告过，如果有人敢以身试法，他决不会心慈手软，他要说到做到，不然，还会有人知法犯法。洪海掌握了陈森、刘副经理等人的犯罪证据后，给马主任下指令，要求他马上举报陈森、刘副经理等人的犯罪行为，尽快把陈森、刘副经理等人抓进公安局，不给他们拉关系、走后门的机会。马主任想当公司的副总，肯定要不折不扣地执行洪海的指令。洪海这样做有

三个方面的好处：一、刘副经理的朋友即使想帮助，也很难帮上；二、减轻丁总的压力，洪海预料，刘副经理的家属会找丁总求情，以减轻处罚；三、防止刘副经理利用手中的权力，建立攻守同盟，逃避罪责。

“慢慢说，慢慢说。”林金宝走进办公室，“仓库少了多少吨废钢？”

“820 吨。”吕主任给两人端水，“丁总一直不做废钢的生意，就是怕出这种事情。”

“我也不想做废钢了。”洪海摇头，“丈夫贪污，家属竟然还来公司闹事。”

“废钢有损耗的，不能全记在他们头上。”林金宝给洪海递烟，“你要向丁总学习，他处理事情人性化，改制的时候，宋科长贪污一百多万元，丁总都没有让他坐牢。”

“有人说，宋科长把漂亮的老婆给了丁总。”刘副经理的母亲高声问，“是不是？”

“如果你不把刘强捞出来，我就告丁总包庇罪犯。”刘副经理的妻子气呼呼地说。

看热闹不嫌事大，林金宝就属于这种人。刘副经理的妻子和母亲闹得越厉害，林金宝的心里越高兴，他要看一看洪海怎么收场。林金宝希望洪海离开公司，洪海离开公司后，他的儿子才有可能接替他的工作。此时，洪海真的想离开公司，他觉得这个公司太复杂了，并且，刘副经理的妻子竟然还要控告丁总。真的太不像话了，可又没有办法阻止她的行动。洪海看了看林金宝，觉得他不怀好意，他摇了摇手不接香烟，弄得林金宝很尴尬。这时，刘副经理的母亲比她儿媳更过分，一边摔茶几上的烟灰缸，一边怒骂洪海是丁总的走狗，合伙对她儿子下手。

“太过分了！”吕主任生气了，“你们这样对待丁总、洪总，对刘副经理有好处吗？”

“洪总？谁承认他是洪总？”刘副经理的母亲朝洪海瞪眼，“他是 KTV 的鸡头。”

“不能这么说，春江市 KTV 几百家，政府允许它们存在，就是合法的。”吕主任说。

这时，财务科的叶科长走过来，示意两人不要激动。

“洪总！公安局来了两个人，要求复印废钢收购单。”叶科长给洪海的杯里加水，“干警说，刘副经理已承认，是他要陈森模仿门卫的笔迹签字。”

“我给陈副队长打电话，让他们先回去。”洪海拨通了陈副队长的电话，“陈队长！您好！收购单等我们复印好以后再给你送过去，怎么样啊？”

“嗯——行。”

“洪总！”刘副经理妻子的态度马上变了，“刚才，我们是有点过分。”

刘副经理的母亲感觉儿子有轻判的可能，马上起身拿起扫帚，清扫地上的碎玻璃。叶科长抿嘴笑了笑，然后走了。林金宝一看没戏了，摇了摇头，跟在叶科长的身后，灰溜溜地离开。洪海从烟盒里取出一支香烟，然后，用烟蒂轻轻撞击桌面，接着，点燃香烟，吸了一口。刘副经理的妻子见林金宝走远，便走到吕主任的身边，轻轻告诉吕主任，意思是林金宝中午来到她的家，撺掇她过来闹事。洪海瞟了刘副经理妻子一眼，没有说话，两指夹着香烟，烟蒂贴在嘴唇上，若有所思地看着房顶。

“你确实过分了，按你的说法，公司职工都可以明目张胆贪污了。”吕主任批评说。

“林金宝说，这件事可以内部处理的。”刘副经理的妻子说。

“你丈夫犯过错误的，去年，他拿了人家的手机，违规把废钢卖给个人公司，到现在还有 12 万元的货款没有要回来。”吕主任拉了拉衣襟，“是洪总给他改过的机会。”

“噢。”刘副经理的妻子恳求说，“洪总！希望你想一想办法，减轻刘强的罪行。”

“嗯……”洪总叼着香烟问，“你还要告丁总犯包庇罪吗？”

“不。”刘副经理的妻子拉了拉衣襟，“这是气话。”

“要主动退赃。”洪海吐出一口烟，“多退赃，收购单可以少交一点。”

“好！”刘副经理的妻子连连点头，“我们先回去了。”

8

接着，洪海要吕主任把林金宝叫到他的办公室。不一会，林金宝昂头走进来，他已猜测到，刘副经理的妻子为了讨好洪海说出他怂恿她闹事的事情。但是林金宝不怕，因为他不求洪海为他办事了，再说，他再过一年就退休了，即使得罪洪海，也不怕给他穿小鞋。吕主任知道林金宝的为人，担心事情越闹越大，于是，站在林金宝身后，摇了摇手，示意洪海不要激怒林金宝。其实，吕主任的担心是多余的，因为洪海和林金宝都是煤炭公司出来的，他对林金宝的为人比吕主任更了解。洪海看着林金宝的神情，很不舒服，他要整治林金宝，不然，林金宝我行我素，无所顾忌。

“林金宝！”洪海给林金宝抛上一支中华香烟，“你与刘副经理关系不错吧！”

“是的。”林金宝在空中抓住香烟，“洪总！有什么吩咐？”

“刘副经理的妻子想为丈夫减刑，希望我们在收购单上做文章。”洪海动了动屁股，“林金宝，你是刘副经理的好朋友，你可以帮助刘副经理妻子操作。”

“我是办公室的收发员。”林金宝委婉拒绝，“这种事情不是我的工作范围。”

“哈哈！”洪海吐出一口烟，“原来你们是互相利用。”

“人嘛，”林金宝点燃香烟，“都是互相利用。”

“我不理解，为什么你今天要怂恿刘副经理的家属来公司闹事？”洪海问。

“嗯——”林金宝毫不掩饰地说，“因为你指使马主任辞退我儿子。”

“刘副经理合伙他人贪污，也侵犯了你的利益呀！”吕主任插话。

“吕主任，你是公司大股东，我只是百分之一股份。”林金宝笑笑说。

尽管刘副经理的行为也侵犯了林金宝的利益，但是他不仅不会骂刘副经理，还假装替刘副经理说话。至于他个人的利益，林金宝觉得一点都不用他操心，因为公司大股东会把刘副经理送进监狱，他们会把公司的损失减少到最低程度。林金宝认为，公司改制时，丁总没有把宋科长送进监狱，不是出于好心，而是宋科长侵吞的是国家财产，与丁总个人的利益没有关系，现在，刘副经理侵吞的是丁总和大股东的财物，所以，他们毅然决然把刘副经理送进监狱。原来，林金宝希望洪海为他儿子安排工作，只好处处讨好他，现在，没有这个可能了，因此，他不会再看洪海的脸色了，想说什么就毫无顾忌地说出来，再说，他是公司的股东，他有说话的权利。

“林金宝！你觉得公司改制好不好？”洪海问。

“有好也有不好。”林金宝叼着香烟说。

“怎么讲？”洪海又问。

“我重新有了工作，这是好的。”林金宝咳了一声，“拉大了贫富差距，这是不好的。”

“你的生活比原来好了，还是比原来差了？”吕主任笑问。

“以前是大家都穷，现在是有的人很富有，有的人很贫困。”林金宝慢条斯理地说，“老百姓的贫富差距太大，会影响社会稳定；公司的分配不公，会人心涣散。”

“你是见不得别人好。”洪海一针见血，“你希望丁总赚的钱，全部分给你们。”

林金宝不但擅长讲大道理，而且他敢在领导面前说一些人家不敢说的恶言脏语，所以，公司领导大多不愿与他发生正面冲突。林金宝明知领导不喜欢他的为人，可是他仍然不想改变这种处世态度，他觉得，这样做，不会吃亏。的确如此，虽然林金宝整天坐在办公室里无所事事，但是办公室主任却一直不敢增加他的工作量，并且，他的工资、奖金不会比人家少。但是洪海不会惯着

林金宝，他不但不给林金宝面子，而且还要把林金宝的嚣张气焰打下去，不然，林金宝目中无人，什么话都敢说。洪海针锋相对，气势咄咄逼人。然而，林金宝却一点不退让，他要让洪海明白，他不会屈服。

“公司赚 100 万，丁总得 52 万。”林金宝理直气壮，“你觉得合理吗？”

“林金宝！”洪海质问，“你当时为什么不投？”

“我没钱。”林金宝振振有词，“只能眼睁睁被有钱人挤掉。”

“不是没钱，而是不敢投资。”洪海发火了，“你这种人，谁愿意与你合伙？”

“你没资格与我合伙。”林金宝毫不畏惧，“没有丁总，你能担任我们公司 CEO？”

“明确告诉你，丁总让我担任 CEO，就是整治刁民的。”洪海揿灭烟蒂，“刘副经理犯了贪污罪，你还怂恿他的家属来公司闹事，如果你不知悔改，我马上要你回家。”

林金宝听后，耷拉着脑袋，一下子变成了哑巴。他相信洪海会说到做到，如果他真的被辞退，他的工资和奖金就没有了。去年，林金宝的工资加上奖金有 7 万多元，因此，他不敢顶嘴了，否则，一年就要减少 7 万多元的收入。洪海认为，不教训林金宝不行，不然，这种人还会变本加厉。洪海可以断定，林金宝没敢跟他顶撞，如果他不识时务，就让他回家。林金宝突然变怂，这让吕主任完全没有想到，她从心底里佩服洪海的处事能力。现在，吕主任终于明白，丁总为什么要聘请洪海担任公司的 CEO。事实已证明，洪海是丁总的黄金搭档。对付林金宝这种人，必须针锋相对，以毒攻毒，不然，无法改变他的习性。

吕主任走过去拍拍林金宝的肩膀。“老林！你先回去吧！”

林金宝起身，低着头走了。

第十七章

1

叶勇来到国税局找丁总的姐夫姚武。

叶勇递上香烟，“姚科长！我们公司的事情怎么还没有处理意见？”

姚科长接过香烟，“你父亲对我们处理决定不服，不同意交滞纳金。”

叶勇疑惑：“这件事我怎么不知道？”

姚科长皱眉说：“你给你父亲打电话，先问一下。”

叶勇拨通父亲的电话，“叶老！听说你不同意交滞纳金啊？”

叶勇的手机里传出叶元的声音：“对呀！股民告我们财务造假怎么办？”

叶勇发火了：“现在，我是振华药业的法人代表，你插什么手？”

叶勇说完，挂了电话。其实，股民的想法叶勇已经考虑到了，但是不交滞纳金是不可能的事情，既然国税局要求补交税款，就肯定要交滞纳金，至于怎样向股民解释，那是另外的事情。这方面，叶勇比他父亲聪明，他已经想出办法了，他打算以仓库发货数量和实际不符为由，解释延迟开具销售发票的原因。一般情况下，发现仓库数量少了，都要清仓核实，一个大仓库，不是一两天的时间就能查出来的，起码需要十几天的时间才能查清楚，所以，延迟了开具发票的时间。再说，即使股民对公司的解释将信将疑，他们也无可奈何。

叶勇拿出打火机给姚科长点烟，“对不起！我父亲老糊涂了，他的话你们不要听。”

姚科长吐出一口烟。“好吧，我通知下去把处罚做出来。”

叶勇真诚地说：“晚上，我请你喝酒。”

姚科长婉言谢绝：“谢谢！家里有事，下次吧！”

两天以后，国税局的处理决定出来了，补交税款和滞纳金加起来也只有二十多万元。当天，叶勇拟了一个公告，交给办公室就开车去了机场。傍晚，叶勇抵达澳门金利赌城，晚上九点，下楼来到赌场。这次，他出师不利，不到半小时就输了 80 万元，到了午夜，他一共输了 600 多万元。他觉得今天手气不好，不宜恋战，于是，吃了点心，便上楼睡觉。第二天，叶勇睡到自然醒。下午两点，叶勇下楼来到赌场，开始下注。整个下午，他的手气还算不错，到吃晚饭的时候，赢了 300 多万元。可是，吃了晚饭后，他竟然在一个小时里输了 400 多万元。到晚上十一点，他一共输了 1800 万元。这时候，叶勇的银行卡里只剩下 1600 万元了。

第二天，叶勇给冯智打电话，了解股市对振华药业的公告有什么反应。

“冯智！振华药业股票有没有出现波动？”

“没有，很平静。”

“我们家叶老却很担心，怕股民投诉，他还与国税局理论，要求不交滞纳金。”

“大家都说你公告写得好。”

“澳门来回一次，代价很大，已输 1800 多万元。”

“我觉得想赢回来很困难。”

“今天再搏一搏，或许能赢回来。”

到了晚上十点，叶勇给冯智打电话，说自己输惨了。他不仅输光了银行卡里的钱，而且还欠赌场 2000 万元，现在，他已被赌场扣押，作为人质，回不了家了。他要求冯智马上与洪龙沟通，再借 2000 万元，并教冯智如何向洪龙解释。

2

第二天上午，冯智来到洪龙的办公室，说叶勇去澳门赌场输钱了，还欠赌场2000万元，现在被赌场扣为人质，希望洪龙再借2000万元。洪龙手持香烟，烟蒂贴在嘴唇上，皱眉思考，他感觉事情有点复杂，要从长计议，不然，会出现以下三种情况：一、叶勇父母不同意卖股份还赌债；二、振华药业董事会不准许叶勇抛售股票；三、如果叶勇的借款出现意外情况，股东就会责怪他。

洪龙查问："叶勇一共输了多少？"

冯智挪开嘴上的香烟。"估计是2000多万元。"

洪龙点燃香烟。"我一直以为你和叶勇私下在江苏办药厂，没想到叶勇借钱赌博。本来应该逼叶勇还钱，可又觉得太狠。嗯，这样吧，出于帮助可以再借2000万元，但要叶元签字，不然，他要责怪我的。"

冯智摇手说："这件事让老丈人知道，他的心脏病肯定会发作。"

洪龙想了想说："要么你们公司王副董事长签字，到时候卖掉股票还给我们。"

冯智点头说："我和叶勇通个电话。"

冯智说完，起身去外面给叶勇打电话。叶勇听后，理解洪龙的担忧，但是，他觉得仅为2000万元要公司王副董事长签字有点不值，于是，他直接给洪龙打电话，意思是，把借款额度提高到一个亿。为了前面2亿元借款的安全，洪龙提出前面2亿借款也要王副董事长补签。叶勇听后答应了。接着，洪龙与洪海通电话，把情况告诉他。洪海同意洪龙的意见，并交代，暂时不要告诉丁总，因为丁总的身体不适，正在上海医院检查身体，等他从上海回来后再告诉他。然后，洪龙给罗科长、胡厂长打电话，商量借款的事情。两人都同意洪海的想法。另外，罗科长建议，借款协议交给洪海，让他去澳门，要求叶勇当面签字。接着，洪龙放下电话，与冯智商量借款协议的具体条款。

第二天，振华药业的王副董事长在借款协议上签了字。然后，洪海拿着借款协议抵达澳门金利赌城，要叶勇签字。叶勇见到洪海后，感激涕零，表示永远记住他的恩德。

洪海叼着香烟说：“你不签字，其他股东不同意，我只好抽时间过来。”

叶勇乞求说：“请你嘱咐股东千万不要外传，不然，振华药业的股价会下跌。”

洪海故意提醒说：“我们不会往外传，你们公司人多嘴杂，你要交代好。”

叶勇点头。“我担心董事会的人嘴不严。”

洪海喝了一口水。“千万不能让你父亲知道。”

叶勇扭了扭脖子说：“我已经交代冯智了。”

洪海提起行李。“我去开房间，先住下，明天再走。”

叶勇穿上衣服。“我陪你下去，一起办登记手续。”

晚上，洪海下楼找到罗科长的朋友，两人聊了十几分钟。然后，洪海吃了一碗面条，回到房间。第二天上午，叶勇还清了赌场的借款，与洪海一起来到澳门国际机场，坐上飞往大陆的客机。叶勇毕竟年轻阅历浅，竟然把洪海当成知心朋友，向洪海透露，他打算下星期二就回澳门金利赌城。洪海仰头靠在椅背上，眯缝着眼睛，思考加速叶勇倾家荡产的计划。

3

晚上，丁总刚从上海医院检查身体回来，就接到丁希的电话。丁希告诉他，市委组织部已宣布，钟信将担任春江市经济开发区管委会主任。丁总听后，要丁希把手机交给钟信。接着，丁总要求钟信多关心吴垠的前途，他认为，吴垠是个有工作能力的好干部。钟信只听过吴垠奋不顾身救火的事迹，但吴垠的工作能力强不强，他还需要了解一下。

秦茜给丁总递茶。“陈玲玲怎么搞的，如此优秀的好男人都不珍惜。”

丁总接过茶杯。“陈玲玲有眼无珠。”

秦茜坐在沙发上。“吴局长对周雪印象怎么样？”

丁总摇头。“吴局长说，没感觉。”

秦茜笑问：“周雪对吴局长印象怎么样？”

丁总笑吟吟地说：“她对吴局长也没感觉。”

这时，洪龙打来电话，向他讲述叶勇在澳门赌博以及借钱的事情。

丁总皱眉说：“最多借 3 亿，叶勇股票解禁期一过就要全部收回。”

洪龙认同：“嗯，我也这么打算。”

丁总觉得有点奇怪，洪海的工作这么忙，他居然亲自去澳门赌场与叶勇见面。另外，原来说好最多借 2 个亿的，现在却提高到 3 个亿。丁总感觉洪海故意借钱给叶勇，支持他去澳门赌博。丁总认为，支持叶勇去澳门赌博，等于促使叶勇倾家荡产。丁总一边喝水，一边在想，叶勇倾家荡产对洪海有什么好处呢？这时候，丁超拿着书本走过来，要他教数学。因此，丁总把这件事情丢在了一边，没有再思考下去了。

现在，洪海正和罗科长通电话，他打算明天去证券公司开账户，要是一切如他所愿，那振华药业的股票将大跌，到那时候，必须先吃进一部分股票。洪海和罗科长都希望振华药业的市值缩水百分之七十。这不是没有可能，只要披露叶勇在澳门赌场输钱的事情，振华药业的股票就会出现暴跌的惨状。洪海决定，把废钢应收款都收回来，等待振华药业的股票大跌。

过了一会儿，丁超拿着书本回书房。

丁总喝了一口水，然后问：“哎！秦明和秦亮录取通知书寄来了吗？”

秦茜边看电视边说：“还没有，我妈担心电子专业录取分数线高，不能录取。”

丁总笃定地说：“不会的。”

秦茜拉了拉衣襟说：“秦明、秦亮上大学后，我妈就闲了。”

丁总放下茶杯。“这次周雪陪我去上海检查身体，回来时，她买了许多衣服。”

秦茜拿着电视遥控器，一边换电视台，一边说：“她在旅游公司时就喜欢买衣服。”

现在，周秘书身上衣服的价格都不低，甚至秦茜买的衣服价格都没有她高。她打扮得那么漂亮，那么时尚，是给丁总看的。可丁总的注意力却没在周秘书的身上，不过，周秘书对他的细心照顾和呵护已让他感动。丁总出门总把她带在身边，他已离不开周秘书了。但是，丁总没有其他心思，他对周秘书没有一丁点非分之想，只是对她很依赖，去外面出差的时候，他总是把她带在身边。在家里，他生活上依赖秦茜；在外面，他把周秘书当成生活秘书。有时候，周秘书还帮他放好浴缸的水，然后，再让他洗澡。

丁总解开衣扣。“她还买了一块 1 万多元的手表。”

秦茜有点错愕：“哦，她档次比我还高。”

丁总动了动屁股。“我下次去省城，给你买块好表。”

秦茜马上阻止：“不用，我打算明年给丁凡买套别墅。”

4

叶勇返回澳门赌场不到一星期，不仅输光了身上的 8000 万元，还欠赌场 2000 万元。仅一个星期的时间，叶勇就输掉了 1 个亿，这是洪海没有想到的。叶勇已输昏了，他决定，向赌场再要 3 亿元的筹码，并承诺以他的资产作为抵押。红马甲跟赌场老板商量后，同意了叶勇的要求。接着，叶勇以每天平均输 3000 万元的速度连输了 7 天，第八天，他不但输光了手中的所有筹码，而且还欠澳门金利赌城宾馆住宿费 17000 元。这下，瞒不住了。叶勇给冯智打电话，要冯智跟其父亲商量，尽快筹款，还清澳门金利赌城的赌债。冯智听后与叶晗商量。叶晗很冷静，她首先想到的是怎么样才能保住父亲的性命。叶晗像平时一样，来到父母家，给父亲量血压。

叶晗故作惊奇：“爸爸！你今天的血压很高。”

叶元有点疑惑："我怎么没感觉。"

叶晗马上起身。"快去医院。冯智！快！等他有感觉就来不及了。"

叶元一听就紧张了，马上坐车去医院检查。叶晗挂了号，要冯智陪父亲坐在大厅上排号等待。然后，叶晗找熟悉的医生，说家里出了点事，怕父亲受刺激引起心脏病发作，必须先进急救室再告诉他。医生想欺骗病人非常容易，编什么理由病人都会相信，很快，叶元被医护人员送进急救室。一切准备就绪后，叶晗和冯智走进急救室。

"爸爸！"叶晗拉住父亲的手，"你千万要冷静，我要告诉你一件事。"

"什么事？"

"叶勇出事了。"叶晗说。

"叶勇又出什么事了？"

"叶勇在澳门赌场输了 6 个亿，欠澳门赌场 3 个亿，已被赌场扣为人质。"叶晗说。

"凭叶勇融资能力最多调到 1000 万元左右，怎么会输这么多钱？"

"叶勇要我以经营为由向洪龙借钱，"冯智耷拉着脑袋，"一共向洪龙借了 3 亿。"

"都是蠢货，废物！"叶元气得发抖，"澳门赌场凭什么给叶勇 3 亿筹码？"

"叶勇写保证书，"叶晗抚摸父亲后背，"承诺以他全部资产做抵押。"

叶元听了以后，顿时脸色发青，晕了过去。见状，叶晗马上呼喊医生。站在门外的医生立即进来，开始急救。冯智走出病房，给叶勇打电话，讲述其父亲的状况。接着，叶勇向赌场老板报告了他父亲的病情，要求赌场延缓几天，等其父亲病情好转再筹款。赌场老板没有办法，只好点头同意，但是只限三天，否则，派人上门催讨。

叶勇急得像热锅上蚂蚁的时候，洪海却与吕主任、林总一起在湖南浏阳烟花厂订购烟花爆竹。现在，他们正和杜厂长在酒店包厢里喝酒。吕主任原来是再生资源公司业务科副科长，跟客户打交道是她的长项。吕主任的酒量也很好，全桌10个人，她全都敬过了。杜厂长见吕主任这么爽快，要与吕主任再干三杯。吕主任莞尔一笑，点头同意。

杜厂长跟吕主任碰了一下酒杯。“吕美女！听林总说，你还单身。”

吕主任拉了拉衣襟说：“对呀！”

杜厂长抹了一下嘴巴。“我想追求你，有什么条件？”

吕主任正色说：“你先跟老婆离婚，你单身以后再讲条件。”

洪海笑着说：“这一招厉害。”

林总看了看吕主任，感觉想把吕主任搞到手非常困难。现在都是家里红旗不倒，外面彩旗飘飘，哪个男人会先跟老婆离婚，再在外面找女人？林总手持香烟，摇摇头，抿嘴一笑。但洪海觉得，这不是吕主任的心里话，洪海打算先把吕主任灌醉，然后，他再下手。其实，杜厂长没有打吕主任的主意，他只是开个玩笑。接着，杜厂长把话题转到订货上，他要听一听洪海和林总有什么要求。

“洪总！”杜厂长放下酒杯，“你们今年订货有什么要求？”

“周副经理、梁副经理、沈副经理都抓起来了，回扣可以休矣！”洪海解开衣扣，“另外，据沈副经理、梁副经理交代，有的烟花厂还私下送烟花给他们。”

“这个我们没有。”杜厂长说。

“除了谈价格和质量，我和林总还有一个要求，”洪海弹了弹烟头上的烟灰，“今年开始，不预付货款，所有烟花厂都到正月十五之后来滨海结算。”

“别人同意，我也同意。”杜厂长笑着说。

“不行！”洪海咳了一声，“你要带头。”

“我可以带头，”杜厂长与洪海、林总碰杯，“但是要增加订货量。”

“杜厂长最聪明。”林总笑着说，“近水楼台先得月，向阳花木易逢春。”

杜厂长不怕烟花经营公司付不出货款，再说，春江市烟花经营公司的实力这么强大，他不担心货款收不回来。不过，跟以前相比，占用货款的时间较长，厂家要多付利息，这个他会在价格上考虑。洪海的考虑有两个方面：一、今年资金比较紧张，如果控股振华药业成功，公司的资金调动就会出现临时困难的状况；二、增加公司利息收入。

“爽快！”洪海扬了一下手，“吕主任！敬一敬杜厂长！”

“好！”吕主任举杯，“杜厂长！干杯！”

半夜，洪海躺在床上，给吕主任打电话，他想趁吕主任醉酒，进她的房间。可吕主任还很清醒，认真地说：“我佩服你的能力和智慧，但是，你想娶我，必须先跟你妻子离婚，并且，卖掉夜总会的股份。”

5

洪海回到滨海第二天，澳门金利赌城派了三个人，来到振华药业催讨赌债。王副董事长亲自接待他们，他一听三人是澳门金利赌城的人就知道麻烦了。王副董事长身材高大，秃头，眼睛狭长，神情镇定自若。接着，三人说明来意，要求王副董事长马上召开董事会，解决叶勇的赌债。

“这个不行。”王副董事长委婉拒绝，“上市公司召开董事会要先发公告的。”

“冻结账户资金总可以吧！”其中一人说。

“也不行。”王副董事长笑着说，“只有法院有这个权力，因为财产是全体股东的。”

“找叶勇父母去。”另一个人说。

三人起身，来到叶勇父母的家。接着，三人向邻居说明来意，打听叶元在哪家医院里治疗。然后，三人坐出租车直奔春江市人民医院。过了半小时，三人离开人民医院，住进滨海大酒店，因为叶元已答应明天回话。这样一来，有关叶勇赌博的事情就在城里传开了。第二天，首先得到消息的庄家马上抛售振华药业的股票，不到半个小时，振华药业股票跌停。叶元打了许多朋友的电话，都说帮不了忙，于是，叶元与王副董事长通电话，请他出主意。王副董事长要叶元找洪龙商量，或许洪龙能帮助叶勇。于是，叶元马上给洪龙打电话，可始终打不进去。此时，洪龙正与洪海通电话，商量控制振华药业的事情。过了十几分钟，叶元终于拨通了洪龙的电话。

“洪龙！你好！”

“叶老！身体怎么样？”

“唉！又差点被叶勇气死。”

“我以为叶勇与大股东不和，偷偷在江苏办厂，哪里知道他借钱去赌博。”

“我想请你再帮忙一下，借 3 亿元，让叶勇先出来。”

“已有股东责怪我贪图利息，估计他们不会同意了。”

“你放心，利息与原来一样。”

“晚上，我和洪海都在母亲家吃饭，我先跟他商量一下，明天告诉你。”

“好吧！”

按洪海的想法，先让振华药业跌 6 个停板，然后，再在底部买股票。洪龙要拖延时间，使振华药业的股票跌得惨不忍睹。现在，洪海又跟丁总通电话，他隐瞒了以前的事情，只告诉丁总，只有控股振华药业，双龙染料化工厂的 3 亿借款和利息才能有保障。丁总赞同洪海的想法，要求洪海朝这个方向做工作。然后，洪海向丁总提出低价买进振华药业股票的想法，对此，丁总不但赞同，而且还支持，并要求洪海准备好资金抄底。其实，洪海早就在证券公司开了三个账户，并决定由罗科长操盘。罗科长已向单位申请休假，后天开始，他待在夜总会洪海的办公室里进行股票操作。

6

晚上，洪龙和洪海来到母亲的家，两人一边喝酒，一边商量，如何以最少的成本控股振华药业。

“明天，我和丁总商量，”洪龙放下酒杯，“先给你 1 个亿，抄底振华药业股票。”

“下午，”洪海叼着香烟说，“已在三个股票账户里共放了 2100 多万元。”

“哦！”洪龙喝了一口酒，“哪来的钱？”

“我和老千、赌场老板联手，”洪海弹了弹烟头上的烟灰，“动用电子厂资金，赢了叶勇 5000 多万，我们分到 2100 万。我和罗辰、胡森事先商定，输赢由我们五个人共享和承担。这 2100 万用来做股票，肯定能赚钱。记住，不要告诉丁总，他正义感太强。”

“你是生财有道的人，怎么做这种事？”洪龙挪开嘴上的香烟，“你和叶勇有过节？”

“叶勇不把我放在眼里，经常在我的 KTV 和夜总会闹事，还企图强奸秦茜，”洪海揿灭烟蒂，“所以，我要叶勇倾家荡产。”

另外，还有一件事情，洪海不想说。星光灿烂夜总会开业的晚上，叶勇骗走了婷婷。叶勇明知婷婷已被洪海包养，竟然出高价骗走了他的女人。洪海认为，叶勇这种人如果有钱有势，将更加狂妄，他要让叶勇倾家荡产。以前，洪海没有这个实力，现在他不但有实力，而且还有报复的机会。其实，洪龙也希望叶家倾家荡产。一、控股振华药业，他和洪海都会获益，并且获益最多。二、他要对叶元报复，他认为，如果没有江副市长、黄书记和钟信的关照，双龙化工就会停产，甚至迁移。三、根据叶元、叶勇的品性，叶家有钱有势，对洪家不但没有好处，而且还会伤害洪家。洪龙决定，支持洪海的计划，控股振华药业。

“你们慢慢吃。”母亲端着猪蹄走过来，“我再给你们炒个青菜。”

“妈妈！”洪龙拿起筷子，“菜够了，不要再烧了，我看你已忙得满头大汗了。”

“没事，”母亲笑着说，“你们回来，我高兴。”老人说完，又进厨房了。

“爱国说，我们10亿在手上，能办许多大事。”洪海给洪龙递烟，“钟信已调到春江市经济开发区当主任了。”

“钟信打电话告诉我了，”洪龙接过香烟，“他要我去春江市经济开发区投资。”

“投什么，我们要听爱国的。”洪海笃定地说，“爱国把握方向，我们干具体的。”

“嗯，”洪龙点头，“爱国在全国供销社系统有个朋友圈。以前供销社很牛的。”

“供销社还有很多能人，我们要发挥爱国的优势。”洪海解开衣扣，“我们不要让爱国担责任，有责任我们扛。”

“钟信是江副市长提拔的。”洪龙点燃香烟，“江副市长是个好干部，很廉洁。”

洪龙原以为江副市长也是贪官，为了解决双龙染料化工厂的环保问题，他曾催促丁总给江副市长送钱，后来，他向钟信打听才知道自己想错了。洪海手持香烟，烟蒂贴在嘴唇上，沉默了一会儿。洪海也一样，认为不贪的官很少，现在，他感觉到好官也相当多，江副市长、黄书记和钟主任就是好官，听丁爱国说，春江市供销社赵主任和省城的戴处长、郑处长、曹处长都不是贪官。洪龙和洪海打算去春江市经济开发区投资，因为春江市经济开发区的钟主任不但是丁爱国的妹夫，而且还是一个有能力的好官。

7

早上，丁总还没有起床就接到许亮打来的电话，许亮请求他马上来省城一趟。从许亮低哑的声音判断，丁总猜测许亮很有可能活不长了。秦茜在丁总边上，一听就感觉到许亮想把欣欣交给她抚养，于是，她交代丈夫，如果许亮要求他抚养欣欣，就答应下来。秦茜打算要妈妈过来帮忙，因为秦明、秦亮已收到大学录取通知书，过两天就要上大学了。秦明、秦亮上大学后，她妈妈闲着无事，可以安排她接送欣欣上学。丁总点头赞同。然后，要驾驶员带上周秘书，在他楼下等候。

下午两点，丁总来到许亮的病房。丁总见戴处长也在，便与他聊了一会。

许亮背靠床头。“丁总，我肯定活不长了。”

丁总安慰道：“不会的，你要有信心。”

许亮恳求说：“昨天，我和夏水华商量好了，我们恳求你，养育我们的女儿。”

丁总点头说：“可以。”

戴处长从衣兜里取出信封。“许亮已把自己在公司里的股份转让给欣欣，这是他和公司签订的股份转让协议。”

丁总笑笑说：“我们有能力养育欣欣。”

许亮咳了两声。“拿着吧！我公司每年有分红，剔除费用后有多余，你帮欣欣存着。”

丁总接过戴处长递过来的协议，然后问：“你打算什么时候让欣欣转学？”

许亮动了动上身。“越快越好，最好在我离世之前，不然，她会很伤心的。”

戴处长不同意马上给欣欣转学，于是，向丁总眨眼睛。“好！就这么定了。”

丁总点头，“好的。”接着，丁总转换话题，“戴处长！晚上我们聚一聚。”

戴处长扭了扭脖子。“好吧！我把郑处长、曹处长和杨敏他们都叫过来。”

丁总刚住下就接到洪海的电话，说春江市商业银行出价 12000 万元购买蓝宝石写字楼。丁总觉得价格还可以再高点，于是，他要求洪海与春江市商业银行商谈。大约过了一个小时，洪海打来电话，说春江市商业银行愿意再加 180 万元。丁总同意出售，并要求春江市商业银行先起草合同文本。周秘书听到这一消息，非常高兴，不到半年，就赚了2000多万元。周秘书认为，这是她的功劳，没有她的建议，不可能有这2000多万元的差价。同时，周秘书觉得，有钱多好，投入一个亿，半年就能赚到2000多万元。周秘书决定，要加快速度，尽早成为丁总的情人。

此时，叶元像热锅上的蚂蚁，他又给洪龙打电话。“洪龙！洪海同意了吗？”

洪龙挠了挠鼻沟说：“上午，他还有点犹豫，下午，经过再三做工作，终于同意了。”

叶元问：“你与丁总说过吗？”

洪龙弹了弹烟头上的烟灰。“他在省城出差，正与某研究所谈一个项目。”

叶元着急地说：“振华药业的股票已跌两个停板了，赌债不解决还要跌停板。”

洪龙吸了一口烟，然后说：“我也很为难，要么你找其他朋友想办法。”

叶元叹了一口气说：“现在，只有你能帮我。嗯——好吧！我等你消息。”

洪龙把烟蒂放进烟灰缸里，摁了摁。“好吧！”

今天是星期二，即使拖延到星期五，振华药业股票也只有五个跌停板，洪龙觉得，想拖延到下星期一难度很大。可是，洪海要求必须拖延到下星期一才与叶元谈条件。洪海打算星期五开始悄悄吃进振华药业的股票，下星期一先用自己的股票打压，然后，再吃进跌停板的股票。洪海认为，如果叶元不答应他的条件，他就拿着振华药业的股票赚钱。洪海的想法是对的，振华药业股票的基本面是不错的，黑天鹅事件过去后还会涨上去的。其实，丁总愿意出售蓝宝石写字楼也有这方面的想法，但是他不会说出来。

8

晚上，宾客如约而至。大家寒暄了几句后，便进入喝酒的状态。

戴处长关心地问：“丁总，这次去上海医院检查的结果怎么样？”

丁总笑着说：“不错，癌细胞指标比经常人还低，看来，近几年死不了。”

郑处长举杯说：“请大家举杯，祝贺丁总身体康复！”

戴处长解开衣扣。“今晚，大家嗨起来！”

周秘书举手说：“今天，我不能喝酒。”

郑处长笑着问：“周秘书！可以说出理由吗？”

驾驶员挪开嘴上香烟。“郑处长！我们周秘书说出来会害羞的。”

曹处长笑着说：“每个月，女孩子总有那么几天。”

周秘书还没有到例假时间，不过，经常情况下就在这一两天。准确时间只有她一人知道，所以大家只能信以为真。周秘书今晚不喝酒是有目的的，她打算趁丁总酩酊大醉的时候，跟他睡在一起。再说，丁总的身体已完全康复，醉一次问题不大。杨敏看了看周秘书的神情，她觉得周秘书在说谎。杨敏的猜测是有依据的，因为她刚才走进来的时候不但步态轻松飘逸，而且心情非常愉悦。不过，杨敏对自己的判断不能肯定。

戴处长挠了挠鼻子。“这样吧，我和郑处长、曹处长一边，杨敏划到丁总那一边。”

杨敏莞尔一笑说：“今天，我也不能喝酒。”

戴处长一本正经地说：“杨敏！你的假期我知道。”

戴处长一句话把大家逗得哄堂大笑。其实，戴处长真的知道杨敏的例假时间，他和杨敏经常一起喝酒，再说，这种事情只要稍加观察便能判断出来。杨敏一边笑，一边看着戴处长。杨敏早就感觉到戴处长对她很用心，因此，她估计戴处长或许真的知道她的经期。但是，杨敏更喜欢丁总这样的男人。丁总不但深沉、睿智，而且还是一个非常成功的企业家，她一直希望自己的男人也像丁总一样，可是，她至今没有遇上如此优秀的未婚男人。丁总瞄了杨敏一眼，然后，拿起筷子夹菜。

杨敏撩了一下秀发，风趣地说："戴处长嘴巴不严，我不能做他的情人。"

郑处长被烟呛了，一边干咳，一边说："对！即使知道杨敏这个秘密，也不能说。"

戴处长右手一扬。"不说了，开始喝酒。像上次一样，猜火柴。"

曹处长从火柴盒里取出一根火柴，"这个游戏简单，开始吧！"

杨敏拉了拉衣襟说："来吧！谁怕谁呀！"

曹处长先把双手放在桌下，然后攥住右拳，放在桌上。"杨敏！你猜！有没有？"

杨敏观察了一下曹处长的神情，大声说："有火柴。"

曹处长打开手掌，的确有火柴。"我输了，我喝！"

郑处长从火柴盒里取出一根火柴。"杨敏会看表情，我来！"

经过一个多小时的斗智斗勇，戴处长、曹处长、郑处长三人获胜。杨敏见驾驶员已溜走，并且丁总已酩酊大醉，只好宣布收战，然后，她与戴处长、曹处长、郑处长一起下楼。周秘书扶着丁总走进电梯——

9

丁总躺在床上，呼呼大睡。周秘书脱掉丁总的外衣和鞋子，拿来毛巾，慢慢擦洗丁总的嘴巴、脸、身体。接着，周秘书给丁总盖上被子，然后，走进卫生间洗澡。过了一会儿，周秘书裹着浴巾，从卫生间出来，毅然决然地上了丁总的床。丁总正在做梦，梦见秦茜躺在他的身边，跟他呢喃细语，突然，他感觉不对，秦茜身上怎么会有香水味呢？并且跟周秘书平时喷的香水味完全一样。原来，周秘书洗澡后有喷香水的习惯。丁总睁开眼睛，见周秘书抱着他，马上推开她。

丁总眯着眼睛说："小周，你要冷静，不能这样，不能这样。"

周秘书抱紧丁总。“丁总，我无法冷静，我很爱你，我不能没有你。”

丁总劝说道：“我不仅有老婆，还有两个儿子——”

周秘书马上接上说：“你可以不离婚，我愿意做你的情人。”

丁总转过身体。“我不能做对不起秦茜的事情。”

周秘书也转过身体，但仍然紧紧抱着丁总不放。“我保证让秦总看不出来。”

丁总皱眉说：“以后，你老公这样对待你，你怎么想？”

周秘书发誓：“今生，我不嫁人。”

丁总拉开周秘书的手。“你是不是被男人骗过，对爱情失去信心了？”

周秘书松开手，“我没有谈过恋爱，我仍是黄花闺女，我的身体洁白无瑕。”

丁总撩了撩周秘书的刘海。“你是个好姑娘，要珍惜自己，快穿上衣服吧！”

周秘书抱住丁总的腰。“我已经是你的人了。”

丁总轻轻地刮了一下周秘书的鼻子。“晚上的事情就当没有发生过，我不会跟任何人说，包括秦茜。你再不穿衣服，我要生气了。”

周秘书又抱紧丁总。“丁总，今晚让我任性一次吧！”

丁总见周秘书仍然不穿衣服，便开始哄骗她：“这种事情我要先想清楚的。”

周秘书听后感觉还有希望，便同意了：“我等你，一直等到你答应我的时候。”

丁总点头。“你快穿衣服吧！”

第十八章

1

毫无悬念，第三天，振华药业的股票又跌停板。现在，不仅叶元着急，振华药业的大股东都开始担心了。振华药业原计划 11 月初召开董事会，商量筹款，开发新产品，如果叶勇的赌债不能及时处理，该计划就无法实施。于是，王副董事长给叶元打电话，询问解决叶勇赌债的进展。可是，叶元却信心满满，说两三天之内肯定能解决。王副董事长见叶元这么有信心，便不再催他了。洪龙正在苦思冥想，寻找理由的时候，他得到了一个消息，丁总母亲突然脑溢血住院了。

澳门金利赌场为了尽快拿到叶勇的赌债，进一步给叶元施加压力，上午，叶勇的手机被缴，叶元不能直接与叶勇通电话，并且，对叶元说，十天内不还清赌债，要他付百分之三十的利息。叶元一听叶勇的手机被缴，就更加害怕了，从今天开始，他已无法了解到叶勇的状况了，甚至他有没有饭吃都不知道，于是，叶元马上给洪龙打话。

“洪龙呀！你跟丁总商量过了吗？”

“商量过了，他说回来后一起坐下来商量，可是刚才听说，他母亲脑溢血住院了。”

“请你帮帮忙，现在，叶勇的手机也被赌场缴了。”

“噢，你放心！我一定帮忙，尽早给你答复。”

此时，洪海正在春江市商业银行，与行长商谈蓝宝石写字楼买卖协议，他要尽快回笼资金，为控股振华药业做准备。

中午十二点许，丁总赶到春江市人民医院。他看着病床上的母亲，神情凝重。老人已昏迷六个小时了，仍然没有醒过来。医生说，苏醒的可能极小。于是，家人已做好最坏打算，坟墓也买好了。上午，丁总的父亲在老伴床前坐了两个多小时，现在，被丁希送回家了。丁总不放心，又马上赶到父母家里看望父亲。父亲八十多岁了，又有心脏病，过度悲伤肯定会影响身体的。此时，父亲正向丁希讲述他和母亲相爱的故事。

“1944 年 9 月，我刚入伍，腿就受了伤。队伍被打散了，我只好待在一个树林里，等待战友来救。第二天下午，一对兄妹，拿着猎枪来树林里打野兔、野鸡。当时，我已饿昏了。兄妹俩见状，立即给我喂水。救我的两人，一个是你母亲，一个是你母亲的大哥。后来，你妈妈不仅给我饭吃，还劝父亲给我买药治伤。父亲答应女儿的要求，但是交代女儿不能告诉任何人，因为被日本人知道后要杀头的。山东解放后，我来到你妈妈家里，看望她。那时，她父亲因为抗战时曾为日本人送过粮食，已被政府关进了监狱。幸好，我有个战友，在区里锄奸队当领导。不久，她父亲回了家。过了半年，我和你们母亲结婚。现在，她却要丢下我——”老人泣不成声，说不下去了。

“爸爸！”丁希一边给父亲递毛巾，一边说，“听说，一开始部队不同意你们结婚。”

“嗯。”父亲接过毛巾，“你妈妈的成分是大地主，并且她父亲给日本人送过粮食。”

“爸爸！”丁总笃定地说，“妈妈一定能够挺过来。”

2

星期四，振华药业的股票又跌停板，不过，叶元没有给洪龙打电话，因为他已得到消息，丁总的母亲还没有醒过来。叶元觉得，反正到这个地步了，只要能解决，迟几天就迟几天吧！其实，振华药业天天跌停板，潜伏在里面的庄家最高兴。庄家知道，振华药业的基本面没有大的问题，股票天天跌停，完全是黑天鹅事件

造成的，等到赌债事情解决了，振华药业的股票还是会涨上去的。于是，庄家故意夸大赌债事件的不利影响，甚至宣扬赌债事件会影响到企业的经营，造成今年利润的减少。散户信以为真，纷纷抛售振华药业的股票。

洪海已与春江市商业银行谈妥，签订房产买卖协议以后，马上办理房产转户手续，并规定，房产买卖协议签订后十天内付清全部房款。

晚上，丁总坐在母亲病床边，看了看洪海发给他的短信。接着，他给周秘书打电话，要她去星光灿烂夜总会洪海办公室拿房产买卖的协议，然后，把该协议送到医院。

洪海、胡厂长、罗科长、曹明四人一边打麻将，一边议论控股振华药业的事情。十分钟后，周秘书坐出租车来到星光灿烂夜总会，然后，走上三楼，来到洪海办公室的门外。她正欲敲门，听到他们在议论丁总的品性，于是便缩手。

“爱国是个正义感很强的人，所以，有些事情暂时不能告诉他，等事情到了台面上后，我们再与爱国商量。”罗科长说。

“我们不要让爱国担责任，小人的事情我们主动去做。”洪海说。

“曹明，我们明天开始低吸振华药业的股票，你有钱给我，我帮你做。”罗科长说。

“叶勇在黄总赌场输了5000多万元，洪海给了我300万元奖励，这笔钱还没用，我明天给你。”曹明说。

“曹明，我们会帮你的。”胡厂长透露，“下星期一跌停板吃进，稳赚三个涨停。”

此时，周秘书马上想到做股票，她打算明天就去证券公司开户。周秘书思考了一下，然后转身，蹑手蹑脚地走回到楼梯口。接着，她给洪海打电话：“洪总！你出来一下，我不知道你在哪个房间。”

过了一会儿，洪海走出办公室，喊道：“周秘书！我在这里！”

周秘书走过去，跟大家聊了一会儿，然后，拿上协议书离开洪海办公室，来到春江市人民医院。周秘书见秦茜也在，便在床边坐下，然后，向秦茜了解丁总母亲的病情。这时，医生过来说，如果到明天晚上还没有醒过来，医院只能放弃救治。秦茜和周秘书听后都禁不住流下眼泪。丁总也非常难过，从烟盒里取出一支香烟，叼着嘴上，然后，起身走出病房。丁总点燃香烟，一边抽烟，一边回忆母亲牵着他的手上幼儿园的情景。

秦茜走出病房，对丈夫说：“爱国，你回家，今晚，我和周雪轮流值班。”

丁总点头。“嗯，我要回家修改一下房产买卖协议。有事打我电话。”

秦茜笃定地说：“妈妈一定会醒过来，前几天，她说要为我们操办婚礼。”

丁总踩灭烟蒂。“嗯，我们不听医生的，再观察几天，看一看有无苏醒的可能。”

秦茜赞同：“对！观察一个星期再说。”

3

星期五，叶勇的赌债还没有解决，股民又从振华药业的最新简报获悉，振华药业的业绩将不如去年。但利润减少多少，简报没有说明。叶元看到这条消息，直摇头，但是，他没有办法，因为叶勇的手机已被赌场收缴。现在，大权在王副董事长手里，即使叶元干预，也起不了任何作用。叶元认为，这是王副董事长暗地里与庄家联合，故意出利空消息，迫使散户交出筹码。股民一看到这条消息就马上抛售振华药业的股票。见状，罗科长窃喜，果断出手，仅两个小时，就买了 3000 万元振华药业的股票，并且都是跌停板的价格，到下午收盘时，罗科长一共买了 7000 多万元振华药业的股票。

吴局长跟往常一样，没有特殊原因，每个星期五下午下班后都会开车来仙都，跟兰兰在一起。六点半，吴局长来到了仙都的家。吴局长刚坐下吃饭，陈玲玲打来电话，说吴昊手机关机了，到现在还没有回家。

吴局长马上着急了："你给吴昊的老师打电话了吗？"

陈玲玲答道："打过了，现在，老师也在找。"

吴局长撒谎说："我在外地开会，马上赶回来。"

陈玲玲哽咽说："吴昊可能离家出走了，他储蓄罐里的2000多元全没了。"

吴局长疑惑："吴昊为什么要离家出走？"

陈玲玲哭着说："上个星期六，吴昊说，离婚的家庭他不想待了。"

前段时间，吴昊一直趁父亲洗澡时偷看手机，他已从父亲手机的短信里了解到兰兰住在仙都县城，并且，还生了一个女儿。今天下午放学后，吴昊叫了一辆出租车，停在父亲办公室的楼下等待父亲下楼。然后，他叫出租车驾驶员盯住父亲的轿车，一直跟到仙都。刚才，他见父亲进了兰兰的房间，才下楼。现在，吴昊坐在楼下的石凳上，他打算过一会儿给父亲打电话，问父亲，要他还是要兰兰。吴局长放下筷子，向兰兰和兰兰的母亲转述陈玲玲的担忧。接着，吴局长起身，提着公文包下楼了。

兰兰的母亲皱眉说："兰兰呀！你不该找离了婚的男人。"

兰兰听后，没有说话。

吴局长走到楼下,见吴昊坐在石凳上,愣了。"你怎么过来的？"

吴昊撇嘴问："爸爸！你要兰兰还是要我？"

吴局长看了看周围，"来！我先送你去饭店吃饭。我们一边吃饭，一边聊。"

接着，吴昊坐进父亲的车里。不一会儿，父子俩来到一家小饭店。吴昊不仅承认自己偷看了父亲的手机，还告诉父亲，他为什么要跟车来仙都。

吴昊吃了一口饭，然后说："妈妈跟你离婚后，她仍然一个人，而你却跟小姐生孩子。这件事传出去，同学肯定会看不起我，因此，我来仙都要杀掉兰兰的女儿。"

吴局长听后，很震惊，他根本想不到吴昊竟然要杀死蕾蕾。为了消除吴昊对他的怨恨，吴局长决定向吴昊讲述他和陈玲玲离婚的原因以及为什么要跟兰兰结婚的理由。可吴昊还是偏向母亲，他认为，母亲是一时糊涂犯了错误，而兰兰是从做小姐开始就一直在犯错误，而且还勾引他父亲生孩子，打算抢夺他父亲的财产。吴昊的这一想法，跟陈玲玲平时说教有关。现在，在吴昊的头脑里，凡是想跟他父亲结婚的人都企图夺取他父亲的财产。吴局长手持香烟，烟蒂贴在嘴唇上，看着吴昊。此时，他很生气，但是又不能发脾气，只能慢慢说服吴昊。吴局长轻轻地叹了一口气，然后，给陈玲玲发了一条短信：吴昊在同学家里。今晚，吴昊住在我这里。过了一会儿，陈玲玲回复：知道了。

吴局长洗好澡，躺在床上，给兰兰发短信，向她讲述下楼后的情况以及吴昊来仙都的打算。兰兰看到短信，脸都吓青了。她要保护女儿，不能被吴昊伤害。

兰兰马上给吴局长发短信："怎么办？必须马上搬家。"

吴局长没有反对："吴昊的情绪虽然开始好转，但是还不稳定。"

兰兰想了想，"我跟母亲商量一下，再告诉你。"

过了半个小时，兰兰发来一条短信："先回老家住半个月，怎么样？"

吴局长思忖半晌，然后回复："好吧！"

4

星期六晚上九点，丁总的母亲终于苏醒过来了，全家人万分高兴。丁超从被窝里爬出来，和爸爸、妈妈、弟弟一起，坐车来到医院。老爷子把丁凡抱在怀里，要丁凡叫奶奶。丁凡还不会说话，只是朝大家笑。

丁总笑着说："妈妈！我和秦茜商量好了，十二月二十八日，我们办婚礼。"

母亲点头。"嗯。"

丁超一边抚摸奶奶的手背，一边说："奶奶！婚礼上，我要给爸爸、妈妈献花。"

奶奶微笑说："我赞成。"

秦茜把丁超搂在怀里，含着热泪说："丁超！妈妈很高兴。"

丁超是个特别懂事的孩子，他不但从来不惹秦茜生气，而且有时还逗她开心。秦茜觉得，就是亲生的儿子都不一定对她这么好。奶奶见丁超与后妈相处这么好，心里很高兴。以前，丁总有点担心，担心丁超不喜欢后妈闹情绪，影响他和秦茜的幸福生活，现在，一家人其乐融融，丁总相当开心。丁总觉得，家里现在这样快乐、和谐的景象，有两方面的原因，一是丁超懂事、听话，二是秦茜的心胸开阔。丁总打算好好准备，把婚礼办得热热闹闹的，给秦茜应有的幸福。秦茜对婚礼期待已久，本来，两人打算去年十月一日结婚，可由于丁总突然查出肠癌，因此她只好推迟婚礼。

丁希站起来，然后说："不早了，爱国，你们回家吧！"

丁总走过来抱丁凡。"爸爸！我先送你回家。"

老爷子摇头说："你们都回去，今晚，我留下。"

丁希拉了拉衣襟说："爸爸！你还是回家吧，这里的床没有家里好。"

老爷子解开衣扣。"战争年代，我们睡觉有床就算不错了。"

丁希见父亲执意要留下，便说："好吧！爸爸！你先睡下，我十二点以后再走。"

丁总的母亲不信佛，但是她很相信佛教的因果观。信佛的人都认为，不管是善因还是恶因，其果报都会不断增长，就像一粒细小的种子可以长成参天大树，微小的善因或恶因，都会产生很大的果报。她父亲一时糊涂，主动为日本人送粮食，差点被政府判刑；她心善，救治爱国的父亲，因此，爱国的父亲不但把她的父亲从监狱里救出来，而且还执意娶她为妻，从此，她在他的怀抱里过着幸福的生活。老人躺在病床上，眯缝着眼睛，热泪从她的眼角上缓缓流下。

5

叶元听到丁总的母亲苏醒的消息后很高兴，马上给洪龙打电话。

“洪龙！你跟丁总商量过了吗？”

“商量过了。”

“丁总同意吗？”

“丁总基本上同意，但是他还跟市供销社赵主任商量。”

“为什么要跟市供销社赵主任商量？”

“市供销社是大股东之一。”

“这么复杂呀！好吧，我等你消息。”

现在，叶元只有向洪龙借钱，才能解决叶勇的赌债。再说，振华药业的股票再跌下去，叶勇的资产也只有6亿元了。在这种情况下，一般人是不会再借3亿元给他的，所以，丁总要与市供销社赵主任商量是有道理的。上午，洪龙向丁总提起叶元的请求时，提醒丁总要小心，并建议他与市供销社赵主任商量。洪龙预料赵主任不会同意，这样，他就可以向叶元提出，由丁总等五人控股振华药业的想法。如果一切如洪龙所料，那么星期一下午股市收盘之后，控股振华药业的计划就可以和盘托出了。叶元没有其他好办法，只能指望洪龙借钱给他，为叶勇解决赌债，结束振华药业的黑天鹅事件。

中午，周秘书给久盛房产公司的金总打电话，约他喝下午茶。金总很爽快，马上答应了。下午三点，金总如约而至。

“美女秘书！”金总在周秘书对面坐下，“找我有事吗？”

“我有内部消息，”周秘书给金总倒茶，“星期一吃进，过几天就会大涨的股票。”

“哦！丁总公司在做股票？”金总跷起二郎腿，“我们公司也在做股票。”

“那最好，”周秘书喝了一口茶，“你出钱，我提供信息。”

“怎么分成？”

“你六我四。”

“需要多少钱？”

“你打算投入多少钱？”

“3000万元够了吗？”

“够了。”

“这样吧！”金总喝了一口茶，“我们签个协议。”

“行！”周秘书点头，“我来写，你说吧。”

接着，两人马上起草了一份合作协议，然后，双方在协议上签字。表面上看，金总签订协议的目的是为了避免经济纠纷，实际上，他是为了留证据。协议签订后，周秘书就有证据留在他手里了。丁总看到这份协议，肯定会辞退她，除非她愿意放弃现在的工作。周秘书明知签协议不妥，但为了钱，她不能顾忌那么多了。再说，金总在春江市是一个颇有名望的人，他不会做卑鄙的事情。金总不会逼迫周秘书做坏事，他觉得，周秘书很精明，丁总迟早会重用她。丁总的公司有钱，或许有一天，他会向丁总的公司借款，到那个时候，周秘书就可以发挥作用了。

6

星期一上午，吴局长刚进办公室就被钟主任叫去谈话。

“有两个挂职锻炼的名额，你选一个。”钟主任一边泡茶，一边说，“一个是担任省发改委计划处副处长，一个是担任广西多坡县的副县长，多坡县是国家级贫困县。”

“我去广西多坡县。”吴局长给钟主任递烟，“请求您同意我的选择。”

“并且，去广西的话，时间为两年。”钟主任接过香烟，“省发改委为一年。”

“时间长一点，可以做大事。”吴局长坐在沙发上，“扶贫没有两年时间不行。”

“省发改委级别高、时间短，估计十个人中起码有八个人会选择去省发改委挂职。”钟主任把茶杯放在吴局长的前面，“你为什么选择去贫困县？你的理由是什么？”

“谢谢！”接着，吴局长笑了笑，“我的工作经验对贫困县更有用。”

“你不仅有知识，还是个实干型的干部。”钟主任点头，“怪不得爱国推荐提拔你。”

丁总知道妹夫喜欢什么样的干部，所以他建议妹夫提拔吴局长。其实，吴局长还有一个想法，两年以后，如果组织许可，他就继续留在广西，到那时候，他劝说兰兰，带上女儿，在广西定居。定居广西，对吴局长个人来说，至少有三个好处：一、吴昊无法干扰他和兰兰的经常生活；二、谁都不会知道兰兰以前的经历，可以让兰兰安心地过日子；三、可以为蕾蕾的健康成长创造条件，至少不会有人说蕾蕾是小姐的女儿。不过，吴局长心里清楚，他想定居广西，可能性极小。至于兰兰愿不愿意去广西定居，吴局长不用劝说，她也会答应。兰兰一直认为，吴局长是个好男人，她犯过错误，可吴局长不仅没有嫌弃她，还包容她，让她过上幸福的生活。如果吴局长要她把家搬到广西，一起生活，她肯定会同意的。吴局长回到办公室，马上给丁总打电话。

“爱国，我先要感谢你！是你向妹夫推荐提拔我。”

“了解你的人都会推荐你。”

“你这么看得起我，我今生都会感谢你。”吴局长喝了一口水，“告诉你一件事，过几天，我要去广西多坡县挂职锻炼两年。”

“好事，两年后，你到滨海区担任区长。”

“哈哈，这个真的没想过。”

“晚上，我请你吃饭，祝贺一下。”

“我请你。”吴局长抽了一口烟，“因为我有事求你。”

“什么事？”

“希望你到多坡县投资，帮助他们尽早脱贫。”

刚才，吴局长向钟主任了解了多坡县的一些情况，他认为，多坡县要脱贫，一是发展农业，二是发展旅游业，三是发展轻工业。但是，没有资金不行，因此，吴局长马上想到丁总，希望他去多坡县投资。去广西多坡县投资，帮助农民脱贫，丁总赞同，他认为，即使少赚钱，也要去广西多坡县投资，帮助农民脱贫，但是他的合伙人不一定会同意。丁总手持香烟，烟蒂贴在嘴唇上，思考了一会儿，可还是无法答应，他要先去广西多坡县考察一下，然后，再与合伙人商量。不过，丁总觉得，尽管他的合伙人把赚钱放在首位，但是他们也是有爱心的。

“好吧！”丁总摁灭烟蒂，“我把我的合伙人都叫过来，晚上边喝酒边聊。”

7

股市开盘后，振华药业又跌停板，因为有人在证券报上发表文章，说振华药业还有黑天鹅事件没有公布。其实，这不算谣言。如果把叶勇和双龙化工的借款协议公布出来，那肯定又是一个黑天鹅事件。股民大多见风是雨，于是，纷纷抛售振华药业的股票。这样一来，结果可想而知，从上午开盘开始到下午收盘为止，振华药业的股票都在跌停板的价位上。散户猜测，振华药业的股票起码还要跌一个停板。下午收盘后，叶元又给洪龙打电话，了解丁总跟赵主任商量的结果。上午，叶元给洪龙打过电话，洪龙撒谎，说赵主任在开会，没时间，已定好下午商量。

“洪龙！丁总和赵主任商量过了吗？”

“商量过了，赵主任不同意借钱，因为叶勇现在的身价只有6亿了，明天再跌停板，就资不抵债了。”洪龙喝了一口水，“股市可以把叶勇的身价炒到40亿，也可以使叶勇的身价跌到4亿，现在，振华药业的股价还远远高出它的净资产。如果股民得知叶勇还有3亿赌债，那真的还会跌下去。叶勇不是办企业的人，你不该让叶勇接班。”

“后悔来不及了。”叶元想了想，“按今天收盘价卖掉股份，还债后叶家还有1000多万元。哎！洪龙！双龙染料化工厂出钱，按今天收盘价，收购叶勇股份，怎么样？”

“嗯——你先与叶勇通电话，我呢，与合伙人商量一下。”洪龙故意叹气，“已有3亿在里面了，只能再投3亿搏一搏。”

冯智早就料到赵主任不会同意，于是，他要医生站在叶元的身边，一有情况马上处置。然而，让大家想不到的是，叶元却相当镇定。一开始，叶元还想继续控股振华药业，后来，他觉得这已经不可能了，现在，他的想法是，转让振华药业的股份，留下1000万元就算不错了。这两天，洪龙等五人已买了近5亿元振华药业的股票，不管谁控股振华药业，他们都能赚大钱。一个利好消息，起码能涨三个停板。

不到二十分钟，洪龙、洪海、胡厂长、罗科长四人来到了丁总的办公室。接着，洪龙向丁总讲述叶元的想法和自己的建议。丁总是个聪明人，马上同意洪龙的建议。其实，这是洪龙、洪海、胡厂长、罗科长早就计划好的，现在，只不过由丁总牵头，进一步细化和实施而已。丁总两指夹着香烟，烟蒂贴上嘴唇上，思考了一下，然后，提出自己的想法。

“一、借利好消息平仓，尽量用股票账户上的钱去收购叶勇的股份；二、要求振华药业召开临时股董大会，同意叶勇股份转让；三、洪龙兼任振华药业的董事长，洪海协助工作；四、与银行沟通，准备后续资金；五、罗科长抓紧与国税局领导商量，采用停薪留职的办法，离开国税局，到振华药业，做洪龙助手，担任振华药业总经理；六、股票账户里的钱是各人在双龙染料化工厂的分红，接下来，收购叶勇的股份就按这个比例为基准；七、振华药业要保持稳定；八、通知律师，晚上待命，起草协议。”

“叶勇占振华药业的股份为百分之三十一，我的想法是，我、爱国、洪海各为百分之七，胡厂长和罗科长各为百分之五。其他，我都同意丁总的意见并服从安排。”洪龙摁灭烟蒂，“等到振华药业稳定了，交给罗科长，我回双龙染料化工厂。”

虽然洪龙不懂医药制造，但是他与振毕药业的大股东比较熟悉。丁总让洪龙担任振华药业董事长，是为了保证振华药业的生产正常和人心稳定。丁总要罗科长担任洪龙的助手，是出于振华药业发展的考虑，罗科长不但学历高，能力也强，让他担任总经理，领导科研团队，很适合。洪龙一直希望双龙染料化工厂上市，并且他认为，化工行业利润高，搞医药不如搞化工，再说，他是双龙染料化工厂最大的股东，所以，他要把精力放在双龙染料化工厂上。洪海看了看洪龙，知道他在想什么，他理解洪龙的想法。

另外，据他了解，如果振华药业不开发新产品，前景将令人担忧。

“我同意。”洪海喝了一口水，“洪龙对制药行业不熟悉，他的强项在化工领域。”

“行，我理解洪龙的想法。”丁总干咳了一声，“大家都要表态。”

“我同意。”胡厂长说。

“我同意。”罗科长放下茶杯，“另外，停薪留职的事情，我抓紧办理。”

“爱国！听说曹明的小作坊生意不好，可不可以让他做我的助手？”胡厂长说。

“可以。”丁总很爽快，“他随时可以过来。”

“肚子饿了，”洪海摸了摸肚子，“吃饭去，边吃边聊。”

“今晚，吴局长请客，去滨江大酒店。”丁总起身，“细节问题车上商量。”

第十九章

1

陈玲玲已经知道吴垠与兰兰生了一个女儿，可是她仍然不放弃，要吴昊盯住父亲，迫使他早日离开兰兰。今天，她听到前夫将去广西多坡县挂职锻炼的消息后，又高兴又担忧。高兴的是，两年后，前夫又能得到提拔；担忧的是，她估计兰兰会搬到多坡县的县城住。这段时间，几个同学不断地给她介绍对象，都被她婉拒了。吴垠这么好，都被她弄丢了，她找别的男人干吗？倒不如要吴昊盯住他父亲，把吴垠拉回来。中午，吴局长告诉吴昊，说自己将去广西多坡县挂职锻炼，因此，这几天，他在外面吃饭比较多，要吴昊住到外婆家里。可吴昊却认为父亲想骗他，又打算去仙都，于是，要跟在父亲后面。不过，有一点，吴昊做得很好，除了母亲之外，他不会跟任何人说起父亲和兰兰之间的事情，包括外婆和外公。直到现在，他还没有跟同学说过父母离婚的事情。

五点半，吴局长带着吴昊，来到滨江大酒店。过了一会儿，服务员端上菜，然后，为大家倒上红酒。

吴局长举杯说："各位兄弟！吴某人下星期就要离开滨海区，去广西多坡县挂职锻炼，期盼各位兄弟来多坡县投资兴业。祝各位兄弟万事如意，大展宏图！"

丁总喝了一口酒。"过段时间，我们先去多坡县考察一下。"

洪海放下酒杯。"滨海区环保管得这么严，把化工厂搬到多坡县去。"

吴局长摇手说："不能走破坏环境的老路。"吴局长建议："你们要重视农业。”

胡厂长笑着说：“我在农村待两天就难受。”

吴局长觉得贫穷地区不能照搬沿海地区的做法，要引进一些不会造成环境污染的产业。他认为，蔬菜水果的价格会越来越高，科技含量不高的工业品的价格会越来越低，从长远看，投资农业，前景广阔。他还认为，投资农业，不但资金不多，而且劳动力的工资又很低。不过，投资农业成为亿万富翁的人确实不多，所以，搞企业的人大多对投资农业不感兴趣。再说，城市里的人不喜欢去农村生活，在农村待不下去。

洪龙吐出一口烟。“我是老知青，对农业感兴趣。”

吴局长赞同：“投资农业，前景广阔。”

丁总解开衣扣。“下午，市供销社赵主任建议，在市开发区建造大型菜市场。”

罗科长点头。“菜市场加蔬菜基地，在多坡县种蔬菜瓜果，用车拉到滨海卖。”

吴昊插话：“广西风景优美，放寒假后，我打算去多坡县旅游。”

吴昊打算借旅游去广西多坡县，他要看一看兰兰有没有跟他爸爸住在一起。如果发现爸爸和兰兰住在一起，他就不回来，逼迫兰兰离开他爸爸。吴局长两指夹着香烟，烟蒂贴在嘴唇上，看着吴昊，他知道吴昊心里在想什么。下午，吴局长和兰兰通电话，要她带蕾蕾来广西。兰兰说，蕾蕾太小，四个月后再去广西。四个月后正好是寒假，如果吴昊真的寒假来广西，他想隐瞒就很难了。吴局长决定改时间，要兰兰过了春节再过来。

丁总一边夹菜，一边问：“吴昊！你还小，一个人出去父母不放心的。”

吴昊喝了一口汤。“春节，我和妈妈一起去。”

丁总看了看吴局长，然后说：“嗯，主意不错。”

大家一边喝酒，一边谈投资，到了八点才散席。

洪海预料，叶元会在今晚找洪龙商谈股权转让的事情，于是，要大家到夜总会唱歌，等待叶元的电话。果然，他们刚到夜总会，叶元就给洪龙打电话了，他告诉洪龙，叶勇同意转让他的股份。洪龙要求叶元和冯智一起来夜总会商谈。接着，洪龙给律师打电话，要律师马上来夜总会。晚上九点，人都到齐。然后，双方开始谈判，一直谈到凌晨三点。

第二天上午，洪海、胡森和冯智一起，坐飞机去澳门，要求叶勇在协议上签字。

不知谁走漏了消息，上午股市一开盘，振华药业的股票就高开高走，到下午收盘，振华药业涨了百分之六。

2

振华药业连续涨了三个停涨，罗科长决定，开始出货。周秘书很聪明，她给金总打电话，要他先平掉一半股票。仅两天，罗科长就平掉了所有股份。而周秘书却在第四天涨停板的时候，给金总打电话，要求他全部平仓。第二天中午，金总交给周秘书一张 480 万元的支票。下午，周秘书去电子厂拿文件，偶尔听到胡厂长与洪海的通话，内容是，洪海打算组织人员，暗中操纵振华药业的股票。周秘书的手中已有 500 多万元，只要接近洪海，及时掌握信息，以后在股市里，她将有许多赚钱的机会。现在，周秘书更离不开丁总了，她觉得，即使做丁总的小三，也完全值得。

晚上，丁总和秦茜、周秘书一起，来到春江市国际大酒店，参加由久盛房产公司组织的企业家酒会。久盛房产公司举办此次酒会的目的是为了推销胜景小区的别墅和开发大道的写字楼。丁总一走进大厅，金总就上前迎接。

金总握住丁总的手。“欢迎丁总！”

丁总看了看酒会现场。“场面好大哦！”

金总笑着说：“春江市企业家都来了，不搞气派一点，丢面子。”接着，金总握住秦茜的手，“丁夫人，您说是不是呀？”

秦茜莞尔一笑说：“是。哎！金总！我想买一栋别墅，有好位置的吗？”

金总点头。“有，丁总家买别墅，我不但把最好的位置给您，而且价格特别优惠。”

金总不但知道丁总的家庭背景，而且还了解到丁总的投资公司想买写字楼，给他个人好处，目的是为了拉住他，向他推销开发大道的写字楼。昨天下午，金总给周秘书打电话，向她打听春江市中财投资公司的合伙人。周秘书很爽快，一一告诉了金总，并把他们的电话号码发到金总的手机上。接着，金总亲自给赵主任、丁总、洪龙、洪海、胡厂长、罗科长打电话，邀请他们参加今晚的酒会。他们都是有钱人，都有可能买胜景小区的别墅。赵主任在省供销社开会，没有请到。

周秘书上前握住金总的手。“金总！丁夫人要现房哦！”

金总笑着说：“丁夫人！丁总挑选的秘书很能干！”

周秘书挽住秦茜的左手臂。“我是秦总培养出来的，一开始，我是秦总的秘书。”

金总两手抱胸，点头说：“嗯，秦总真不愧为女企业家。”

秦茜红着脸说：“不敢不敢。”说完，笑着走进大厅。

以前，金总觉得丁总与周秘书有私情，现在，又觉得两人好像没有那回事。周秘书不仅精明，还很会演戏。她心里非常嫉妒秦茜，却让旁人一点没有这个感觉；她很贪婪，却让周围人觉得她一点不爱财；她每天都想着如何成为丁总的夫人，可谁都没有看到过她亲近丁总的动作。周秘书在金总面前，只是夸奖丁总的能力强，其他事情从来不说，所以，金总感觉不出周秘书与丁总有特别的私人关系。

丁总离开后，洪龙、洪海、胡厂长、罗科长走进大厅。金总只认识罗科长，所以先和罗科长握手。罗科长一边与金总握手，一边把洪龙、洪海、胡厂长介绍给金总。接着，金总与洪龙、洪海、胡厂长三人一一握手。过了十分钟，吴局长走进大厅。

丁总上前问：“吴局长！你怎么也来了？”

吴局长笑着说：“我想借今晚的酒会，请春江市的企业家到多坡县投资。”

丁总竖起大拇指。“嗯，好干部！”

秦茜关心说：“你一个人在外面，吃住不习惯，要保重身体。”

吴局长拱手道：“谢谢！没事的，我喜欢广西的气候，那边的气温比我们滨海高。”

周秘书莞尔一笑说：“我是多坡县人。”

吴局长惊疑：“你是多坡县人？”

秦茜拉了拉衣襟说：“噢，对对，她是多坡县人，晚上，你们好好聊聊。”

周秘书的爷爷是茶商，到她父亲这辈就不做了，但是，她爷爷经常讲一些经商之道，因此，周秘书在经营上常有见地。周秘书故意让丁总知道她是多坡县人，如果丁总派她去多坡县处理事情，她就会有赚大钱的机会。

3

昨晚，许亮离世。下午，戴处长给丁总打电话，要他抓紧办理欣欣转学的事情，并告诉他，省供销社将出资在春江市经济开发区建造大型菜市场，要他跟赵主任联系，积极参与。于是，丁总马上到市供销社找赵主任。

“我刚从省供销社回来，”赵主任把茶杯放在丁总面前，“本来想明天给你打电话。”

“是戴处长告诉我的。”丁总给赵主任递烟，“股东多不多？”

“不多，”赵主任接过香烟，“省供销社、市供销社和你们投资公司三家。”

“赵主任！我已下决心不再与老公司职工办企业了，赚了不安宁，亏了不得了。”丁总喝了一口水，“我打算与洪龙等五个人成立房地产公司，这次，我们五人来投。”

“好的！”赵主任叼着香烟，“我赞同你的想法。”

丁总自从知道刘副经理的家人到公司闹事以后，就下决心不再与老公司职工一起搞新的投资了。投钱的时候，他们担心亏本；赚了钱后，他们又觉得自己赚得太少，要想方设法占大股东的便宜。

最让丁总生气的是，刘副经理的妻子竟然要告他，说他包庇宋科长，并且还诬陷他和宋科长的妻子有性交易。这几年，公司赚了这么多钱还不得安宁，如果公司出现亏本，他在公司的日子就更不好过。所以，在控股振华药业的时候，丁总没有把老公司职工考虑进去。再说，控股振华药业有一定风险，股东不团结会有大麻烦。事实已证明，他和洪龙、洪海、胡森、罗辰之间的配合是最佳的，今后，他将继续与他们组成团队，发展壮大。

“这个市场正式营业起码要三年吧？”丁总一边喝水，一边问。

“是的。”赵主任点燃香烟，“到开始营业的时候，我已经退休了。”

“赵主任！”丁总弹了弹烟头上的烟灰，“到时候，我建议，聘任你为 CEO。”

“我个人的事情，再说吧！先注册营业执照，把牌子挂起来。注册资金为 5000 万元，你们占股百分之二十，先拿 1000 万注册，到征地的时候，再按比例投入。”赵主任跷起二郎腿，“你和合伙人商量好后告诉我。”

“赵主任！”丁总笑着说，“这是好项目，不用商量，就这么定了。”

赵主任已与省供销社领导商量好了，注册资金 5000 万元，省供销社占股份为百分之五十一，市供销社占股份为百分之二十九，丁总等人占股份为百分之二十。市供销社没有这么多钱，不够部分，赵主任打算向省供销社借，以银行贷款利率付息。等到菜市场建造好以后，卖掉市场内的店面和市场屋顶上的商品房，资金就可以回笼了。赵主任是个相当精明的人，他向省供销社借钱，是借鸡生蛋。房价年年涨，赵主任打算借办市场搞房产买卖。省供销社领导认为赵主任的想法很不错，所以大力支持。戴处长是丁总的好朋友，他肯定会关照丁总。丁总回到公司，把洪龙、洪海、胡森、罗辰叫到办公室，向他们讲解成立房地产公司以及投资大型菜市场的事情，四人听后都非常支持。

“根据我们五人的经济实力，房地产公司的股份比例为，我和洪龙各占股份二十八，洪海占股份二十，胡森、罗辰各占股百分之十二。同意请举手。”丁总见大家都举手同意，便接着说，“先按比例拿出1000万元，房地产公司的注册资金等事情下次再商量。”

“对！”洪龙揿灭烟蒂，“目前，我们的资金和精力要放在振华药业上。”

“爱国！”罗科长喝了一口水，“国税局领导同意我停薪留职，但是，如果国家下文件取消停薪留职的做法，我就必须回国税局工作。”

“你先出来再说。”丁总解开衣扣，“洪龙身边要有一个高学历的助手，你很适合。”

“好吧！”罗科长点头，“我抓紧办理停薪留职的手续。”

“洪海！”丁总想了想，“你了解一下，徐谦有没有假释的可能。”

“好的。”洪海叼着香烟说，“徐谦出来后，可以帮我打理夜总会。”

“徐谦是我们老朋友，”罗科长弹了弹烟头上的烟灰，“我们要帮帮他。”

洪海已对吕主任动心了，他打算先与妻子离婚，然后，退出夜总会。吕主任已明确告诉他，想娶她，必须先做好以上两件事情。吕主任觉得开夜总会有点不光彩，她还觉得，赚小姐的钱，会被人骂。吕主任的前夫虽然赚钱不多，但是当校长受人尊重。现在，洪海有钱了，他也打算退出娱乐业。徐谦判刑以前，一直照顾他的生意，现在，他帮助徐谦也是应该的。洪海手持香烟，烟蒂贴在嘴唇上，皱眉思考，他打算明天先给徐谦的妻子打电话，了解一下情况再说。

4

星期天，秦茜和周秘书一起，来到胜景小区看房。这是一个园林式的小区，树木葱郁，幽雅宁静，并且，小区里还有一个幼儿园。秦茜看中的别墅与房产公司金总住的别墅相距仅20米，中间只隔一口池塘。金总住的别墅在东，秦茜想买的别墅在西。池塘里成群的金色鲤鱼，活泼可爱。秦茜看了看四周，非常满意，马上去房产公司签订了购房协议。虽然周秘书的心里非常忌妒，但还是挽着秦茜的左手臂，一起走出房产公司的营业大厅。然后，两人来到金城百货大楼，购买衣服。一个小时以后，周秘书手提秦茜购买的衣服，走下楼梯，此时，她突然萌生把秦茜推下楼梯的恶念，可是又因为瞬间良心发现，她才没有下手。不过，周秘书真的要对秦茜下手，以后肯定还有机会，因为秦茜不喜欢乘电动扶梯，平时总是走楼梯。现在，购物的人大多乘电动扶梯，走楼梯的人很少，周秘书真的把秦茜推下去，谁也看不见。

"周雪！你不要做午饭了,到我家吃。"秦茜一边下楼,一边说。

"嗯——"周秘书犹豫了一下，"好吧！"

"下个星期,欣欣回滨海读书,家里又热闹了。"秦茜笑笑说。

"你妈妈又要忙了。"周秘书说。

"我妈妈住到我家里，与欣欣同一个房间。"秦茜撩了一下秀发，"家里有保姆，应该不忙。"

"嗯，这样安排很好。"周秘书说。

"现在有点挤，等别墅装修好了，就宽敞了。"秦茜拿出手机给驾驶员打电话，"我们下楼了，你把车开过来吧！"

不一会儿,秦茜和周秘书坐车回到家里。秦茜先给丁凡喂奶,然后与大家一起吃饭。丁总很忙，吃一顿饭，接了三个电话。先是胡厂长的电话。胡厂长得到消息，省经贸局为了促进科技企业的发展，对符合条件的企业予以资金支持，向他们提供无息贷款。胡厂长要丁总去一趟省城，把无息贷款办下来。然后，洪龙打来电话，希望丁总抓紧与院校科研所联系，组成新药研究团队，研发新产品。接着,洪海打来电话,建议提拔吕主任和马主任,这样,他才能集中精力，处理双龙染料化工厂的事情。丁总认同洪海的意见，提拔吕主任为烟花经营公司副总经理，提拔马主任为再生资源公司副总经理。接着，丁总与省经贸局的曹处长通了十分钟的电话。

“周秘书！星期三，我们去省城，”丁总喝了一口汤，“顺便把欣欣带过来。”

“知道了。”周秘书放下筷子，“带什么资料。”

“先要胡厂长写个报告，然后，去滨海经济开发区、经贸局、科技局盖章。”丁总想了想，“去的时候，还要胡厂长把报表、营业执照和公章带上。”

“周秘书！明天，你给许亮妹妹打电话，要她先把欣欣的东西整理好。”秦茜说。

“好的。”周秘书手拿餐巾纸，擦了擦嘴巴，“欣欣肯定长高了。”

“欣欣蛮可怜的，”秦茜母亲一边收拾碗筷，一边说，“我们要关心她。”

“嗯，”周秘书点头，“以后，你们忙不过来就给我打电话，我来照顾欣欣。”

丁总手持香烟，烟蒂贴在嘴唇上，眼睛看着房顶。秦茜以为他在思考公司的事情，实际上，他在回忆那天晚上周秘书在床上抱住他的情景。丁总想把这件事情忘掉，但是很难，这段时间，他总是时不时地回忆起这件事情。丁总感觉得到周秘书还没有放弃他，但是他又不想呵斥她，他认为，一个少女一时冲动，喜欢一个成熟的男人很正常，过一段时间，她的想法肯定会改变。不过，他要避免再发生类似的事情，否则，对不起秦茜。而周秘书却认为自己已经是丁总的女人了，如果有机会，她还会上丁总的床。这次去省城，她要尽量让丁总喝醉，只有丁总醉酒了，她才有机会。

“爱国！”秦茜一边拿餐巾纸擦嘴，一边说，“我想去省城买几件衣服，结婚穿。”

“好的。”丁总揿灭烟蒂，“把丁凡也带上，我们一起去。”

周秘书听后，心里很不高兴，捋了捋刘海的发梢，没有说话。

5

叶勇还没有改掉嗜赌的毛病，不过，他不会再去澳门赌场了。今晚，他约了一个朋友，来到黄总的赌场。虽然赌场人很多，但是都是小赌，一晚输赢几千元。叶勇扫视一下赌场，觉得输赢太小，没什么兴趣，于是，便找黄总聊天。

“黄总！”叶勇给黄总递烟，“最近魏总手气怎么样？”

“你不来，他也不来了。”黄总接过香烟，“听说，他做生意亏了。”

“哎！”叶勇看了看赌场，“怎么发牌的小陈也不在了？”

“小陈父亲生病，回家了。”黄总点燃香烟，“你呀！不该去澳门赌。”

“过去的事情不要提起。”叶勇指了指赌场，“这些人玩得太小了。”

“你要多大的？”黄总吐出一口烟，“我给你找。”

“不大。”叶勇踩灭烟蒂，“一夜输赢一两万。”

“好的！”黄总送叶勇到门口，“我约一下，过几天，再打你电话。”

叶勇卖掉股份后，还余下1300多万元。叶元把1000万元交给女儿，要她和冯智、叶勇一起办一家小厂，养活全家。剩下300多万元，叶元拿在自己手上，作为养老资金。叶晗给了叶勇20万元，其余980万元暂时存在银行，等有了项目，再拿出来投资。洪龙打过冯智电话，希望他和叶晗继续留在振华药业工作，但被冯智婉拒了。冯智心里清楚，洪龙不是真心留他，只是出于礼貌。再说，冯智手上有1000万元，还可以办一家小厂。熟悉冯智的人都认为，只要给他机会，他一定能大有作为。冯智也信心十足，他对老婆说，给他十年时间，他会把手中的1000万变成一个亿。前几天，冯智和几个朋友商量好了，打算把洪龙的荣盛化工厂买下来。荣盛化工厂是洪龙独资企业，洪龙是靠荣盛化工起家的。去年，双龙染料化工厂业绩很好，而荣盛化工厂却出现微亏，因此，洪龙打算卖掉荣盛化工厂。现在，洪龙正在茶楼包厢里与冯智商谈价格。

洪龙喝了一口茶。“两年前，我投入3000万元，扩大生产，谁知第二年，产品掉价。”

冯智给洪龙递烟。“低端产品，旺销期很短，第二年，市场就饱和了。”

洪龙接过香烟。“你们出多少钱？”

冯智笑笑说：“设备基本上没用，我主要买你的土地和厂房。现在，开发区的土地卖 25 万元一亩，我给你 40 万一亩，因为你的厂区已浇上水泥。厂房可利用，但要改造。”

洪龙点燃香烟。“地有 25 亩。”

冯智解开衣扣。“没事，看土地证。这样吧！我们出价 1380 万元。”

洪龙扭了扭脖子，然后说：“我想帮你，不多加，1580 万元。”

冯智握住洪龙的手。“谢谢！明天，我们签协议。”

之前，有好几批人找过洪龙，都想买荣盛化工厂，可是他们出的价格都在 1400 万元以下，没有冯智出的价格高。今晚，冯智答应的价格比其他人高出了 180 万元，已接近洪龙的心理价位。不过，冯智不是傻瓜，他出高价是有原因的。一、向滨海经济开发区购买土地，时间长，没有两年弄不好；二、滨海经济开发区对污染企业已不供地了，想办化工厂只能放在外地；三、冯智懂机械，他打算把一部分旧设备利用起来；四、买到土地以后，还要填土、砌围墙，如果地面都浇上水泥，算下来起码要 40 万元一亩。所以，冯智马上同意，并要求明天签订协议。

6

晚上七点，吴垠到了多坡县。一住下，他就给兰兰发短信。

“我到多坡县城了，暂时住在县委招待所。”

“吃饭了吗？”

“刚才，我在县委招待所楼下吃了一碗面条。”

其实，下午四点半，吴垠就到了多坡县的车站。吴垠下车后，站在马路上看了看四周。吴垠对多坡县的第一个印象是：远处，峰峦叠翠，风景优美；眼前，又乱又脏，冷冷清清。于是，他选了两条主要街道，花了两个小时，仔细转了转，他要看一看多坡县的现状。吴垠还专门走进公共厕所察看，他觉得，多坡县真的很贫穷，与春江市滨海区相比，起码要落后20年。不过，吴垠对多坡县的未来充满信心，他认为，一张白纸上画出的风景会更优美。

“广西天气热吗？”

“不热，25度，刚好。”

“我在南方待长了，北方天气不适应了，这段时间老感冒，昨天开始又咳嗽。”

“明天去医院看一看，吃点药。”

“嗯，你早点休息。我要给蕾蕾喂奶了。”

吴垠正准备洗澡，有人敲门，他估计是陆秘书。吴垠还没有到多坡县委工作，县委就给他安排了一个秘书。下午四点，陆秘书给他打过电话，要到长途客运车站接他，他没有同意。越贫穷的地方，官僚主义越严重，领导进出，都得轿车接送。吴垠不仅要把滨海的发展经验带到多坡县，还要用自己的实际行动和良好的工作作风影响周围的同志，和大家一起，共同努力，把多坡县发展起来。

吴垠一开门，门外的年轻人就自我介绍说：“吴副县长！您好！我叫陆海洋，是您的秘书。”陆秘书个子不高，圆脸，胖墩墩的。

吴垠热情地说：“陆秘书！进来坐，进来坐。”

陆秘书在藤椅上坐下。“吴副县长！路上很辛苦吧！”

吴垠拿起茶杯，准备为陆秘书泡茶。“还好。”

陆秘书马上起身上前。“吴副县长！我来我来。”

吴垠一边倒水，一边笑着说：“没事，你坐吧！你来我房间，理应我给你泡茶。”

陆秘书进门之前有点紧张，现在，他一点都不紧张了，他觉得吴副县长不仅没有一点官架子，待人还很热情。陆秘书原来是县农业局办公室的副主任，刚调入县政府办公室工作。他接触过的领导不少，可从来没见过像吴副县长这样平易近人的。他在县农业局当办公室副主任的时候，哪个领导不是颐指气使的？连办公室主任都希望有人天天给他泡茶。吴副县长第一天就给陆秘书留下两个好印象：一、不随便使用公车；二、待人热情，亲自给下属泡茶。

吴垠把茶杯放在陆秘书的面前，“陆秘书！我打算先到最贫困的乡镇看一看。”

陆秘书点头说：“好！我明天马上安排。”

吴垠在陆秘书的边上坐下。“你的老家也是多坡县吧？”

陆秘书喝了一口水。“是的，我老家在多坡县的大溪乡，是个很贫困的地方。”

吴垠解开衣扣。“明天先去大溪乡吧！”

陆秘书放下茶杯。“好！大溪乡的情况我最熟悉。”

7

星期三，丁总来到省城。第二天上午，他拿着报告和相关材料先到省科技厅盖章，然后，把报告和材料交给曹处长。曹处长看了一下报告和材料，要丁总等通知。下午，丁总要周秘书陪同秦茜买衣服，然后，把欣欣接到宾馆，他和胡厂长一起去省供销社，拜见戴处长。

戴处长一边泡茶，一边说：“听赵主任说，你们已成为振华药业的大股东了。”

丁总笑着说：“操心的事情也越来越多了，今天来你这里，就为药厂的事。”

戴处长把茶杯放在丁总和胡厂长面前。“振华药业又不是ST，你不用太担心。”

丁总喝了一口水。“振华药业必须有自己的原研药。”

戴处长在丁总对面坐下。“你希望我为你做些什么？”

丁总给戴处长递烟。“帮我找一家知名的药物研究所。”

戴处长接过香烟。“你找杨记者，她父亲是省人民医院的副院长。”

丁总拿出打火机给戴处长点烟。“你赶快给杨记者和郑处长打电话，一起吃饭。上午，我到省经贸局办事，约曹处长吃饭，他说，局长临时决定，要他一起出去吃饭。”

接着，戴处长给杨记者打电话，杨记者一听丁总请她吃饭就马上答应了。然后，戴处长给郑处长打电话，约他吃饭。郑处长说自己在外面出差，今晚赶不回来了。戴处长喜欢与杨记者一起吃饭，只要她在，他就会兴致勃勃，酒量大增。戴处长喜欢杨记者，可一想到自己离过婚就犹豫了。杨记者对戴处长的印象不错，他不但脾气好、长得帅，而且工作能力很强，可不知道是什么原因，她从来没有想过要与戴处长处对象，只是在饭桌上嘻嘻哈哈。奇怪的是，杨记者对丁总倒有点心动，有时还突然有遐想，不过，这种心动和遐想都是短暂的，还没有到动情的地步。丁总完全想不到杨记者心里喜欢他，他总觉得戴处长与杨记者蛮相配的，至于戴处长和杨记者心里怎么想，他就不清楚了。

今晚喝酒没有对手，可戴处长仍然兴致勃勃，与大家一一敬酒。

戴处长拿起酒杯，笑着对欣欣说："欣欣！祝你学习进步！"

欣欣灿然一笑说："谢谢戴叔叔！"

杨记者笑着说："戴处长！晚上是你请客还是丁总请客？"

戴处长笑着说："都一样，今天，丁总带着爱人来省城，我肯定要好好表现。"

秦茜莞尔一笑说："爱国常常在家里说起你。"

戴处长笑问："爱国没有说我坏话吧？"

秦茜马上摇手。"没有没有。"秦茜捂嘴笑，"他说，你是一个美男子。"

戴处长笑着问："他是不是要你为我介绍对象？"

秦茜一边夹菜，一边说："我旅游公司小姑娘很多，你来滨海，随意挑选。"

戴处长哈哈大笑说："爱国说，你平时不爱说话，我觉得，不像。"

秦茜说话，一看场合，二看有无丈夫在场。在家里，她与丈夫说话还是蛮多的。在公司里，她有点严肃，跟客户说话很少，也不与职工开玩笑。今天晚上，虽然她与戴处长和杨记者没有见过面，但是丈夫在场，因此，她就不拘束了。秦茜知道自己的脾气有点不合群，但是她改不了，再说，丈夫喜欢她的脾气。秦茜母亲了解男人，她从小就对女儿说，男人都喜欢本分的女人，本分的女人才会得到男人的宠爱。秦茜觉得，丈夫爱她，跟她平时本分大有关系。杨记者时不时地瞄秦茜一眼，暗中观察秦茜的神情，她发现，秦茜每次说话时都会看一看丁总，这说明，丁总在秦茜心目里有着崇高的地位。

“杨敏！”丁总放下筷子，“听戴处长说，你父亲是省人民医院的院长。”

“是副院长。”杨记者拉了拉衣襟，“有事吗？”

“前不久，我们几个人拿出6亿元买了振华药业百分之三十一的股份。”丁总手拿餐巾纸擦了擦嘴巴，“我们打算搞几个原研药出来，希望得到你父亲的帮助。”

“你不但有魄力，而且在决定企业命运的大事上能未雨绸缪，令人佩服。”杨记者想了想，“我先跟父亲说一下，然后，我把父亲电话告诉你，你再跟我父亲通电话。”

“谢谢您的夸奖！”丁总拿起酒杯，“杨敏！谢谢您！”

“我们之间不言谢！”杨记者举起酒杯，“祝你兴旺发达！”

晚上，周秘书抱着丁凡，不但不说话，而且精神萎靡，这让杨记者觉得有点奇怪，她在想，这是不是跟秦茜在场有关呢？杨记者一边喝酒，一边偷偷瞄了周秘书一眼，她认为周秘书是个善于隐藏的人，一般人猜不透周秘书的心思。她还觉得，丁总与周秘书的关系有点微妙，但又感觉不出两人有地下情。杨记者不知道秦茜是否也有这种感觉。杨记者以她的所见所闻，得出一个结论：富豪的身边，都隐藏坏女人。她还有一种感觉，周秘书想取代秦茜的位置。然而，秦茜至今还认为，周秘书是她的好闺蜜。今晚，周秘书也在观察杨记者，她觉得想做丁总的情人相当难，一是丁总为人正派，除了秦茜，对其他女人都不感兴趣，二是追求丁总的女孩子很多，让许多男人爱慕的杨记者也喜欢丁总。

第二十章

1

兰兰的咳嗽越来越厉害，吃十几天的药还不见好，医生建议，做全面检查。谁知，一查是肝癌晚期，癌细胞已转移到肺部。兰兰听后，如晴天霹雳，瘫坐在椅子上，半天说不出话来。接着，兰兰听不清医生在说什么话。兰兰回到家里，隐瞒病情，说自己得了百日咳，还要咳嗽一段时间。母亲不知病情，信以为真。兰兰知道瞒不住母亲，但是她还是决定先隐瞒，等她考虑清楚之后再告诉母亲。考虑了两天以后，兰兰决定去省城医院开刀，即使多活一年也好，到那时，蕾蕾就会走路了。第三天，兰兰趁蕾蕾睡着了，来到母亲的房间，向她公开自己的病情。

“妈妈！你一定要坚强，以后蕾蕾就靠你抚养了。”

“你——你怎么了？”

“妈妈！我得了肝癌，现在，已是肝癌晚期。”

“我们家怎么了？”老人流下眼泪，“三年前，你爸爸得食道癌病逝，现在——”

“跟家里无关。”兰兰含泪说，“虽然我赚了不少钱，但是这十年，我几乎天天熬夜，天天喝酒，因此，得了肝癌。我得癌的事，只对你说，吴垠正在干大事，还要瞒他。”

“你到底在什么地方上班？要天天熬夜，天天喝酒。”

“夜总会。记住，不能跟任何人说。”兰兰擦了擦眼泪，接着说，“我和吴垠在夜总会认识的。他妻子出轨，他来夜总会只是喝酒解闷。我们很快相爱，并且爱得很深。”

“吴垠真的是个好男人，他没有看不起你。”

老人认为，女儿做小姐是极不光彩的事情，虽然赚了很多钱，但是不值得。至此，老人才知道，是女儿配不上吴垠。老人年轻时听丈夫说过历史上官员嫖妓的故事，她觉得，吴垠是共产党的好干部，他既不像柳永，又不像韩世忠，而她女儿的品性倒有点像梁红玉。兰兰的父亲虽然只是小学毕业，但是他喜欢看书，并且他讲的故事引人入胜，兰兰从小就喜欢听父亲讲故事。兰兰常被故事里的人物感染，她心里最佩服梁红玉和赛金花的品性。吴垠没有鄙视兰兰，兰兰不嫌吴垠钱少，并且，两人有共同的爱好，是天生的一对。然而，造化弄人，兰兰因为癌症将离开人世。

“我和吴垠约定，春节以后去广西多坡县，”兰兰蹙眉，“看来去不了。”

“你即使不告诉吴垠，他也会猜出来的。”

“为了不影响他的工作，”兰兰理了理头发，“我必须想尽办法瞒他。”

“你声音都哑了，他会听出来的。”

“嗯——”兰兰想了想，“这个，我可以骗他，说手机坏了，只能发短信。过两天，我和弟弟一起去省城看病，你在家带蕾蕾。”

“去省城大医院看病，很贵，你多带点钱。”

“嗯。”兰兰拿出一张银行卡，交给母亲，“卡里有200万元，密码是253917。”

兰兰有500万元存在银行里，她和蕾蕾、妈妈、弟弟一生都吃不完，可是现在，她即使想活也活不长久。兰兰叹了一口气，然后，向母亲交代遗嘱，她决定把仙都的房子留给蕾蕾。兰兰相信吴垠不会抛弃蕾蕾，如果出现意外，请求母亲和弟弟抚养蕾蕾。

2

为了防止吴垠起疑心，兰兰去省城之前，给吴垠发了一条短信，说自己不小心，手机掉在水盆里，要马上拿到手机店里修理。吴垠很忙，他正准备与丁总通电话，邀请丁总来多坡县考察、投资。

吴垠看了看兰兰发来的短信，然后回复：噢，手机修好后，告知一下。接着，吴垠拿起话筒给丁总打电话。

“老同学！最近忙吗？什么时候来多坡县考察？”

“嗯——”丁总挠了挠鼻沟，“后天，我和洪龙去省城，和药物研究所签订合作协议，要住两天，然后，坐飞机去广西南宁。”

“这样吧！你到南宁后给我打电话，我过来接你。”

“不用不用，你忙你的工作，我到多坡县住下后再给你打电话。”

“谢谢老同学！”

“你不是说，我们之间不言谢吗？”

“哈哈！好！”

接着，丁总给洪龙打电话，要他做好去多坡县考察的准备。去多坡县考察投资，洪龙很乐意。洪龙有自己的计划，他打算明年辞掉振华药业董事长的职务，由罗辰担任，另外，他的儿子洪伟明年大学毕业了，他要儿子跟在罗辰身后锻炼。洪龙估计，两三年以后，双龙染料化工厂会上市，到那时，他要求洪海管理双龙染料化工厂，自己搞农业去。投资农业见效慢，现在投入，两三年后才会出成果，这样，正好符合他的三年计划。他还觉得，十年以后，投资农业的收入会超过传统工业的收入。再说，广西的气候宜居，住在那里，肯定比住在滨海舒服。

“好！”洪龙爽快地答应，“我马上准备。”

“罗辰一个人忙得过来吗？”丁总问。

“没事。”洪龙夸奖道，“我发现罗辰有三个方面很强：一、组织能力强；二、口才很好，开会发言，人人爱听；三、写文章一流。”

“公务员里有许许多多人才，如果这些人不搞官僚主义、不搞形式主义，不贪污、不腐败，我们的经济发展就会更加迅速，像多坡县这样的地方都会很快消除贫困。”

“冯智为什么出价比别人高，要买我的老厂？就是怕麻烦。”洪龙发牢骚说，“现在，去开发区买一块地要两年，填土办手续又要一年，不顺利的话，三年搞不好。一些公务员，你不请客送礼，他不办事。”

“我父亲说，入党一定要严，动机不纯的人坚决不能入党。”丁总说。

谈到党的建设，丁总的父亲态度很明确：战争年代，一个战士想入党都很困难，和平年代，更要长时间考验，动机不纯的人和投机分子坚决不能入党。丁总在父母家里，常常诉说办事难的苦衷。父亲听后，非常恼火，说他们打江山是为了人民，可现在却让腐败分子中饱私囊。其实，丁总办事情比别人容易很多，他的妹夫是政府官员，他的姐夫是国税局的科长，他的父亲又是革命老干部，了解他家庭背景的大官小官都不敢刁难他。洪龙没有什么家庭背景，他办事情就更难了，官员知道他有钱，不管办什么事情，都要先送礼、先请客。有人说，企业赚10000元，起码要拿出3000元送给官员，不然，企业想发展很困难。企业赚钱了，老板请客送礼，会好受一点；企业做亏了，老板真的会有一肚子气。

“我刚办企业时，处处有人刁难，后来熟人多了，办事容易了一些，可现在又要给新上来的官员送礼。”洪龙长叹了一口气，接着说，“不知道在多坡县办企业难不难。”

“有吴垠在，应该不会有人刁难。”丁总说。

3

四天后，丁总、洪龙和周秘书来到多坡县。晚上，吴垠在县委招待所，摆了一桌菜，招待三人。吴垠带来五个人，一个招商局局长，三个乡长，还有陆秘书。吴垠希望丁总在三个乡，各办一家企业，并希望丁总在县城投资房地产，让县城变漂亮一点。而丁总和洪龙的打算是，分两步走。第一步，投资农业，合办医院，建希望小学，造公共厕所。第二步，再考虑投资办企业。虽然丁总和洪龙还没有开始考察，但两人对多坡县的情况已比较了解了，因为这两天，丁总已与吴垠通了五次电话。丁总一听吴垠的介绍就猜到了他的打算，有的话他不好在饭桌说，他打算饭后再向吴垠解释。可是，洪龙不这么想，他觉得，有话应该当面直说。

“吴副县长！”洪龙放下筷子，“我和丁总的初步打算是，分两步走，第一步先投资农业，第二步办实体企业。”

“噢，”吴垠点头，然后问丁总，“丁总！这两天，具体怎么安排。”

“家里很忙，我和洪总分头考察。”丁总解开衣扣，“洪总考察三个乡，每个乡考察一个农业项目，建一个希望小学；我呢，在县城考察，合办一个医院，造十二个公共厕所。希望小学和公共厕所由我们出钱建造。考察完后，先与你们签订投资意向书。”

“第二步，我们再考虑办企业。”洪龙补充说。

丁总和洪龙担忧投资环境不好，影响企业生存。投资农业不一样，一是投资少，即使搞不好，损失也少；二是投资农业，用工少，好处理；三是一般合同期限都在十年以上，有困难可以慢慢解决。两人觉得，每个地方，它的投资环境都在逐步改善。吴垠一听就知道丁总和洪龙的担忧，不过，他心里还是挺高兴的，因为两人愿意出钱建造希望小学和公共厕所，这是他最想做的事情。虽然他们暂时没有办实业的打算，但是合办医院和投资农业，也是吴垠所希望的。在场的各位领导听后也相当满意，他们纷纷向丁总和洪龙敬酒，以示感谢。周秘书是多坡县人，对家乡也是有感情的，她与家乡的领导敬酒以后，又与丁总和洪龙敬酒，感谢他们为多坡县人民办好事，办实事。

陆秘书笑问：“周秘书！你老家在渡口镇吧？”

周秘书诧异：“你怎么知道的？”

陆秘书放下酒杯。“因为渡口镇姓周的较多。”

吴垠吐出一口烟。“渡口镇埠头有一户姓周的人家，解放前是有名的茶商。”

周秘书思考了一下，然后莞尔一笑说：“是我爷爷。”

吴垠摁灭烟蒂。“你从小耳濡目染，对茶叶品质和经营肯定比较了解。”

周秘书撩了一下秀发，笑着说：“略知一二。”

洪龙挪开嘴上的香烟，“丁总！这几天，周秘书陪我考察，帮我拿主意。”

丁总点头。“行。”

吴垠交代：“陆秘书！你跟在洪总和周秘书身后，为他们做好服务。”

陆秘书点头，然后，举杯向洪总和周秘书敬酒。周秘书本来不想说出自己的家世，可仔细想了想，不说又不好，万一以后他们了解到她爷爷的情况就尴尬了。丁总为了避免周秘书再次上他的床，他已决定把她调到兴华电子厂当办公室主任，但丁总还想培养她，准备送她去培训班培训，等兴华电子上市以后，让她担任董事会的秘书。吴垠不了解周秘书，以为陆秘书和她比较相配，希望两人在一起多交流。陆秘书蛮喜欢周秘书的，可周秘书早已打算在外地发展，她绝对不会再回到多坡县，所以，两人不可能在一起。

4

兰兰在省城医院做了全面检查，医生告诉她，已不能开刀了，只能保守治疗，否则，癌细胞将加速扩散，于是，她在省城医院住了五天后返家。兰兰知道自己活不长了，她现在唯一的希望是，再活半年，听到蕾蕾叫她一声妈妈。回家后，她给吴垠发短信，说手机修过了，但不能打电话，只能发短信。吴垠看了看手机，马上回复。

“只能发短信？什么原因？”

“一个原件坏了，暂时没有配件。”

“噢。兰兰！咳嗽好了吗？”

“好多了。”

“你要多休息。丁爱国来多坡县投资，我现在正陪他吃饭。”

“噢。酒喝多了不好，少喝点。”

“嗯，明白。”

一个南，一个北，想暂时隐瞒病情真的不难，但时间一长还是会露馅的。上个月，兰兰已与吴垠约好，春节后，她带蕾蕾去多坡县，如果兰兰找理由不去，那吴垠一定会来辽源看她和蕾蕾，到那时，想瞒也瞒不住了。兰兰不想影响吴垠的工作，她打算在自己临死早两天再告诉他。兰兰母亲反对她的想法，母亲希望吴垠在兰兰离世以前多陪伴她，同时多与蕾蕾在一起，这样，蕾蕾就会知道吴垠是她的亲生父亲。兰兰觉得母亲的想法没有错，但这样做，肯定会影响吴垠的工作。

吴垠放下手机。“丁总！我还有一个请求。”

丁总弹了弹烟头上的烟灰。“吴副县长！什么事，你说吧！”

吴垠点燃香烟。“我打算挑选十几个年轻人，去你们的企业学习。”

丁总点头。“行。他们来之前，你给我打电话，便于安排。”

吴垠吐出一口烟。“好的。”

陆秘书喝了一口酒。“我也想去春江市滨海区看一看。”

吴垠想了想说：“这十几人由你带队。”

陆秘书举杯。“谢谢吴副县长！”

周秘书瞄了陆秘书一眼，她感觉陆秘书有追求她的想法，如果她回多坡县生活，或许她会跟他谈恋爱，现在，她不打算回多坡县了，就没有这个可能了，再说，她还想成为丁总的情人。丁总手持香烟，烟蒂贴在嘴唇上，他先看了看陆秘书，然后，看了看周秘书，他也觉得两人蛮相配的，可仔细想了想，又感觉两人成不了，他估计周秘书不愿回到多坡县。滨海的收入这么高，生活这么好，周秘书早就打算在滨海定居。

接着，大家一边喝酒，一边商谈希望小学和医院的选址事宜。

5

今晚，洪海把罗辰、胡森、曹明叫到夜总会唱歌，他有一件事要告诉三人。

洪海扭了扭脖子说：“媛媛怀孕已有 3 个多月，去医院做了 B 超，是儿子。”

罗辰哈哈大笑说：“你老婆要倒霉了。”

洪海挪开嘴上的香烟，“把我的计划全打乱了。”

罗辰诧异：“你原来不是就想与老婆离婚，跟媛媛结婚吗？”

洪海弹了弹烟头上的烟灰，没有说下去。以前，洪海曾计划与老婆离婚，娶媛媛为妻，最近，洪海改变了原来的计划，他打算与老婆离婚，跟烟花经营公司的吕副经理结婚。现在，他又要改回来，执行以前的计划。其实，媛媛早知道自己怀孕了，她故意暂时不说，等到三个月之后才告诉洪海，因为鉴定胎儿性别，必须在怀孕三个月之后。昨天，媛媛来到医院，偷偷塞给医生2000元红包，不一会儿，胎儿性别就查出来了。媛媛知道洪海很想要一个儿子，现在，他的愿望实现了。同时，媛媛的愿望也能实现了，她相信，洪海会马上向他的妻子提出离婚。

胡淼一边倒啤酒，一边问：“你已向老婆提出离婚了？”

洪海点头。“嗯。”

胡淼放下啤酒瓶。“你老婆同意吗？”

洪海挠了挠秃顶。“同意，但是提出三个条件。”

胡淼拿起酒杯。“哪三个条件？”

洪海挪开嘴上的香烟。“一、给女儿买一栋别墅；二、给她200万元；三、朋友子女结婚，要老婆一起去的，她也要去，说明她还是我洪某大老婆。”

罗辰笑着说：“哈哈！她还要大老婆的地位。”

曹明笑着说：“要求不过分，大老婆的名分要给她的。”

洪海想了想问：“胡淼！电子厂有钱吗？要800万元。”

胡淼喝了一口酒，笑着说：“2个亿都有，今年利润起码3个亿。”

今年，兴华电子厂有这么多利润，所有股东都想不到。订单一个接一个，日夜加班才能完成。产品的利润又很高，真的日进斗金。洪海给胡淼递烟，要胡淼明天上午9点前，把800万元打入他的银行卡。洪海打算尽快与妻子离婚，以免长夜梦多，如果他妻子不同意离婚并告他犯了重婚罪，他就麻烦了。接着，洪海马上给丁总打电话，提出要向电子厂暂借800万元，并说明了借钱的原因。丁总当即同意，然后，他提醒洪海，先和律师商谈一下。洪海觉得丁总的提醒很及时，于是，便马上给律师打电话。律师听后，要洪海先与妻子签一份离婚协议。洪海觉得有道理，当即要求律师给他写一份协议，并马上送到夜总会，他准备回家后要妻子签字。

“爱国给我的提醒很及时。”洪海喝尽杯中酒，“签了协议，我老婆就不好反悔了。”

“爱国有两个儿子了，他还想要一个女儿。”胡淼笑了笑，“秦茜不同意生，周秘书肯定会答应为他生女儿。哎！如果周秘书怀了爱国的孩子，秦茜会怎么样？”

“秦茜的脾气跟洪海老婆完全不一样，”曹明笃定地说，“她肯定带儿子回老家。”

“那怎么办？”洪海夹了一颗螺蛳放进嘴里，“我们要为爱国想办法。”

“秦茜像爱国的前妻一样，也意外死亡，就可以解决问题了。”曹明开玩笑说。

“呸！”洪海吐出螺蛳壳，“呸呸呸，呸！”

“我开玩笑的。”曹明叼着香烟，“秦茜旺夫的，爱国自从跟她在一起，日进斗金。”

“我有儿子啦！”洪海很兴奋，举起酒杯，“兄弟们！干杯！”

6

今晚，洪海很高兴，喝了不少酒，有点醉醺醺了。他手拿麦克风正在放声歌唱的时候，如烟领着叶勇以及他的五个朋友走进包厢，洪海一看，心里陡然一惊，以为叶勇来找他算账的，于是，放下麦克风，准备应对。不过，洪海一点不怕，因为夜总会的保安队长就站在包厢门外。如烟拿起啤酒瓶，倒了六杯啤酒，然后递给叶勇以及他的五个朋友。这时候，洪海才明白过来，原来叶勇带朋友过来，是向他敬酒的。

叶勇与洪海碰杯，然后一饮而尽。“谢谢你们！出资6亿买我的股份，现在，我每天很开心，搓麻将，玩牌九，喝酒唱歌，身边还有小姐，是神仙生活。”叶勇笑着说，“我喜欢人家叫我‘双十二’，我喜欢夜生活，喜欢睡到中午。”

洪海喝了一口酒。“冯智帮你打理，你给他多少股份？”

叶勇放下酒杯。“我百分之八十，妹妹百分之二十，这是我家老爷子定的。”

洪海点头说：“冯智是个干实事的人，如资金周转有困难，让他去找洪龙。”

叶勇抱拳。“谢谢大哥！”

曹明给叶勇递烟。“钱不要多，够花就行。”

叶勇接过香烟。“对！以前，我身价几十亿，每天压力很大，现在,多自由呀！”叶勇扬了一下手,“兄弟们！向各位老板敬酒！”

敬完酒,叶勇和他的五个朋友转身离开。洪海看着叶勇的后背，心里发笑，觉得叶勇被人卖了还帮人家数钱。不是叶勇傻，而是洪海的团队设计的计划太完美了，使得叶勇没有一点被骗的感觉。现在，只有赌场的黄总知道洪海利用老千赌钱的事情，但是，他无法确定这件事情与控股振华药业是否有关，再说，叶勇在他赌场输钱，他获利近千万，再傻的人也不会把这件事情说出去。不过，有两个人知道一些细节，一个是周秘书，另一个是久盛房产公司的金总，但是，两人只知道洪海等人买卖振华药业股票的事情，无法确定这件事是控股振华药业的前奏。

曹明低声问：“洪海，你叫来的两个朋友，与叶勇赌过一段时间，这两人牢靠吗？”

洪海点头。“我没说出真相。我说自己忙，要两人替我参赌。赢了，每月给两万；输了，算我的。我跟两人说，魏总是老手，跟着他下注，并告诉两人，不许对外说。”

曹明竖起大拇指。“我佩服你。”

洪海哈哈大笑说：“表明我们整个团队的实力是非常强大的。”

胡淼用右手指了指包厢的门。“隔壁有耳。”

罗辰拿起麦克风。“继续唱歌。”

曹明喝了一口酒。“洪海！给我们各叫一个小姐。”

洪海右手扬了一下。“好！”

洪海觉得，自己要配一个保安，以防不测。叶勇的身价从几十亿掉到千万，可他却觉得，现在他活得像个神仙。而洪海成为亿万富翁后却开始贪生怕死了，担心叶勇雇人杀他。其实，胡淼、罗辰、曹明心里也害怕，因为三人参与了谋划。四个人里，虽然曹明获利最小，但是，他是诱骗叶勇去澳门赌场赌博的罪魁祸首。好在叶勇没有察觉，至今，四人还安然无恙。现在，四人都希望冯智办厂成功，让叶勇有吃有用，使他活得逍遥自在，过他神仙的生活。叶勇是个非常自信的人，他根本不会去想有人设局骗他。叶勇自己不去查，谁喜欢管他的事情，再说，洪龙、洪海两兄弟又不是好惹的人。

7

第二天，洪海给女儿买了一栋别墅，并给了妻子200万元。洪海的妻子虽然不愿意，但还是和洪海一起，去民政局办了离婚手续。当晚，洪海就与媛媛住在了一起。其实，洪海的心里还是喜欢吕红。洪海的想法与丁总不一样，他认为，要向中国古人学习，做老婆的女人要选择能干，做小妾的女人要挑选年轻、漂亮、纯洁。但是他没有办法，只能放弃吕红，因为媛媛的肚子里已怀着他的儿子。洪海看了看手表，见时间还早，于是，他给丁总发了一条短信：今天，我已经跟老婆办了离婚手续。

丁总正与洪龙、周秘书商量事情，他看了看手机说：“洪海已与妻子离婚了。”

周秘书非常错愕：“这么快呀！”

洪龙却一点不诧异：“洪海老婆早有思想准备了。”

丁总喝了一口水，然后问：“洪海和媛媛的事情，她早知道了？”

洪龙皱眉说："开KTV开始，他身边的女人就不断，他老婆心里清楚，她与洪海离婚是迟早的事。三年前，他和一个小姐都住在一起了，可不知什么原因，后来分开了。"

这个小姐就是星光灿烂夜总会的婷婷。三年前，婷婷真的很漂亮、很性感，为了她，洪海坚持要与妻子离婚。一开始，洪海的妻子不同意，后来，她见洪海的态度很坚决，只好同意了，但要求洪海给她100万元。过了两个月，洪海说，没有钱，等有钱了再离婚。其实，不是没有钱，而是叶勇花钱骗走了婷婷。叶勇不但有个有钱的父亲，而且年轻、帅气，另外，叶勇还在婷婷面前声称，他要和婷婷结婚。婷婷一比较就选择了叶勇，谁知，叶勇欺骗了她。不过，叶勇对待婷婷一直不错，直到现在，他还会经常叫她坐台，但是，这只是出于同情。叶勇不跟她上床了，因为她已染上了毒瘾。

丁总弹了弹烟头上的烟灰。"如果媛媛没有怀孕，洪海就不会跟老婆离婚。"

洪龙提醒周秘书："周秘书！找对象不要把钱放在第一位。"

周秘书尴尬地笑了笑说："我现在年纪小，不找对象，我把工作放在第一位。"

洪龙点头。"你是有理智的小姑娘，好好工作，丁总会培养你的。"

丁总挪开嘴上的香烟。"我打算让周秘书担任兴华电子的办公室主任，兴华电子上市后，再让她担任董事会的秘书。"

洪龙笑着说："周秘书！两年后，你就是兴华电子的高管了，快谢谢丁总。"

周秘书捋了捋刘海的发梢。"谢谢丁总！可是我担心接上来的秘书没有我细心。"

丁总干咳了一声说："我要秦茜从旅游公司里再挑一个。"

周秘书想留在丁总的身边，已不可能了。但是，周秘书认为，只要丁总还信任她，她仍然有机会成为他的情人。其实，周秘书想成为丁总情人的可能性很小，除非秦茜像丁总的前妻那样，出现意外事故，因为丁总从来没有想过要找情人。丁总喜欢看书，黄色小说他也看，然而，他看了黄色小说以后却觉得，男人关注的女人身体部位都是差不多的，没有什么特别，如果一定要说出特别，那只是有的坏女人爱撩拨男人，她们把床当舞台，床戏演得比别的女人精彩热烈而已。因此，他认为，男人为女人，影响事业太不值得。不过，丁总没有把周秘书当作坏女人，他认为，周秘书年轻幼稚，一时冲动，做了不该做的事情。

接着，丁总给洪海发短信：你要感谢你的前妻，她为了你的事业，同意离婚。

第二十一章

1

丁总、洪龙在多坡县待了五天后返回。周秘书回老家多待了三天，然后回滨海。过了一个星期，周秘书乘坐公交车到兴华电子厂上班。上午，滨海经济开发区薄雾蒙蒙，空气中散发着一股臭味。周秘书捂住鼻子，紧皱眉头，看着窗外。周秘书早已听说，滨海开发区的空气质量很差，一到发雾天，兴华电子厂的空气就特别不好。没想到，她第一天到兴华电子厂上班就遇上发雾的天气。周秘书真的不想来兴华电子厂上班，可是，丁总已经决定，她不得不同意。周秘书刚走下公交车，就听见有人叫她，于是，她抬头往前看。

“哎！苏岩！”周秘书停住脚步，“你的厂在哪儿？”

“在你们兴华电子厂北面100米。”苏岩看了看周秘书，“哎！你今天怎么坐公交了？”

“我调到兴华电子办公室工作了。”周秘书拉了拉肩包带，“今天是第一天上班。”

“是办公室主任吧？”苏岩问。

“嗯。”周秘书理了理刘海，“兴华电子路远，上班不方便。”

“你是丁总夫人的好闺蜜，再上一级就有专车了。”苏岩笑笑说。

“最近，你没有骚扰秦总吧？”周秘书笑问。

“十天前，去秦总旅游公司办事，遇上伶牙俐齿的嫒嫒。”苏岩摇头，“比你更厉害。”

“嫒嫒怀孕了。”停顿了一下，周秘书若有所思地说，“这几天，她在家休息。”

苏岩点点头，然后，转换话题，约请周秘书晚上去茶楼喝咖啡。周秘书婉拒了苏岩的邀请。接着，两人挥手离开。周秘书故意把嫒嫒在家休息的事情告诉苏岩，她希望苏岩继续追求秦茜，闹出绯闻，让丁总和秦茜之间的感情出现裂痕，然后，她趁机插足，促使丁总与秦茜离婚。现在，摆在周秘书面前有两条路，一是好好工作，争取两三年后担任兴华电子董事会的秘书；二是想方设法促使丁总和秦茜离婚，成为丁总的夫人。周秘书认为，即使当上兴华电子董事会的秘书，成为企业高管，也不如做丁总夫人威风。所以，周秘书毅然决然选择后者，她要成为丁总的夫人。

中午十二点，丁总给周秘书打电话，说秦茜被苏岩推下楼梯，伤势严重，已昏迷，现住在春江市人民医院，要她马上过去。另外，丁总还告诉周秘书，苏岩已被关进看守所，正在接受审问。周秘书听后，非常震惊，没想到苏岩竟然做出这种事情，她立即坐公交车来到春江市人民医院，看望秦茜。周秘书看着昏迷的秦茜，开始害怕起来，她感觉苏岩会把她交代出来。虽然她可以推脱责任，但丁总肯定会认为，她没安好心，另有企图，这样，她不可能再回到丁总的身边。可是，她又不希望秦茜醒过来，因为嫒嫒休息的事情是秦茜告诉她的。周秘书只是希望苏岩缠住秦茜，闹出绯闻，引起丁总对秦茜的不满和反感，没想到苏岩竟然做出这么出格的事情。

苏岩耷拉着脑袋，接受审问。

陈副队长问：“你为什么要把秦茜推下楼梯？”

苏岩辩解说：“我没有推她，她一边挣脱，一边后退，结果一脚踩空掉下去的。”

陈副队长问：“你去她办公室干什么？”

苏岩想了想说：“我路过旅游公司，上去找她有事？”

陈副队长问：“什么事？”

苏岩低头不语。

陈副队长瞪眼问："是不是想强奸秦茜？"

苏岩辩解说："不是。我见二层没人，便过去吻她，见状，她马上就跑，在楼梯口，我拉住她。后来，她一边挣脱，一边后退，结果一脚踩空，掉下楼梯。"

苏岩故意选择秦茜下班时间上楼找她，不过，他没有强奸秦茜的意图，只是想抱她吻她。现在，苏岩很后悔，他觉得，不该吻秦茜，更不该追出去缠住她。苏岩不想把周秘书牵进来，于是，他没有说出上午与周秘书交谈的事情。苏岩认为，周秘书没有撺掇他去追求秦茜，她只是无意中说出今天媛媛不在秦茜身边。陈副队长两指夹着香烟，烟蒂贴在嘴唇上，一边看着苏岩，一边思考。根据供述，苏岩已经构成猥亵妇女罪，而且还要承担民事责任，是不是有强奸意图要等受害人苏醒以后再确定。

陈副队长正色说："坦白从宽，你想明白了，我再问你。现在，你马上通知家人，先拿 10 万元，付受害人的医药费。"

苏岩点头。"我愿意承担她的全部费用。"

2

秦茜昏迷已经一天一夜了，现在还没有苏醒。丁总着急了，找医生询问。医生建议，要他尽快转院，做开颅手术。丁总听后，马上给杨敏的父亲打电话，讲述秦茜的病情。杨敏的父亲听后，要丁总马上把秦茜转到省人民医院救治。第二天下午，丁总就把秦茜送到了省人民医院。很快，秦茜被推进手术室。丁总站在手术室外面给周秘书打电话，要她明天开始暂时去旅游公司上班。过了一会儿，戴处长和杨敏一起，各人提着一袋水果，来到省人民医院手术室，看望秦茜。

"怎么会出这种事情？罪犯叫什么？年纪多大？"杨敏连问三个问题。

"一听就知道你是一个记者。"戴处长插话。

"叫苏岩，三十多岁，已经追秦茜好几年了。"丁总从衣兜里取出一包香烟，"秦茜对他已有防备，专门交代秘书媛媛，不许他进来。可昨天，媛媛正好在家休息。”

“是不是有人告诉苏岩，说媛媛不上班？”杨敏又问。

“除了周秘书之外，”丁总给戴处长递烟，“秦茜身边的人对苏岩都不熟悉。”

“问题出来了。”杨敏笑了笑，“丁总！接下来怎么做，你自己决定，我不插手了。”

“杨记者不简单，”戴处长接过香烟，笑着说，“是一个破案能手。”

媛媛休息的事情丁总也不知道，秦茜有没有把这件事情告诉周秘书，要等秦茜苏醒过来以后才能了解到。不过，丁总还是认为，周秘书不会做这种事情。杨敏所担心的就是这个，她感觉丁总还没有识破周秘书的阴谋诡计。按杨敏的想法，丁总应该马上要求公安人员审问苏岩，尽快把事情调查清楚。丁总手持香烟，烟蒂贴在嘴唇上，看了看杨敏的神情，他感觉杨敏对周秘书没有好感。当局者迷，旁观者清。其实，戴处长也觉得，问题可能出在周秘书身上。戴处长见丁总还在犹豫，又不好多说，他感觉丁总与周秘书有地下情。

杨敏佯嗔道：“你只知道开玩笑，逗我开心。”

戴处长挪开嘴上的烟香。“这样有什么不好呢？我的追求是，工作是快乐的，业余是开心的。”

丁总吐出一口烟。“跟戴处长一起生活很好，每天开心愉快。”

杨敏撩了一下秀发。“有时候，我也觉得跟他在一起很舒服。”

戴处长笑着说：“这就对了。”

杨敏顿时脸红了，她低头不语。

戴处长转换话题：“做开颅手术不仅危险，还有后遗症。”

丁总点头。“是的，可出血很严重，不做开颅手术，醒不过来。我跟秦茜母亲通电话了，她也同意开颅手术。”

杨敏看着丁总忧愁的面容，皱眉思考。杨敏觉得，丁总活得很累，他不仅每天要处理各种各样的事情，还要应对各种各样的人。杨敏还觉得，做丁总的妻子也很不容易，除了相夫教子，还要提防丈夫身边的坏女人，她们当中有的要夺走她的丈夫，有的为了得到她家的财产，希望她死。这样一比较，杨敏反而觉得做戴处长的妻子很好，无愁无虑，没有烦恼，整天开心愉快。杨敏瞄了戴处长一眼，然后，拉了拉身上的肩包带，若有所思地站在那里。丁总见医生从手术室里走出来，连忙上前询问。

丁总一边给医生递烟，一边问："医生！病人怎么样？"

医生接过香烟。"手术很成功。为了更好地康复，我们让她慢慢苏醒。"

丁总握住医生的手。"谢谢！"

3

秦茜已开始慢慢康复，为了不影响丁总的工作，秦茜母亲来省城接替丁总，照顾女儿。丁总回到滨海的第二天，多坡县十个到丁总公司实习的大学生来到滨海。晚上，丁总在滨江大酒店，订了一个大包厢，招待他们。洪龙、洪海、胡森、罗辰、周秘书、媛媛，参加酒席。丁总示意陆秘书坐在他的身边，然后，陆秘书向丁总讲述10个大学生的基本情况。10个大学生里有四种专业，有学企业管理的，有学旅游的，也有学环保和电器制造的。丁总一边点头，一边端详每个大学生。吴垠对丁总的企业很了解，10个大学生都能够根据自己的专业找到实习的岗位。

丁总拿起酒杯。"欢迎你们来我们公司实习！来！为我们美好的未来，干杯！"

陆秘书高举酒杯。"谢谢丁总和各位领导！"

丁总喝了一口酒，然后说："10个大学生里有四种专业，有学企业管理的，有学电器制造的，有学旅游的，还有学环保的。"

洪龙放下酒杯。"学企业管理的，找罗总；学环保的，找我弟弟洪海。"

胡厂长举了一下酒杯。"学电器制造的，找胡某。"

两个男生不约而同地举杯。"胡厂长！我们学电器制造的。"

胡厂长笑着说："我们是同行！干杯！"

周秘书拉了拉衣襟说："学旅游的，找嫒嫒，或者找我。"

两个女生站起。"谢谢领导！"

秦茜苏醒后，周秘书开始害怕了，因为嫒嫒在家休息的事情是秦茜告诉她的。即使苏岩为了保护她，不把她的事情交代出来，秦茜也会想到是她把消息透露给苏岩。周秘书觉得自己在滨海已没有发展前途了，她要考虑如何体面地离开。丁总看了看周秘书，发现她的神情萎靡不振，但猜不出原因。陆秘书想找周秘书聊天，见她愁眉不展的样子，便拿起酒杯，与丁总敬酒，然后，又与洪龙、洪海、罗辰、胡森敬酒。周秘书一边思考，一边看着陆秘书，突然萌生一个想法，她打算利用陆秘书对她的追求，趁机离开滨海，然后，再考虑下一个人生起点。人的一生有许多起点，周秘书希望，接下来的起点是她财富进一步积累的开始。现在，周秘书的银行卡里已有 500 多万元，她计划一年以后成为千万富翁。

"周秘书！"陆秘书高举酒杯，"你既是 10 个实习生的老乡，又是他们的师姐，请您多关照！"

"陆秘书！"周秘书喝了一口酒，莞尔一笑，"你有什么吩咐尽管说。"

"陆秘书！"洪龙笑着说，"就凭周秘书这句话，你还得再敬一杯。"

"好！"陆秘书倒满酒，拿起酒杯，"周秘书！吴副县长分管旅游，我是他的秘书，应该懂得旅游公司的业务和流程，我明天先到你公司学习。我干了，您随意。"

"陆秘书！"周秘书粲然一笑，"欢迎您！请您多提宝贵意见！"

"周秘书！等一会儿，我就向您请教几个问题。"陆秘书放下酒杯，"多坡县未来的精英们！你们要抓住今晚的好机会，多向领导敬酒。"

陆秘书把实习生喝酒的积极性调动起来之后，便开始与周秘书聊天，了解滨海的游客对广西风景区的印象和意见。周秘书面带笑容，回答陆秘书的提问，她既赞美广西的绿水青山，又直言广西在接待方面的不足。丁总手持香烟，烟蒂贴在嘴唇上，看了看周秘书，他觉得今晚的周秘书神情多变，一会儿满脸愁容，一会儿笑靥如花。

4

这个星期，陆秘书几乎天天与周秘书一起，到附近的快餐店吃饭。媛媛感觉两人已在谈恋爱了。其实，周秘书还没有与陆秘书谈恋爱，这是周秘书故意做给媛媛看的，她要让媛媛觉得，是陆秘书的原因，她才离开滨海的。另外，周秘书觉得，她必须想好下一步计划，不然，她的奋斗目标就不可能达到。星期天上午，周秘书约请久盛房产的金总喝下午茶。金总以为又有赚钱的机会，便马上答应了。

金总一坐下便问："周秘书！有什么好消息？"

周秘书拉了拉衣襟说："前不久，吴垠邀请丁总去广西多坡县投资。经过考察，丁总与多坡县人民医院合建县中心医院。县中心医院边上还有一块地，用来建商场非常好。我建议，你在多坡县设立房产公司。如果需要我，我就辞掉工作，回老家帮你料理。"

金总喝了一口果茶。"你是多坡县人？"

周秘书点头。"是的。"

金总笑问："丁总会同意你辞职？"

周秘书撩了一下秀发。"你的笑容怪怪的，你一定还认为我和丁总有地下情。我和丁夫人是好闺蜜，不可能做这种事的。我不骗你。"

不光金总有这一猜测，戴处长也有这个想法。在公共场合，周秘书都与丁总保持距离，但是在丁总醉酒后，她又很贴心地照顾丁总，这样，她对丁总由心而发的亲近感就暴露出来了。戴处长就是从这一个细节感受到的。再说，秘书和领导的地下情相当普遍，大多数的人都会往这方面去想。从内心讲，周秘书和秦茜一样，也爱丁总，但是周秘书更爱丁总的财产。金总手拿刀叉，切了一块牛肉放进嘴里，然后，瞄了周秘书一眼，他觉得周秘书离开丁总的公司一定有原因，但是，他又猜不出来到底发生了什么事情。

金总手拿餐巾纸，擦了擦嘴巴，然后问：“你为什么要离开丁总的公司？是不是我们抄底振华药业股票的事情被丁总发觉了？”

周秘书摇手说：“不是的。离开丁总的公司主要有以下两个原因：一、我想搞经营；二、许多人都认为当秘书就是做情人。”

金总点头。“理解，再说，你确实是个搞经营的人。”

周秘书莞尔一笑说：“还是金总了解我。”

金总想了想说：“上个星期，吴垠给我打过电话，希望我去多城县投资。嗯——这样吧，我下个月初去一趟多城县。”

周秘书撩了一下秀美。“我月底辞职，在老家等你。”

金总点头。“行！我相信你的能力。”

金总与周秘书合作过两次，都很成功，特别是抄底振华药业股票的事情让他非常佩服，仅几天工夫就赚了一千多万元。另外，金总对周秘书还有企图。金总坚信，他一定能征服周秘书，因为她喜欢金钱。金总打算在多城县设立一个房产公司，让周秘书担任副总经理，这样，他就有机会对她下手了。其实，周秘书已经有做金总情人的心理准备，不过，没有足够的诱惑力，她是不会轻易上钩的，因为这个代价太大。周秘书不但年轻漂亮，而且还相当有能力，嫁一个好老公并不难，所以仅仅一个副总的职位，她肯定不会做金总的情人。这个，金总也知道，所搞的项目必须要赚钱，不然，周秘书拿到的钱不会很多。

5

今天，滨海区人民法院对刘强、周华、梁材、沈良、陈森进行公开审判，经过法庭调查、法庭辩论之后，被告人刘强作最后陈述。刘强站立，扫视了一下旁听席上的观众，然后，开始发言。

“——父亲在世的时候，常对我说，你可以不学习雷锋，但是你必须向身边的能人、好人学习，这样，你也能够成为一个道德高尚的人。我们的丁总就是能人、好人，可是，我不但没有以他为榜样，而且还走上了犯罪的道路。1998 年，由于企业机制的原因，我们的公司破产了。为了解决老职工的就业问题，丁总放弃自己的事业，回原单位组建了好几家股份有限公司。国有企业的职工一直在优渥的待遇下过日子，对有风险的投资很害怕，所以，大家都不敢多投钱，生怕亏本了。没有办法，丁总只好出资收下没有人要的股份。现在，丁总手中的股份获利非常丰厚。我开始眼红了，利用手中的权力，想方设法侵占股东的利益，走上了犯罪的道路——”

这是改制企业干部、职工犯罪的典型案例，丁总专门给吕红打电话，要她带领公司部分职工去旁听。下午，吕红和林金宝一起，向丁总汇报上午开庭的情况。

丁总听了吕红的汇报后，皱眉说：“我用人有问题，只看表面。”

林金宝坦言：“我们公司的许多职工包括我本人还是老观念，都希望投少量的钱，得到大股东一样的回报。如果我有权，也有可能走上犯罪的道路。”

丁总吐出一口烟。“刘强、周华、沈良、梁材、陈森各判了多少年？”

吕红放下茶杯。“刘强判 8 年；陈森判 10 年；沈良判 7 年，赔偿死者 60 万元；梁材判 6 年，赔偿死者 50 万元；周华判两年，缓刑 3 年执行，另外，罚款 2 万元。”

丁总听后一声长叹。方敏、刘强、周华都是丁总手下的副总，三人前后都判了刑，对此，丁总不由得叹息。有人说他对职工太善良了，他承认，可是，洪海没有慈善心，他对犯罪行为是零容忍的人，为什么陈森、刘强、周华、沈良、梁材仍然胆大妄为呢？有人说他对职工教育不够，他也承认，可是，报纸、电视都在宣传正能量呀！为什么他们充耳不闻呢？最后，丁总还是觉得是人性问题，有的人，他的人性就属于丑恶那一种，总想不劳而获，多吃多占，陈森、刘强、梁材、沈良、周华等就是这一类人。丁总希望他们吸取教训，重新做人。

“洪海不做工作，刘强要判 12 年。”丁总撇嘴说，“刘强的态度比他家属好。”

“真的想不到，周华连烟花爆竹准运证都敢卖。”林金宝摇头，“大股东也这么贪。”

“如果让周华当大官，问题就严重了，”吕红喝了一口水，“他一定会卖官。”

“吕红！”丁总弹了弹烟头上的烟灰，“你和洪总商量一下，给周华安排一个适当的岗位，我们这样做，是希望他吸取教训，重新做人。”

“你呀！就是心太好。”吕红莞尔一笑说，“应该周华先申请，我们再考虑。”

“对！”林金宝赞同，“我们不能主动替周华着想。”

“我们主动帮助，他会感动的。”丁总扭了扭脖子，“再说，他的工作能力还可以的。”

“我明天与洪总商量一下。”吕红放下茶杯，“希望您的主动帮助能够感化他。”

周华判刑两年，缓 3 年执行，按规定，他可以重新工作。但是，像周华这类人，没有特殊关系，一般单位都不会要他。丁总不但不嫌弃周华，反而主动帮助他。尽管吕红心里有点不愿意，但还是答应了丁总的要求。林金宝手持香烟，烟蒂贴在嘴唇上，看着丁总，心里想着儿子林聪工作的事情，他打算退休的时候再找丁总，请求丁总把他儿子林聪招进公司上班，他预料丁总会答应他的要求。企业改制的时候，林金宝对丁总印象很好，丁总成了亿万富翁以后，他对丁总的印象没有之前好了，认为丁总是依靠小股东致富的，现在，他对丁总的印象比任何时候都好，觉得丁总不但能力超强，而且心地善良。

6

星期六，周秘书就要走了。按道理，她应该向丁总请辞，可是，她不敢面对丁总，生怕露馅。经过细想，她决定以短信的方式，向丁总请辞。晚上，周秘书洗完澡，倒了一杯白开水，然后，背靠床头，开始给丁总发短信。

“丁总！我决定辞职，星期六，与陆秘书他们一起回老家。”

“为什么突然请辞？”

“我明白，你为什么要调我去兴华电子厂上班。”

“你想多了。我这样做是爱护你、培养你。”

如果丁总不把周秘书调走，继续留在身边，周秘书就不会提出辞职，她会等，一直等到丁总同意她，做他的情人为止。现在，周秘书觉得，她已不可能回到丁总的身边了，她想成为丁总的情人、夫人都不可能了。周秘书觉得丁总对她太狠心了，每次外出，她总是把自己当保姆，她对他的照料比他的老婆还用心，如果没有爱，她会这样关心他吗？此时，丁总已感觉到不该调离周秘书。但是，不调离周秘书，又担心她会再次上他的床。

“我已经是您的人了，留在您身边，才是爱护我。”

“我不想伤害你。”

“有爱才有伤害。”

“我不同意你辞职，除非你为了爱情。”

“我不会再为了爱情了，我要努力赚钱。”

“请告诉我，你回家后打算做什么？”

“久盛房产公司金总打算在多坡县设立房产公司，在县中心医院边上建造商场。”

“在多坡县开发房地产为时过早，这个金总比谁都清楚，除非金总另有目的。”

平时，丁总说话不会这样直接。周秘书看着手机，脸上露出微笑，因为她感觉到丁总替她着急，为她担心。这两天，周秘书一直在想，如果金总要求她做他的情人，她怎么回答？最后，她觉得，即使金总给她 1000 万元，也不值得。周秘书的爱情观，跟秦茜的说教有很大关系。秦茜认为，如果不与心爱的人在一起，女人的一生就不会有幸福。然而，周秘书所爱的人却是秦茜的丈夫。现在，周秘书已确定丁总心里有她，可是，她夺走丁总，秦茜会同意吗？她犹豫了。周秘书思考了一会儿，决定暂时离开丁总，让他体会一下没有她是什么感觉。

“我是秦总教出来的，不会被金总骗的。我母亲身体不好，在多坡县做事，可以照顾母亲。”

“我们在多坡县有项目，正缺一个有能力的人，你去最适合。”

“可是，我已答应金总了。”

“你马上给金总打电话，就说我不同意你辞职。”

“好吧！”

周秘书捂住嘴，差点笑出声音。不过，有一件事，周秘书还是担心，担心苏岩的案件会连累到她。她估计丁总还没有调查这件事，不然，丁总不会这样对她。其实，丁总已调查过此事。昨天，丁总到陈副队长的办公室，看过苏岩的笔录。丁总完全相信苏岩的口供，他已确定周秘书与苏岩的案件没有任何的关系。

7

滨海区上市公司指导办公室的领导看了双龙染料化工厂的财务报表后，认为双龙染料化工厂已经基本符合上市的要求，于是，专门派人前来指导，要求逐步做好上市的准备。几天以后，春江市滨海区双龙染料化工厂改名为中南双龙化工有限公司。为了加快中南双龙化工有限公司上市的步伐，丁总把洪龙、胡森、洪海、罗辰叫到办公室商量相关事宜。

丁总给洪海递烟。“我看了双龙化工的报表，发现双龙化工的应收款比较多，要抓紧催讨，否则，会影响双龙化工的上市。”

洪海接过香烟，“九月底开始，双龙的产品价量齐升，形势很好，可应收款猛增。”

洪龙喝了一口水。“一是制衣企业回暖，二是厂家担心染料还会涨价，大量囤货。”

洪海点燃香烟。“再过三天，双龙化工的环保整改完毕，下星期，我出去催讨。”

丁总看了一下笔记本。“第二件事是，双龙化工的厂房、外墙等地方都要粉刷，办公室、门卫、厕所都要重新设计装修。”

洪海放下钢笔。“可以参照振华药业上市的经验。罗辰！你派个人协助我。”

罗辰点头。“好的。”

丁总看了一下手表。“上次我们只商量了房地产公司入股的事情，今天接着商量。”

然后，大家开始商量成立房地产公司的具体事宜，包括房地产公司的名称、注册资金、法人代表人等等。经过商量，房地产公司的名称为春江市通达房地产有限公司，经营范围包括房地产和城市基础设施，注册资金为5000万元，由洪龙担任董事长。接着，洪龙向大家请求，不再担任振华药业的董事长，由罗辰接替他的位置，其理由是，他将把主要精力放在春江市通达房地产有限公司上。洪龙、洪海两人有一个共同特点，不满足现状，喜欢做有挑战性的事情。丁总对洪龙的印象很好，他认为，虽然洪龙的文化程度不高，但是他做工作非常踏实，是一个一心一意干事业的人。

洪龙揿灭烟蒂。“通达房地产公司成立以后，先把多坡县的几个项目搞起来。”

丁总解开衣扣。“看来，洪龙要在多坡县大干一场，好吧，我同意洪龙的想法。”

洪龙给罗辰递烟。“我儿子洪伟过了春节就到振华药业实习，你对他要严格一点。”

罗辰接过香烟。“你不用担心，虎父无犬子。”

胡森笑着说：“洪龙！你家是龙父虎子。”

丁总皱眉说：“严格要求是对的，叶元这么能干，其儿子叶勇却是败家子。”

洪龙点头说：“宠子害子，叶勇是他母亲宠坏的。”

胡森笑着说：“爱国！你有两个儿子，教子任务繁重。”

丁总弹了弹烟头上的烟灰。“我确实有点担心。”

罗辰点燃香烟。“生女儿也担心，我担心的是，女婿会不会败光我的财产。”

洪海没插话，坐那里，一边听大家说话，一边若有所思地抽烟。洪海最好，一儿一女，前妻生女儿，媛媛生儿子。但是洪海不满足，他还需要一个情人。他与前妻没有离婚以前，媛媛是他的情人，现在，媛媛转为妻子后，他又缺少情人了。反正，他身边需要两个女人，一个妻子，一个情人，缺一不可。洪海手持香烟，烟蒂贴在嘴唇上，皱眉思考，他打算在夜总会找一个情人。媛媛知道洪海很花心，于是，每天催促洪海，去民政局办理结婚登记，前天，她终于如愿以偿，与洪海一起去民政局办了结婚证。洪海在外面找情人，媛媛想管也管不住，她只是希望能够保住妻子的位置。

第二十二章

1

经过洪海做工作，徐谦被假释出来。两天后，徐谦作为洪海助手，主持夜总会工作。洪海打算过一个月，就把夜总会交给徐谦管理。晚上，洪海把胡淼、罗辰、曹明叫到夜总会，唱歌喝酒。

洪海给罗辰递烟，“我打算叫一个人，暗中做振华药业的股票。”

罗辰接过香烟。“不行！违法的。”

洪海道：“是违法的，可是很难查到。”

洪海跷起二郎腿，手持香烟，烟蒂贴在嘴唇上，看着房顶，静静思考，他打算把卡里的2900万元取出来，请一个人，专门做股票，这样，即使被查，也可以解释。这2900万元，其中2100万元是他与温州老千合伙赌博赢的，另外的800万元是抄底振华药业股票赚的。洪海要把2900万元变为一个亿，他要给罗辰、胡淼一个惊喜。洪海觉得这种事情还是不与罗辰、胡淼商量为好，出了事情，他一个人反而好处理一些。

如烟走进包厢，笑问：“各位老板！要不要叫小姐？”

洪海揿灭烟蒂。“给我叫一个清纯、漂亮的小姐。”

如烟撩了一下秀发。“有个叫晶晶的公主，你肯定满意，可叶勇正在追求她，晚上，叶勇预订了包厢，并要晶晶等他。”

洪海喝了一口茶。“要晶晶到我这里来。”

如烟点头。“好的。”如烟拉了拉衣襟，“你们三位老板呢？”

曹明脱下风衣挂在衣架上。“你和温存、漂泊一起过来陪我们，怎么样？”

如烟粲然一笑。“好好！”

以前，叶勇屡次抢夺洪海所喜欢的小姐；今天，洪海要扬眉吐气，夺取叶勇之爱。过了一会儿，晶晶微笑着走进包厢。大家瞄了一眼就开始心跳加快。晶晶二十三岁，身高起码在 1 米 65 以上，前凸后翘，一头浅棕色的披肩发，鹅蛋脸，驼峰鼻，桃花眼，朱唇皓齿，真的是个大美人。洪海微微张嘴，眼睛直勾勾地盯着晶晶。晶晶是如烟老乡，来星光灿烂夜总会当公主还不到一个星期。晶晶长得漂亮，客人都指名要她当公主。叶勇很想晶晶嫁给他，请求如烟给他当红娘。晶晶这么漂亮，找对象，条件自然很高，像叶勇这一类男人她根本不会看上眼。如烟要为晶晶介绍一个好对象，多次提醒晶晶，要与客人保持距离，遇上好男人，她当红娘。所以，晶晶非常听话，如烟要她进哪个包厢，她就去哪里个包厢。叶勇知道自己配不上她，但仍然穷追不舍，已经连续五夜订包厢了，每晚，他都指名晶晶做他包厢的公主。

洪海点燃香烟，抽了一口，然后说：“晶晶！你坐。”

晶晶莞尔一笑说：“公主都要站着为你们服务。”

洪海笑笑说：“以后，你进我包厢当公主，不做事的时候，可以坐着。”

罗辰放下茶杯。“唷！马上怜香惜玉了。”

洪海跷起二郎腿，然后说：“今晚，我说了算。”

胡森挪开嘴上的香烟。“你是夜总会的大股东，本来就你说了算。”

晶晶慢慢坐下，然后，瞄了洪海一眼。至此，她才知道，坐在她对面的男人就是星光灿烂夜总会的洪老板。前几天，晶晶听夜总会的小姐说，洪老板有多家企业，腰缠万贯，是滨海有名的大富豪。许多女人不喜欢秃顶的男人，可晶晶不觉得洪海长得寒碜，认为头顶锃亮发光，是气色好、财气旺的表现。洪海看了看晶晶，他打算明天就把她送到证券公司培训，然后，要她待在家里做股票。过了一会儿，徐谦和如烟、温存、漂泊一起，走进包厢，然后，一块向洪海、罗辰、胡森、曹明敬酒。虽然徐谦坐了两年牢房，但看上去一点没老，仍然白白胖胖的。如烟屁股刚坐下，叶勇就打来电话，问她晶晶去哪个包厢了。于是，如烟马上起身，过去向叶勇解释。

叶勇一见如烟进来，就马上气势汹汹地问："晶晶去哪个包厢了？"

如烟灵机一动，笑笑说："晚上，物归原主，洪老板回来了。"

叶勇皱眉问："晶晶是洪老板的情人？"

如烟反问："你还没有感觉？"

叶勇想了想说："怪不得晶晶对我那么冷淡。"

如烟一边给叶勇倒酒，一边说："我不是提醒过你呀！我说，晶晶心气很高的。"

叶勇耷拉着脑袋说："不与洪老板争夺了，你把婷婷叫过来。"

叶勇是个豪横的人，但是他又是识时务者，他知道，凭他现在的实力，根本斗不过洪老板，所以，他只好选择退让。但是，叶勇的心里很不舒服。

2

秦茜在省人民医院住了一个多月后，已基本康复，其他没什么，就是容易忘事。秦茜马上就要结婚了，可头发还很短，于是，她在省城买了一套浅棕红的假发，戴在头上。秦茜回到家里，丁总觉得，她戴上假发后反而比以前时髦多了。晚上，洪龙、洪海、胡森、罗辰在滨江大酒店为秦茜设宴接风。

"秦茜！"洪海举杯，"祝贺你平安归来！"

"谢谢！"秦茜喝了一口果汁，"我从不惹男人，却屡次遭到他们袭击。"

"你长得太漂亮了。"胡森心有感触地说，"我老婆貌丑，不管放在哪里都安全。"

"我看过苏岩的笔录。"丁总皱眉，"苏岩心理有毛病，越得不到的，他越想得到。"

"怪不得他的前妻看不起他。"秦茜说。

苏岩年轻、帅气、有钱，可是他的前妻却看不起他。令人费解的是，直至今天，苏岩仍然没有认识到自己的错误，他认为现在的处境完全是他的妻子造成的，如果前妻不出轨，他就不会找秦茜。他的前妻虽然漂亮，但是她四处寻找野男人，而秦茜完全不一样，她长得比他妻子更漂亮，却非常稳重。所以他要把秦茜追到手，让他的前妻感到愧疚。他觉得自己年轻、帅气、有钱，只要缠住秦茜，就能够把她追到手。苏岩的头脑就这么简单，不然，他的前妻怎么会看不起他呢！

洪海喝了一口酒。“媛媛不请假就不会出现这种事了。”

丁总撇嘴说：“防不胜防，他承认以前去过旅游公司多次，但没有机会。”

洪龙放下酒杯。“对这种人要判重一点，教训教训他。”

丁总摇头说：“判不重，他没有推秦茜，是秦茜后退踩空掉下扶梯的。”

罗辰揿灭烟蒂。“要他加倍赔偿。”

丁总一边夹菜，一边说：“多提要求不好，只要他痛改前非就行了。”

秦茜忧愁地说：“医生说，可能会有后遗症。”

如果遇到得理不饶人的受害者，苏岩就有大麻烦。医药费、误工费、护理费、补偿费等加起来，起码要一两百万元。医生已提醒丁总，很可能会有后遗症，要做好思想准备。如果真的出现后遗症，赔偿就不止一两百万元的事情了。现在，苏岩和苏岩父母所担心的就是这件事情。秦茜已感觉自己的记忆不如以前了，今晚出门时，她想好要加一件毛衣的，可后来却忘了。医生曾对她说，严重脑外伤，会出现脑萎缩。秦茜开始担心，生怕出现后遗症，如果真的出现严重脑萎缩，她的后半生就完蛋了。

丁总点燃香烟。“我的身体不好，你要是真的出现后遗症，家里就乱了。”

秦茜放下筷子。“爱国！你是家里的顶梁柱，你安好，全家才能幸福。”秦茜拉了拉衣襟，“这几天，你不要出差，等我给你找好秘书，你再出去。”

胡森喝了一口汤，然后说：“把周雪叫回来，她细心又会喝酒，最合适。”

丁总挪开嘴上的香烟。“周雪有经营头脑，我们要培养她。”

洪龙点头说：“周雪是个人才，我打算让她做我的助手，帮我料理多坡县的项目。”

洪海一边倒酒，一边说：“媛媛说，周雪正与陆秘书谈恋爱。”

秦茜转过头问：“爱国！陆秘书是谁呀？”

丁总放下酒杯。“吴垠的秘书。上个月，多坡县 10 个大学生来滨海实习，他是组长。”

周雪离开滨海以前，给秦茜发了一条短信，意思是她母亲身体不好，要回家一趟。秦茜原以为周雪会回来，现在看来，她近期不回滨海了。秦茜本来打算让周雪做她的伴娘，如果周雪不回来了，她就要重新物色一个女孩子。不过，对秦茜来说，想重新物色一个伴娘并不困难，她的旅游公司里几乎全是小姑娘。

3

今天，是丁爱国和秦茜的大婚之喜。

婚宴大厅，张灯结彩，富丽堂皇，《花好月圆》的乐曲在大厅飘荡，宾客陆续来到。今天的宾客既有领导、亲戚、朋友、同学、同行、同事，又有新老公司的干部职工，一共 60 多桌。江副市长、区委领导、赵主任、戴处长、曹处长、郑处长、杨记者也来了，周华、林金宝同样受到邀请。秦茜旅游公司的职工全部来到婚礼的现场，等一会，他们将表演节目，庆祝大喜。

主持人手拿麦克风，走到舞台中央，微微躬身说：“各位领导！各位来宾！晚上好！今天，是丁爱国和秦茜的大婚之喜，我们一起高喊：新郎、新娘！新婚快乐！”

来宾一起高喊：“新郎、新娘！新婚快乐！”

主持人上体稍稍前倾，朝新郎、新娘微笑说：“请新郎、新娘上台！”

丁总牵着秦茜的手，走到舞台中央。

主持人打量新郎、新娘后说："大家有没有与我一样的感觉，只要瞄一下新郎、新娘，就觉得两人是一对非常恩爱的夫妻。下面，请新郎、新娘互相表达对对方的爱。"

虽然周雪没来滨海参加今晚的婚宴，但是周雪已交代她的好闺蜜陈细雨，要她及时发短信，讲解婚礼现场的情况。周雪坐在沙发上，一边看电视，一边看手机。这时，她的手机上跳出一条短信：接下来，丁总和秦总将互相表达对对方的爱慕之情。周雪！我好期待呀！其实，周雪比陈细雨更期待，她想了解一下，为什么丁总对他的妻子那么忠诚？她还想了解一下，秦茜对丁总的爱，包含哪些方面？前几天，陈细雨告诉她，说秦茜有后遗症。事情是这样的，那天上午，陈细雨已把秦茜所要的资料送到了她的手上，可到了下午，秦茜又给陈细雨打电话，要同样的资料。昨天晚上，周雪做了一个梦，梦中她穿着漂亮的婚纱，丁总牵着她的手，缓缓走进婚礼的殿堂。

丁总拉着秦茜的双手，看着秦茜，真诚地说："我爱秦茜，不仅因为她漂亮、年轻，而且还因为她对丈夫的忠诚；我爱秦茜，不仅因为她爱家、爱丈夫，而且还因为她从心底里爱我和前妻生的儿子；我爱秦茜，不仅因为她爱自己的孩子，而且还因为她把别人的孩子当作自己的孩子；我爱秦茜，不仅因为她支持我的事业，而且还因为她细心地照顾我的生活；我爱秦茜，不仅因为她爱护孩子，而且还真心爱护我的父母。秦茜！我永远爱你！"

一阵掌声过后，秦茜向丈夫表达爱慕之情："我爱爱国，不仅因为他对爱情的忠诚，而且还因为他对家庭的负责；我爱爱国，不仅因为他爱我，而且还因为他爱我的家人；我爱爱国，不仅因为他对事业的专心，而且还因为他对我的细心；我爱爱国，不仅因为他爱同学、爱朋友、爱职工，而且还因为他爱西部贫困山区的孩子。"秦茜转身，"另外，我要借此机会，衷心感谢我的公公、婆婆！你们不但接受乡下女孩子做儿媳，而且还真心爱护我，在我住院期间，不断打电话询问我的病情。在此，我还要衷心感谢大姑小姑、大姑夫小姑夫，你们一直把我当作亲妹妹，感谢你们对我的关怀！丁爱国！你是世界上最好的男人！”

秦茜说完，转身紧紧抱着丈夫。丁超、欣欣拿着鲜花，与爷爷、奶奶、外婆、丁凡一起，走上舞台，向新郎、新娘献花。大厅里响起雷鸣般的掌声，很多人被感动落泪。杨记者看了看隔壁桌子的戴处长，给他发了一条短信：丁爱国和秦茜之间的爱情故事，再一次表明，即使在物欲横流、人心不古的时代，同样有纯真的爱情。戴处长回复：爱情一直无处不在，在我们身边，在我们之间——

周雪躺在沙发上，看了陈细雨给她发的短信后，合上眼睛，皱眉沉思。

4

过了一个多月，春江市通达房地产有限公司的营业执照批下来了。洪龙来到多坡县，以春江市通达房地产有限公司董事长的身份，与多坡县政府签订协议，确定以下四个项目：一、资助建造三座希望小学；二、资助建造12个公共厕所；三、投资500万元，种植香蕉、茶叶、八角等树木；四、与多坡县人民医院合资建造多坡县中心医院。然后，洪龙在多坡县设了一个项目管理办事处，任命周雪为春江市通达房地产有限公司多坡县项目管理办事处主任，并给她配了两个助手。一个叫郭丽，一个叫孔武。前不久，两人以大学实习生的身份来振华药业学习，给洪龙留下了很好的印象，所以，洪龙点名郭丽、孔武来春江市通达房地产有限公司工作。洪龙回滨海前，请吴副县长吃饭，商量下一步的事情。

洪龙向吴副县长敬酒。“吴副县长！谢谢您！在您的关照下，我们的合作很顺利。”

吴副县长喝了一口酒。“洪董事长！你们来多坡县投资，我们理应为你们做好服务。周主任！你有什么困难，找陆秘书。”

陆秘书点头。“我尽力为你们服务。我处理不了的事情，要吴副县长帮助解决。”

周主任站起来，提起酒杯说：“请各位领导多多关照！”然后，一口喝尽杯中酒。

吴副县长点头。“周主任酒量不错。”

周主任坐下。“我的酒量是丁总培养出来的。”

周主任身在老家，心还在丁总身上。周主任与城市里的女孩子想法不一样，她觉得自己已经是丁总的人了，不能再随便与另外男人交往。虽然周主任对丁总的爱恋之情没有秦茜那么纯洁，但是她的心里是真正爱丁总的。周主任希望丁总给她打电话，要她回到他的身边工作。可是，从现在情况看，这两年已不可能，她要把多坡县的项目搞好以后才有可能回到丁总的身边，除非丁总觉得不能没有她，但是这种可能又极小。周主任从心里佩服秦茜，她在丁总面前展示的一切都那么美好，让丁总如痴如醉。

陆秘书点燃香烟。“去滨海实习的大学生里有四个女生，这四个女生对丁总的印象都很好，想留在丁总身边工作。”

洪龙笑吟吟地说：“丁总有两个特点：一、他不会盯着女孩子看；二、他不与女孩子开玩笑。”

陆秘书挪开嘴上的香烟。“看来，男人越稳重，女孩子越着迷。”

洪龙点头。“是有这种情况。”

周主任拉了拉衣襟说：“在丁总身边工作有一种安全感。”

洪龙一边夹菜，一边说：“他呀！觉得任何女人都没有秦茜好。”

周主任神情萎靡，点头说：“董事长！你的分析很正确。”

吴副县长手持香烟，烟蒂贴近右嘴角，观察周主任的神情，他发现周主任好像已爱上丁总。然后，他开始想兰兰。今天中午，兰兰告诉他，她又感冒了，并且咳得很厉害。于是，他给兰兰发了一条短信：兰兰！明天去医院仔细检查一下，切记！接着，吴副县长拿起酒杯与洪龙敬酒。过了好一会儿，兰兰回了一条短信：好的。其实，这条短信是兰兰要她的弟弟发出来的。兰兰住院了，现在正在输液。她打算等到临近春节的时候，再把自己的真实病情告诉吴副县长。但是，根据兰兰的病情，医生推断，兰兰很难坚持到春节，她的生命随时都有可能结束。

5

第二天晚上，兰兰给吴副县长发了一条短信：检查过了，没事，过几天会好的。吴副县长看了看手机，回复：“这样我就放心了。现在，我在乡里开会，研究脱贫方案，抽空再跟你聊。”过了一会儿，吴副县长的手机上跳出兰兰的短信：我和蕾蕾都好，你安心工作吧！过了半小时，吴昊发来一条短信：爸爸！您回滨海过春节吗?我和妈妈想去广西旅游。吴昊想和妈妈一起来多坡县，与父亲一块过春节。吴副县长一看就知道吴昊的心思，于是，他回了一条短信：你们不要来广西，爸爸要回滨海向领导汇报工作。两个月前，吴副县长就与兰兰约好，初十，兰兰带蕾蕾来多坡县。所以，他决定先回滨海看父母和吴昊，然后，回多坡县安排兰兰和蕾蕾的生活。

农历十二月廿七，兰兰的弟弟给吴副县长发了一条短信：姐夫！我是兰兰的弟弟小明，我姐患肝癌已有半年了，为了不影响你的工作，她一直瞒着你，并要求我们不能告诉你。现在，我姐已生命垂危。

吴副县长马上给兰兰打电话：“兰兰！你怎么啦？”

兰兰声音低哑，“我快不行了。”

吴副县长含着眼泪，“兰兰！你坚持住，我马上坐飞机过来。”

吴副县长马上赶到广西南宁机场，在候机厅，他给吴昊发了一条短信：兰兰得肝癌病危，我春节不回滨海了。

吴昊很高兴，马上把手机递给身边的妈妈。陈玲玲看后，心里窃喜，交代吴昊，一有兰兰的消息马上告诉她。然后，她下楼找母亲商量去了。

陈玲玲与母亲商量后决定，兰兰死后，她将主动向吴垠提出抚养兰兰女儿的要求。陈玲玲觉得，只有这样做，她才有可能与吴垠复婚。

等到吴副县长赶到兰兰老家，兰兰已奄奄一息了，从昨天晚上开始，她就说不出话了。吴副县长坐在兰兰身边，呼喊她的名字，她的嘴唇才动了一下。

吴副县长握住兰兰的手，哭泣说："兰兰！我一定亲手把蕾蕾抚养长大。"

兰兰又动了一下嘴唇，然后就断气了。吴副县长抚摸兰兰的手，潸然泪下。

小明从衣兜里拿出姐姐的遗书，交给吴副县长。

小明含泪说："姐夫！这是我姐写的遗书。"

吴副县长接过兰兰的遗书，慢慢打开。

亲爱的吴垠：

您好！

相见恨晚四个字，用在我们两人身上最适合不过了。我们幸福的时光太短了，短得如朝露。吴垠！我很想躺在你的怀里死去，可一想到你的工作，你的理想，就改变主意了。多坡县老百姓需要你，我不能影响你的工作，拖你的后腿。我的家乡是吉林省最贫困的地区之一，我也希望我们的政府派一个像你这样的好干部，帮助我们老家脱贫。

吴垠，在干部队伍中，你的工作能力不一定是最强的，但是你的品德肯定是最棒的。你不但温暖了我的心，而且还净化了我的心灵。我与你在一起之后，我不仅开始弹琵琶，还开始学诗词、写诗词、练书法。你说，书房里有书有琴，不一定天天读、天天弹，更重要的是，当你看到琴和书的时候，你就会想到，学习使人进步，为人处事要像弹琴一样，镇定自若、不急不躁。吴垠，你已经把我改造成为另外一个人了。

吴垠，我希望蕾蕾在你的身边长大，你要把她培养成为对国家有用的人才。

我深爱的吴垠，如果有来世，我一定要在茫茫的人海中找到你。

祝

身体健康！

兰兰

十二月二十八日晚

吴副县长抚摸兰兰的手背，泪流满面。兰兰写遗书时的心情，他最清楚。十二月二十八日，是丁总和秦茜结婚的日子，吴副县长先给丁总发了一条短信，祝贺丁总新婚快乐。然后，他把丁总和秦茜结婚的消息告诉兰兰。

兰兰听到这一消息后，非常惆怅，觉得自己已无法与吴副县长走进婚姻的殿堂了。就在十二月二十八日的晚上，兰兰给吴副县长写了这封遗书。

兰兰离世的第二天，吴昊给爸爸发短信：爸爸！兰兰阿姨病情有好转吗？吴副县长回复：昨天下午，你的兰兰阿姨离世了。接着，吴副县长的手机上马上跳出吴昊的短信：爸爸！妈妈愿意抚养你和兰兰阿姨生的女儿。吴副县长想了想，然后回复：噢。

正月初六，吴副县长抱着蕾蕾回到滨海，然后，他把蕾蕾交给陈玲玲。当晚，吴副县长离开滨海，坐飞机飞往广西。

有的事情想瞒也瞒不住，兰兰的死讯很快传到如烟的耳朵里。如烟的老家也在辽源，她与兰兰的家只有几十里路，并且，她的一个女同学是兰兰的邻居。兰兰下葬的第二天，那个女同学就给她发短信，把兰兰的死因以及兰兰和吴垠之间的事情都告诉了她。如烟是个有话藏不住的人，没几天，她手下的小姐全知道了。

6

过了春节，滨海区人民法院以侮辱妇女罪，判处苏岩七年有期徒刑，并承担所有经济责任，另外，如果秦茜有后遗症，那苏岩还要承担一切费用。目前，秦茜已经出现轻微后遗症了，不仅记忆力减退，还经常失眠。一开始，医生认为，吃药后病情会有所改善，可三个月过去了，秦茜的病情仍然没有明显的好转，现在，家里人都很担心。

七月中旬，远程摄像监控系统研制成功，不久将进行批量生产。这一产品的问世，将促进兴华电子厂的快速发展。另外，丁总得到消息，与大学科研所合作的降糖药和消郁药的研究有了新的进展。还有，双龙化工将在十月下旬在A股上市。这一连串的好消息，让丁总很高兴，他把胡森、罗辰、洪海叫到办公室，商量下一步计划。

“双龙化工上市的时间已确定，”丁总弹了弹烟头上的烟灰，“现在，我们要把主要精力放在兴华电子上，争取其利润每年有百分之三十以上的增长，为上市做准备。”

“不是主要的配件外加工，”胡森建议，“一可节约厂房，二可减少管理环节。”

“个体小厂精打细算，”丁总认同，“他们进的原材料肯定比我们便宜。”

“企业的贪官很多，管人难呀！”胡森喝了一口水，“外加工产品的成本反而低。”

“外加工可以。”丁总想了想，“但是，要把好产品质量验收这一关。”

“嗯。”胡森点头，“另外，要引进人才，这样，才能保持增长势头。”

“是的。”丁总认同，“高端人才不但高薪聘用，还要奖励住房。”

“今年，振华药业的利润比预料的要好。”罗辰跷起二郎腿，“如果降糖药和消郁药研制成功，明年的业绩将会更好。”

洪海手持香烟，烟蒂贴在右嘴角，若有所思地看着房顶，他打算明天吃进振华药业的股票。振华药业的股票已连续跌了两个多月，现在正在底部盘整，股价较低，正是抄底的好机会。洪海已等了半年了，他不敢抄底，是因为没有利好消息。半年前，洪海给晶晶买了两台电脑，一台实时观察大盘走势，一台实时记录庄家买卖情况。经过一段时间的训练，现在，晶晶不仅能够熟练操作股票买卖，还能够分析大盘的走势和庄家的意图。洪海觉得，晶晶性格冷静，非常适合做股票，于是，每月给她 2 万元的工资，在家做股票。晶晶也喜欢做股票，她觉得做股票比在夜总会上班舒服，没有夜班，不用喝酒，而且收入比夜总会还多。不过，晶晶也有压力，她觉得，每年有 300 万元的盈利才行，不然，对不起洪老板。到昨天为止，账户里已有 7000 万元，按利息每年也起码有300万的收入。上个月，洪海从兴华电子分到3600万元的分红，也投入到股市，前几天，曹明投入500万元，加上原来的2900万元，一共是7000万元。

“洪龙什么时候回来？”洪海扭了扭脖子，“有几个老客户的情况我不是很熟悉。”

“洪龙刚到多坡县，还要待几天。”丁总喝了一口水，“洪海！你要做好担任双龙化工董事长的准备。洪龙说，双龙化工上市后让你担任双龙化工的董事长。”

“洪龙儿子比洪龙优秀，过两年就可接替洪龙的位置。”洪海解开衣扣，“我呢，德不配位，弄不好，会引起股价大跌。现在，罗辰不去夜总会了，但是我做不到。”

“洪龙儿子起码要有五年的历练。”丁总放下茶杯，“我建议你卖掉夜总会的股份。”

“爱国！你现在对我的任用是完全正确的，哪里有困难，我就去哪里解决问题。”洪海抽了一口烟，“我对自己很了解，不能担任企业一把手，尤其是上市公司。”

洪海有两个担心：一是他和叶勇之间还会有摩擦；二是他利用信息，操作振华药业的股票，会有一定风险。暂不说控股振华药业的事情，洪海夺走晶晶，叶勇就很不舒服。洪海预料，他和叶勇之间肯定还会有摩擦。另外，洪海作为振华药业的大股东，私下买卖振华药业的股票，是违法的，一旦暴露，肯定要受到处罚。将来，洪海还想利用信息，操作双龙化工、兴华电子的股票。所以，洪海不同意担任双龙化工的董事长。丁总不了解，以为只要洪海转让夜总会的股份就可以了，现在觉得，洪海还有什么事情瞒着他，不然，洪海不会推三阻四的。

丁总看着洪海。“洪海！你是不是干了什么坏事？”

洪海笑着说：“我又包养了夜总会的一个女孩，叫晶晶，她长得相当漂亮。”

胡森笑问：“你有没有打算跟媛媛离婚，然后把晶晶当老婆？”

洪海吐出一口烟。“旧社会，一妻多妾，可以不离婚；新社会，除了离婚，没有其他好办法。”停顿了一下，洪海坦言，“我打算两年后，再跟媛媛离婚。”

丁总揿灭烟蒂，“你要吸取我的教训，妻子太漂亮，麻烦多。以前，很多男人总是借理由找秦茜聊天，其中叶勇和苏岩的行为是最为卑劣，直接动手动脚。现在，知道她病情的男人，开始远离秦茜了。但是作为她的丈夫，我有义务照顾她。”

洪海挠了挠鼻子。“女人太漂亮是原罪，我已有这个考虑，平时，我不让她出门。”

洪海决定让晶晶在家里做股票，也有这方面的考虑。晶晶确实太漂亮了，并且，她比秦茜性感，打扮还有点妖艳，让她出去工作，他真的不放心。虽然他有钱，但是毕竟四十多岁了，晶晶嘴上说年龄不是问题，可她的心里肯定还是喜欢小青年的。如果晶晶整天在家里待着，没有事情做，那她肯定要跑出去，这样，总有一天，晶晶会被男人骗走。所以，经过再三考虑，他决定，让晶晶在家做股票。再说，他操作振华药业、双龙化工、兴华电子的股票是稳赚的。晶晶做股票的事情，洪海只跟曹明说起过，并再三交代曹明，不能跟任何人说这件事。

五天后，振华药业公布两条消息，一是振华药业的业绩将好于预期，二是振华药业正在研制的降糖药和消郁药有新的进展。当天，振华药业的股票以涨停板报收。

7

凌晨，媛媛生了一个大胖儿子，洪海很高兴。晚上，他在滨江大酒店摆了一桌，与大家同乐。今天，洪海还有一件高兴的事，他在股票上赚了大钱。上午，他卖出振华药业的股票，一共赚了727 万元。他打算明天小量买进银行股和地产股。上半年，晶晶做过银行股和地产股，虽然没赚钱，但是也没亏钱。做银行股和地产股就是为了练练手，不赚钱也没关系，再说，晶晶每天有事做最好，不然，她闲着会烦。洪海估计，振华药业的股票冲高后会有回落，回落后再重新买一点，然后，等待下一次的利好消息。

洪海认为，用这种办法操作振华药业的股票是稳赚的。将来，双龙化工和兴华电子上市了，他也采取这种办法。洪海觉得，对他来说，每年做股票赚几千万是很容易的事情。

洪海喜形于色，高高举杯。“哥们！我洪海有儿子啦！”说完，洪海一口而尽。

洪龙喝了一口酒，笑吟吟地说：“今天，我在路上遇到你的前妻，她说，如果媛媛工作忙，没时间带儿子，她乐意带。”

洪海放下酒杯。“这是她的心里话，她还以为自己是我的大老婆。”

洪龙点头。“是的，她说，现在不能纳妾，为了洪海，我只好离婚。”

曹明笑着说：“她和我老婆一样，也是老思想。”

徐谦笑着说：“以后呀，不仅可以生二胎，还可以娶二妻。”

丁总挪开嘴上的香烟。“生二胎是可能的，娶二妻是梦想。”

洪海一边夹菜，一边说：“这个梦想应该有，男人赚钱为什么？就是想多娶老婆。”

媛媛生儿子的时候，洪海就站在她的身边，他觉得女人生孩子确实很难受。媛媛为了给他生儿子，痛得全身是汗，还要拼命用力。洪海不想与媛媛离婚了，不然，他良心上过不去。再说，如果他提出与媛媛离婚，那媛媛肯定要跟他争夺儿子的抚养权。对洪海来说，儿子是最重要的。可是，他已答应晶晶，两年后，与媛媛离婚。晶晶不傻，她这么漂亮、又这么年轻，谁不想娶她呀！要是洪海不答应跟她结婚，她绝对不会和他在一起。尽管娶二妻是梦想，但是洪海还是希望这个奇迹出现。晶晶是他的宝贝，他爱不释手；媛媛是他儿子的母亲，他不能抛弃。这两个女人他都得要。

洪龙揿灭烟蒂。“我向各位汇报一下多坡县项目的事情。一、农业投资进展顺利，已与三个乡分别签订了种植香蕉、八角、茶叶的协议；二、三座希望小学开始建设，争取明年八月竣工；三、多坡县12个厕所已建成，并投入使用；四、多坡县中心医院已动土，工期暂定三年。五、我从各个房产公司挖了好多人才，通达房产公司的工程队也已组建好了。”

丁总点头。“嗯，动作很快。洪龙！你辛苦了。”

洪龙喝了一口酒。“不辛苦，经营房产公司比办化工厂容易，只要与土地、规划等部门领导搞好关系就能赚大钱，并且，赚的钱会比电子厂、化工厂、药厂更多。”

洪海给洪龙递烟。“哥哥！你不要指望我担任双龙化工的董事长，洪伟最适合。”

洪龙接过香烟。“爱国跟我说过了。这样吧，下个月，让洪伟在你手中做事，我继续挂职，等洪伟成熟了，再接我的位置。”

洪龙仔细想了想，也觉得让洪海担任双龙化工的董事长有点不适合。一是洪海爱玩女人，至今不消停；二是洪海不愿转让星光灿烂夜总会的股份，在这种情况下，让他担任双龙化工的董事长，确实有损企业的形象；三是由于洪海报复心很强，已与叶勇结怨，完全有可能出现冲突。以上三点，就有可能造成双龙化工的股票出现波动。不过，要洪海做救火队的队长倒很适合。

丁总弹了弹烟头上的烟灰，“菜市场征地遇到困难，农民要求每棵小橘树赔偿3000元。洪海！你去跟农民谈判。”

罗辰吐出一口烟。“这是洪海的长项。”

胡淼放下酒杯。“这种事情，洪海驾轻就熟。”

洪龙点燃香烟。“以后，你就做爱国手下的救火队队长。”

洪海哈哈大笑。“这就对了。”

第二十三章

1

晚上，星光灿烂夜总会来了一批新客人，他们是枫叶村“两委”领导以及春江市经济开发区土地局的王局长。枫叶村领导架子很大，一般人请不动，王局长出面邀请，这些人才肯过来。今晚，枫叶村一共来了 9 个人，如果洪海把他们思想做通，橘树赔偿问题就可以解决了。洪海打电话给徐谦，要他把夜总会里最好的小姐叫到 999 包厢。过了一会儿，徐谦领着 20 多个小姐走进来。

王局长一看见徐谦就站起来。“徐谦！你什么时候出来的？”

徐谦递上香烟。“有半年了。”

洪海拿起打火机，给王局长点烟。“你们认识？”

徐谦笑着说：“以前，我和王局长经常来星光灿烂夜总会唱歌。”

王局长有点尴尬。“那是三年以前的事。要不是钟主任交代，今晚我不出来了。”

徐谦吐出一口烟。“听说，你现在是党委成员了。”

王局长点头。“进党委有一年多了。”

王局长个子不高，小平头，戴着一副金色近视眼镜，穿着整齐，一眼就能看出是个机关干部。徐谦对王局长比较了解，知道他喜欢性感、丰满的小姐，于是，给他挑了一个。王局长瞄了一下身边的小姐，然后，假装抽烟。三年以前，王局长经常来星光灿烂夜总会唱歌，所以，这里的许多小姐，他都认识，现在，坐他台的小姐，他也认识。并且，王局长与夜总会的李总交往甚密，两人还上过床。王局长得知李总感染艾滋病后，很害怕，一怕李总把他交代出来，二怕自己感染艾滋病。庆幸的是，他所担心的两件事情都没有发生。虽然王局长做事很隐秘，但是他和李总的事情，媛媛全知道。有一天晚上，她和李总一起回家，路上，王局长给李总打电话，要求去李总的家。于是，她向李总打听。李总与媛媛关系不错，便把他们之间的事情说了出来。不过，媛媛守口如瓶，一直没有跟任何人说过王局长和李总之间的事情。

徐谦问王局长身边的小姐："桃子！你认识王局长吗？"

桃子一边吃香蕉，一边说："认识。我还认识春江市经济开发区的吴垠。"

王局长笑问："你对吴垠很熟悉？"

桃子贴近王局长的耳朵，轻声说："吴垠跟我们领班兰兰生了一个女儿。"

王局长听后愣了，然后扶了一下眼镜，"洪老板！你把丁爱国叫过来，认识一下。"

洪海点头。"好好！我把丁爱国叫过来。"

洪海说完，走出包厢给丁总打电话。洪海心里明白，想做通枫叶村的思想，必须得到王局长的帮助，因为王局长和枫叶村领导是好朋友。洪海的想法是对的，没有王局长帮助，真的很难说服枫叶村领导。洪海通过朋友了解，得知枫叶村的"两委"都是村霸，他们给王局长面子是为了以后在土地买卖中得到好处。村里收入多少跟他们关系不大，与王局长处理好关系最重要。现在，枫叶村的态度有点变了，因为他们已听说春江市经济开发区的钟主任是丁爱国的妹夫。再说，他们提出的要求真的太过分了，哪有一棵小橘树赔偿3000元的？

接着，王局长向桃子打听吴垠和兰兰之间的事情。过了20分钟，丁总走进包厢，与王局长和枫叶村领导一一握手，然后，在王局长边上坐下。接着，大家一边喝酒，一边商讨解决办法。

丁总笑着说："一棵小橘树要赔偿3000元，真的太高了。"

村主任扭了扭脖子问："王局长，你说每棵赔偿多少钱？"

王局长吐出一口烟。“政府征地的时候，青苗费等都已补偿，橘树是你们后来种上去的。这种小橘树，一棵只有几十元。”

村主任向王局长敬酒。“现在，人工费很贵的。”

王局长喝了一口酒。“是你们自己种上去的，按理一分不赔，考虑到村民工作难做，可以适当赔一点，但上限每棵不能超过 300 元。”

村书记向王局长敬酒。“这样吧，具体由我们村主任跟洪老板谈。”

王局长点头同意。接着，大家一边喝酒，一边唱歌。第二天晚上，洪海又把枫叶村的“两委”领导请到夜总会，经过谈判，最后，双方确定每棵小橘树赔偿 180 元。

2

十月十八日，双龙化工在上海证券交易所上市。丁总、洪龙、洪海、罗辰、胡森参加了上市仪式。下午，丁总、洪龙、洪海、罗辰、胡森坐飞机返回滨海。晚上，双龙化工上市庆典活动在滨江大酒店隆重召开。出席本次活动的领导有：春江市江副市长、滨海区委黄书记以及开发区、公安、工商、税务等部门的领导。赵主任、戴处长、曹处长、郑处长也被邀参加今天的庆典活动。另外，还有双龙化工的客户、同行和其他来宾。六点整，庆典开始，洪龙董事长上台致辞。

“尊敬的各位领导、各位来宾：晚上好！今天——”

“丁总，你希望我们帮你们企业做些什么？”黄书记问。

“企业的贪官不少，对此，我们很头痛，希望你们帮助我们反贪。”丁总说。

“你仔细说一说。”黄书记说。

“比如，我们采购的塑料 ABS 比个体小企业一吨要高 500 元，但我们不好查销售公司的账。”丁总揿灭烟蒂，“税务人员可以查销售公司的发票，问他们为什么卖给我们要贵这么多，通过询问，吃回扣的事情就很容易查出来。”

"好的，"黄书记点头，"我回去跟税务局局长通电话，要他们拿出具体办法。"

"办企业真的很难。"江副市长一边剥橘子，一边说，"我们要帮助企业反贪。"

丁总做过塑料原料的生意，有了解塑料原料价格的渠道，他每次去兴华电子厂查账的时候，都会发现采购的塑料价格一吨高出市场500元。丁总推断采购部负责人有问题，但是，他无法查阅塑料批发公司的账。证据不足，丁总不好处理采购部的负责人，对此，他非常头痛。采购部采购的原材料很多，除了塑料原料，还有不锈钢薄板、电线、开关、铜材、包装材料等，如果采购部负责人是贪婪之徒，他一年起码会获取几十万元甚至上百万元的回扣。丁总预料双龙化工、振华药业也有类似的情况，他希望税务、公安等部门组成联合调查组帮助调查，对违法人员进行严厉处罚，震慑罪犯，教育企业工作人员遵纪守法。丁总认为，企业里的贪官严重影响企业的发展，甚至会导致企业走向衰落。

"丁总！"戴处长喝了一口酒，"查出罪犯后，要杨记者写篇报道，引起大家重视。"

"哎！"丁总吐出一口烟，"杨记者怎么不来参加今天的庆典活动？"

"噢，"戴处长放下酒杯，"上午，一个企业发生爆炸，她要去现场，来不了了。她要我转告，我忘了告诉你。"

"戴处长！"丁总低声问，"什么时候，喝你和杨记者的喜酒？"

"我和她只能做好朋友。"戴处长笑着摇头，"我和她都努力过，但无法升温。"

"我觉得你和她很相配的。"丁总摇了摇酒杯，喝了一口，"怎么会这样？"

"我喜欢过有节奏的生活，开会、调研、写报告、喝喝酒；她呢，一听到震天动地的事件，就拿起相机，奔赴现场。"戴处长理了理头发，"她还希望成为一名战地记者。"

杨记者不愿待在家里过优渥的生活，她敬佩干大事业的男人。

原来，杨记者猜测丁总与周秘书有地下情，参加了丁总的婚礼之后，她的想法变了，觉得自己的猜测是完全错误的。现在，丁总已是她心目中的偶像，但是她不好意思说出来。干大事业的男人她见过不少，可是像丁总这样优秀的男人她没有遇到过。她认为，既有钱又不好色的男人，是珍品中的珍品，所以，她对丁总很敬佩。她希望，她的男人与丁总一样。

3

双龙化工的股票涨了百分之六十七以后，连续下跌9天，已跌去百分之三十左右。今天上午股市开盘以前，洪海给晶晶打电话，要她分批买进双龙化工的股票，到下午收盘，晶晶已买了1000万元。虽然洪龙是双龙化工的董事长，但是双龙化工却完全在洪海的掌控之下，他打算在星期五晚上出利好消息。洪海预料此次公布的利好消息，可以让双龙化工的股票涨百分之二十。现在，离星期五还有两天，在接下来的两天时间里，必须再低价买进7000万元双龙化工的股票。晶晶非常小心，怕在高位套住，因此，今天只买了1000万元双龙化工的股票。晶晶打算向洪海打听一下，是什么利好。晚上，晶晶与洪海行了云雨之事以后，开始向洪海打听双龙化工将公布什么利好消息。

晶晶擦了擦洪海额头上的汗。“双龙化工将公布什么利好消息？”

洪海笑着说：“不是一般的利好。”

晶晶用拇指和食指夹住洪海的鼻子。“你这个坏蛋，我想听，你别卖关子。”

洪海把晶晶压在身体下面。“先再来一次，然后告诉你。”

晶晶推开洪海。“你先透露消息，然后再来一次。”

洪海低声说：“十送十，再每10股送12元。”

晶晶点头。“嗯，属于特大利好。”接着，晶晶问：“这个消息什么时候公布？”

洪海理了理晶晶的刘海。“最迟在这个星期天的晚上。”

晶晶听后很高兴，媚笑道："你还有力气呀？"

洪海拉上被子。"我跟你在一起，力量倍增。"

毕竟，洪海已四十多岁了，他感觉今天有点力不从心，战斗不到十分钟就败下阵来，但是，他不愿说自己不行。

洪海躺在床上，一边大口喘气，一边说："一说起股票的事就分心了。"

晶晶明知洪海爱面子也不说破，点头说："是的，要心无旁骛才行。"

洪海合上眼睛。"明天，你如何操作股票？"

晶晶思考了一下说："如果双龙化工股票高开，我就在股价上方压盘。"

洪海睁开眼睛。"如果双龙化工股票平开呢？"

晶晶一边穿内衣，一边说："慢慢低吸。"

洪海夸奖道："你是炒股人才，值得信任。"

洪海觉得，晶晶处事冷静，很适合做股票。晶晶也觉得自己做股票得心应手、操纵自如。上阶段，她先做地产股，赚了70多万元，后来，她做银行股，赚了30多万元。她做股票不但没有失误，而且都是最低价买进，最高价卖出。不过，如何挑选股票，她心里还没有底。为了弥补这方面的不足，她除了看书之外，还查阅各股的资料。现在，晶晶的电脑里已存放50多只预选股，她打算做完双龙化工股票以后，再在预选的股票池里挑选优质股，进行操作。晶晶信心十足，她的目标是一年赚2000万元。

4

今天下午，春江市大型农产品批发市场终于破土动工。省供销社领导、春江市江副市长以及春江市经济开发区钟主任、春江市供销社赵主任等领导参加了开工典礼。开工典礼由赵主任主持，省供销社领导致辞。

"为了满足春江市居民对农副产品鲜活、优质、营养、方便、无虫害的消费要求，省供销社和春江市供销社以及自然人共同投资5亿元，建造春江农产品批发市场——”

洪龙拿着施工图纸，从典礼现场溜出来，然后，叫上工程部经理，一起走到田间，打开图纸，商量施工方案。这是通达房产公司成立后第一个建筑项目，必须认真对待。洪海从衣兜里拿出手机，假装接电话，也从典礼现场溜出来，他要找洪龙商量双龙化工出公告的事情。中午，晶晶给他打电话，告诉他已买入290万股双龙化工的股票，总计约7900万元。洪海走到田间，把洪龙叫到边上。

洪海给洪龙递烟。“双龙化工的股票已跌得很难看了，我打算今天晚上公布预案。”

洪龙接过香烟。“可以。”

洪海理了理被风吹乱的头发。“下星期，你不去多坡县吧？”

洪龙拿出打火机。“刚回来，下星期在家。”

洪海皱眉说：“最近，应收款又有增多，下星期，我出去催讨。”

洪龙点燃香烟。“你把洪伟带在身边，让他多见识见识。”

洪海点头。“好的。”

洪海没有回开工典礼现场，他开车来到双龙化工有限公司，吩咐洪伟负责把晚上的公告拟出来，然后，交给洪龙签字。接着，洪海来到烟花经营公司找吕红。洪海得知，昨天，区政府成立了企业法治督查组，帮助企业反贪，并把双龙化工、振华药业、兴华电子、烟花经营公司作为试点。之前，洪海听吕红说，滨海区供销烟花经营公司的林总明知烟花仓库的柳主任有问题，却不敢得罪他。春江市烟花经营公司和滨海区烟花经营公司已合为一体，滨海区烟花经营公司仓库库存短少，会直接影响到春江市烟花经营公司的经营利润。因此，洪海打算借政府的力量对滨海区烟花经营公司的库存进行一次彻底清查，揪出内贼，并对其绳之以法。

吕红听后，莞尔一笑说：“你是借刀杀人。”

洪海摇手说：“不是借刀杀人，按丁总的话说，是杀鸡儆猴。”

吕红一语双关：“你呀！对付人的办法挺多的。”

洪海笑着说：“美女，我感觉你话里有话。”

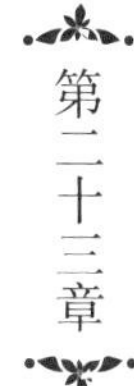

吕红拉了拉衣襟问："什么时候办喜事呀？"

洪海皱眉说："没有打算办喜酒。"

吕红喝了一口水，探问："为什么？你是不是对新娘不满意？"

洪海点头。"如果新娘是你，我肯定办喜酒。可是，我是夜总会老板，配不上你。"

吕红甩了一下秀发，叹气说："有缘无分啊！嗯，过去的事情就让它过去吧！"

不过，吕红的心里有点后悔的，她认为，虽然洪海不是一个完美的男人，但是他非常能干，是许多女人崇拜的偶像，她不要，比她年轻漂亮的女孩子争着要。如今的女人，对男人的要求没有那么多，根本不在乎丈夫做什么，只要能赚大钱就行。即使洪海当夜总会的老板是为了方便自己找小姐，也没有什么可指责的，因为他即使不当夜总会的老板，想找小姐也很方便。现在，洪海是亿万富翁，哪个女孩子不喜欢他呢？洪海手持香烟，烟蒂贴在嘴唇上，看了看吕红的神情。洪海觉得，虽然他失去吕红有点可惜，但是如果他娶了吕红，他就不可能像现在这样自由，因此，洪海仔细想想，觉得没有什么好可惜的。

洪海弹了弹烟头上的烟灰。"下星期，我在外面出差，如督查组过来，你接待一下。"

吕红点头。"行！"

洪海站起来。"下午，春江农产品批发市场动工，省供销社的领导也来了，晚上在滨江大酒店宴请领导。丁总要我早点过去，看一看酒店准备情况。"

吕红站立，拉了拉衣襟说："好吧，有事我给你打电话。"

5

双龙化工的股票连涨三天，涨了百分之二十三，晶晶在最高价全部平仓，赚了1800多万元。洪海很高兴，买了一块16万元的手表、一条15800元的项链送给她。这样，晶晶更离不开洪海了。洪海是星期四晚上回到滨海的，可到了星期五晚上，他仍对媛媛撒谎，说自己还在外面出差，要星期天晚上才能回来。晶晶很黏人，直到星期天晚上和洪海行了云雨之事以后，才与洪海拥别。洪海喜欢缠绵的女人，晶晶对他如此爱恋，令他更加喜爱。

洪海一回家就去卧室里看儿子，他一边抽烟，一边看着儿子的脸蛋。媛媛站在他的身后，嗅了嗅，感觉洪海身上有香水味。

媛媛看了看熟睡的儿子，轻声问："你出差刚回来呀？"

洪海想了想说："在夜总会坐了一会儿。"

洪海的回答马上让媛媛消除了怀疑，因为夜总会的包厢里和小姐身上都会喷香水。十年以前，洪海的身边曾经同时拥有 6 个情人，他对女人很了解，回答问题不会露出破绽的。洪海知道媛媛对他不放心，于是，他要想办法消除她的怀疑。媛媛听后，没有追问下去。媛媛感觉洪海在外面有情人，可是没有证据，因此，她不能瞎猜疑，不然，洪海会不高兴的。

媛媛拉了拉洪海的衣袖。"出来一下，我和你商量一件事。"

洪海看了看媛媛的神情，走出卧室。

媛媛在沙发上坐下。"下午，秦茜给我打电话，要把旅游公司的股份全部转给我。"

洪海疑惑："哦！有这事？"

媛媛跷起二郎腿。"她说记忆越来越差，无法做好工作。"

洪海点燃香烟。"明天，丁总搬家，住别墅，会请我们吃饭，我了解一下再说。"

媛媛开旅游公司，洪海支持，但是，他不能占便宜。据他了解，秦茜的旅游一年至少有 100 万元的利润，即使秦茜身体不好，无法工作，请人经营也很划算，他猜测可能有别的原因。洪海的猜测是对的，秦茜除了身体原因之外，还有别的原因。星期五，夜总会的桃子来到秦茜的办公室找媛媛，她见媛媛不在，便与秦茜闲聊，后来，聊到洪海和晶晶的事情。秦茜听后非常生气，觉得洪海太过分了。秦茜感觉洪海迟早会抛弃媛媛，她打算帮助媛媛，使媛媛有稳定的收入，将来，即使媛媛被洪海抛弃了，也可以和儿子一起生活。于是，秦茜回到家里和丁总商量转让旅游公司股份的事情。秦茜以记忆越来越差无法做好工作为由，决定把股份转让给媛媛。医生早就建议秦茜不要动脑筋，现在秦茜愿意在家休息，丁总当然同意。

第二天晚上，丁总在滨江大酒店摆了三桌，请家人和合伙人吃饭，庆祝乔迁之喜。洪海仔细端详秦茜，感觉她的气色不错，于是，他把丁总叫出包厢，向丁总了解秦茜转让旅游公司股份的事情。

洪海踩灭烟蒂。“爱国！秦茜为何突然提出转让旅游公司的股份？”

丁总给洪海递烟。“医生早就建议秦茜不要工作，在家静养，避免用脑。”

洪海接过香烟。“秦茜的气色相当好，看她的神情很健康。”

丁总皱眉说：“她的记忆力的确越来越差。”

洪海点燃香烟。“由媛媛主持工作，秦茜在家休息。”

丁总摇头说：“不行，这样，秦茜还会关心旅游公司的事情，对她的健康不利。”

洪海手持香烟，思考了一下说：“好吧！先接过来再说。”

6

半个月后，滨海区政府法治督查组对双龙化工、振华药业、兴华电子、供销烟花四个单位的督查结果出来了。经过调查，四个单位的部分中层干部存在贪污的情况，其中13人较为严重，已移送司法部门处理。滨海区烟花经营公司的柳主任已坦白，他和沈良、梁材合伙，共贪污烟花爆竹销售款16.7万元。根据《刑事诉讼法》第二百二十一条之规定，司法机关将对沈良、梁材的新罪进行调查取证。

另外，柳主任还交代，他是因为赌博输钱付不出赌债和高利贷才去贪污的。在审问人员的追问下，柳主任又把开赌场的黄荣交代了出来。为了立功轻判，柳主任还主动向审问人员提供线索，说黄荣仅在叶勇的身上就收了200万元的高利贷。接着，黄荣被公安人员抓了进去。谁知，黄荣抓进去以后，举报他的人接二连三，不仅举报他开赌场、放利贷、走私，还举报他是黑社会的头头。据公安人员了解，举报黄荣的人大多欠他的钱，他们都希望黄荣被判死刑，这样，他们就不用还钱了。

过了一个星期，陈副队长给洪海打电话，“开赌场的黄荣被抓，你知道吗？”

洪海听后一惊，然后回答：“不知道。”

陈副队长透露说：“黄荣交代，你和黄荣、温州老千合伙设局赢了叶勇5000多万。”

洪海开始紧张起来。“那——那怎么办？”

陈副队长提醒说：“找不到温州老千，你好办，我们难办。”

洪海马上承诺：“我一定好好谢您！”

温州老千和发牌人离开滨海后就换了手机，想找到两人确实很难，但是公安局出面调查还是有可能查到的。于是，洪海马上给曹明打电话，把了解到的事情告诉他，要求曹明马上去温州找到温州老千，通知温州老千，先出去避一避。当天下午，洪海去外省讨账去了，他打算等到曹明那边安排好了以后再回滨海，这样，他去公安局做笔录时心里就有底了。果然，第二天上午，滨海区公安局治安大队的民警给他打电话，要他去公安局。洪海说自己在广东，要两天以后才能回来。民警也没有让他立刻回滨海，说过两天再给他打电话。洪海清楚，陈副队长肯定在暗中帮助他，不然，他的日子不会这么好过。自从洪海被丁总聘为CEO后，他与滨海区公安局的关系更加密切了，平时，只要他们开口要烟花爆竹，他都亲自送货上门。公安局领导的子女哪个不结婚？结婚时哪个家里不放烟花爆竹？所以，洪海趁机与他们搞好关系。

过了两天，曹明给洪海打电话，告诉他，事情已办妥。于是，洪海坐飞机回到滨海，然后，去滨海区公安局治安大队做笔录。洪海只承认知道这件事情，但没有参与。洪海没有去过赌场，结账的时候，也是温州老千出面与黄荣核算的。因此，公安局没有再找洪海了。然而，这件事情不仅没有结束，还开始复杂起来。城东派出所的蔡平听到这件事后认为，洪海不但与温州老千设局的事情有关，而且是组织者之一，他还推断，这件事与后来叶勇的股份转让有密切关系。接着，蔡平把自己的猜测告诉叶元。叶元觉得蔡平的猜测有一定道理。于是，他把叶勇叫到家里，了解事情始末。经过分析，父子俩一致认为，蔡平的猜测完全正确。叶勇撇了撇嘴，非常愤怒，但是失去的财富已无法复得。叶勇咬咬牙，他决定，要对洪海进行报复。

有一件事，叶勇已思考了一段时间。凭他感觉，洪海在利用内部消息操作振华药业和双龙化工的股票，因为他听如烟说，晶晶在家里做股票。洪海有这么多企业，却要晶晶在家做股票，肯定想在振华药业和双龙化工股票上赚大钱。再说，现在的股票这么难做，10 个人做股票 9 个人亏本。他打算了解一下晶晶在股票上赚了多少钱，如果她在股票上获利丰厚，就可断定，她在利用内部消息操作振华药业和双龙化工的股票。

晚上，叶勇带了 5 个朋友来到夜总会，他叫了 5 个坐台小姐，然后，要求如烟陪他喝酒。

叶勇吐出一口烟。“你说晶晶在家做股票，她有没有赚到钱？”

如烟拿起筷子，夹了一粒花生米放进嘴里，“赚了不少钱，前天，她请我吃饭，说自己戴的手表是16万元，脖子上的项链为15800元。”

叶勇手持香烟。“她做什么股票？”

如烟想了想说：“是银行股和地产股。”

叶勇点头。“噢。”

叶勇不做股票，但是他有个朋友在证券公司工作，他可以问一下这个朋友，最近地产股和银行股涨没涨。如果没涨或者涨得不多，就可以证明晶晶在说谎。一般来说，赚了几百万或者上千万的人才会买 16 万元的手表。

第二天，叶勇给他的朋友打电话，打听银行股和地产股的涨势。他的朋友说，银行股和地产股基本上没涨。叶勇听后，开始思考下一步的计划。他打算找机会进入晶晶的房间，搜查一下有无这方面的证据。晶晶当公主时，叶勇就向小姐打听过她的住址，只要确定她不在家，他就有办法进入她的房间。

7

再过一个星期就是春节了，春节期间，烟花经营公司最忙。洪海即使想与晶晶在一起，也没有时间。于是，晶晶买好机票，打算明天回家看望父母。叶勇就是希望晶晶回家过年，这样，他才有机会进入她的房间。农历十二月廿八，人家都在准备过年，叶勇却与5个朋友一起，来夜总会唱歌。叶勇喜欢的小姐都回家了，于是，他要如烟把婷婷叫过来。现在，叶勇对婷婷已谈不上喜欢，他只是对她有些同情。原来，她是一个非常漂亮、性感的姑娘；如今，她却瘦骨嶙峋、憔悴萎靡。

叶勇见如烟和婷婷一起走进包厢，便问："公主为何还不过来？"

如烟给叶勇递烟。"不好意思，公主都回家过年了，今晚，我为你们服务。"

叶勇接过香烟。"不行，你叫晶晶过来为我们服务。"

如烟莞尔一笑说："我看你还没有放下晶晶。"

叶勇叼着香烟说："我准备做股票，请她给我指点指点。"

如烟在叶勇边上坐下。"来不了，晶晶回家过年了。"

叶勇点燃香烟。"那你今晚当回公主，好好为我们服务。"

叶勇在夜总会玩了两个小时就出来了，然后，他来到开锁店，找师傅，谎称家里钥匙没带出来，今晚进不去了。开锁的师傅认识叶勇，于是，与叶勇一起来到晶晶的住处。不一会儿，门就打开了。开锁的师傅走后，叶勇进入晶晶房间搜查。过了半小时，叶勇在床头的抽屉里搜到两件非常有用的证据，一个是曹明的证券账户卡，一个是晶晶手写的各股获利账单。叶勇如获至宝，喜不自胜，手舞足蹈地走出晶晶的房间。接下来，叶勇准备写信给省证券监管局，举报洪海的违法行为，他要把洪海送进监狱。这次，洪海真的要倒霉了，他即使不坐牢，罚款的金额也会让他大伤元气。第二天，叶勇就写好举报材料，然后，他去邮电局专门用挂号信寄了出去。

明天就是春节了，下午，叶勇来到婷婷的住处。婷婷越来越消瘦了，他要尽力说服婷婷去戒毒所戒毒，不然，她的一生就完蛋了。

“婷婷！”叶勇给婷婷递烟，“我希望，你今天就去戒毒所戒毒。”

“我也想离开夜总会，去戒毒。”婷婷接烟，“可是，我每个月必须有收入。”

“你每月需要多少开支？”叶勇跷起二郎腿，“你戒毒期间的费用我来承担。”

“我每月要给家里汇 2000 元，供弟弟读书和贴补家用。”婷婷点燃香烟，“我进了戒毒所，家里连吃饭都成问题。”

“你把你的银行卡和你母亲的卡号给我，”叶勇揿灭烟蒂，“我给你家里汇钱。”

叶勇认为，解决了婷婷的后顾之忧之后，她才有可能去戒毒所戒毒，否则，任何大道理都不可能说服婷婷。叶勇嗜赌好色，但是他对金钱不是看得很重，该用的钱他不会吝惜。婷婷手持香烟，烟蒂贴在嘴唇上，思忖半晌，然后，她拿起热水瓶给叶勇倒茶。叶勇看了看婷婷的神情，没有说话，他感觉婷婷正在下决心。婷婷把茶杯放在叶勇的面前，重新在叶勇的对面坐下，她一边弹着烟头上的烟灰，一边默默思考。过了十分钟左右，婷婷干咳了两声，终于开口说话了。

“叶勇！”婷婷含着眼泪，“你比洪海讲情义。”

“哈哈！”叶勇冷笑道，“他是一个唯利是图、贪得无厌的人。”

“他从来不问我，为什么瘦了？”婷婷擦了擦眼泪，“不过，我吸毒，他还不知道。”

“他呀！”叶勇干咳了一下，“身边的美女一个接一个。”

“叶勇！我想通了。”婷婷手持香烟，“我整理一下，你陪我一起去戒毒所。”

“好的。”叶勇从皮包里拿出一沓钱，“这 5000 元你放在身上。”

傍晚，叶勇和婷婷一起离开出租屋。此时，华灯初上，七彩的霓虹灯不停地闪烁，璀璨夺目的烟花在空中绚丽绽放。婷婷提着行李，看了看大街，然后，走进轿车。当天晚上，洪海听到婷婷在戒毒所戒毒的消息，此时，他才知道婷婷在吸毒。婷婷是洪海爱过的女人，洪海为了跟她在一起，曾打算与妻子离婚，可是婷婷没有珍惜。自从她跟了叶勇之后，洪海就没有关心过她，他觉得，这样的女人不值得关心。洪海与许多男人一样，鄙视不忠的女人，被他抛弃的女人，他或许会关注她，甚至帮助她。但是，洪海不怨恨婷婷，而是把叶勇视为仇人。

第二十四章

1

初三晚上，秦茜走出小区，去超市给丁凡买酸奶。谁知，她回到小区却找不着自己的别墅了。丁总见秦茜出去20分钟了还没回来，便出去找人，在小区岔路口，遇见了秦茜。秦茜一见丈夫忙上前牵他的手，并讲述自己找家的经过。丁总听后马上感到这是脑萎缩的症状。医生曾告诉他，严重的脑外伤有可能造成脑萎缩。丁总牵着秦茜回家，然后给省人民医院的杨副院长打电话，讲述秦茜突然出现的症状。杨副院长听后，要求丁总马上带秦茜来省城。当晚，丁总和秦茜一起坐车来到省人民医院进行检查。第二天中午，脑科郝主任拿着CT片，来到秦茜的病房。

"小秦！"郝主任看了看CT片，"你已经出现了中度脑萎缩，需要住院治疗。"

"好吧，"秦茜皱眉，"大概要住多长时间？"

"现在不好说。"郝主任扶了扶眼镜，"估计需要半个月。"

"没事，"丁总挠了挠下巴，"只要对病人有好处，住长一点也没关系。"

"住长了难受，"秦茜拉了拉被子，"我希望多与丁超、丁凡待在一起。"

"小秦，你的病情有点严重，"郝主任提醒说，"不要想家，安心住在这里。"

"唉！"秦茜叹气，"这种病真折磨人。"

"小秦，"郝主任安慰道，"只要你有耐心，慢慢会好的。"

郝主任说完走了。

“秦茜！你要有信心，肯定会好的。”丁总剥了一个橘子，“来！吃橘子。”

其实，丁总的心里很担忧。刚才，他在门外与杨副院长通了半个小时电话。杨副院长认为，秦茜病情会越来越严重，住院只是延缓病情的发展，并告诉他，这种病一般情况下可活 3 至 7 年。丁总听后非常担忧，打算拿 CT 和核磁共振的片子去上海大医院找专家会诊一下。他已给丁希发短信，请她马上联系一下上海大医院的专家，有消息马上告诉他。丁希正在帮他联系。现在，大家都在过春节，想要几个专家凑在一起会诊，真的很难。丁总不停地看手机，希望尽快去上海大医院请专家会诊。秦茜一边吃橘子，一边观察丈夫的神情，她发现自从他与杨副院长通了电话后，脸色就有点异常。

秦茜用毛巾擦了擦嘴巴。“是不是我的病情不会好转？”

丁总喝了一口水。“不是，我想拿片子去上海大医院请顶级专家看一看。”

秦茜想了想问：“你与丁希商量过吗？”

丁总点头。“商量过了，现在，丁希正在联系，她一有消息就会告诉我。”

秦茜捋了捋发梢。“我知道脑萎缩的后果。我呢，听天由命；你呢，要过好自己的生活。我会说服我妈妈，陪我一起度过余生。”

丁总给秦茜的后背加了一个枕头：“秦茜！你不要尽想这些。一、你的病情没有那么严重；二、我会一直陪在你身边。”

过了一会儿，丁希发来一条短信：其中一个顶级专家，已回老家看望父母，初六回沪。定在初八下午会诊。丁总回复：知道了，有事通知我。初八下午，丁总带着 CT 和核磁共振的片子来到上海华山医院，请专家会诊。没想到，会诊后的结论更令人担忧，专家一致认为，秦茜的脑萎缩已无法逆转，并且完全有可能在近期出现快速脑萎缩，导致语言不清、走路不稳等状况，要求家人时刻陪在她的身边，防止她跌倒受伤。

2

上午，晶晶打开电脑正准备看股市行情，听见有人敲门，于是，她起身把房门打开。

一个中年男子向晶晶出示证件。“我是省证券监管局的。”

公安人员正色说：“我是滨海区公安局经侦大队的，跟我们去一趟公安局。”

晶晶思考了一下说：“我要去卧室换衣服。”

公安人员点头。“可以，但是，你先把手机交出来。”

晶晶从衣兜里取出手机，交给公安人员，然后，走进卧室，关门换衣服。晶晶有两部手机，另一部放在卧室的枕头下面，这部手机，只有洪海一人知道。晶晶拿出枕头下面的手机，立即给洪海发短信：省证券监管局和公安人员进房搜查，你赶快躲一躲。洪海回复：你把责任推给曹明，我来应付。另外，你想一想，谁知道你在做股票。晶晶回复：如烟知道。洪海提醒：你马上删除短信。洪海马上离开办公室，开车去兴华电子找曹明，向他交代应对办法。过了一会儿，晶晶走出卧室。公安人员没有对晶晶的房间进行大搜查，只是翻了一下电脑桌抽屉里的东西。然后，公安人员把晶晶带到滨海区公安局，对她进行审问。

“你叫什么名字？”公安人员问。

“何清。”

“你什么时候开始做股票的？”公安人员问。

“记不清楚了，估计有一年了。”

“股票账户里的钱是谁的？”公安人员问。

“曹明的。”

“每次股票买卖都是曹明下指令的吗？”公安人员问。

“是的。”

“曹明是不是每次都用手机发指令？”公安人员问。

“是的。”

晶晶毕竟年轻，回答问题出现破绽，她从来不与曹明通电话，并且连他的电话号码都不知道。公安人员与省证券监管局的同志交换了一下眼色，离开审问室，他们要先了解曹明的情况，包括曹明和晶晶的通话记录，然后再审问曹明。因为叶勇在举报信里说，洪海借用曹明的证券账户，利用内部消息操作振华药业和双龙化工的股票，所以，办案人员要先审问晶晶和洪海。晶晶的破绽反而为洪海的准备赢得时间。现在，洪海正坐在如烟的房间里，向她了解情况。洪海一听就猜到叶勇在报复他，但是他没有说出来。此时，洪海预感到自己已无法逃脱责任，于是，他返回兴华电子找曹明，要他先避一避，等事情明了以后再去公安局做笔录。中午，洪海给陈副队长打电话，了解审问晶晶的情况。陈副队长说了一些情况，并暗示洪海投案自首。下午，洪海来到双龙化工，向洪龙讲述自己做股票的事情以及目前的处境，并请洪龙转告丁总、罗辰、胡森。半个小时以后，洪海走进滨海区公安局，投案自首。

晶晶被公安人员训了一顿以后回到家里，她从枕头下面拿出手机看了看，发现有洪海发的短信：叶勇出于报复举报我，我只有投案自首才能减轻处罚。不要跟任何人说，包括如烟。刚才，我给你卡里打了30万元，希望你等我回来。至此，晶晶才明白，她不该把自己做股票的事情告诉如烟。

晚上，洪龙把罗辰、胡森、曹明叫到办公室，商量应对办法。

罗辰点燃香烟。“预料双龙化工、振华药业的股票要大跌。”

洪龙皱眉说：“爱国说，适时公布利好消息，抵消不利影响。我们等待爱国吩咐。”

曹明喝了一口水。“洪海再三嘱咐我，不能告诉你们，等赚了钱，他跟你们说。”

胡森扭了扭脖子。“其中2100万元是从叶勇身上赢的，作为罚款算了。”停顿了一下，胡森提醒说，“但这些事情不能告诉爱国。”

罗辰叼着香烟说：“罚款金额是盈利所得的1至5倍，估计要6000万元以上。”

洪龙生气地说：“洪海自作聪明犯大错，给他教训一下是需要的，但不能入狱。”

罗辰手持香烟。“我大学同学的朋友在省证券监管局工作，估计能帮上忙。”

洪海投案自首是从轻情节，但是他利用内幕消息操作多只股票的行为非常恶劣，并且获利较多，所以，洪海也有可能入狱。

第二天，股市一开盘，双龙化工的股票就跌停板，晚上，双龙化工在公告里声称，其他股东与洪海的行为毫无牵连，是洪海一人所为。但股市不买账，又以跌停板报收。接着，双龙化工提前公布了优异的业绩和良好的前景，然后，股价开始出现止跌现象，第三天只跌了百分之三。第三天的晚上，双龙化工公布了在多坡县的扶贫项目以及出资建造希望小学、公共厕所的消息。至此，双龙化工的股票终于开始小幅反弹。叶勇以为，双龙化工的股票会跌百分之五十以上，谁知，跌了百分之二十三就止跌回升了。振华药业的股票跌得更小，第一天跌停板，第二天跌了百分之二就跌不下去了，因为公司公告，丁爱国将出资5000万元，增持振华药业的股份。谁都料不到，第三天第四天，振华药业的股票连续大涨，两天一共涨了百分之十一。叶勇坐在电视机前，只能望盘兴叹。

3

秦茜在省人民医院住了20多天，病情没有什么好转，不过，也感觉不出比以前严重。见状，秦茜坚持回家治疗，她要和家人待在一起。丁总没有办法，只好同意了。谁知，过了半个月，病情突然严重起来，出现口齿不清、走路不稳的状况，于是，丁总马上把秦茜送到上海华山医院进行治疗，可是住了一个月后不仅没有好转，还出现大小便功能障碍。秦茜已失去信心，整天要求回家。专家想不出新的治疗方案，只好同意病人的要求，但建议病人除了吃药之外，每月还要回上海检查一次。

丁总回到滨海的第一件事是，和大家一起去看守所探望洪海。

洪海抱拳说：“对不起大家，由于我的原因造成双龙化工和振华药业的股票大跌。”

丁总吐出一口烟。“平稳了，双龙化工和振华药业的股票已涨回到原来的价位上了。”

洪龙叼着香烟说：“你要吸取教训，不要再自作聪明了。”

洪海点头说：“最近，我一直在反省。”

徐谦理了理被风吹乱的头发。“夜总会的生意不错，你不用担心。”

罗辰挠了挠下巴。“我的大学同学已给省证券监管局的朋友打电话，请求帮忙。”

丁总踩灭烟蒂。“我跟法院同学商讨过你的案件，他提醒，请个好律师。”

请个好律师，这是最重要的。虽然洪海已被逮捕，判刑是大概率的事情，但是还存在变数，“有罪免处”的可能性还是存在的，因为洪海有投案自首的情节，可以减轻处罚。再说，即使非判刑不可，也要选择缓刑。所以，必须找一个有能力，有威望的律师，避免出现重判的情况。如果多交罚款可以减少处罚，那洪海也会同意，现在，罗辰正朝这个方向努力。对此，前几天，省证券监管局个别领导已表态，他说，主动交罚款和多交罚款都是认罪悔罪的表现。罗辰打算下个星期去趟省城，把这件事情办妥。不过，他要经过洪海的同意以后才去争取。

“洪海！如果多交罚款有可能减轻处罚，你同意吗？”罗辰问。

“同意。”洪海不假思索地说，“罗辰！一切由你决定。”

“没收违法所得，再交罚款 7000 万，应该够了。”罗辰说。

“即使不够也没关系。”洪海毫不犹豫地说，“只要能出去，钱多少都无所谓。”

“自由最要紧的。”曹明说。

“对！”胡淼吐出一口烟，“今年，兴华电子的利润将翻番，不要考虑钱。”

“罗辰！钱不够你跟我说。”丁总说。

“爱国！不用。”洪龙拿出银行卡交给罗辰，“我已经为洪海准备好钱了。”

洪海失去了自由以后才知道金钱难买自由，他已幡然悔悟，不能再自作聪明，干违法的事情了。合伙人见洪海已幡然悔悟，都很高兴，他们不但没有责怪他的行为，而且还关心他、帮助他。洪海看了看洪龙、丁总，然后又看了看大家，差点被感动落泪。不过，洪海对朋友也很讲情义，没有投案自首之前，已告诉曹明，他的 500 万元一定还给他。洪海认为，既然出于帮助，就不能让曹明的投资受到损失。曹明也明确表态，他不要。曹明说，这 500 万元是赌博赢来的，就当没赢。

4

丁总收到一封从多坡县寄过来的举报信，内容是周雪贪污公款，并指明调查方向。丁总手持香烟，烟蒂贴在嘴唇上，仰头看着屋顶，思考良久。他疑惑，反复自问，这是真的吗？最后，他有点相信了。接着，他开始往下想，举报信是谁写的？他估计写举报信的人是来过滨海实习的大学生，因为他给过他们名片。到目前为止，来滨海实习过的 10 个大学生中已有 6 个在周雪的手下做事。丁总喝了一口水，然后，给洪董事长打电话，请他过来一趟，商量调查和处理方案。第二天，洪董事长和曹明一起，赶往多坡县。

平常，洪董事长来多坡县之前都先通知周雪，这次却与以往不同，到了办事处的办公室之后，才给周雪打电话。周雪正在多坡县中心医院的施工现场查看工程质量，接到电话后马上转身返回。接着，洪董事长来到财务室找郭主任，了解资金使用情况。

“郭主任！你给建筑公司一共打了多少钱？”洪董事长问。

“2000 万元。”郭主任一边泡茶，一边回答。

“都有收据吗？”洪董事长问。

“1500 万元有收据，”郭主任把茶杯放在洪董事长面前，“还有 500 万元没收据。”

“怎么会出现这种情况？”郭主任喝了一口水，“多长时间了。”

“半年前，有一笔 1000 万元打到周主任的卡里，”郭主任看了看门外，“后来，周主任只拿来500万元的收据。建筑公司的出纳说，还有500万元没到账。”

“为什么这1000万元要打到周主任的卡上？你问过周主任吗？”洪董事长问。

“问过，”郭主任又看了看门外，“她说，不该问的不要问。”

洪董事长点点头，起身回到自己的办公室，然后，他给多坡县建筑公司的邓总打电话，问他有没有向周主任提起过这500万的事情。邓总告诉洪董事长，他提过多次，周主任答应今年年底前给他。洪董事长放下电话，叹了一口气。周主任的胆子真大，小小年纪，竟然挪用500万元。接着，洪董事长给丁总打电话，汇报初步的调查结果。丁总听后惊呆了，他提醒洪董事长先忍一忍，一看周主任怎么解释，二看周主任是不是及时归还500万元。洪董事长打算收回500万元以后再处理周主任。过了十分钟，周主任来到洪董事长的办公室。

“坐吧！”洪董事长态度冷淡，“茶水自己倒。”

“不渴。”周主任在沙发上坐下，“洪董！您住下了吗？”

“没有。”洪董事长弹了弹烟头上的烟灰，“你给多坡县建筑公司一共汇了多少钱？”

“嗯——”周主任一点不慌张，“1500万元。”

“我们账上已付2000万元。”洪董事长看着周主任，“怎么会出现这种情况？”

“建筑公司邓总私人借了500万元。”周主任低声说，“他要我保密。”

“有借条吗？”洪董事长追问。

“有，放在家里了。”周主任神情镇定，“没关系，我明天要他还。”

“你要他马上拿回来。”洪董事长揿灭烟蒂，“太不像话了。”

两天后，财务室的郭主任向洪董事长汇报，说周主任的500万元已归还。接着，郭主任故意向洪董事长反映周主任上班做股票的事情。洪董事长听后，马上推断，周主任挪用公款是为了做股票。然后，洪董事长向郭主任打听职工写举报信的事情，郭主任坦言，是她叫工程部的孔主任写的。晚上，洪董事长收到周主任的一条短信：洪董事长！我错了，我决定辞职。洪董事长回复：同意你辞职。几天后，洪董事长宣布：任命孔武为春江市通达房地产公司多坡县办事处代主任。十天后，周雪走上飞往广州的飞机，在飞机上，她给丁总发了一条短信：丁总！虽然我的心灵没有秦茜纯洁，但是我真的非常爱你。周雪看着手机，等待丁总回复。十分钟后，丁总回复：你的行为让我很失望。周雪看后，合上眼睛，流下悔恨的眼泪。

5

再过一个月，吴垠挂职锻炼就结束了。根据吴垠出色的表现和优异的成绩，春江市经济开发区党委拟推荐他为春江市经济开发区党委副书记兼春江市经济开发区管委会副主任。谁知，过了几天，春江市组织部收到一封举报信，内容是吴垠与夜总会小姐生了一个女儿。如果真是这样，那还了得。于是，组织部的领导马上给钟主任打电话，要他调查清楚，如果事实与举报信的内容相符，不仅不能提拔，还要严肃处理。钟主任马上解释说，吴垠两年以前已经离婚，至于是不是与夜总会小姐生了一个女儿，他将要求纪检组派人调查。第二天下午，春江市经济开发区管委会纪检人员来到陈玲玲的办公室向她了解情况。

一个中年女同志介绍说：“小陈你好！我姓徐，身边这位是我们纪检组李副组长。”

陈玲玲欠了欠身，微笑说：“李组长！您好！不知道你们找我有什么事。”

李副组长喝了一口水。“据说，你现在带的小女孩是吴垠与夜总会小姐生的。”

陈玲玲拉了拉衣襟说：“小孩的母亲做过小姐，但后来离开了夜总会，现已病故。”

李副组长皱眉说：“看来群众的举报是属实的。”

陈玲玲感觉不妙，马上说：“吴垠不是玩弄女性，他是重感情的人。”

李副组长弹了弹烟头上的烟灰。“但是提拔干部是有标准的。”

陈玲玲甩了一下头发。“我坦言，我出过轨，是不是就不能与吴垠复婚了？”

李副组长嘴角抽搐了一下说：“你不是夜总会小姐，不一样，可以复婚。”

陈玲玲皱眉说：“想不通。希望组织上考察干部要看干部真正的思想品质。”

纪检人员走后，陈玲玲马上给吴垠打电话，把情况告诉他。然而，吴垠却泰然处之，并告诉陈玲玲，要服从组织安排。可陈玲玲觉得，一定有人想占吴垠的位置，有意设置障碍。陈玲玲决定，她要替吴垠申辩。她仔细想了想，打算先找丁总，因为春江市经济开发区管委会的钟主任是丁总的妹夫。她要请求丁总在钟主任面前说几句公道话，然后，根据反馈的情况再考虑下一步的计划。接着，陈玲玲给丁总打电话，把情况告诉他，并希望丁总帮吴垠说话，说服钟主任，排除干扰。丁总听后不仅答应陈玲玲的要求，还建议陈玲玲和他一起向江副市长反映情况。

“丁总！谢谢您！我等你电话，我们一起向江副市长反映情况。”

“我对吴垠很了解，他不是玩弄女人的人。”

“丁总！吴垠去夜总会喝酒解闷是我的原因。”

“干部也是人，也有苦闷烦恼的时候，去夜总会喝酒解闷无可非议。”

“肯定有人想占吴垠的位置，故意设置障碍、制造麻烦。”

“江副市长很正直，应该会替吴垠说话。”

两天后，丁总和陈玲玲一起来到市政府，迈进江副市长办公室的门……

6

吴垠回到春江市经济开发区管委会上班已有两个多月了，仍然没有提拔他的迹象。但是，吴垠根本不在乎这些，整天埋头工作。周五，钟主任给吴垠打电话，要吴垠来他的办公室。吴垠走进钟主任的办公室，见沙发上还坐着两位客人，便向他们点头微笑。

钟主任介绍说："坐在我边上的是组织部的刘副部长，坐在刘副部长边上的是组织部的王科长。"钟主任起身，笑着说，"吴垠！你马上就成客人了，我给你倒茶。"

刘副部长做了一个手势。"吴垠！坐吧！"刘副部长干咳了一声，"组织上已决定，让你担任仙都县委常委兼副县长。"

吴垠点头。"我服从组织安排。"

刘副部长微笑说："仙都县是个山区，发展经济的难度比较大。"

吴垠给刘副部长递烟。"省委领导已提出绿水青山就是金山银山的新理念，我相信，两年后，仙都县必有新面貌。"

钟主任把茶杯放在吴垠的面前。"嗯，组织上用人有眼光。"

吴垠去仙都县任职不久，春江市经济开发区土地局的王局长被提拔，担任春江市经济开发区管委会副书记兼春江市经济开发区管委会副主任。有人认为，举报吴垠的举报信是王局长指使他人写的。陈玲玲觉得，举报信不仅没有影响吴垠的前途，还帮了吴垠的大忙，现在，市委市政府以及组织部的领导都对吴垠相当看好，已把他作为重点培养对象。她要感谢丁总，没有他的热心帮助，江副市长不会替吴垠说话。她与吴垠说过多次，要他请丁总吃顿饭，好好感谢他。可吴垠说自己工作太忙，抽不出时间，要陈玲玲代他请丁总吃饭。吴垠的确很忙，他到仙都县工作将近两个月了，中间只回家一次。于是，陈玲玲给丁总打电话，请丁总吃饭。

"丁总！晚上有时间吗？"

"有时间，有事吗？"

"请你吃饭。"

"吴垠回来了？"

"吴垠很忙，他要我代表他请你吃饭。"

"哦！吴垠也开始摆架子了。"

"噢，不是不是，他真的很忙，两个月只回家一次。"

"好吧！订在滨江大酒店，晚上，你把吴昊、蕾蕾都带过来。"

"好的。"

下班后，丁总和洪龙、罗辰、胡森、曹明、徐谦一起来到滨江大酒店，他们都想看一看，蕾蕾长得像吴垠还是像兰兰。胡森对兰兰的印象很好，常常夸她是星光灿烂夜总会的才女，有一段时间，他还有过跟兰兰结婚的想法，如果没有艾滋病事件的困扰，他肯定会一直与兰兰好下去。这样的话，兰兰不可能与吴垠走到一起。胡森坐在那里，手持香烟，烟蒂贴在嘴唇上，仰视房顶，回想往事。现在，兰兰不在人世上，胡森想起她，不免黯然神伤。过了一会儿，陈玲玲带着吴昊和蕾蕾走进包厢。胡森一看蕾蕾的长相马上愣了，蕾蕾竟然长得跟兰兰一模一样，他马上跑过抱起蕾蕾，并亲吻她的脸颊。见状，罗辰、曹明都想笑，但是两人强忍着，没有笑出来。徐谦紧皱眉头，沉默不语，因为他也曾经包养过兰兰。

丁总摸了摸吴昊的头。"吴昊！坐下，我们一起吃饭。"

7

今天，滨江区人民法院对洪海进行宣判，判处洪海有期徒刑三年，缓期五年执行，没收违法所得 2530 万元，罚款 6300 万元。洪海释放后，回家抱了一会儿子，然后洗了一个澡。接着，他开车来到晶晶的住处，看一下房间里有无晶晶的留言。他自从投案自首至今，一直都没有晶晶的消息。她不仅离开了滨海，还换了手机号码，没有一个人知道她现在身在何处。洪海觉得她不会那么绝情，连一句留言都没有。洪海一走进房间就看见客厅的电脑桌上压着一张纸条。洪海拿起纸条，看了看，愣了。晶晶惜墨如金，只写了 10 个字：我们不会有好结果。再见！洪海完全没有想到，晶晶竟然如此冷酷。不过，洪海仔细想了想，觉得晶晶说得没有错，应该尊重她的选择。洪海是个拿得起放得下的男子汉，他摸了摸脸，然后就不想她了。接着，洪海拿起手机，通知大家，晚上一起吃饭。他要感谢大家的关心和帮助。

晚上六点，大家如约而至。今晚，洪海把秦茜、吕红、马彪、如烟、漂泊、温存也请来了。秦茜坐在轮椅上，歪着头。丁超推着轮椅进了包厢，然后把轮椅放在自己座位的旁边。虽然秦茜已不能说话了，但是有时候她会盯着说话的人，似乎在细听人家说话。

"丁总！我们开始吧！"洪海站立起来，高高举杯，"谢谢大家的帮助和关心！"

"洪海！"丁总竖起大拇指，"你能幡然悔悟，吸取教训，很好。"

"丁总！"洪海一口喝尽杯中酒，"你安排吧，接下来我做什么工作？"

"接下来，"丁总喝了一口酒，"你的工作是协助洪龙，做大做强通达房产公司。"

"丁总！"洪海放下酒杯，抱拳，"我请求辞去春江市再生资源有限公司、春江市报废汽车拆解有限公司、春江市供销烟花经营有限公司的 CEO 职务。"

从内心讲，洪海不愿辞去 CEO 的职务。他除了每年二十万元的工资之外，还有 100 多万元的奖金。每年，废钢利润有 3000 多万元，按利润额，他每年可获奖金 100 多万元。但是，他不辞职，有失丁总的脸面，因为他是罪犯。洪海认为，丁总的形象和威望很重要，他不能再给丁总添麻烦了。吕副经理听后，一开始她以为洪海在开玩笑，可仔细观察他的表情，又觉得他是认真的。马副经理睁大眼睛，看了看洪海，感觉很突然，于是，他瞄了丁总一眼，可丁总手持香烟，脸无表情。

马副经理神情诧异，"为什么？"

洪海笑答："你们公司职工都是有文化的人，对领导的要求很高，我不符合条件。"

丁总手持香烟。"洪海！房产公司需要你。"丁总揿灭烟蒂，

“聘用你担任CEO是一个尝试，以后，振华药业、双龙化工、兴华电子、通达房产都可推行CEO制度。”

洪龙放下筷子。“我赞成！我们主要职责是决定公司的经营计划和投资方案。”

CEO的主要职责有以下四个方面：一、任免经理人员；二、执行董事会的决议；三、主持公司的日常业务活动；四、经董事会授权，对外签订合同或处理业务。如今，丁总、洪龙、洪海、罗辰、胡森五人，除了决定公司的经营计划和投资方案之外，还要做这些方面的工作。人都会老的，认知慢慢变差，很多事情做不了了，CEO正好可以解决这一问题。另外，CEO制度有企业经营决策上的优势，成功的企业大多实行CEO制度。现在，丁总、洪龙、洪海、罗辰、胡森就感觉忙不过来了，再不抓紧实行CEO制度，对企业的经营和发展肯定会有影响。丁总手指香烟，烟蒂贴在嘴唇上，默默思考。

“如烟、漂泊、温存，我想明白了，我打算转让夜总会的股份，把精力放在通达房产公司上。”洪海揿灭烟蒂，“然后，拿出其中100万元捐献给艾滋病基金会。”

“洪海！好样的。”罗辰建议，“我们一起捐款。”

丁总、洪龙、胡森、曹明、徐谦、吕红、马彪、如烟、漂泊、温存都点头同意。

“徐谦！根据洪海的建议，我和大家商量好了，下星期，你到兴华电子上班。”丁总挪开嘴上的香烟，“滨海区上市公司指导办公室的领导要求兴华电子做好上市前的准备，近期，你要协助胡森做好这方面的工作。”

“好的。”徐谦拿起酒杯，一口喝尽，“谢谢大家关照！”

“我也要感谢大家的关照！”曹明站立举杯，“祝你们万事如意！”

徐谦和曹明一样，每年都拿30万元的工资。徐谦的工资是夜总会和洪海给的，夜总会拿出12万元，其余18万元是洪海拿出来的。洪海转让夜总会的股份后，徐谦在夜总会肯定待不下去了，所以洪海建议让徐谦去兴华电子上班。徐谦和曹明本来是春江市中财投资公司的大股东，如果不犯走私罪，两人就不会退股。那时候，为了减轻罪行，缴罚款，只好转让春江市中财投资公司的全部股份。这几年，丁总、洪海、罗辰、胡森四人赚了这么多钱，都是春江市中财投资公司投资项目赚来的。不过，徐谦和曹明一点不眼红，两人将努力工作，让他们赚更多的钱。丁总、洪海、罗辰、胡森都把徐谦和曹明当好朋友，现在，徐谦和曹明身处窘境，他们肯定会出手帮助。丁总希望两人好好工作，成为兴华电子的高管，等到兴华电子上市后，两人就有机会持有兴华电子的股票了。

丁总放下酒杯，然后，拿毛巾擦了擦秦茜嘴边的米饭。

丁超一边给妈妈喂饭，一边听大家说话。

吕红夹了一块肉，放在秦茜碗里。“丁超！你结婚后把妈妈带在身边吗？”

丁超不假思索地说：“我肯定要把妈妈带在身边。”

罗辰笑着说：“丁超！好样的！我把女儿嫁给你。”

秦茜突然抬头，睁大眼睛，看着罗辰。

第二十五章

今年，滨海的盛夏一点不热，刚热几天，台风又要来了。台风一来，天气就凉快了。现在的滨海，不但江堤筑得很高，而且房子也相当坚实，所以大家不仅不怕台风，还希望盛夏的时候多刮台风。杨记者怕热，她打算往凉快的滨海跑，这几天，省城热得不得了，她坐在办公室里天天都是一身汗。于是，她向领导要了一个任务，来滨海区采访兴华电子董事长丁爱国。下午，杨记者走进兴华电子有限公司的车间，向工人采访，了解丁爱国在工人心目中的威望。然后，她来到胜景小区采访丁爱国。此时，丁爱国正推着轮椅，与欣欣、丁超、丁凡以及秦茜的母亲一起，在小区里散步。欣欣一边走，一边拿毛巾擦掉秦茜额头上的汗珠。丁超见杨记者过来找爸爸，马上过去推轮椅。丁爱国把轮椅交给丁超，然后，上前与杨记者握手。

丁爱国谦逊地说："杨敏！我是普通人，有什么好采访的？"

杨记者莞尔一笑说："别谦虚了，你绝非等闲之辈，你是滨海的风云人物。来！我们边散步边聊天。"

丁爱国点头说："好吧！好吧！"

杨记者边走边说："刚才，我在兴华电子问工人，你们董事长靠什么富起来的？"

丁爱国理了理被风吹乱的头发。"他怎么说？"

杨记者拉了拉衣襟，"他说，丁董靠卖废电机富起来的，因为国外的废电机很便宜。"

丁爱国笑着说："还有人说，我是靠卖烟花爆竹富起来的，烟花一响，黄金万两。其实，都不是。说句心里话，我和我的合伙人是靠党的好政策富起来的。"

接着，丁爱国讲述30年之前的事情。1976年以前，丁爱国的父亲是春江市劳动局的副局长，那时候，找一个临时工的工作都很困难。当时，仅滨海区就有近10万年轻人没有工作，并且，每年还有几千个中学毕业生，等待招工。丁爱国还清楚记得，父亲回家吃饭的时候，他的家里经常挤满了人，这些人都希望他父亲为他们子女安排工作。他父亲总是一边说吃饭，一边听他们讲述，然后，想办法把他们当中生活最困难的子女安排到厂里或者商店里做临时工。丁爱国对困难户很同情，每次都拿凳子让他们坐下。初中没毕业，丁爱国就跟父亲说，他要当厂长、当经理，把企业做大，然后安排困难户的子女到他的企业工作。

"现在，你的愿望实现了。"杨记者拉了拉肩包的带子，"你还想办什么企业？"

"我想办铜材冶炼厂和生活垃圾发电厂，但目前条件还不具备。"丁爱国解开衣扣，"再说吧，先把兴华电子、双龙化工、振华药业三家上市公司做大做强。"

"兴华电子一位高层说，按市值，你目前的身价为98亿元，比洪龙高10多亿元。"杨记者放慢脚步，"三家上市公司做大做强后，你的身价还会增多。"

"身价只是一个数字。"丁总也放慢脚步，"我考虑的是，企业如何行稳致远。"

丁总的能力肯定在洪龙之上，但是，洪龙的财富一直比他多，直到兴华电子上市后，他的身价才开始超过洪龙。不过，这几年，获益最多的还是洪龙、洪海两兄弟，两人的财富相加，起码有110亿元。丁总从来不把利益放在首位。投资项目的时候，他都以各自的资金实力作为重要条件分配股份，并且，在项目的前景不明朗的状况下，他带头投资，以增加大家的信心。另外，在洪海的违法行为导致公司股票激烈波动的时候，为了消除不利影响，他毅然出手，增持振华药业的股份。丁总认为，如果一个团队的领导人有私心杂念，那么这个团队的力量就不可能保持强大，如果他只顾眼前的利益，不从长远考虑，那么他的企业就不可能稳定发展。因此，丁总不会盲目扩张，他要做到行稳致远，目前，他首先要把兴华电子、双龙化工、振华药业三家上市公司做大做强。

“我对你的团队很感兴趣。”杨记者撩了一下秀发，“说实话，你团队的实力并不强大，洪海不仅有不良的习气，还犯法被判刑。我想问，你是如何发挥团队的力量的？”

“最近，我们的团队增加了四个博士生，不过，团队再强大也需要政府的支持，这几年，滨海区委的领导一直很支持我们，积极引导我们做大做强。”丁爱国抽了一口烟，“我们也有过挫折。投资公司成立之初就损兵折将，徐谦、曹明犯法坐牢，好在大家齐心合力，没有出现折戟沉沙的后果。我们是黄金搭档，大家都尽力发挥自己的强处。现在洪海大变样了，他不仅转让了夜总会的股份，还拿出100万元捐给艾滋病基金会。”

“真的想不到。”杨记者乐呵呵地说，“之前，我以为他今生都离不开夜总会了。”

丁爱国笑着说：“现在，他白天工作，晚上在家带儿子。”

现在，夜总会的小姐不仅越来越实在了，还越来越聪明，想玩夜总会的小姐，代价相当大，洪海和晶晶的交往就是一个例子。虽然洪海与媛媛没有结婚，但是洪海和媛媛已经登记，而且还有一个儿子，因此，晶晶觉得，她和洪海结婚的难度相当大。洪海与晶晶结婚之前，必须先与媛媛离婚。但离婚很难，一是媛媛不会同意离婚，二是即使媛媛同意离婚，也不会同意把儿子判给洪海。现在，媛媛是旅游公司的老板，年收入一百多万元，养一个儿子没问题。所以，为了儿子，洪海不会轻易提出离婚。另外，洪海坐牢的话，晶晶怎么办？要她等他，她的心里肯定不愿意，因为她和洪海结婚的可能性极少。再说，洪海坐牢，是晶晶造成的，如果她不在外面说自己在做股票，叶勇就抓不住洪海的把柄，为此，洪海的心里肯定在责怪她。这件事，晶晶也很后悔，觉得自己犯了大错，把洪海害惨了。晶晶预感好景不长，感觉时间长了以后，洪海会抛弃她，因为现在有钱的男人都这样，厌倦后，总是找理由抛弃曾经爱过的女人。经过仔细思考和分析，晶晶决定离开洪海，

否则，她不会有好结果。晶晶分析问题不但仔细，而且相当透彻。晶晶不会听从男人摆布，她要见好就收。晶晶认为，既然她和洪海在一起是肉体和金钱的交易，就不能有同情心。洪海要感谢晶晶，她的冷酷无情促使他幡然醒悟。

丁爱国抽了一口烟。“洪海拿出100万元捐给艾滋病基金会，我当时都不相信。”

杨记者好奇地问：“洪海为何突然做出这个决定？”

丁爱国踩灭烟蒂。“后来，我得知，因为有人告诉他，夏水华病情加重，活不长了。”

杨记者点头说：“戴处长说，夏水华不来滨海，不会得艾滋病。”

丁爱国理了理被风吹乱的头发。“洪海打算收养夏水华的女儿欣欣。”

杨记者笑着说：“想不到洪海也开始自我救赎。”

现在，洪海已认识到自己的错误，为了弥补过错，他已与媛媛商量好了，夏水华离世后，他和媛媛收养欣欣。夏水华是在洪海再三劝说下，离开省城来到滨海的，她来滨海之前，洪海曾向夏水华承诺，他一定爱护她。自从洪海听到夏水华得艾滋病的消息后，他的心里一直很内疚。前几天，夏水华的病情开始加重，他得知这一消息，心里很难过。洪海向艾滋病基金会捐100万元，目的是希望加大宣传力度，让大家都知道艾滋病的危害性。

丁爱国看着坐在轮椅上的秦茜，“好多事情都是意想不到的。”

杨记者同情地说：“是的，比如秦茜的境况。”

丁爱国放慢脚步。“再比如，你和戴处长看上去很相配，可是却——”

杨记者毫不掩饰地说：“我喜欢像你那样敢于挑战、敢冒风险的企业家。”

秦茜母亲转身说：“爱国！我们把秦茜推回家，你们两人继续聊。”

杨记者走上前。“阿姨！我来推轮椅，我们一边散步，一边聊天。”

八月，正是金桂开花的季节，风一吹，桂花在空中缠绵飘荡，然后，飘落在地上。现在，小区的道路上像铺了一层金沙。杨记者一边推着轮椅，一边说说笑笑。大家脚踩金色的桂花，在小区的林荫道上漫步——